JOHANNA LINDSEY es una de las autoras de ficción romántica más populares del mundo, con más de sesenta millones de ejemplares vendidos. Lindsey es autora de cuarenta y seis best sellers, muchos de los cuales han sido número uno en las listas de los libros más vendidos del *New York Times*. Vive en Maine con su familia.

Papel certificado por el Forest Stewardship Council®

Título original: *Make me love you*

Primera edición en B de Bolsillo: noviembre de 2018

© 2016, Johanna Lindsey
© 2017, 2018, Penguin Random House Grupo Editorial, S. A. U.
Travessera de Gràcia, 47-49. 08021 Barcelona
© Irene Saslavsky, por la traducción

Printed in Spain – Impreso en España

ISBN: 978-84-9070-714-2
Depósito legal: B-22.994-2018

Impreso en Novoprint
Sant Andreu de la Barca (Barcelona)

BB 0 7 1 4 2

Penguin
Random House
Grupo Editorial

Hazme amarte

JOHANNA LINDSEY

Traducción de Irene Saslavsky

1

—Esto es intolerable. ¿Cómo se atreve ese ridículo y disoluto heredero real a presentarles un ultimátum a los Whitworth?

Si bien estaba bastante envejecido y era veinticinco años mayor que su esposa, el rostro de Thomas Whitworth aún desafiaba el paso del tiempo. A pesar de que su cabello se había vuelto completamente blanco, casi no tenía arrugas. Todavía era un hombre apuesto, aunque viejo y martirizado por el dolor en las articulaciones, pero poseía la naturaleza y la terquedad necesarias para disimularlo; era capaz de aparentar estar sano y fuerte en presencia de otros, aunque tuviera que recurrir a un gran esfuerzo de voluntad. El orgullo lo exigía, y él era un hombre muy orgulloso.

—Ahora es el regente, nombrado de manera oficial. Tanto Inglaterra como sus súbditos están en sus manos —dijo Harriet Whitworth, retorciendo las suyas propias—. Y te ruego que bajes la voz, Thomas. Su emisario aún no ha salido por la puerta principal.

Una vez que el emisario hubo abandonado la habitación, Thomas se desplomó en el sofá.

—¿Acaso crees que me importa que me oiga? —gruñó, dirigiéndose a su mujer—. Tiene suerte de que no lo haya echado de una patada en el culo.

Harriet corrió hacia la puerta del salón y, por si acaso, la cerró antes de regresar junto a su marido y susurrar:

—Sin embargo, no queremos que nuestras opiniones sobre el príncipe regente lleguen directamente a sus oídos.

Harriet era joven cuando se casó con Thomas, conde de Tamdon, era un muy buen partido y aún una beldad a los cuarenta y tres años gracias a sus cabellos rubios y sus ojos azules y cristalinos. Creyó que podía amar a ese esposo escogido por sus padres, pero él no hizo nada para fomentar ese sentimiento, así que jamás lo experimentó. Thomas era un hombre de carácter duro, pero ella había aprendido a convivir con él sin convertirse en el blanco de sus iras y sus despotriques, y también a no provocarlos nunca.

No le quedó más remedio que volverse tan dura e insensible como él, y creyó que jamás le perdonaría por convertirla en una copia de sí mismo, pero al menos no se mofaba de sus opiniones y de vez en cuando incluso tenía en cuenta sus sugerencias. Eso significaba mucho en el caso de un hombre como Thomas, así que a lo mejor la apreciaba un poco, aunque jamás lo demostrara. Y no se trataba de que ella todavía deseara su afecto: la verdad es que deseaba que muriera de una vez, para poder volver a ser la misma de antes... si es que aún quedaba algo de su ser anterior. Pero Thomas Whitworth era demasiado terco como para morir a tiempo.

Le trajo una manta y trató de envolverle las piernas, pero él lo rechazó: quería hacerlo él mismo. Aunque era verano, Thomas sentía frío con facilidad mientras otros ya sudaban. Detestaba sus dolencias y sus doloridas articulaciones; casi todos sus ataques de furia estaban dirigidos contra él mismo, porque ya no era el robusto hombre de antaño, pero su ira actual solo estaba dirigida contra el príncipe regente.

—¡Qué audacia intolerable! —exclamó Thomas—. ¿Acaso crees que no es consciente de lo que toda la nación piensa de él? Es un hedonista sin el menor interés por la política, solo por los placeres que le brinda su sangre real. Esto solo es un ardid destinado a confiscar nuestra riqueza porque, como de costumbre, está profundamente endeudado debido a sus extravagancias y el Parlamento no le concede ningún alivio.

—No estoy tan segura de que sea así —dijo Harriet—. Podían pasar por alto un duelo, pese a aquella vieja prohibición que el emisario se empeñó en mencionar. Dos duelos causarían sorpresa, pero aun así podían ser pasados por alto porque nadie ha muerto, al menos todavía. Pero el último duelo que Robert libró con ese lobo del norte fue demasiado y se ha convertido en un escándalo. Es culpa de nuestro hijo; podía haberse negado.

—¿Y ser tildado de cobarde? Por supuesto que no podía negarse. Al menos esta vez casi mata a Dominic Wolfe; puede que el cabrón aún muera a causa de las heridas y podremos poner punto final a esta feroz *vendetta* y al osado ardid del regente, que pretendía aprovecharla.

—¿Crees que el príncipe Jorge se está tirando un farol? ¿Que no hará nada si no formamos esta alianza que lord Wolfe nos exige? Me temo que no. Un duelo es por el honor, pero tres ya son un intento de asesinato y hubo un clamor popular excesivo en contra de los duelos por parte de sectores que, en este caso, apoyarán por completo al regente. Opino que le pongamos fin de esta manera, ¿o acaso quieres que nuestro hijo se vea obligado a volver a arriesgar su vida? ¿Es necesario que te recuerde que el propio Robert ya ha sido herido en esos duelos?

—No hace falta que me recuerdes eso, mujer. Pero el príncipe regente está tan loco como su padre si cree que un casamiento entre nuestras familias pondrá fin a la *vendetta* de Dominic. Si se la entregamos es tan probable que Wolfe asesine a tu hija como que se la lleve a la cama.

Harriet frunció los labios. La enfurecía que siempre se refiriera a Brooke como hija de ella, no de él, pero siempre había sido así desde el día que nació. Thomas se había limitado a echarle un vistazo a la hermosa hija que ella le había dado y luego le dio la espalda con un gruñido: lo que deseaba eran hijos, numerosos hijos, no niñas llorosas. Pero Harriet solo le había dado dos hijos, y no por elección propia: otros cinco embarazos habían acabado en abortos.

Pero entonces dijo lo que sabía que él quería oír, y con las mismas palabras insensibles que él hubiese utilizado.

—Mejor ella que Robert. Robert es tu heredero, Brooke solo es otra boca que alimentar en esta casa.

El heredero de los Whitworth escogió ese momento para abrir las puertas del salón y reunirse con ellos. Era evidente que había oído los últimos comentarios y, en tono aburrido, Robert dijo:

—Enviadla de inmediato. Wolfe no la aceptará. Será él quien pierda sus tierras y su título mientras nosotros acatamos la solapada «sugerencia» del regente respecto de una alianza.

Harriet no esperaba otra cosa de su hijo, quien no albergaba ningún amor por su hermana. De un metro setenta y ocho de estatura, casi la misma de su padre y tan apuesto y robusto como antaño había sido Thomas, Robert tenía sus defectos, pero ella lo adoraba a pesar de todo.

Sus dos hijos se parecían a Thomas, tenían su mismo cabello antaño negro y sus ojos verde claro. Brooke incluso superaba a Harriet en estatura por unos centímetros, pero Robert era tan hedonista como el príncipe regente y a los veintitrés años ya había acumulado unas cuantas amantes, tanto en su hogar de Leicestershire como en Londres. Podía ser encantador... cuando quería algo. O de lo contrario era bastante parecido a su padre: desdeñaba tanto a sus iguales como a los criados.

Todo el asunto enfurecía a Thomas demasiado como para que lo tratara con su indiferencia habitual.

—Si has vuelto a meterte en una situación como aquella del año pasado... Si has quebrantado tu palabra...

—No lo he hecho —se apresuró a decir Robert.

—Dijiste que esos duelos carecían de importancia, que eran triviales, ¡pero el empeño de este hombre huele a una disputa que no tiene nada de trivial! ¿Qué diablos le hiciste?

—Nada. Solo me he topado con él un par de veces en Londres. Sea cual sea el motivo por el cual desea verme muerto, no lo reconoce. Supongo que se trata de celos o de algún desaire que le hice, uno tan ridículo que se avergüenza de admitirlo.

—Entonces tenías buenos motivos para negarte a batirte en duelo.

—¿Crees que no lo intenté? ¡Me llamó mentiroso! Eso no podía pasarlo por alto, ¿verdad?

Harriet conocía a su hijo. Tendía a no ser sincero cuando la verdad no le convenía, pero Thomas le creía, desde luego. No querría castigar a su adorado hijo.

Más calmado, Thomas preguntó:

—¿Sabías que plantearían esta absurda exigencia?

—Sí, me advirtieron que Jorge tal vez lo intentaría y por eso regresé a Londres. Él presta atención a los estúpidos consejos de sus aduladores y compinches, que lamentan que una vez más ande corto de dinero. Para poder llevar a cabo su amenaza, Jorge confía en que ignoraremos su ridícula afirmación de que, gracias a esta estúpida alianza, la violencia acabará y reinará la paz. Supongo que no lo complaceréis al respecto, ¿verdad?

—¿Entonces no crees que se está tirando un farol?

—No, por desgracia. Napoleón está matando a muchos ingleses en el continente y los consejeros del regente no creen que sea bueno para la moral de la nación que los nobles se maten entre ellos en casa; y el príncipe hace gestiones para asegurar que todos compartan ese sentimiento. Si le desobedecemos tendrá todo el apoyo necesario para blandir el martillo real contra nosotros.

Thomas suspiró y miró a su esposa.

—¿Dónde está la muchacha? Supongo que habrá que decirle que se casará.

2

Antes de que empezaran a buscarla, Brooke salió de su escondite bajo la ventana abierta del salón y echó a correr hacia los establos. Lo había oído todo, incluso lo que el emisario les dijo a sus padres. Esa mañana iba de camino al establo cuando el hombre llegó en su elegante carruaje, y llevada por la curiosidad se escondió allí de cuclillas para descubrir por qué había acudido. Sus padres rara vez tenían visitas. No hacían vida social en el hogar, solo cuando iban a Londres, así que sus amigos en el condado eran escasos; además, nunca le contaban nada y por eso escuchar a escondidas se había convertido en una costumbre.

Primero la buscarían en su habitación, luego en el invernáculo, después en los establos, los tres lugares que ella frecuentaba. Sin detenerse para comprobar el esguince de la pata delantera del semental ni para saludar al nuevo potrillo, llamó al caballerizo para que se apresurara a preparar a *Rebel*, su yegua. La había llamado así porque eso es lo que ella era: una rebelde, al menos en el fondo. Brooke detestaba casi todos los aspectos de su vida y quería cambiarla, pero carecía del poder para hacerlo, por supuesto, y finalmente la había aceptado.

Decidió no esperar al mozo de cuadra, que seguramente estaría almorzando; no era obligatorio que la acompañara puesto que ella tenía permiso para cabalgar por las tierras de los Whitworth. Sin embargo, estas eran extensas, solo una cuarta parte estaba destinada a una amplia granja donde criaban ovejas cuya lana había enriquecido a los Whitworth durante décadas. ¡Y no es que algún miembro de la familia hubiera esquilado alguna vez una oveja! El resto del terreno era abierto o boscoso y ello le permitía una buena galopada, que es lo que necesitaba ahora. Quería disponer de bastante tiempo con el fin de digerir todo lo que acababa de escuchar, antes de que sus padres compartieran las «noticias» con ella.

Su primera reacción fue una enorme desilusión, porque los duelos de Robert impedirían que pudiera asistir a la temporada social de Londres, tal como le habían prometido. Planear ese viaje había estrechado la relación con su madre; en los últimos años Brooke casi no la había visto y, si no la conociese, incluso podría haber pensado que la idea del viaje excitaba a Harriet.

Brooke hubiera hecho las maletas y hubiese estado preparada para partir a Londres de inmediato. Ya tenía los baúles y el nuevo guardarropa que llevarían. Harriet le había brindado una temporada social en Londres no porque quisiera hacerlo o porque creyera que complacería a Brooke, sino porque era lo que la sociedad esperaba de sus padres y Harriet siempre hacía lo que esperaban de ella. Brooke nunca había tenido tantas ganas de emprender ese prometido viaje. Pero las promesas quedaron en nada...

Entonces el temor la invadió: tendría que casarse con un completo desconocido. Mientras galopaba con *Rebel* a través del prado, pensó que no hay mal que por bien no venga, porque era una manera rápida y segura de escapar de su familia. La idea de ir a Londres y no encajar la había preocupado, porque su don de gentes era tan escaso que quizá no encontraría a un hombre dispuesto a casarse con ella. Ahora esa preocupación había desaparecido.

La decepción y el temor aún la invadían, pero no pudo evitar una sonrisa. Era la primera vez que sentía emociones tan contradictorias, pero su temor ante ese hombre desconocido —que sería «tan capaz de asesinarla como de llevársela a la cama» y vivía muy lejos— no anularía la dicha que le causaba abandonar su hogar. Que la arrojaran en brazos de ese tal Wolfe, ese lobo, no era el modo de escapar que hubiera preferido, pero cualquier cosa era mejor que vivir con una familia que no sentía afecto por ella.

Cuando alcanzó el bosque refrenó a la yegua y enfiló por un sendero que solía recorrer cuando acompañaba a Alfreda, su doncella, para recoger hierbas. Ellas mismas habían creado el sendero en sus numerosos paseos hasta la parte más profunda del bosque. Desmontó cuando llegó a un solitario y soleado claro, alzó la vista al cielo y dio rienda suelta a su ira; luego a su miedo, y finalmente soltó una carcajada de alivio porque por fin ya no estaría a merced de esas personas sin corazón cuya sangre compartía.

«Dios —pensó—, no echaré de menos este lugar ni estas personas... bueno, a excepción de los criados.» Alice, la doncella de la planta superior, le había regalado una caja de cintas bordadas a mano para la temporada en Londres. Brooke derramó lágrimas cuando se dio cuenta del tiempo y el amor dedicados a confeccionarlas. O Mary, la cocinera, que siempre tenía un abrazo y un pastelito para ella. O William, su mozo de cuadra, que hacía todo lo posible por hacerla reír cuando ella estaba de un humor melancólico.

Si Alfreda no podía acompañarla, la echaría demasiado de menos. La doncella había estado a su lado desde que Brooke nació, cuando Harriet no tuvo más leche y Alfreda, que acababa de perder a su propio bebé, había sido contratada para que la amamantara. Después Alfreda se había convertido en su niñera y finalmente en su doncella. Había cumplido treinta y tres años, tenía cabellos negros y ojos de un color tan oscuro que también parecían negros; además era una madre para ella, mucho más de lo que Harriet jamás había sido. También era la mejor amiga de Brooke. Sencilla, mandona, y a veces escandalosamente directa, Alfreda no era servil en absoluto y se consideraba igual a todo el mundo. Brooke pasaba mucho tiempo cuidando las plantas del invernáculo para que Alfreda dispusiera de hierbas durante todo el año.

Los aldeanos de Tamdon confiaban en Alfreda para curar sus dolencias. Acudían a la cocina y le hacían sus pedidos a Alfreda a través del personal de cocina, y ella entonces les hacía llegar sus remedios de hierbas del mismo modo a cambio de una moneda. Hacía tanto tiempo que la doncella ayudaba a las personas que Brooke imaginaba que a esas alturas ya sería rica. Y si bien la llamaban una bruja en vez de sanadora, no dejaban de acudir suplicando las pócimas. Alfreda no era una bruja, solo poseía un antiguo saber acerca de las propiedades medicinales de las plantas y las hierbas, un saber que en su familia había sido transmitido de una generación a otra. Alfreda guardaba el secreto de sus talentos curativos frente a la familia de Brooke porque temía que la acusaran en serio de ser una bruja y la echaran de la casa.

—Sueles tener motivos para enfurecerte y llorar, pero ¿por qué estás riendo? ¿Qué te ha complacido, cielo? ¿El viaje a Londres?

Brooke echó a correr hacia Alfreda cuando la doncella apareció de detrás de un árbol.

—A Londres no. Pero un viaje, desde luego. Tengo unas noticias un tanto buenas para compartir.

—¿Un tanto buenas? —preguntó Alfreda, riendo—. ¿Es que no te he enseñado los peligros que suponen las contradicciones?

—Esta es inevitable. Me dan en matrimonio a un enemigo de mi hermano; no por voluntad propia de mis padres, sino a petición del príncipe regente.

Alfreda arqueó una ceja.

—Los miembros de la familia real no piden: exigen.

—Exactamente, y amenazan con graves consecuencias si sus exigencias no son satisfechas.

—¿Te negarías a obedecer?

—Yo no, mis padres. Pero han decidido no esperar a ver si el regente se está tirando un farol, y en cambio, me enviarán a ese hombre. Robert cree que el hombre me rechazará, así que después de todo tal vez no me veré obligada a casarme con él.

—Todavía no me has dicho qué te complace a ti de este arreglo.

—Estaría dispuesta a casarme con él si eso significa que habré puesto punto final al vínculo con mi familia. Y hay algo a su favor: ha intentado matar a mi hermano en tres ocasiones y por eso ya me cae bien.

—¿Te refieres a los duelos recientes mencionados por tus padres?

—Sí.

—En general, se da por satisfecho el honor tras un único duelo. ¿Alguna vez averiguaste por qué fueron tres?

Brooke sonrió, porque Alfreda conocía su propensión a escuchar en secreto.

—Mi madre se lo preguntó a Robert la última vez que estuvo en casa, pero él esquivó la pregunta diciendo que era una trivialidad, que no merecía la pena hablar de ello. Es obvio que era algo más, pero hoy, cuando mi padre le preguntó qué había provocado la ira de ese lord del norte, Robert afirmó ignorarlo. Pero tú y yo sabemos muy bien que es un mentiroso.

Alfreda asintió con la cabeza.

—Al menos tienes puntos en común con ese hombre con el que pretenden casarte. Eso es un buen comienzo.

—Bueno, sí: ambos compartimos el mismo desagrado por mi hermano, pero yo no traté de matar a Robert, como él me acusó a mí cuando era una niña —contestó Brooke en tono rotundo—. Aquel día, cuando trataba de alcanzar el pie de la escalera antes que él, realmente tropecé y choqué contra su espalda. Tuve suerte y me aferré a la barandilla mientras que él rodó escalera abajo. Pero él afirmó que lo había empujado adrede y mis padres le creyeron, como siempre lo han hecho. Así que me encerraron en mi habitación hasta que Robert se recuperara, ¡pero juro que él fingió que necesitaba unas semanas más para que su tobillo se curara, porque sabía que yo detestaba estar encerrada! Pero me da igual lo que piense. Robert me odiaba desde mucho antes, como tú bien sabes.

Alfreda le rodeó los hombros con un brazo y la estrechó.

—Dejar de ver a ese odioso muchacho te hará mucho bien.

Brooke hubiera incluido a toda su familia en esa afirmación, pero no lo dijo.

—Puede que parta antes de una semana. ¿Vendrás conmigo? Por favor, di que sí.

—Por supuesto que te acompañaré.

—Entonces dediquemos el día a abastecernos de nuevas provisiones y de hierbas con raíces que tú podrás replantar. No sabemos si en el norte hallaremos todas las hierbas que necesitas.

—¿Dónde en el norte?

—No lo sé. Aún no me han dicho nada, en realidad. Yo solo...

La risa de Alfreda la interrumpió.

—Sí, ya sabemos cómo te haces con la información.

3

Tras dedicar toda la tarde a ayudar a Alfreda a recoger sus hierbas predilectas, Brooke regresó a la casa señorial al atardecer. Quería alcanzar su habitación sin ser vista, cambiarse de ropa y cenar antes de ponerse a disposición de la familia; en caso de que hubiesen enviado jinetes en su busca, ninguno se había acercado a los bosques. Pero sus padres no necesitaban hablar con ella de inmediato, era más probable que le informaran de la boda el mismo día de la partida y no antes: la consideración que le prodigaban sus padres era muy escasa.

Recorrió el pasillo a toda prisa y pasó junto al comedor, a esa hora probablemente ocupado por sus padres y su hermano. Brooke jamás cenaba en ese comedor.

«Le desagrada recordar que tú no eres un hijo varón, así que no se lo recordaremos con tu presencia.» Albergaba un vago recuerdo de las palabras de su madre, pronunciadas cuando ella aún era una niña pequeña; era uno de los escasos gestos bondadosos prodigados por su madre que Brooke recordaba, y no habría tenido apetito si se hubiera visto obligada a comer con ellos. Le gustaba comer en la cocina con los criados: allí reinaban las risas, las chanzas y la camaradería. Algunos habitantes de la casa sentían aprecio por ella y llorarían cuando se marchara... pero no su familia.

Cuando comenzó a remontar la escalera, el tercer peldaño

chirrió, y como en ese momento nadie estaba hablando en el comedor, oyeron el chirrido.

—¡Muchacha! —gritó su padre.

El tono de voz hizo que pegara un respingo, pero se dirigió inmediatamente al comedor y se quedó en el umbral con la cabeza gacha. Era una hija obediente, al menos ellos creían que lo era; jamás infringía las reglas... a menos que tuviera la absoluta certeza de que no la descubrirían. Nunca discutía ni alzaba la voz y tampoco dejaba de obedecer una orden incluso cuando deseaba hacerlo. Su hermano la consideraba un tímido ratón, su padre dejó claro que no debía hacerse notar y que prefería no verla ni oírla. La reacción a sus escasas chispas de rebelión infantil fueron reprimidas con cachetadas o duros castigos y aprendió a parecer dócil con rapidez a pesar de que bullía de ira en su interior.

—¿Es que hace tanto tiempo que no te veo, hermana, o es que has crecido de la noche a la mañana? Ya no pareces un tímido ratoncito, ciertamente.

Brooke se enfrentó a la mirada de Robert: a él podía mirarlo a los ojos, no merecía su respeto y jamás lo obtendría, pero resultaba irritante y mortificante que toda esa situación (y el papel que ella se veía obligada a interpretar) fuese culpa de Robert. No cabía duda de que había hecho algo horrendo para que el lord del norte se enfadara lo bastante como para exigir un duelo, y no una vez sino en tres ocasiones.

—Yo tampoco recuerdo haberte visto en años, así que es muy posible que estés en lo cierto y que haya pasado mucho tiempo —contestó con voz monótona.

Evitó que su rostro expresara la menor emoción, algo que resultaba fácil tras haber aprendido el arte del disimulo. Su escasamente afectuosa familia jamás adivinó cuánto dolor le había causado a lo largo de los años.

Aunque su padre la había llamado, aún no le había dirigido la palabra; tal vez él también estaba sorprendido al notar que ya no era la niña pequeña que de vez en cuando veía por ahí. Ella siempre se esforzó por evitar que notara su presencia; la casa era grande y resultaba fácil esquivarlo si uno conocía sus costumbres. Al igual que Robert, Thomas solía pasar mucho tiempo en Londres hasta hacía unos años, cuando el dolor en las articulaciones comenzó a afectarle. Su madre no siempre lo había acompañado a Londres; cuando ella y su madre estaban solas en casa, Harriet había demostrado interés por ella y le hablaba como si guardaran una relación normal. La conducta de su madre la había confundido y supuso que Harriet se sentía sola cuando Thomas y Robert estaban ausentes, o quizás estaba un poco loca porque en cuanto Thomas o Robert volvían se comportaba como si Brooke hubiese vuelto a dejar de existir.

Robert se puso de pie, arrojó la servilleta en el plato y dijo:

—Hablaré contigo después. Existe una estrategia que a lo mejor podrías emplear para salir bien parada de este asunto.

¿Ayudarla, él? Prefería abrazar una serpiente venenosa antes que confiar en cualquier ayuda ofrecida por su hermano, pero dado que en realidad aún nadie le había dicho por qué la habían llamado, Brooke guardó silencio y esperó a que le informaran del futuro que la aguardaba.

Su madre empezó a hablar, explicándole todo aquello que Brooke ya sabía. Lo normal es que una hija hiciera docenas de preguntas, incluso protestara. Pero no ella.

—¿Por qué no me dijiste que ya estaba en edad de casarse? —preguntó Thomas, interrumpiendo a su mujer—. Podríamos haber arreglado un matrimonio con alguien escogido por nosotros; entonces ahora no nos encontraríamos frente a este ridículo dilema.

Brooke sonrió para sus adentros. Su madre había tomado medidas para prepararla para el matrimonio porque no quería que Brooke avergonzara a la familia pareciendo una imbécil total. Aunque no la incluían en las actividades sociales de la familia en Londres, había tenido toda suerte de maestros: de equitación, música, danza, lenguas y arte, además de otros que le enseñaron a leer, escribir y conceptos rudimentarios de aritmética. Jamás recibió elogios por su desempeño puesto que nadie esperaba que destacara en nada, sin embargo, ella aprovechó las enseñanzas.

—Dado que cumplirá los dieciocho el mes que viene, este verano pensaba llevarla a Londres para que disfrutara de la temporada social —dijo Harriet—. Hubiera recibido numerosas ofertas de matrimonio. Te lo dije, Thomas, solo lo has olvidado.

La respuesta de su padre fue un gruñido; Brooke supuso que quizá ya olvidaba muchas cosas debido a la edad. Era lo bastante viejo como para ser su abuelo, se encogía de dolor cada vez que se movía. Alfreda podría haber aliviado sus dolores mediante un remedio de hierbas, pero tal vez la hubiesen despedido solo por atreverse a ofrecérselo. Brooke también podría haberlos mitigado. Gracias a la compañía constante de Alfreda había aprendido los maravillosos usos de las hierbas. Hubiera sido posible ayudar a un hombre bondadoso y decente, incluso de manera secreta, añadiendo hierbas benéficas a su comida y bebida, pero los hombres fríos y sin corazón se merecían lo que la naturaleza les prodigaba.

Harriet mantenía la vista clavada en Brooke, aguardando, y ella se dio cuenta de que quizá su madre esperaba una reacción ante la mención del viaje a Londres. Aunque ya conocía la decepcionante respuesta a la pregunta que estaba por hacer, la hizo de todas maneras:

—¿Entonces no disfrutaré de una temporada social en Londres?

—No, este matrimonio es más importante. Los criados ya han empacado tus cosas. Partirás mañana de madrugada, con una escolta y una dama de compañía.

—¿Tú me acompañarás?

—No, tu padre se encuentra muy mal, así que debo permanecer a su lado y es probable que si Robert te acompaña vuelva a ser retado a duelo, así que eso es imposible. Dominic Wolfe procede de una familia eminente y acaudalada establecida en Yorkshire durante siglos. Conozco a su madre socialmente, pero no muy bien. Nunca me he encontrado con su hijo. Lleva el título de vizconde de Rothdale, pero eso es cuanto sé acerca de ese individuo belicoso que, antes que a la sociedad londinense, parece preferir las regiones agrestes de Yorkshire. Si te rechaza, tanto mejor, porque entonces el hacha caería sobre su cabeza, por así decir, y tú podrías regresar a casa y continuar con nuestra vida habitual. Pero tú no puedes rechazarlo a él. Todos los Whitworth cumplirán con la petición del príncipe regente, para que él no pueda echarnos la culpa de nada.

—Un vizconde está por debajo de nosotros —protestó Thomas—, pero presta atención, muchacha: negarte a casarte con Wolfe sería una locura. Si lo haces te haré encerrar en un manicomio durante el resto de tu vida.

A Brooke le pareció increíble la idea de que el futuro de su familia dependiera de ella, pero la amenaza de su padre la aterró: sabía que haría exactamente eso si perdía su título y sus tierras por culpa de ella. Pero para ella la situación suponía escapar de su familia. No tenía la menor intención de rechazar a lord Wolfe.

Inclinó la cabeza y abandonó el comedor, y solo entonces pudo volver a respirar con tranquilidad. Mañana. No había contado con partir tan pronto, pero... cuanto antes, mejor.

4

—Haz que te ame, preciosa. Haz que se enamore profundamente de ti y disfrutarás de una buena vida a su lado —susurró la madre de Brooke antes de que esta montara en el carruaje.

Brooke tardó horas en deshacerse de la impresión. Su madre la había llamado «preciosa» y le había dado consejo. Ya se había sorprendido cuando Harriet salió fuera para despedirse de ella, dado que durante la noche anterior había enviado al mayordomo a la habitación de Brooke para darle dinero para el viaje en vez de hacerlo ella misma. Las palabras de su madre casi hicieron que pensara que la quería, pero toda una vida demostraba lo contrario. ¿Por qué su madre era incapaz de actuar de manera consistente? ¿Por qué solo recibía esos ocasionales y confusos chispazos de la madre que deseaba, pero que tan rara vez era?

Si Wolfe, el lobo del norte, perdía la cabeza por ella dejaría en paz a Robert, el adorado hijo de Harriet, y cesaría en su intento de matarlo. Brooke no era tonta: ¡solo había un vástago adorado en su familia y sus padres harían o dirían lo que fuera para protegerlo, incluso mentirle a su hija sobre sus posibilidades de seducir a un hombre que detestaba a su familia tanto como ella misma!

El carruaje con el blasón de la familia se había detenido ante la puerta principal. Supuso que el orgullo familiar requería que su llegada ante la puerta del enemigo fuera por todo lo alto. Además del cochero, la escoltaban dos lacayos; esa mañana, más temprano, había ido a los establos para visitar a los caballos por última vez y decirle al mozo de cuadra que se llevaría a *Rebel* con ella: si no regresaba a ese lugar (y realmente confiaba en que no lo haría) no quería dejar atrás nada que realmente apreciaba.

Otros miembros del personal salieron para despedirse de ella. Había pensado que no vertería lágrimas por ese lugar, pero sí por las personas con las que se había criado, personas que realmente sentían afecto por ella. William, su caballerizo, incluso le dio una talla de madera de un caballo y le dijo que esperaba que le recordara a *Rebel*. No era así: la talla no era muy buena, pero ella la apreciaría de todos modos.

Los criados que la acompañaban habían recibido instrucciones: debían regresar inmediatamente a casa con ella si el lobo no la recibía. Por lo demás, los criados (a excepción de Alfreda) debían regresar a Leicestershire en el carruaje. Brooke confió en que la dejaran entrar y que descubriera algo en Dominic Wolfe que le gustara aparte de su mutuo desagrado por su hermano, pero tal vez no sería así y también era posible que no le abriera la puerta.

El emisario había acudido primero a casa de los Whitworth. Desde Leicestershire se tardaba media semana en carruaje hasta alcanzar el hogar de lord Wolfe cerca de York. El hombre del regente ya estaba de camino y solo les llevaba un día de ventaja, lo cual significaba que lord Wolfe todavía ignoraba su llegada inminente. Si la noticia lo enfurecía cuando la recibiera («y con razón», pensó Brooke), deseó que dispusiera de más de un solo día para recuperar la calma antes de su llegada.

Hubiera sido lógico que su familia aguardara hasta conocer la reacción de Wolfe frente a la exigencia del regente antes de enviarla al norte: despachar a Brooke con tanta prisa indicaba temor. Puede que los Whitworth se enfadaran y protestaran ante dicha exigencia, pero jamás hubiesen puesto en evidencia al regente porque las consecuencias eran demasiado importantes para ellos.

Y su hermano... ¡qué villano! La noche antes, cuando acudió a su habitación, Brooke supo que la «estrategia» que Robert mencionó en el comedor no le gustaría al lord.

—Primero cásate con él, después envenénalo —fue lo único que dijo—. Si no tiene otros parientes podremos exigir la mitad de sus tierras o todas ellas. Sé que tenía una hermana que falleció, pero nadie sabe mucho más acerca de Dominic Wolfe.

—¿Y qué pasa si resulta que me gusta? —había contestado Brooke.

Ella no confiaba mucho en que ocurriera, pero podría...

—No te gustará. Serás leal a tu familia y lo detestarás.

Puede que acabara detestando a Dominic Wolfe, pero ciertamente no sería por lealtad a su familia. Sin embargo, ella no lo dijo, y disimuló el estupor ante la sugerencia de Robert. Sabía que era malvado y rencoroso, incluso cruel, pero... ¿también sanguinario? Y, sin embargo, era tan apuesto, disfrutaba de tantas ventajas, incluso era el hijo de un conde... Su única excusa consistía en que era hijo de su padre. «De tal palo tal astilla», era un dicho que nunca había sido tan cierto como en la familia Whitworth.

Ella se negó incluso a tomar en cuenta la absurda sugerencia de Robert. En cambió preguntó:

—¿Qué le hiciste a Dominic Wolfe para que te retara tres veces a duelo?

—Nada que justifique semejante persistencia —contestó él, resoplando—. Pero no nos contraríes con este asunto, hermana. No queremos estar emparentados con él a través del matrimonio. Su muerte eliminará cualquier otra exigencia que el príncipe regente pueda plantearnos.

Ella le indicó la puerta con un gesto y él le lanzó una mirada tan malvada por echarlo que Brooke creyó que quizá le pegaría un puñetazo para hacer hincapié en lo que acababa de decirle: no sería la primera vez que lo hacía. Pero Robert todavía estaba centrado en su intriga y, antes de marcharse, dijo:

—Como viuda gozarás de libertad, de más libertad de la que jamás te proporcionaría una familia o un marido. No lo olvides, hermana.

¡Era su mayor deseo! Pero no a cambio de lo que él estaba sugiriendo. No obstante, había perdido la oportunidad de averiguar algo más sobre el hombre a cuyo hogar la enviaban; Robert lo conocía, podría haberle dicho algo sobre él, pero no lo hizo. Casi se volvió para hacerle una pregunta antes de que la puerta se cerrara, pero nunca le había pedido nada y no tenía intención de empezar a hacerlo.

Resultaba ridículo que lo único que sabía acerca de lord Wolfe era que quería ver muerto a su hermano. Ignoraba si era joven o viejo, inválido, feo o incluso tan frío e insensible como su propia familia. También podía estar comprometido con otra mujer, podía estar enamorado... Era atroz pensar que la vida de él se pondría patas arriba solo porque quería obtener justicia de su hermano, una justicia que obviamente no podía obtener a través de los tribunales. ¡Ella ya empezaba a compadecerlo!

Ese día, cuando el carruaje se detuvo a la hora de almorzar, Brooke ya se encontraba mucho más lejos de la casa señorial de los Whitworth de lo que jamás había estado. ¡Esa noche ya habrían abandonado Leicestershire! El viaje a Londres hubiese sido su primer viaje largo y la primera vez que abandonaba el condado. Había estado en Leicester y en algunas otras ciudades de los alrededores, pero fueron visitas breves y siempre había regresado a casa por la noche, así que estaba empeñada en disfrutar del viaje, pese a lo que sucediera cuando llegara a destino, y pasó gran parte de aquel primer día mirando por la ventanilla y contemplando unos paisajes jamás vistos con anterioridad.

No obstante, no logró desprenderse de sus temores y del torbellino de sus pensamientos. Al final de la tarde por fin le contó a Alfreda la vil sugerencia de Robert.

La doncella se limitó a arquear una ceja, no parecía sorprendida en absoluto.

—¿Así que veneno, eh? Ese muchacho sigue siendo un cobardica. Te pide que hagas algo pero es incapaz de hacerlo él mismo.

—Pero se batió en esos duelos —repuso Brooke—. Eso supuso cierto valor.

—Apuesto a que disparó la pistola antes de tiempo —dijo Alfreda en tono desdeñoso—. Pregúntaselo a Wolfe, a tu lobo, cuando te encuentres con él. Estoy segura de que confirmará mis sospechas.

—No es «mi lobo», y tal vez no debiéramos llamarlo así solo porque mis padres lo hicieron —dijo Brooke, si bien ella no había dejado de hacerlo.

—Bueno, quizá tengas ganas de hacerlo.

—¿De llamarlo lobo?

—No, de envenenarlo.

Brooke soltó un grito ahogado.

—Por Dios santo... nunca haría tal cosa.

—No, supongo que no. Lo haré yo, si te pone un dedo encima.

Saber hasta dónde era capaz de llegar Alfreda para protegerla de un extraño que se convertiría en su marido supuso un consuelo.

5

Como circulaba a lo largo de la antigua Gran Carretera del Norte, que llegaba hasta Escocia, el segundo día el carruaje de los Whitworth avanzaba mucho más rápidamente. Aunque la carretera era irregular, *Raston*, el gato de Alfreda, no parecía inquieto y ronroneaba recostado en el asiento entre ambas. Nunca lo habían dejado entrar en la casa, vivía en las vigas del establo de los Whitworth y, curiosamente, su presencia nunca pareció molestar a los caballos. Alfreda le llevaba comida, los caballerizos también y *Raston* se había vuelto gordo y pesado gracias a la buena alimentación.

—Tu padre le dijo al maldito cochero que se diera prisa —protestó Alfreda durante el tercer bandazo sufrido esa mañana—, pero esto es demasiado. No creo que lord Whitworth quisiera que llegaras a York antes que el emisario del príncipe regente. Hoy, cuando nos detengamos para almorzar, le diré al cochero que conduzca más despacio. En el viaje de regreso podrá ir tan rápido como quiera.

—Pero esto es divertido —dijo Brooke, sonriendo—. No me importan los bandazos.

—Te importarán esta noche, cuando te duela todo el cuerpo, pero me alegra verte sonreír. Ahora sabes que puedes ser tú misma, reír cuando te venga en gana, llorar cuando quieras e incluso enfadarte de vez en cuando. Lejos de esa casa que te asfixiaba, ya no necesitas disimular tu auténtico estado de ánimo, cielo.

Brooke arqueó una ceja negra.

—¿Estás sugiriendo que deje que ese prometido escogido por el príncipe vea cómo soy de verdad?

—Podrías hacerlo. ¿Por qué habrías de disimular frente a él?

Brooke rio.

—En realidad ya no sé quién soy.

—Claro que lo sabes. Conmigo eres tú misma y siempre lo has sido.

—Pero solo contigo, y solo porque en esa casa tú eras la única que realmente me quería.

—Tu madre...

—No la defiendas. Solo me dirigía la palabra cuando no le quedaba otro remedio, o cuando Robert y mi padre estaban ausentes y ella estaba de un humor parlanchín. E incluso entonces lo único que quería era que me quedara sentada escuchándola, no que participara en una auténtica conversación.

A menudo, Alfreda había intentado convencer a Brooke de que Harriet la quería, y de vez en cuando Brooke llegó a creer que tal vez fuese verdad. A veces su madre le sonreía cuando no había nadie más presente, o permanecía en el umbral del estudio observándola durante una clase con su tutor. En cierta ocasión, cuando Brooke se hizo un corte en el brazo, Harriet apartó a Alfreda para ocuparse de la herida ella misma. Incluso le había regalado a *Rebel*, su bien más preciado, cuando Brooke cumplió trece años. Sí: algunas veces Harriet se había comportado como una madre con ella, pero Brooke sabía lo que era el cariño y lo que te hacía sentir. Lo veía cada vez que Alfreda la miraba, no así en la mirada de su madre. Sin embargo, sabía que Harriet era capaz de sentirlo porque no dejaba de demostrárselo a Robert.

—Era como si ella fuese capaz de ser dos personas diferentes, Freda. Casi siempre fría e indiferente y, en escasas ocasiones, cariñosa e interesada. A veces creí... pero si hubiese sido yo misma con ella me hubiera visto expuesta a la crítica o a un ataque cuando volvía a ser tan fría como padre. El dolor que me causaba habría sido mucho peor si me hubiese permitido a mí misma confiar que podría ser de otra manera. Pero tú... he deseado tantas veces que tú fueses mi madre y no Harriet.

—No tantas como las que yo deseé que tú fueras mi hija. Pero eres la hija de mi corazón, nunca lo dudes. —Alfreda carraspeó y, en tono más formal, añadió—: Sabemos por qué te ocultabas de esa familia anormal: era el único modo de evitar el dolor y el maltrato. Ambas debemos esperar que esos días hayan desaparecido para siempre.

—¿Qué crees que pasará si no le gusto a Dominic Wolfe y me envía de vuelta a casa? —se preguntó Brooke en voz alta.

—Lo único que ocurrirá es que disfrutarás de esa temporada social en Londres, tal como te prometieron, y poco después encontrarás un marido. Pero lord Wolfe debería estar muy loco para que tú no le gustaras, cielo.

—Pero aborrece a Robert y me aborrecerá a mí debido a ello.

—Entonces sería un tonto.

—Puede que lo sea de todas maneras —comentó Brooke en tono un poco lastimero—. Sabía que finalmente me casaría, pero confié en que antes pasaría por un noviazgo.

—Y eso hubiese sido lo correcto.

—Que al menos conociera a mi marido a fondo antes de llegar al altar.

—Ya hemos ido más allá de las circunstancias «habituales», pero podrías exigir un breve noviazgo. Si Wolfe es un buen hombre puede que esté de acuerdo.

—O puede que la familia real le infunda tanto miedo como a mi familia y que me arrastre directamente al altar.

Alfreda soltó una risita.

—¿Qué es lo que quieres: que te rechacen ante la puerta o casarte de inmediato?

Brooke suspiró.

—No lo sabré hasta haberlo conocido. Ojalá nada de todo esto hubiese sucedido.

—Anímate, cielo. Este lord del norte podría ser maravilloso, tal vez el príncipe regente te está haciendo un gran favor.

—O Robert podría haberme hecho el mayor daño no planificado posible: dejarme a merced de un marido que bien podría rechazarme.

—Entonces quizá no debiéramos especular, ¿verdad? —preguntó Alfreda.

—Quizá no.

El tercer día del viaje, cuando se detuvieron para almorzar, nadie del mesón sabía quién era Dominic Wolfe, pero descubrieron que el emisario del regente viajaba con tanta rapidez que a esas alturas tal vez ya estaba llegando a Londres. Al parecer, viajaba de día y de noche, solo cambiando los caballos cuando podía y durmiendo en su carruaje.

Esa noche, cuando se encontraban a escasas horas de la finca de lord Wolfe, Alfreda se negó a seguir el viaje en medio de la oscuridad. Quería que Brooke descansara y que su aspecto fuera el mejor cuando se enfrentara a su lobo por primera vez. Tomaron una habitación en un mesón y Alfreda bajó para ordenar que prepararan un baño para Brooke y que les sirvieran la cena en su habitación. Cuando regresó disponía de más información acerca de la familia Wolfe.

—Esto no te gustará —dijo, con mirada adusta—. Como si no tuvieras bastantes preocupaciones, al parecer una maldición se cierne sobre esta familia a la que te han ordenado unirte, así que me parece que ahora debemos confiar en que te rechacen en cuanto llegues.

—¿Qué clase de maldición?

—Una muy fea, de siglos de antigüedad, una maldición que acabó con la vida de todos los primogénitos de cada generación cuando cumplieron los veinticinco años... a menos que una enfermedad o un accidente se los llevara primero.

Con los ojos abiertos como platos, Brooke dijo:

—Estás de broma, ¿verdad?

—No, solo repito lo que me dijo sobre la familia de lord Wolfe la camarera, luego la cocinera y después uno de sus propios aldeanos que está visitando a un pariente.

—Pero nosotras... yo no creo en las maldiciones, quiero decir. ¿Y tú?

—No realmente. Pero lo que pasa, cielo, es que muchas personas sí, incluso aquellas que supuestamente están malditas. Si te dicen que morirás cuando alcances cierta edad, puede que lleves una vida más temeraria y el daño invocado por la maldición acabe por ocurrir de todas maneras. Pero dudo que los herederos Wolfe se limitaran a caer muertos por ningún motivo. Dile a tu lobo que te lo explique cuando te sientas cómoda con él.

—Lo haré. Es evidente que deben de existir algunas explicaciones sencillas que la familia no se molesta en compartir y por eso el rumor nunca fue suprimido, tal como debería haber ocurrido.

—Sin duda.

—Y a lo mejor les gusta que ese rumor circule... por algún motivo.

—No es necesario que me convenzas a mí, cielo, pero lo que me inquieta es lo de los «siglos de antigüedad». Eso significa que dicho rumor ha circulado durante muchísimo tiempo y ha seguido vivo porque algunos primogénitos murieron cuando cumplieron los veinticinco. Esa es mucha mala suerte para una familia, si es que únicamente se trata de mala suerte.

Brooke fruncía el ceño, pero quería saber qué más había oído Alfreda sobre los Wolfe.

—¿Dijeron algo acerca de Dominic en particular?

—Es joven. Nadie dijo cuántos años tiene, pero es obvio que aún no ha cumplido los veinticinco.

Brooke puso los ojos en blanco y, en tono acusatorio, exclamó:

—¡Realmente crees en las maldiciones!

—No, solo era una pequeña ligereza que evidentemente ha desaparecido por completo.

—Robert mencionó que lord Wolfe tenía una hermana que murió. Puede que el lobo ni siquiera fuera el primogénito de esta generación.

—Lo cual podría ser una buena noticia si creyéramos en las maldiciones, pero la muerte nunca es una buena noticia. Quizá tenga otros hermanos, unos cuya existencia Robert ignora.

—O que sea el último de su estirpe y estuviera empeñado en morir en un duelo. Ojalá supiésemos más cosas sobre él.

—Bueno, existe otro rumor, uno todavía más absurdo. Dicen que de noche merodea por los páramos como un lobo de verdad y que sus aullidos lo demuestran.

Antes de quedarse boquiabierta, Brooke exclamó:

—¡Dime que eso se trata de otra ligereza!

Alfreda le lanzó una sonrisa maliciosa.

—No, pero ya sabes cómo adornan los rumores cada vez que los repiten. Acaban siendo tan disparatados que se reducen a ser chismorreos de mujeres.

—Bueno, es obvio que ese rumor se limita a ser una tontería supersticiosa. ¿Un hombre lobo? A lo mejor también hay un ogro morando en una torre.

Alfreda rio.

—Creo que a estas alturas nada me sorprendería; pero debe de haber algo raro en la familia Wolfe para que estos rumores hayan empezado.

—¿Y los lobos no se han extinguido en Inglaterra?

—De hecho sí.

—Pero no lo estaban hace siglos, cuando las personas supersticiosas iniciaron estos rumores ridículos —insistió Brooke.

—No estoy discutiendo contigo, cielo. No obstante, como los lobos se han extinguido nadie creería que oye un lobo de verdad, solo a uno sobrenatural; pero si las personas realmente han oído aullidos, no cabe duda de que solo son los de un perro de morro largo.

Brooke resopló.

—Bueno, has averiguado más cosas sobre los Wolfe de las que yo quería saber. Creo que me mostraré muy desagradable cuando llegue, para asegurar que me rechace ante la puerta.

6

Dominic estaba de pie junto a la ventana de su habitación, observando el carruaje que a lo lejos avanzaba por el sinuoso camino. El sudor le humedecía la frente y el cabello; le dolía todo el cuerpo, así que no notaba si también le dolía la herida. El día antes le habían informado de que durante la noche uno de los Whitworth se había detenido en un mesón situado a solo unas horas de distancia. Dado que el mensaje había pasado a través de cuatro personas antes de llegar a él, la información acerca de cuál de los Whitworth se trataba no llegó a su conocimiento. Dominic confió en que fuera Robert Whitworth, que hubiese acudido para poner punto final al asunto, pero lo dudaba. El hombre enviado por el príncipe Jorge le aseguró que los Whitworth acatarían la sugerencia del regente. ¡Sugerencia!

Aún lo invadía la ira por la manera en la cual dicha sugerencia le había sido transmitida y también por las descaradas amenazas subsiguientes. Sin embargo, el emisario del regente había parecido tan desinteresado... parecía darle igual el modo en que sus palabras fueran recibidas o su desastroso resultado; él se limitaba a cumplir con su deber.

Gabriel Biscane estaba a su lado; no observaba la llegada del carruaje, sino que contemplaba a Dominic con el ceño fruncido. No era tan alto como Dominic, no medía un metro ochenta de estatura, pero Gabriel, rubio y de ojos azules, era más que un criado y a menudo aprovechaba su estatus.

El vizconde y el hijo del mayordomo se habían criado juntos en esa casa. Eran de la misma edad y sus gustos eran similares; nadie se sorprendió de que se hicieran amigos antes de que su distinta posición social lo evitara. Puede que el padre de Dominic hubiese puesto fin a esa amistad si hubiera vivido más allá del quinto año de vida de Dominic. A su madre le resultaba indiferente y el padre de Gabriel no osó evitarla, así que en el presente Dominic y Gabriel mantenían un vínculo especial que suponía un desafío a las diferencias de clase.

—Has de volver a la cama —dijo Gabriel, haciendo gala de osadía.

—Has de dejar de darme órdenes porque crees que ahora estoy débil. ¿Le has enviado esa carta a mi madre? Prefiero que se entere de la abominable exigencia del regente por mí y no a través del chismorreo, en caso de que salga a la luz.

—Por supuesto, la envié esta misma mañana.

Se suponía que Gabriel era un ayuda de cámara pero, haciendo gala de cierta audacia, había contratado a otro para Dominic y ello lo dejó sin unos deberes específicos. Dominic le había ofrecido otras tareas a su amigo, unas que podría haber preferido, pero Gabriel tampoco cumplió con estas y acabó por decir que sería un factótum, que no estaría al servicio de nadie. En realidad no le había adjudicado un nombre a su puesto actual, pero prometió estar disponible para lo que fuera que Dominic necesitara y que confiaba en recibir un sueldo por ello. Y lo obtuvo. Aunque Dominic lo había despedido varias veces, sabía que lo echaría en falta si su amigo se tomase sus palabras en serio y se marchase.

Gabriel meneó la cabeza.

—Ofrezco buenos consejos, no órdenes, así que no te haría daño si me hicieras caso de vez en cuando. Pero no cuentes con que vuelva a tender tu cuerpo desnudo en la cama si te derrumbas. Iré en busca de lacayos para que lo hagan...

—No estoy tan débil como para no poder pegarte un puñetazo.

Antes de contestar, Gabriel dio un paso a un lado.

—Sí que lo estás, pero no diré ni una palabra más, así que no creas que has de demostrar lo contrario... pero de verdad, cuando hasta eres incapaz de ponerte los pantalones...

«A veces resulta más fácil hacer caso omiso de mi amigo», pensó Dominic. En general Gabriel se encargaba de mantenerlo en forma, tanto verbal como físicamente, y Dominic solía agradecérselo, pero no en ese momento, desde que regresó a casa con esa herida en particular. La anterior solo fue un rasguño, la presente no dejaba de empeorar.

No necesitaba que un médico se lo dijera, sabía muy bien que la herida no cicatrizaba como debiera; acababa de recuperar un poco de fuerza tras perder mucha sangre cuando se inició la fiebre y volvió a decaer.

Volver a su hogar de Yorkshire había sido una estupidez; debería haberse quedado en su casa de Londres para recuperarse tras el último duelo con Robert Whitworth, pero no quiso que su madre supiera cuán gravemente herido estaba ni que circulara la noticia de que Robert estuvo a punto de acabar con su vida. No quería que Whitworth lo supiera, prefería morir antes de brindarle esa satisfacción. Y aún podía suceder; aún se sentía medio muerto, pero solo debido a esa maldita fiebre de la que no conseguía deshacerse.

La ira no suponía una ayuda: tener que enfrentarse a la amenaza del regente y al enemigo apareciendo ante su puerta cuando no se encontraba bien lo enfurecía todavía más.

—Métela en una de las torres cuando llegue —le dijo Dominic a su amigo—. Hasta que decida qué hacer con ella.

—Me parece que la orden que recibiste fue la de casarte con ella —precisó Gabriel en tono seco.

—No pienso hacerlo.

—¿Así que la rechazarás? —preguntó Gabriel, alzando una ceja rubia.

—No tendré que hacerlo, ella regresará a su casa a toda prisa, y los Whitworth podrán enfrentarse a las consecuencias cuando lo haga.

—¿Y cómo piensas conseguir que lo haga?

—Hay maneras de ahuyentar a las vírgenes —replicó Dominic, lanzándole una mirada sombría.

Gabriel volvió a alzar una ceja.

—Muy bien, pero ¿he de recordarte que solo dispones de una única torre que aún resulta remotamente habitable?

—Pues entonces no te costará trabajo encontrarla, ¿verdad? —contestó Dominic en un tono tan seco como el de Gabriel.

Gabriel se dispuso a abandonar la habitación, pero se volvió y habló en tono serio:

—Debo hacer hincapié en que no estás en guerra con esa muchacha sino con su hermano. Maltratarla no servirá de nada.

—En realidad cumple una función muy importante. Hará que Robert Whitworth y su familia pierdan sus tierras y su título.

Una chispa iluminó la mirada de Gabriel.

—Me tranquiliza comprobar que no estás tan loco como pareces. Perdón: que actúas con cierta lógica, quiero decir.

—Este no es un buen momento para poner a prueba mi paciencia, Gabe —le advirtió Dominic—. Trae mi traje de montar. No estaré en casa cuando el enemigo llame a la puerta.

—El doctor Bates dijo que guardaras cama —dijo Gabriel con un suspiro de exasperación.

—Descansaré cuando me haya quitado de encima esta cólera montando a caballo.

—¡Volverás a necesitar a Bates si insistes en hacerlo! Maldita sea, Dom, sé razonable. Se te abrirán los puntos si cabalgas y a *Royal* le disgustará el olor de la sangre.

—Hay un montón de cosas que no le gustan a mi caballo, entre otras tú. Cómo reaccionará a la sangre aún está por verse; y ahora basta de vaticinios nefastos: obedece, aunque sea por una sola vez.

Antes de protestar, Gabriel dio rienda suelta a su frustración.

—Iré en busca de Bates y después me encargaré de tu novia.

Dominic echó a andar lentamente hacia su vestidor para encontrarse con Andrew a mitad de camino.

—No será mi novia.

Gabriel se dirigió a la puerta y, sin volverse, prometió:

—La instalaré en la habitación menos acogedora que posees.

—En la torre —insistió Dominic.

—De acuerdo. Pero no tiene cama.

—¡Pues que duerma en el condenado suelo!

Tras dicha orden la puerta se cerró.

7

—Allí hay otro —dijo Brooke, señalando a través de la ventanilla del carruaje e indicando las ruinas de un pequeño castillo.

—Muchos de los castillos más pequeños de Yorkshire fueron construidos para protegerse de las incursiones de Escocia. Se suponía que Yorkshire debía ser una sólida muralla que evitaría que los ejércitos escoceses alcanzaran el sur.

—¿Escuchaste mis clases de historia, ¿verdad? —preguntó Brooke, contemplando a su doncella con una risita.

Alfreda asintió con la cabeza.

—Tuve que hacerlo. Se suponía que tu tutor no debía enseñarte historia; tus padres lo hubieran despedido si lo averiguaban. Así que yo vigilaba la puerta. ¿No recuerdas que estuvo a punto de perder su empleo a causa de todas tus preguntas?

—Vagamente.

Brooke volvió a mirar por la ventanilla y se preguntó si esa pequeña ruina se encontraba en tierras de Wolfe. Ya deberían encontrarse en estas a menos que en realidad los Wolfe no poseyeran muchas tierras en Yorkshire.

—Me pregunto si permaneceremos aquí el tiempo suficiente como para ver florecer todos esos brezos. —Les habían dicho que florecerían a finales del verano—. Debe de ser un espectáculo hermoso, los brezales son extensos.

—Los brezales de Yorkshire son muy llamativos, incluso cuando el brezo no está en flor, pero yo prefiero los terrenos más boscosos —contestó Alfreda.

Esa mañana el cielo estaba nuboso, el paisaje le pareció un tanto inhóspito y tristón a Brooke. Se preguntó si la impresión solo se debía a sus pensamientos sombríos.

—¿Dónde demonios está? —preguntó con impaciencia, sin dejar de mirar por la ventanilla de su lado del carruaje.

Alfreda no tuvo que preguntar a qué se refería.

—Se encuentra en mi lado.

La fachada de la casa señorial de tres plantas era de piedra gris oscura, casi negra, pero tal vez debido al musgo o a la hiedra que la cubría. A esa distancia resultaba difícil de distinguir. Dos torres se elevaban en las esquinas del gran edificio rectangular y le otorgaban el aspecto de un castillo. Ante cada torre crecía un árbol inmenso, ambos estaban en flor e impedían ver el resto de la finca.

—Tiene un aspecto triste, lúgubre e intimidante.

Al oír sus palabras Alfreda rio y dijo:

—No, no es verdad. No opinarías lo mismo si luciera el sol. Pronto lloverá, así que confiemos en que antes estaremos dentro.

—Si es que nos dejan entrar.

—Basta —exclamó la doncella, alzando la voz—. Si te rechazan ante la puerta escupiré sobre ella. Ya veremos si le gusta que mis maldiciones se sumen a la suya propia.

Brooke no pudo evitar la risa. Alfreda no era una bruja, pero de vez en cuando le gustaba fingir que sí. Alfreda juraba que hacía siglos habían eliminado la T de su apellido: Wichway (que con la T antes de la CH hubiera significado «bruja»). Formaba parte de su mística, cultivada entre los aldeanos para que siguieran sintiendo un temor reverencial por ella, y les advertía de que la T realmente formaría parte de su apellido si ellos le decían a alguien dónde obtenían sus pócimas.

Brooke divisó algo más y exclamó:

—¡Veo setos detrás de la casa! Al menos de este lado, lo bastante altos como para que no puedas asomarte por encima de ellos. ¿Crees que ha creado un laberinto allí? ¡Pues eso sí que podría resultar divertido!

—Sé que te negaron muchas cosas durante la infancia, pero debieras alegrarte de no haberte topado con un laberinto. Puedes perderte en ellos.

—Lo sabes por experiencia, ¿verdad?

Alfreda resopló.

—¿Quién, yo? ¿Entrar en un maldito laberinto? Ja, no en esta vida, pero Cora, la de la aldea de Tamdon, solía trabajar en una finca en el sur que poseía uno. Ella y su pretendiente pensaron que encontrarse en ese laberinto sería divertido y romántico. Era tan extenso que nadie oyó sus gritos pidiendo auxilio. Tuvieron suerte: solo pasaron unos días antes de que los encontraran, no semanas.

—Debieron haber dejado un rastro de mendrugos de pan para volver a encontrar la salida.

—Lo hicieron, pero el gato de Cora los siguió y los devoró.

Brooke meneó la cabeza.

—¿Hay algo de cierto en todo eso?

Alfreda no lo negó ni lo confirmó.

—Lo único que digo es que si entras en un laberinto has de dejar un rastro, pero no uno comestible.

—Lo tendré en cuenta, si es que allí hay uno.

Brooke se reclinó en el asiento; la ansiedad volvía a adueñarse de ella porque su destino ya estaba al alcance de su vista. Se encontraría con su futuro esposo dentro de una hora, si es que él se encontraba allí. Era evidente que el emisario había supuesto que sí, pero ¿y si Dominic Wolfe no estaba en su hogar de Yorkshire y aún no había sido informado de esa boda? ¡Supondría un aplazamiento! Y eso le parecía perfecto; a lo mejor lord Wolfe había sido advertido de lo que le exigirían y tenía la intención de permanecer inasequible de manera indefinida, con el fin de evitar recibir la noticia. Tal vez a ella le gustaría vivir allí, a condición de que Wolfe no hiciese acto de presencia y ella pudiera disponer de la casa a solas.

Alfreda le rozó el hombro e indicó la otra ventanilla con la cabeza. El carruaje había avanzado más allá de la casa señorial, había recorrido la última curva del camino y regresado frente a la casa; entonces vieron un amplio establo adosado a un lado de la casa, y más allá un prado cercado que se extendía hasta el horizonte. Al ver la pequeña manada de caballos que pastaban, algunos lo bastante pequeños para ser potrillos, Brooke los contempló fijamente con sus ojos verde claro.

—¡Quizá cría caballos! —exclamó con voz excitada—. Resulta muy irónico que él ya esté haciendo precisamente lo que yo quiero hacer.

Alfreda rio.

—¿Aún albergas esa idea tonta de criar caballos algún día?

—Sí, ciertamente, y no cualquier clase de caballo sino excelentes caballos de carrera.

—Pero las mujeres no crían caballos —dijo Alfreda en tono brusco—. Sería un escándalo y tú lo sabes.

—Tonterías. Ah, comprendo: querías decir que… no, no, yo no estaría presente durante el apareamiento, tendría un administrador que se encargara de ello, por supuesto. Pero serían míos y yo los seleccionaría e intervendría en su entrenamiento. Sí, es indudable que soy capaz de hacer todo lo demás; además, obtendré buenos ingresos una vez que haya acabado con la familia y los maridos.

—O en cambio podrías dedicarte a tus hijos.

—Si es que algún día tengo uno, pero ¿quién dice que no puedo hacer ambas cosas? ¡Puedo criar caballos y también criadores de caballos!

Brooke rio. Que a lord Wolfe los caballos le gustaran tanto como a ella suponía un punto a su favor. Y dos puntos eran un buen presagio, ¿no? De pronto, él y el lugar donde vivía empezaron a agradarle bastante más que antes.

—Bueno, al menos la idea ha devuelto el color a tus mejillas. Y a buena hora —dijo Alfreda—. Estamos recorriendo el último tramo del camino a la casa.

8

Los árboles bordeaban el camino aunque de manera irregular, así que tal vez no los habían plantado según un diseño preciso; la hiedra cubría las paredes exteriores de la casa, que eran de un color gris oscuro, pero había sido podada delante de las ventanas delanteras. Por encima de la entrada principal Brooke vio una gran vidriera circular de colores, pero desde el exterior no logró distinguir si los cristales formaban una imagen. A ambos lados de la puerta de dos alas crecían arbustos recortados. Escuchar a escondidas bajo las ventanas no resultaría fácil.

Uno de los lacayos de los Whitworth ayudó a Brooke a apearse del carruaje; ella se alisó su pelliza de color lila larga hasta las rodillas y bajó la vista para comprobar que el ruedo de su vestido rosa alcanzaba los zapatos. Decidió no ponerse el sombrero con plumas que llevaba en la mano. En ese momento el sol se asomó entre las nubes. «¿Será un buen presagio?», se preguntó. Quizá no: solo significaba que no estaba lloviendo.

Alfreda también bajó del carruaje con *Raston* en brazos y, en un tono desagradable, comentó:

—Se diría que debían habernos visto u oído llegar, y que estarían aquí fuera para recibirnos y saludarnos. Su personal deja mucho que desear si tenemos que llamar a la puerta.

—Quizá nos hemos equivocado de casa.

—No te hagas ilusiones, cielo, en el último mesón nos dieron indicaciones muy precisas.

También podía tratarse de una manera escasamente sutil de decirle que no era bienvenida, pero Brooke no volvió a mencionarlo. Hacía días que tenía un nudo en el estómago, pero entonces la sensación se intensificó, y creyó que iba a vomitar; el criado que tuviera que limpiar el vómito la detestaría, y no era una buena manera de empezar, si es que las dejaban entrar en la casa.

Los lacayos aguardaban la orden para descargar sus baúles, pero ella se había quedado como paralizada. Alfreda dio un paso al frente:

—Pues adelante, vamos —dijo, y se dirigió hacia la puerta.

Raston soltó un sonoro bufido a medida que la doncella se acercaba y se zafó de sus brazos. Observaron cómo corría a lo largo de un lado de la casa y desaparecía.

—¿Qué mosca le habrá picado? —preguntó la doncella, sorprendida.

—Tal vez haya perros en la casa.

—O tal vez se debe a que allí dentro realmente hay un lobo —replicó Alfreda, insinuando que, después de todo, creía en las supersticiones—. *Raston* suele ahuyentar a los perros; aún no he visto uno que lo intimide.

—Es un lugar nuevo. Todavía no se siente como en casa.

—Y yo tampoco, frente a esta ausencia de bienvenida.

—Vamos a buscarlo.

—No, primero has de instalarte. *Raston* no irá lejos, supongo que se dirigirá directamente al establo. Es lo que acostumbra hacer.

—Aguardemos —indicó Brooke—. Si esa puerta no se abre tendremos un buen motivo para marcharnos.

—Sé que estás nerviosa, pero...

—Esperemos, de verdad. Ha salido el sol, me gustaría disfrutar de...

Brooke se interrumpió. Estaba muy nerviosa; mucho dependía de lo que sucediera ese día y, Alfreda, observándola con atención, se apresuró a asentir. ¿Realmente estaba tan asustada? Tomó aire unas cuantas veces, pero fue inútil.

Transcurrieron diez minutos, tal vez más. Al parecer, ese día no había nadie en casa. O tal vez los Wolfe no tenían criados... No, su madre había dicho que eran una familia eminente y acaudalada. Aquello era un rechazo, el lobo le diría que se marchara. Casi se tranquilizó hasta que se dio cuenta de que había mucho en juego.

Por fin Brooke enderezó los hombros y le hizo un gesto a Alfreda, que avanzó unos pasos y alzó el puño; casi perdió el equilibrio cuando un ala de la puerta se abrió y estuvo a punto de descargar un puñetazo en el aire. Alfreda le lanzó una mirada furibunda al hombre de pie en el umbral. Brooke guardó silencio. Le echó un vistazo y después bajó la vista, como siempre hacía frente a un extraño. Pero el vistazo bastó para que viera a un hombre alto de cabellos rubios cortados a la moda, al igual que su hermano, y ojos azul claro. Un hombre apuesto elegantemente ataviado: llevaba calzones color pardo, una chaqueta bien cortada y una gruesa corbata. No era el atuendo de un criado; si ese era lord Wolfe ella estaría complacida, realmente complacida. Los nudos en el estómago se aflojaron... pero entonces lo oyó decir:

—Me encontraba en una suerte de dilema, así que no pensaba abrir la puerta hasta que llamaran.

—¿Se da cuenta de cuánto tiempo hemos estado esperando aquí fuera? —exclamó Alfreda.

—No más de lo que yo aguardé esperando que llamaran a la puerta.

Brooke se quedó pasmada, esa clase de lógica la dejaba patidifusa. Alfreda soltó una maldición y después, en tono exasperado, preguntó:

—¿Cuál era ese dilema para que optara por ignorarnos?

—Solo quería asegurarme de que las salas estuvieran despejadas antes de invitarlas a pasar.

—¿Despejadas de qué?

—De encuentros furiosos. —El hombre habló tan bajo

que Brooke no estuvo segura de haberlo oído bien—. Pasen, por favor.

—Si tú eres el mayordomo —protestó Alfreda—, me encargaré de que te despidan.

—No lo soy, y no harás tal cosa —dijo el hombre con descaro—. No tardarás en sentir afecto por mí. Me adorarás.

—Ni lo sueñes, cachorro. Llévanos con tu lord.

—No. Las llevaré a sus habitaciones.

Así que ese no era lord Wolfe. ¡Cuán decepcionante! Brooke volvió a echarle un vistazo solo para descubrir que él la miraba fijamente, y no apartó la mirada. Alfreda carraspeó para llamarle la atención. Él la oyó, pero no se ruborizó. En vez de eso, se detuvo, sonrió y le dijo a Brooke:

—Si él no te ama, yo sí te amaré. Ya posees mi corazón. A tus pies, lady Whitworth. Soy Gabriel Biscane y estoy encantado de conocerte.

Aquellos comentarios alegres y ridículos hicieron que una breve y cortés sonrisa curvara los labios de Brooke. No estaba acostumbrada a encontrarse con jóvenes de ninguna clase y nunca había experimentado semejante reacción por parte de uno de ellos.

—¿Así que nos estabas esperando? —preguntó Brooke.

—No tan pronto, pero tú y tu madre deberíais entrar.

—No soy lo bastante vieja para ser su madre —gruñó Alfreda—. Bien, lo soy, pero no lo soy, y si te descubro mirándola como acabas de mirarla una vez más creerás que soy tu madre por la bofetada que te daré.

Alfreda estaba muy enfadada por el recibimiento de Gabriel Biscane, pero él no estaba intimidado por ella en absoluto. Le guiñó un ojo y comentó:

—¿Lo ves? Ya me adoras —dijo, y dio un paso atrás para dejarlas pasar—. Pues entonces, vamos. Os indicaré vuestra habitación, aunque en mi opinión no es una habitación. Muy bien, puede que vosotras tampoco la consideréis una habitación. ¡Es una torre, maldita sea!

Eso no le sonó bien a Brooke, y repitió la demanda de Alfreda.

—A lo mejor deberías llevarnos con lord Wolfe, ¿no?

—No puedo hacer eso. Cuando esté dispuesto a verte reclamará tu presencia.

—¿Hoy?

—Tal vez no.

Otro aplazamiento, y este le causó un suspiro de alivio. Otra sonrisa curvó sus labios y los nudos del estómago desaparecieron. Decidió que Gabriel debía de estar bromeando cuando mencionó la torre, y si no era así, al diablo con la torre: no le importaría tanto si eso significaba no tener que enfrentarse al amo del señorío de inmediato... Bueno, a condición de que la torre dispusiera de una cama. Alfreda se disponía a protestar otra vez, pero Brooke meneó la cabeza ante ella; ya había protestado demasiado ese día, y el señor Biscane ya había reanudado la marcha y atravesaba el vestíbulo.

Cuando pasaron junto a dos columnas griegas que bordeaban el vestíbulo entraron en un pasillo de dos plantas de altura cuyo suelo era de mármol gris. Por encima del revestimiento de madera oscura que cubría las blancas paredes colgaban pinturas al óleo; Brooke vio que eran retratos de hombres y mujeres, algunos de los cuales llevaban ropas que se remontaban a los siglos XVI y XVII. Supuso que se trataban de los antepasados del vizconde.

Del centro del cielorraso del vestíbulo colgaba una gran araña de cristal, pero a tanta altura que un criado se vería obligado a remontar una escalera para encenderla, así que pensó que no era utilizada a menudo. Pasaron junto a varias puertas de doble hoja que sin duda daban a las salas y al comedor, y finalmente alcanzaron la gran escalera principal.

Algunas salpicaduras de colores sobre las blancas paredes hicieron que Brooke volviera la mirada hacia el vestíbulo. La cristalera redonda encima de la puerta proyectaba haces de luz azules, rojos y amarillos sobre las paredes. Los cristales de la ventana formaban una imagen: la cabeza de un lobo mostrando los dientes. Brooke supuso que el emblema formaba parte del blasón familiar; la cabeza de lobo se debía a su nombre, pero ¿por qué habían escogido la imagen de un lobo feroz? A lo mejor el actual lord Wolfe tenía sentido del humor y había hecho construir la ventana como un modo de burlarse de los rumores absurdos. Pero después consideró que tal vez le disgustaba el rumor que afirmaba que aullaba en los brezales, al igual que le disgustaría el rumor acerca de estar maldito y condenado a morir joven.

Una vez llegado al final de la escalera, Gabriel Biscane las condujo a la derecha, a lo largo de un ancho pasillo alfombrado en el que solo había puertas a un lado. Brooke comprendió que esas habitaciones darían a la parte posterior de la finca. Pronto dieron la vuelta alrededor de una esquina y recorrieron otro pasillo que volvía a conducirlos a la parte delantera de la casa. Allí habían dejado abiertas algunas de las puertas situadas a ambos lados del pasillo para dejar entrar la luz. Era evidente que la casa disponía de numerosas habitaciones y que era más amplia de lo que parecía desde el exterior. Al final de ese pasillo, Gabriel se detuvo ante una escalera de caracol. Brooke adivinó que conducía a la habitación de la torre que había mencionado. Hasta ese momento no creyó que hablaba en serio cuando dijo que las instalaría allí.

Se puso tensa y aguardó, pero él no se movió y se limitó a clavar la vista en la oscura escalera de caracol durante unos momentos. Después, sin decir palabra, se volvió, las condujo una vez más a lo largo del pasillo y regresó al otro. Cuando pasó junto a la puerta situada en el extremo echó un vistazo hacia atrás, miró a Brooke y a Alfreda y se llevó un dedo a los labios, indicando que debían guardar silencio; luego se acercó a la siguiente puerta que se encontraba justo a la derecha de la escalera. Brooke recordó lo que le había pasado de niña, cuando interrumpió la soledad de su padre en la planta superior. Solo lo había hecho una vez: en aquella casa las lecciones se aprendían con rapidez.

Gabriel entró en la habitación y abrió dos ventanas para dejar entrar aire fresco. Brooke lo siguió, quería apreciar la vista. No se había equivocado: los altos setos que había visto desde lejos rodeaban una amplia zona ajardinada detrás de la casa, con césped de un brillante color verde y senderos bordeados de canteros de rosas y otras flores bonitas. Había algunos árboles que proporcionaban sombra a los bancos instalados a sus pies y un diminuto estanque. Aquí y allá había farolas para iluminar los senderos por las noches o solo para ofrecer una vista bonita desde la casa. Y en el centro había un laberinto. No era inmenso, pero los setos eran tan altos que no alcanzó a ver los senderos desde la ventana. Mala suerte. Le hubiese gustado memorizarlos antes de aventurarse en el laberinto. Y lo haría... si es que se quedaban allí.

Antes de marcharse, Gabriel susurró:

—Asumiré el enfado del lord por no instalaros donde él ordenó, pero prefiero no despertarlo aún, así que procurad no hacer ruido.

Horrorizada al comprobar que Gabriel no había estado bromeando acerca de la torre, Brooke dijo:

—Por favor, preferiría una habitación menos próxima a la suya, incluso una en esa torre.

Él sonrió, al parecer la ira del lord no lo preocupaba tanto como parecía hacía un instante.

—Tonterías. La mayoría de las habitaciones de aquí arriba no se limpian con regularidad a menos que estén ocupadas por unos huéspedes. Esta es la única habitación desocupada que está limpia y de cuya puerta no cuelga un cartel permanente donde pone «no usar».

Ella no había notado la presencia de ningún cartel.

—¿Por qué lord Wolfe está durmiendo a esta hora del día?

—Me asombraría si lo estuviera. —Gabriel se dirigía apresuradamente hacia la puerta y, sin hacer una pausa, añadió—: Haré que te suban tus baúles.

Brooke podría haberle dado las gracias si la puerta no se hubiera cerrado con tanta rapidez y si no estuviera preguntándose si Wolfe era tan malhumorado como su padre, dado que había que pasar a su lado de puntillas. Y entonces clavó la mirada en la otra puerta, una que muy bien podía conectar esa habitación con la de lord Wolfe y se le ocurrieron toda suerte de ideas alarmantes, ¡la peor de las cuales era que el lobo tendría fácil acceso y podía abalanzarse sobre ella mientras dormía!

9

Gabriel llegó justo en el momento en que el doctor Bates se marchaba. Bates se detuvo para darle las mismas instrucciones que les había dado a los demás presentes en la habitación. Dominic notó la expresión de Gabriel, y hubiera reído si la risa no le hubiera causado dolor. Todos habían estado en lo cierto: los puntos se habían abierto y tuvo que interrumpir la cabalgata, pero el bochornoso sermón del doctor había logrado lo que no logró la cabalgata: distraerlo momentáneamente de su enfado.

Carl, el criado encargado de permanecer a su lado y de traerle todo lo que necesitaba, estaba sentado en una silla junto a la puerta. Cuando el médico impartió sus instrucciones él también pegó un respingo en solidaridad con el vizconde. Andrew, el ayuda de cámara de Dominic, también se encontraba en los aposentos, pero estaba ocupado en el vestidor.

Una vez que el médico se hubo marchado, Gabriel cerró la puerta y se acercó a la cama.

—¿Sanguijuelas? ¿De verdad?

—Al parecer, sea lo que sea que pusiste en el mensaje que convocó a Bates hizo que trajera sanguijuelas —contestó Dominic—. Me advirtió de que no estaría disponible durante los próximos días porque debe visitar pacientes en el norte, pero confía en que las sanguijuelas harán bajar la fiebre. Esa es su opinión, no la mía.

Como Dominic tenía apoyada la pierna herida encima de la sábana, las sanguijuelas y la herida recosida eran perfectamente visibles. Gabriel se negó a mirarlas; en vez de eso clavó la vista en el perro de Dominic, que dormía al pie de la cama.

Después de un momento Gabriel meneó la cabeza y retiró un pelo de la sábana.

—No deberías dejar que ese chucho permanezca aquí, no mientras te aplican las sanguijuelas. Se le cae el pelo. No querrás pelos de perro en la herida, ¿verdad?

—*Wolf* está perfectamente. Se preocupa por mí, se negó a abandonar la habitación cuando Carl trató de echarlo. Después podrás cepillarlo si te inquieta que se le caiga el pelo. —Entonces, retomando el tema que más le importaba en ese momento, Dominic preguntó—: ¿Quién ocupaba ese carruaje, la hija de los Whitworth?

—Así es.

—¿Qué opinó de la torre?

Antes de mirar a Dominic, Gabriel le indicó a Carl que abandonara la habitación.

—No lo averiguamos.

—¿Ya se había marchado?

—No, en realidad creo que lady Whitworth está muy conforme con su habitación.

Dominic frunció el ceño de inmediato.

—¿Dónde la alojaste, Gabriel?

La respuesta fue un murmullo en voz baja y Dominic no la oyó. Estaba demasiado exhausto para repetir la pregunta, así que se limitó a esperar sin despegar la mirada de su amigo.

—En la habitación anexa —contestó este por fin, alzando la voz y suspirando.

—¡Gabe...! —dijo Dominic en tono de advertencia.

—Bueno, la habitación de Eloise está cerrada con llave y siempre lo estará, y tu antigua alcoba está inutilizable porque dejaste gran parte de tus trastos de la infancia en ella.

—¡En esta planta hay numerosas alcobas! ¿Cómo te atreves a instalar a la hermana de mi enemigo en...?

—¡Un momento! No me eches la bronca hasta que estés recuperado, y, además, no me quedaba otra opción. Ninguna de las habitaciones de huéspedes está preparada porque cualquiera que quiere visitarte y quedarse aquí durante un tiempo te avisa con antelación. Esas fueron las instrucciones de tu madre, que tú jamás te molestaste en cambiar, así que solo se limpian estas habitaciones situadas en la parte de atrás de la casa. En cuanto a esa habitación en particular junto a la tuya, tu abuela hizo instalar esa puerta y se trasladó a ella cuando ya no lograba conciliar el sueño debido a los ronquidos de tu abuelo. Si no lo hubiera hecho ni siquiera formaría parte de tus aposentos.

—Sabes muy bien que considero esa habitación como la de mi madre y siempre lo haré. Se trasladó allí cuando murió mi padre y la ocupó hasta que...

—Hasta que se marchó tras el entierro de Eloise. Y juró que nunca regresaría. Jamás le diste ningún uso, salvo mantenerla preparada para ella por si acaso cambiaba de opinión y regresaba.

—No lo hará —dijo Dominic en tono apagado—. Se crio en Londres y prefiere vivir allí. Aquí se apena demasiado, allá se distrae de la pena.

—Pero si lady Anna regresara, de todos modos, no querría ocupar esa habitación en particular e insistiría en alojarse en otra. Querría que tú ocupes todos los aposentos del lord. Además, este arreglo se limita a ser temporal, pero ya que insistes, consideré que instalar a lady Whitworth allí era bastante adecuado, puesto que ahora no tendrá que trasladarse a otra habitación después del casamiento.

A Dominic le importaba un pimiento cuán lógicas sonaban todas sus palabras... a excepción de la referencia al matrimonio. Haría todo lo posible por evitar que se celebrara una boda, pero enfadarse con Gabriel carecía de sentido porque el enfado no duraría. Nunca duraba y de momento no tenía fuerzas para seguir enfadado.

No obstante, soltó un gruñido y dijo:

—Cierra esa maldita puerta.

—¡Desde luego!

Gabriel se apresuró a correr el cerrojo e incluso hizo girar el pomo para asegurarse de que estaba bien cerrada. Cuando regresó, comentó con tono despreocupado:

—Además, no vas a recorrer los pasillos durante un tiempo, donde podrías encontrártela. ¿Están funcionando las sanguijuelas? —preguntó para cambiar de tema.

Pero no lo logró, porque de manera concisa, Dominic dijo:

—Desobedeciste mis órdenes. Aparte de tus enrevesados argumentos, ¿por qué lo hiciste?

Gabriel pegó un respingo, pero no se amilanó.

—Podrás trasladarla a la torre cuando te hayas recuperado. No tuve corazón para hacerlo, eso es todo.

Dominic suspiró y cerró los ojos.

—Te he cansado —expresó Gabriel—. Me marcharé...

—No, no lo harás. ¿Qué miembro de la familia la acompañó?

Gabriel se sentó en la silla junto a la cama.

—Ninguno, lo cual resulta bastante extraño. Sin embargo, la escoltaban varios criados, aunque la única que se quedará aquí con ella es su doncella. Una mujer encantadora, briosa y dispuesta a lanzar terribles amenazas. Uno diría que la lady es ella, pero es obvio que es muy protectora con su dama.

—¿Y la dama?

—No me trató como a un insecto que uno pisa con la bota, como me trató ya sabes quién. Esa última amante tuya... bien, no me repetiré, pero algunas damas son... solo son...

—Sí, conozco los sentimientos que albergas por las zorras estiradas, pero todavía no has respondido a mi pregunta.

—Pues en mi opinión, la dama parecía un tanto intimidada, como si no estuviese acostumbrada a tratar con extraños... o como si no esperara que la invitaran a entrar. O puede que se limite a ser muy recatada. Sí, quizás eso era todo, teniendo en cuenta su juventud.

—No es demasiado joven, ¿verdad? —preguntó Dominic

en tono bastante duro y volviendo a abrir los ojos—. Si me han enviado a una niña...

Gabriel lo interrumpió soltando una carcajada.

—¿De verdad crees que el príncipe regente hubiera planteado sus exigencias sin averiguar primero si había una hija de los Whitworth en edad de casarse? No, al menos es lo bastante mayor para eso. ¿Te gustaría leer algo más del...?

—No.

Dominic aguardó, pero Gabriel se limitó a dejar el libro que había cogido en la mesilla de noche y se acomodó en el sillón para echar una cabezadita en cuanto el lord se durmiera. Como si no hubiese más que contar acerca de ese encuentro con la chiquilla Whitworth. Como si Dominic no sintiera la menor curiosidad acerca de la muchacha que le habían encajado. Y no la sentía. Ella no se quedaría. Incluso pondría un carruaje a su disposición para su viaje de regreso cuando ella se negara a casarse con él.

Como Gabriel no dijo nada más, Dominic no pudo soportarlo más:

—¡Maldita sea! ¿Qué aspecto tiene?

—Confiaba en que no lo preguntaras, pero puesto que lo has hecho... —Gabriel hizo una pausa y suspiró—. Tiene una verruga en la mandíbula izquierda y otra en la nariz. Prometo que me apresuré a despegar la vista de ellas. Tiene mejillas rubicundas más adecuadas a una campesina y grandes ojos de búho. Pero si puedes pasar todo eso por alto y también su peso...

—¿También es gorda?

—Un poco... —Gabriel meneó la cabeza—. Muy bien: es muy gorda, pero una buena dieta y ejercicio podrán ponerle remedio. Puedo iniciar una dieta para ella si tú...

—No. Y no te muestres amistoso con ella, quiero que aborrezca este lugar y se marche por su propia voluntad.

—¿Así que su gordura supone un problema?

—No seas obtuso, Gabriel. Su aspecto no me importa en lo más mínimo.

—Entonces ¿por qué me haces preguntas?

—Porque preferiría no sorprenderme de un modo u otro, y, a decir verdad, temí que pudiera ser una beldad enviada aquí para tentarme, dado que su hermano es un muchacho apuesto pese a su alma negra. Me alegro de que al menos no sea demasiado atractiva, porque mi decisión estaba tomada en cuanto supe que ese adulador de la realeza me amenazó con las consecuencias que suponía no cumplir con los deseos de su amo. Se hará justicia si Robert Whitworth pierde todo aquello que aprecia debido a su hermana. Así que ella debe negarse a casarse conmigo y nosotros nos aseguraremos de que sea así. ¿Está claro?

—Como el cristal.

—Entonces ve a buscarla y tráela aquí.

—¿No te importa que ella se sienta asqueada al ver lo que el médico ha dejado de ti?

—No me importa si se desmaya. Tráela... y también unas sales aromáticas.

10

—Hemos de averiguar si hay un invernáculo o un jardín de invierno donde podamos plantar tus esquejes de hierbas —le dijo Brooke a Alfreda.

Iban de camino al establo en busca de *Raston* y Brooke también quería asegurarse de que *Rebel* estaba bien cuidada. Había dejado su sombrero y su pelliza en la alcoba, pues el día era agradablemente templado. Su vestido estilo Imperio era de manga corta y, para conservar el recato durante el día, llevaba una pechera a conjunto que ocultaba su escote. Brooke nunca había tenido la ocasión de quitarse la pechera, aunque sabía que esperaban que lo hiciera al asistir a las fiestas en Londres.

—Hay que plantar esos esquejes pronto, antes de que se marchiten y mueran —añadió—. Sé que eso te preocupa.

—Lo único que me preocupa eres tú, cielo. Eres y siempre has sido lo único que me importa de verdad, desde el día que te depositaron en mis brazos para amamantarte. Por ahora puedo plantar los esquejes en la tierra, quizá detrás de los setos, donde los únicos que notarán su presencia serán los jardineros. Allí la tierra es buena y fértil, el parque detrás de la casa lo demuestra.

—Sí, pero también podemos montar nuestro propio invernáculo si aquí no hay ninguno. Harriet me dio dinero para este viaje, más del necesario, no porque quisiera hacerlo sino porque ella quedaría mal si me enviaba aquí con los bolsillos vacíos. Ya sabes cómo es: siempre haciendo «lo que se espera de ella», tanto si quiere hacerlo como si no.

—Ella te quería a su manera, cielo.

—No la defiendas. Conozco a mi madre y ahora no tengo ganas de pensar en ella. —Para evitar que esa vieja pena se sumara a los otros desagradables sentimientos que experimentaba en ese momento, Brooke se apresuró a cambiar de tema—. ¿Crees que eso es un invernáculo?

Alfreda dirigió la mirada hacia donde Brooke señalaba: un pequeño edificio junto a los altos setos que bordeaban el parque.

—Desde aquí resulta difícil ver el interior, podría no ser más que el cobertizo de los jardineros.

—No logro distinguir si el techo y laterales son de vidrio o si solo son tablas de colores claros.

Alfreda entornó los ojos y contempló el pequeño cobertizo rectangular.

—Si es vidrio, es vidrio muy sucio, pero echaremos un vistazo después de que encuentre a *Raston*.

En cuanto entraron en el establo oyeron un sonoro maullido que parecía proceder de un lugar por encima de sus cabezas, y se echaron a reír. *Raston* no se levantó de la larga viga en la que estaba tendido, solo quería que supieran que las había visto.

Entonces un anciano de cabellos blancos se acercó a ellas con un adolescente a su lado.

—El gato estará muy bien aquí, señora —dijo—, será bienvenido. Esta mañana vi unos cuantos ratones entre la paja y estaba pensando en traer el gato de mi hermana de la aldea, porque nuestro cazador de ratones residente parece habernos abandonado. No puedo permitir que haya alimañas por aquí asustando a los caballos. Supongo que su gato se encargará de ese problema. Es suyo, ¿verdad?

—Sí, lo es —contestó Alfreda.

El rostro curtido del hombre se arrugó aún más cuando le

sonrió a Alfreda porque había acertado, pero cuando miró a Brooke no supo si debía seguir hablando. Durante un momento ella podría haber jurado que su expresión risueña había dado paso a una compasiva, pero decidió ignorar ese sentimiento, fuera lo que fuese.

—Soy Arnold Biscane, mozo de cuadra principal aquí en la finca Rothdale, y este es Peter, mi hijo menor.

—¿Es pariente de Gabriel Biscane? —interrogó Brooke, curiosa.

—Gabe es mi sobrino. Y Peter ya ha puesto su yegua a pastar junto con las otras, e irá a buscarla cuando usted la necesite. Aquí estará bien cuidada.

—Gracias —dijo Brooke con una sonrisa—. *Rebel* es muy preciada para mí.

No solo adoraba a su yegua: *Rebel* suponía una esperanza para el futuro. Ella quería aparear a *Rebel* mientras aún era joven; en su casa no se lo habían permitido porque el mozo de cuadra principal tenía órdenes de no aumentar el número de ejemplares. A pesar de ello, cuando era más joven había urdido toda suerte de planes para cumplir con su objetivo, incluso trató de aparear a *Rebel* a medianoche, cuando los mozos de cuadra estaban durmiendo, pero temía acercarse al semental de su padre, el preferido de la yegua. Tal vez allí le permitirían aparear a *Rebel*, si es que Wolfe realmente criaba caballos. Se lo preguntaría al vizconde cuando lo conociera, si es que acababa por conocerlo algún día; de momento estaba más preocupada por los esquejes de Alfreda.

—¿Aquello que vimos junto a los setos es un invernáculo? —le preguntó a Arnold.

Arnold asintió con la cabeza.

—Lo hizo construir lady Anna, la madre del vizconde de Rothdale. Adoraba la jardinería y no quería estropear el diseño de la casa añadiendo un invernáculo; cultivaba flores especiales que después replantaban en el parque. Algunas incluso sobrevivieron después de su partida, aunque hace tiempo que todo lo demás en el interior del invernáculo se marchitó y murió.

—¿Cree que puedo cultivar unas plantas en el invernáculo?

Arnold no contestó, quizá porque ignoraba si se lo permitirían, y en vez de eso preguntó:

—Entonces ¿cree que se quedará aquí, milady, y que se casará con su señoría a pesar de la maldición?

Brooke se preguntó por qué de pronto parecía tan triste, y entonces se dio cuenta de que debía de creer en esa ridícula maldición, pero su pregunta casi la hizo reír. ¡Un tema muy deplorable, y ella ni siquiera sabía la respuesta! Así que optó por contestar:

—Es una pregunta excelente, pero la respuesta está en: veremos, pues aún no lo he conocido. Gracias por encargarse de mi yegua; me gustaría conocer todos los caballos de Rothdale cuando disponga de más tiempo, pero de momento iré a comprobar cómo se encuentra *Rebel* mientras mi doncella examina el invernáculo. Me reuniré contigo allí dentro de unos minutos, Freda.

Brooke atravesó el amplio establo y salió por la puerta posterior abierta. Allí comenzaba el cerco del prado y se extendía hacia el oeste. Descubrió a *Rebel* pastando en el prado más alejado; los caballos estaban encerrados en el prado más próximo; los observó durante unos momentos y notó que todos eran espléndidos. Uno trotó hacia ella, era completamente negro, incluso las crines y la cola, y muy elegante pese a su gran tamaño. Asomó la cabeza por encima del cerco, tratando de alcanzarla.

Ella se acercó y le acarició el morro con suavidad.

—Hola, bonito. Sí, sé que no eres una yegua, así que no te ofendas, pero, sin embargo, eres muy bonito.

—Pues sí que eres valiente, ¿verdad? El semental de Dominic no suele mostrarse amistoso con nadie, trató de pegarme una dentellada un par de veces.

El caballo se alejó al galope cuando Brooke se volvió y vio que Gabriel estaba de pie a su espalda.

—Adoro los caballos. Tal vez ellos lo perciben.

Él meneó la cabeza.

—Yo también los adoro, ¿quién no lo haría, con lo prácticos que son? Pero ese bruto siempre trata de morder a todos cuantos se acercan a él, aunque lleven una zanahoria en la mano. Sé cautelosa si vuelve a acercarse a ti, o no te aproximes demasiado al cerco: es el rey del cotarro. —Gabriel rio y agitó la mano—. Como su dueño lo es de todo lo demás.

Eso no parecía una orden, solo un consejo amistoso que ella podía aceptar o ignorar según le viniera en gana, pero asintió.

—¿Has venido para llevarme a conocer la finca?

—No, él está dispuesto a verte —repuso Gabriel, indicando la casa con la mano.

Era como si sus pies hubiesen criado raíces. No podía moverse.

—¿Por qué?

—¿Por qué? —dijo Gabriel, riendo—. Y yo que creía que querías conocerlo hoy mismo.

Ni hablar. La sensación desagradable había regresado, revolviéndole el estómago. Sentía pavor; debería estar acostumbrada a ello dado que, por un motivo u otro, había vivido despavorida durante toda su vida. Era como si todavía fuera incapaz de moverse y, para que él no lo notara, preguntó:

—¿Cuál es exactamente el puesto que ocupas aquí?

—Soy el chico para todo. —Gabriel le lanzó una sonrisa burlona—. Hago todo aquello que Dom quiere que haga.

Que hablara de un modo tan confiado de su señor y se refiriera a él por su apodo la sorprendió.

—¿Lo aprecias?

—Es lo que suelen hacer los amigos.

Si no acabara de conocer a otros Biscane que afirmaron que Gabriel estaba emparentado con ellos, quizás habría pensado que era un miembro de la pequeña nobleza que se había pegado a un benefactor. Robert había tenido un amigo semejante (por más difícil que resultara creer que tuviese alguno) que a menudo venía a casa con él y se quedaba como huésped. No obstante, los criados no solían considerar amigos a sus empleadores; ella creía que era la única miembro de la nobleza que mantenía una relación amistosa con los criados, porque su familia no lo hacía, ciertamente. ¡Dios mío! ¿Resultaría que ella y el vizconde de Rothdale también tenían eso en común?

—¿Entonces es simpático? Me alegro...

Calló cuando vio que Gabriel se ponía muy serio y el nudo del estómago se volvió más tenso. ¡Y él no le contestó!

—No tengo intención de meterte prisa, lady Whitworth, pero a él no le gusta que lo hagan esperar.

—No daré un paso antes de que contestes a mi pregunta.

Gabriel suspiró.

—Ya debes de saber el motivo por el cual te encuentras en la finca Rothdale. Aquí el odio por tu hermano es muy profundo.

—¿Lo compartes?

—Sí.

—¿Por qué?

—¿No lo sabes?

—Robert y yo no hablamos. Creo que ni siquiera mis padres saben lo que hizo para que tu señor lo retara a tantos duelos. En realidad, creo que Robert los engañó diciendo que se trataba de una «nimiedad».

—Miserable villano —murmuró Gabriel con expresión airada.

Ella estaba totalmente de acuerdo, pero no compartiría ese sentimiento con un criado. Tal vez él le diría el motivo por el cual el vizconde había retado a duelo a su hermano.

—¿Qué hizo?

—A mí no me corresponde decírtelo. Estoy seguro de que

Dominic te lo dirá si se lo preguntas... En realidad, tal vez no deberías mencionarle ese tema, al menos no hoy.

—¿Así que me medirán con el mismo rasero que a mi hermano? —preguntó—. ¿Es eso lo que puedo esperar de este encuentro con lord Wolfe?

—La verdad es que ignoro lo que puedes esperar, pero si envía a otro en tu busca, no será bueno para ti ni para mí. Te ruego que empieces a dirigirte a la casa, por favor.

Ella logró ponerse en movimiento, si bien lentamente, y trató de no pensar en lo que estaba a punto de ocurrir en esa casa. Se volvió hacia Gabriel para distraerse.

—Hay muchos miembros de tu familia trabajando aquí.

—No muchos. Unos cuantos primos, un tío, mi madre. Hay más en casa de los Cotterill y los Jakeman. Nuestros antepasados vivían en la aldea de Rothdale y sus alrededores. Puedes verla desde la torre occidental, o podías verla antes de que un incendio casi la destruyera. Ahora nadie va allí. Antes de morir, mi padre era el mayordomo de la finca; quería que yo ocupara su puesto, intentó prepararme para ello cuando era un niño, pero yo estaba demasiado ocupado divirtiéndome con Dominic como para dedicarle tiempo a eso. Así que contrataron a un nuevo mayordomo cuando mi padre murió.

—¿Qué provocó el incendio?

Él también contempló la torre, y añadió en tono grave:

—Fue Dominic.

—Un accidente muy desagradable. ¿Qué estaba haciendo allí?

—Prendiéndole fuego a la torre.

—¿Adrede? —inquirió Brooke, soltando un grito ahogado.

—Sí. Era la habitación de juegos predilecta de su hermana cuando era una niña. Antes de que muriera, solía volver a la torre, pero no para jugar. Solo permanecía de pie ante la ventana durante horas. Murió aquel otoño.

—Lo siento.

—Todos lo sentimos. Todos la adoraban.

—¿Lord Wolfe tiene más familia?

—Su madre y algunas primas lejanas, pero él es el último Wolfe que lleva ese nombre... y quiere seguir siéndolo.

11

Brooke todavía avanzaba a regañadientes cuando alcanzaron el piso superior; ansiaba desesperadamente que se produjera una demora y evitar así tener que entrar en la habitación del final del pasillo. Se detuvo por enésima vez y preguntó:

—¿Por qué me alojaste en una habitación conectada con la del vizconde, Gabriel?

Él volvió la cabeza y dijo:

—Tal como le dije a Dominic, nos ahorrará las molestias de trasladar tus pertenencias después de la boda. Pero te aseguro que la puerta está cerrada con llave... por ahora.

Ello habría supuesto un alivio si Brooke no estuviera tan angustiada.

—¿Acaso sabes a ciencia cierta que habrá una boda?

Él la miró y se limitó a decir:

—Una de estas habitaciones era la de su hermana. Está cerrada con llave y siempre lo estará. Otra es la antigua habitación de él...

—En vez de decírmelo, ¿por qué no me la muestras? —lo interrumpió ella.

—Quizás en otro momento. Él está esperando.

Gabriel se adelantó y abrió la temida puerta; ella echó un vistazo a la puerta de su habitación y se preguntó si podría hacerse fuerte allí dentro, pero ¿de verdad quería parecer una cobarde? «¡No soy una cobarde!», se dijo.

Hacía falta valor para vivir con su propia familia, y astucia y talento para evadirse y fingir, pero en su casa ella conocía todas las variables y sabía exactamente a qué debía enfrentarse. Esto era diferente. Esto era lo desconocido, y lo que ocurriera podía afectar a su futuro. Las primeras impresiones eran importantes, no quería que allí la tildaran de cobarde... si es que se quedaba. Era hora de averiguarlo.

Entró en la habitación inclinando la cabeza respetuosamente. Un movimiento a su izquierda atrajo su vista hacia alguien sentado en una silla restregándose los ojos soñolientos. Se apresuró a ponerse de pie, inclinó la cabeza y murmuró:

—Milady.

A su derecha había otro hombre, este de mediana edad y vestido de manera más formal, de mayordomo, que se acercó desde la esquina oriental de los aposentos.

También la saludó inclinando la cabeza y susurró en tono respetuoso:

—Milady.

Una tercera voz autoritaria dijo:

—Marchaos.

Ella se apartó para dejarlos pasar, dio unos pasos hacia el hueco de la ventana y pegó un respingo cuando la puerta se cerró a sus espaldas. Sabía vagamente de dónde procedía la voz de lord Wolfe: de algún lugar por delante de ella, pero sin alzar la vista solo logró ver los pies de una cama.

Entonces un perro corrió hacia ella y olisqueó sus zapatos. Instintivamente, quiso ponerse en cuclillas y saludarlo, pero eso revelaría que le gustaban los animales y aún no quería revelar esas cosas acerca de ella misma. El perro era bastante alto, tenía un morro largo y un pelaje de color pardo grisáceo que daba paso a un tono crema en torno al cuello y la panza. No sabía a qué raza pertenecía pero supuso que, con un morro tan alargado, sonaría como un lobo cuando aullaba.

Cuando el animal se sentó a su lado se atrevió a preguntar:

—¿Cómo se llama?

—*Wolf*.

—Pero en realidad no es...

—No, no es un lobo. Lo encontré en el brezal hace unos años, todavía era un cachorro pero estaba medio muerto de hambre. Creyó que podía roerme la pierna; me gustó su determinación de no morir así que lo llevé a casa y le di de comer.

—¿Aúlla en los brezales?

—No que yo sepa. ¿Así que has oído el rumor?

—Sí, pero hice caso omiso.

—Ven aquí.

Brooke se puso tensa. Bien, la situación no tenía remedio y, además, acababan de mantener una conversación bastante normal. A lo mejor él no era tan frío y vengativo como ella había esperado; tal vez su hermano había mentido y fue él quien exigió los duelos, mientras que lord Wolfe solo era un inocente en relación a la *vendetta* de Robert por alguna ofensa imaginaria. Era posible: quizá tanto ella como el vizconde eran víctimas del carácter malvado de Robert.

Avanzó unos pasos más, pero todavía no osaba mirarlo. Cuando lo hiciera se daría cuenta de inmediato de cuál era su carácter; descifrar el carácter de las personas se le daba bien, un efecto secundario de impedir que los demás descifraran el suyo. ¡Pero no veía los pies de él y no tardaría en alcanzar la pared!

Entonces los vio, al pie de la cama. Uno estaba debajo de la sábana y el otro, grande y desnudo, apoyado encima. ¿La recibía postrado en la cama? Eso era tan inadecuado que se quedó pasmada y mortificada, y confió en que el rubor no le cubriera las mejillas.

Alzó la vista y contempló el rostro de él y todo su cuerpo... y entonces no pudo evitar sonrojarse. Estaba sentado en la cama, apoyado contra una docena de almohadas, con una pierna completamente desnuda y también el pecho. La sábana le cubría las caderas y advirtió las sanguijuelas pegadas a su muslo izquierdo, lo cual explicaba por qué no se cubría la pierna.

Ya había visto demasiado tras ese primer vistazo, así que no despegó la mirada de su rostro. Brooke creía que nadie podía superar la apostura de Robert, pero aquel hombre la superaba... ¡y con mucho! Los hombros desnudos, el torso cubierto de vello negro, el cuello y los brazos gruesos eran una imagen de cruda virilidad. Era la primera vez que veía tanta piel masculina desnuda.

¿Era necesario que él fuera un espécimen tan grande y fornido? ¿Acaso ya no se sentía bastante intimidada como para encima inquietarse por su tamaño? Sería incapaz de escapar de alguien con piernas tan largas y era indudable que no lograría zafarse de brazos tan fuertes. Y ¿por qué lo único que se le cruzaba por la cabeza al ver tantos músculos era una confrontación con él? Porque realmente parecía un salvaje.

Se debía al cabello, largo, negro y muy descuidado, y a los ojos de fiera. Eran de un color castaño claro con numerosas motas doradas, y los ojos ambarinos, como los que podría tener un lobo. Brooke tuvo que reprimir una risita histérica, pero ¿quién podría culparla por ser fantasiosa? Afectada por los nervios, los temores y los rumores sobre hombres-lobo y maldiciones, su imaginación se volvía desenfrenada.

—¿Brooke Whitworth?

Ella se olvidó del lobo de la cama y se centró en el hombre.

—¿Por qué lo dudas?

—No tienes verrugas.

—No, ninguna que haya notado.

—Gabe insinuó...

—¿De veras? Debiera avergonzarse. ¿Suele tomarte el pelo a menudo?

—Sí, por desgracia.

Ella sonrió, pero solo para sus adentros.

—Dado que aún conserva su puesto, eso no debe de molestarte, ¿verdad?

—Somos amigos desde la infancia, por desgracia, así que él se aprovecha de ese hecho.

—Esa es una manera curiosa de describir a un amigo de muchos años... como una «desgracia».

—Es probable que sea el único que llorará cuando me muera. Es algo que lamento.

«¡Qué palabras más tristes, como si quisiera mi compasión!», pensó Brooke. ¿O acaso solo la estaba poniendo a prueba para comprobar que era capaz de sentir compasión? Cuando la expresión de él se endureció, ella decidió que ni lo uno ni lo otro. Tal vez no había tenido intención de revelarle algo semejante, así que se apresuró a decir:

—¿Estás herido?

—Un regalo de tu hermano que se niega a cicatrizar.

Pronunció la palabra «hermano» como si fuese la cosa más aborrecible del mundo. Realmente tenían algo en común, pero ella no quería hablar de lo que sentía por Robert; en cambio echó un vistazo a las sanguijuelas pegadas a su muslo y preguntó:

—No le estaba apuntando a tu corazón, ¿verdad?

—Creo que es obvio a qué apuntaba.

¿Un caballero grosero? No, él no era un caballero en absoluto, o de lo contrario intentaba impresionarla. Eso último era más probable, pero no funcionó. Lo que le chocaba era la pierna larga y desnuda, el torso desnudo... no que su hermano intentara asegurarse de que no hubiese más Wolfe. Pero eso no hubiese sido la meta de Robert: su meta hubiera sido matarlo.

Así que dijo:

—No estoy de acuerdo. Lo que resulta evidente es que su destreza para disparar una pistola es tan escasa como la tuya.

Demasiado tarde se dio cuenta de que acababa de insultarlo y se sorprendió cuando él dijo:

—No acostumbro a batirme a duelo.

—¡Qué lastima! Si tuvieras más experiencia podrías habernos ahorrado a ambos este...

Se interrumpió. Decirle que ella no deseaba ese matrimonio era revelar demasiado.

Pero él lo adivinó de todos modos, y replicó en tono seco:

—¿Matrimonio no deseado?

Brooke podría haber mentido, pero optó por no contestar. Lo que quiso decir fue que hubiera querido que él diera en el blanco, no Robert, pero aclarar ese punto no tenía sentido. Él pensaría lo peor de ella sencillamente por asociación. Ella era una Whitworth, la hermana del hombre que él trató de matar en tres ocasiones. Pero no logró reprimir su curiosidad.

—¿Por qué no practicaste? ¿No sería una medida lógica practicar primero y después retar a duelo?

—La cólera no hace caso de la lógica.

Bien, puede que no para algunas personas como él, pero de acuerdo: tenía razón.

—¿Tienes edad para casarte?

La pregunta fuera de contexto hizo que volviera a mirarlo. De momento su ira parecía estar bajo control, pero no podía estar segura; todavía no había logrado descifrar su carácter, solo sabía que se enfadaba y se equivocaba con rapidez, y que no le daba la bienvenida con una sonrisa. Tal vez jamás sonreía, pero si él volvía a mostrarse cortés, ella también podía hacerlo.

—No creo que a alguien le importe si la tengo o no la tengo. Al príncipe regente ciertamente no, quien exige que nuestras familias se unan a través del matrimonio; pero da la casualidad que cumpliré los dieciocho dentro de unas semanas.

—¿Y qué puede saber del matrimonio la mimada hija de un conde, sobre todo una tan joven como tú?

Ella se puso un poco tensa.

—Comprendo lo que se espera de mí.

—¿Lo comprendes? Lo dudo mucho. Es más probable que tu cabeza esté repleta de ideas erróneas, pero ¿cómo podría no ser así cuando la mitad de los aristócratas engendran sus hijos sin ni siquiera quitarse el camisón?

Ella se quedó boquiabierta. Luego se apresuró a cerrar la boca.

—Acércate.

Brooke no se acercó: estar a sesenta centímetros de la cama ocupada por un lobo desnudo era suficiente. Todavía no estaban casados, se negaba a proporcionarle una muestra...

—Se ve que no sabes lo más básico sobre el matrimonio, ¿o acaso tu madre no te dijo que, ante todo, debes obedecer a tu marido?

Ella conocía esa regla, pero también sabía que sin cierto respeto y devoción mutuos un matrimonio podía acabar por volverse bastante insoportable... para ella. Pero ¿qué diablos estaba haciendo él? ¿Se limitaba a asegurarse de que ella sería una esposa sumisa? ¿O dejarle claro que convertirse en la esposa sumisa de él no sería agradable?

Antes de que él se lo repitiera avanzó un paso, pero cuando se limitó a mirarla fijamente, aguardando, supo que él quería algo más. Debía tomar una decisión. ¿Ponerlo en evidencia? ¿Mostrarse obediente? Recordarle que... no: tenía que casarse con él, de lo contrario su familia perdería sus tierras y el título. Y él tenía que casarse con ella por el mismo motivo. Y bueno, pues entonces se casarían.

Brooke se acercó hasta que sus muslos chocaron con el colchón; él le rodeó la cintura con un brazo y deslizó la mano hacia arriba. Fue un movimiento tan repentino que ella casi se derrumbó sobre el pecho de él, pero lo evitó a tiempo apoyando una mano en la cabecera de la cama, justo por encima del hombro de Wolfe. Seguía aferrando su cintura y su brazo era demasiado fuerte como para resistirse. Él presionó su boca contra la suya y el pesado brazo que le rodeaba la espalda impidió que ella se apartara.

La besó. Su ira hizo que el beso pareciera apasionado. Era apasionado, era dominante. Una promesa de lo que podía hallar en la cama de él en caso de que la aceptara. Una promesa de que no habría ropa entre ambos si la aceptaba, de que era un hombre vigoroso que cogería lo que deseaba cuando lo deseaba. El corazón de Brooke palpitaba como un caballo desbocado; una lengua persistente, el roce de su barba contra la piel, sus dedos en la nuca que la hacían estremecer, el olor a whisky de su aliento... Todo ello no la repugnaba, más bien la atraía a lo prohibido.

Pero cuando él dejó de abrazarla y retiró la lengua de su boca ella se apresuró a retroceder un paso. Imaginó que él se había aburrido de la lección y no tuvo duda de que únicamente se traba de eso: de una lección.

Él pareció confirmarlo cuando dijo:

—Eso es lo que puedes esperar.

Brooke quería huir de la habitación, pero se mantuvo firme. Sabía lo que su padre le haría si se negaba a casarse con lord Wolfe. Apartando un mechón de cabello que se había soltado de su peinado, inspiró profundamente para tranquilizarse y vio que una copa y una botella de whisky escocés estaban apoyadas en la mesilla de noche. ¿Así que el lobo bebía durante el día? Un mal presagio. ¿O acaso bebía whisky para aliviar el dolor de su herida?

—¿Tienes dolores?

—¿Aún sigues aquí? —gruñó él, entornando los ojos ambarinos—. ¿Es que te importa?

—Si eres un borracho, sí, me importaría.

—Pues entonces, sí. Soy un borracho.

Ella chasqueó la lengua. ¿Es que nada de ese encuentro saldría bien? Casi habían tenido una conversación normal cuando él le preguntó cuántos años tenía, y trató de regresar a ese punto.

—Te dije cuándo era mi cumpleaños. ¿Cuándo cae el tuyo?

—Fue la semana pasada.

—¿Así que acabas de cumplir los veinticinco y esperas morir en algún momento durante los siguientes doce meses?

—O, gracias a tu hermano, en los próximos días a causa de esta herida; pero ¿cómo sabes lo de la maldición?

—Anoche, en el mesón cerca de aquí, oímos más de un rumor.

—¿Y eso no te ahuyentó?

—No creo en tales cosas.

—Mala suerte.

—¿Perdón? —dijo Brooke en tono tenso.

—Eres la hermana del hombre responsable de la muerte de mi hermana. Aquí jamás serás bienvenida.

«¡Dios mío! ¿Qué había hecho Robert?» Brooke tardó un momento en asimilar cuánto la detestaba ese hombre. Claro que la detestaba, si Robert le había hecho daño a su hermana.

—¿Qué hizo?

—¡No finjas ignorarlo!

Frente a semejante cólera, Brooke no sabía qué hacer. Si allí no era bienvenida, ¿significaba que él no tenía intención de casarse con ella? En ese caso, ¿por qué había querido verla y por qué ese beso?

—¿Debiera abandonar Rothdale?

—Sí.

Ella soltó un grito ahogado y se volvió, dispuesta a dirigirse directamente a la puerta; si lo hubiese hecho más aprisa no habría oído que él añadía:

—Si esa es tu elección.

Se detuvo y, en tono amargo, contestó:

—Sabes perfectamente que no tengo otra elección.

—¡Yo tampoco! —gruñó Wolfe a sus espaldas.

12

En el pasillo de la planta superior, Alfreda avanzó hacia el extremo opuesto donde Gabriel, de pie ante la puerta de la habitación de lord Wolfe, pegaba la oreja contra la puerta. Se acercó para imitarlo, pero él retrocedió y susurró:

—¡Espera! Creo que está a punto de salir de la habitación.

—¿El encuentro no ha ido bien?

—No.

Después de unos instantes, cuando la puerta no se abrió, ambos pegaron la oreja. Alfreda vio la sonrisa burlona de Gabriel, como si hiciera cosas semejantes con frecuencia. A ella solo la preocupaba Brooke y entraría en la habitación sin pedir permiso si consideraba que necesitaba ayuda. Que Gabriel pareciera divertido la irritó; le disgustaba compartir cualquier clase de intriga (incluso una tan nimia como escuchar a escondidas) con un individuo tan impertinente.

A mitad de camino entre la cama y la puerta, Brooke procuraba enfrentarse a su propio enfado. Comprendía la ira de lord Wolfe: su padre también se había enfurecido tras la partida del emisario del regente. Los hombres que mandaban sobre todo cuanto los rodeaba se resistían a recibir órdenes de alguien más poderoso, pero ella no debería ser la destinataria de dicha ira, puesto que no la había provocado. Quien la provocó fue Robert.

«Eres la hermana del hombre responsable de matar a la mía.»

Brooke sabía que su hermano era capaz de cualquier perfidia, pero ¿cometer un asesinato? «Responsable» podía significar toda clase de cosas, pero no podía volver a pedirle una explicación a Wolfe por más curiosidad que sintiera en ese momento, no después del modo en que él había reaccionado frente a ese tema. Quizá se levantaría de la cama para exigir ojo por ojo y matarla. Ella no lo conocía, ignoraba de lo que era capaz, y era obvio que él no la dejaría averiguarlo.

No abandonó la habitación; todavía estaba enfadada con él por negarse siquiera a fingir cortesía como para volver a acercarse a la cama. Sin duda, él creía que acababa de echarla de su casa. ¡Pues allá él!

Sin embargo, Wolfe no parecía decepcionado, aunque su ceja arqueada resultaba muy elocuente. ¿Estaba esperando una pelea? ¿Confiando en que ocurriera? ¿O solo sentía curiosidad y quería saber por qué no había huido?

Mientras contemplaba al vizconde medio desnudo tendido ante ella, pensó: «Menos mal que fui criada por la realista Alfreda, y no por una dama correcta y formal, porque de lo contrario la desnudez de lord Wolfe me hubiese avergonzado aún más.» Notó el sudor que le cubría la frente; era a principios de verano, pero en la habitación no hacía mucho calor, debía de tener fiebre. Brooke se acercó a la cama y contempló la herida del muslo izquierdo para comprobar si estaba inflamada.

—¿No te repugna el aspecto de las sanguijuelas? —preguntó él, observándola.

—Nada que ayude a curar me repugna.

Brooke conocía ciertas hierbas capaces de extraer la ponzoña de la herida con mayor eficacia que las sanguijuelas, pero no lo dijo. En vez de eso preguntó:

—¿Me permites?

Sin esperar la respuesta ejerció una suave presión en la carne cerca de los puntos para comprobar si un líquido amarillo brotaba de la herida. No se le ocurrió (al menos no de inmediato) que en realidad no debería tocarlo, que estaba infringiendo una regla muy clara dictada por la etiqueta. Notó que se sonrojaba pero trató de reprimir el rubor que le cubría las mejillas, recordando que él ya había infringido un par de reglas más importantes al insistir que ella entrara en una habitación donde él yacía medio desnudo, apenas cubierto por una sábana... ¡y encima besándola!

—Esos puntos parecen recientes.

—¿Y tú cómo lo sabes? —preguntó en tono un tanto irritado.

Era evidente que no deseaba su ayuda de ninguna manera, pero ella tenía un motivo, si bien no pensaba explicarle que, dado que detestaba a su hermano tanto como ella, curar a su enemigo mortal le produciría un placer perverso. La muerte del lobo no le serviría de ayuda... a menos que muriera después de casarse con ella. Maldijo a Robert por introducir esa idea en su cabeza.

Sin despegar la mirada de la herida, Brooke contestó:

—Hay sangre fresca en torno a los puntos y no debido a las sanguijuelas. Creo que no has obedecido las órdenes de tu médico.

—Tú eres el motivo por el que tuvieron que volver a coser los puntos.

¿Realmente la culparía también de eso? ¿Porque era demasiado tozudo para quedarse en cama y darle tiempo de cicatrizar a su pierna?

Todavía le costaba mirarlo a los ojos, temiendo que su mirada volviera a fascinarla, o asustarla y hacerla retroceder, pero lo hizo.

—Bien. Que se abriera la herida la drenó y eso hará que cicatrice con mayor rapidez que mediante esas sanguijuelas.

—¿Cómo lo sabes?

¿Cómo contestarle sin revelar demasiado sobre sí misma? ¡De un modo evasivo!

78

—En Leicestershire todo el mundo lo sabe y existen otras maneras de eliminar la ponzoña con mayor rapidez.

—¿Una médico mujer? Me impresiona que hayas encontrado una escuela donde te instruyeran.

Ella notó el tono sarcástico, pero estaba en lo cierto: ninguna escuela estaría dispuesta a instruirla. Pero Alfreda lo había hecho. Brooke no podía dejar que su estado empeorara si podía evitarlo, y eso a pesar de las consecuencias que podría sufrir después.

—¿Te das cuenta de que corres peligro de perder la pierna si la ponzoña se extiende? Las sanguijuelas ni siquiera están lo bastante cerca de la herida para resultar útiles y extraerán más sangre sana que enferma.

Él resopló.

—Tu pronóstico no es profesional, así que no esperes que crea que sabes de qué estás hablando. El doctor Bates me hubiera advertido si mi estado fuese tan grave como sugieres. El doctor regresará dentro de pocos días y demostrará que estás equivocada.

Ella supuso que, desde su punto de vista, su razonamiento era lógico... bueno, desde el punto de vista de cualquier hombre. Como la mayoría de ellos, estaba absolutamente convencido de que era imposible que una mujer supiera más acerca de cualquier asunto que un hombre, así que retrocedió y se encogió de hombros.

—Harás lo que te parezca, desde luego. Pero si cambiaras de idea, Alfreda, mi doncella, una experta en los remedios de hierbas, tal vez sepa cómo curarte, si es que logro convencerla de que te ayude.

—¿Convencerla? —exclamó Wolfe en tono desdeñoso—. Es una doncella. Tú le das órdenes...

—No, no se las doy. Ella me crio; desde que nací ha sido más una madre para mí de lo que jamás fue la mía. No la trato como a una criada y jamás lo haré; ella siempre ha ayudado a las personas que no pueden permitirse consultar a un auténtico médico, y eso significa que nunca ha ayudado a un lord o a una lady. Así que tal como te he dicho, puedo tratar de convencerla de que le eche un vistazo a tu herida, pero quizá se niegue.

—¿Entonces es una sanadora, solo que no una tradicional? —conjeturó él.

Brooke no contestó; no estaba dispuesta a revelar los secretos de Alfreda, ni siquiera debería haber hecho ese ofrecimiento. Era probable que él sobreviviera unos cuantos días más.

—Tengo presente que hay sanadores autodidactas —continuó él—, con conocimientos que han pasado de una generación a la siguiente, que todavía tratan a los enfermos en las zonas donde no hay médicos. Aquí, tan al norte, tenemos suerte de contar con un médico que vive cerca, pero ¿por qué tu doncella tiene una regla que le impide ayudar a la nobleza? —¡Ella había revelado demasiado! La proximidad de él debía de estar poniéndola nerviosa y palideció cuando él añadió—: ¿Es una bruja?

—¡No seas absurdo! Las brujas no existen.

—Claro que existen. La que maldijo a mi familia era una bruja.

¿Entonces él creía que estaba maldito? Le pareció increíble. Era un hombre culto, ¿verdad? No debería creer en supersticiones, pero entonces se le ocurrió que él podía utilizar esa supuesta maldición como otro medio para conseguir que huyera. Debía de creer que si afirmaba que creía en dicha maldición, entonces ella también lo haría. ¡Ja! Esa estratagema no funcionaría.

Dominic no dijo nada más sobre la maldición de su familia; en vez de eso cerró los ojos. Al parecer, había agotado sus escasas fuerzas. No deberían haberse encontrado, Wolfe debería haber aguardado hasta que la fiebre hubiese desaparecido y no sufriera dolores.

—Si esperas sobrevivir hasta que regrese tu médico deberías descansar —sugirió Brooke, y se volvió hacia la puerta.

—Puedes pedírselo a tu doncella —dijo él, abriendo los ojos—. Pero ¿por qué quieres ayudarme?

No esperaba esa concesión y se volvió hacia él.

—Porque tú te convertirás en mi marido.

La respuesta de Dominic fue un gruñido. Ella alzó una ceja en una silenciosa pregunta: ¿acaso sería él quien se negara a cumplir con la exigencia del regente?

—¿Así que crees que podrás hacer que te ame curándome?

—No, en absoluto. Confío en que hallarás muchos otros motivos para amarme.

La respuesta no pareció agradarle y frunció el ceño.

—Te equivocas, Brooke Whitworth. No me complace permitir que te alojes en mi hogar y tampoco debes sentirte bienvenida aquí, porque no lo eres.

La espalda se le tensó. Solo trataba de mostrarse cortés con él, incluso atenta y servicial.

—Entonces dime que me marche.

No lo hizo. No, por supuesto que no lo haría, porque ya había dejado claro que quería que fuese ella quien huyera por su propia voluntad.

—Es tal como he pensado —añadió Brooke en tono amargo—. Tienes que cargar conmigo, al igual que yo tengo que cargar contigo por más que ambos lo aborrezcamos.

13

Brooke estaba demasiado conmocionada para notar que Alfreda formaba parte del grupo de las personas que esperaban al otro lado de la puerta del vizconde; se volvió y echó a correr por el pasillo más estrecho que daba a la torre a la que antes Gabriel la había conducido. Se asomó al oscuro hueco de la escalera y solo vio una luz tenue que procedía de la parte superior, pero, sin embargo, la remontó: quería ver dónde quería alojarla el lobo feroz. Palideció cuando alcanzó la punta de la escalera: en aquella habitación circular de la torre no había más que telarañas, las ventanas eran pequeñas y estrechas y solo dejaban pasar escasos rayos de sol. No era una alcoba, era una celda miserable.

—Bueno —dijo Alfreda, resoplando, y se asomó por encima del hombro de Brooke—. Ahora ya lo sabemos.

—Y gracias a Gabriel que esta noche no me he visto obligada a dormir aquí en el suelo.

—Tú no debes agradecérselo. Hallaré la manera de... si es que algún día deja de fastidiarme.

Brooke se volvió y abrazó a Alfreda, porque en ese preciso momento necesitaba un abrazo. No quería quedarse en esa casa, no quería volver a discutir con Dominic Wolfe; incluso tan enfermo y herido como estaba, no había tardado en enfadarse. ¡Que Dios la ayudase cuando él recuperase todas sus fuerzas! Si es que eso ocurría. A lo mejor debería pedirle a Alfreda que no interviniera y limitarse a dejar que la naturaleza y un médico incompetente tomaran su curso.

Alfreda le acarició la espalda y dijo:

—Si él no es realmente un lobo, todo irá bien.

Dado que ninguna de las dos creía que fuera un lobo de verdad, Brooke sabía que el comentario estaba destinado a levantarle el ánimo; apreciaba la intención de Alfreda, pero no funcionó. De camino a la finca del vizconde de Rothdale se había aferrado a una débil esperanza: que, con el tiempo, él y ella podrían llevarse bien... a condición de que no se negara a casarse con ella. Entonces, al saber cuán profunda era la antipatía que sentía por toda su familia dicha esperanza se había desvanecido.

Un pensamiento muy deprimente y una gran pena. Si hubiera conocido a Dominic Wolfe bajo otras circunstancias le habría resultado bastante atractivo, pues al fin y al cabo era joven y apuesto. Un desenlace muy distinto podría haber sido posible, incluso un noviazgo en caso de que su familia lo aprobara... No: eso solo era lo que debería ocurrir, no lo que podría ocurrir, no cuando Dominic solo era un vizconde. Su padre hubiese aspirado a más, no por ella sino por él mismo. Pero daba igual pues Dominic la detestaba y estaba empeñado en que ella también lo detestara a él. Lo había dejado muy claro.

Brooke se volvió hacia la escalera; quería abandonar esa horrenda habitación y confesó lo siguiente:

—Wolfe me odia. Quiere que huya.

—Habíamos previsto ese resultado.

—Lo sé. Fue absurdo confiar en que tal vez yo le gustaría y que no me odiara de inmediato porque soy la hermana de Robert.

—No, solo fue optimista; pero si huyes, la vida en casa de tus padres no será agradable.

—Mis padres no tendrán un hogar si huyo.

—Pues entonces debemos considerar que existen maneras de tener un matrimonio que no lo es.

—¿Fingir?

Alfreda se detuvo al pie de la escalera y dijo:

—Quizá sea demasiado pronto para considerarlo, pero a lo que me refiero es a un acuerdo mutuo consistente en no compartir una vida íntima. Te sorprenderías al saber con cuánta frecuencia esos acuerdos se han hecho a lo largo de los siglos, cuando las familias, sobre todo las de la nobleza, se unieron por motivos que no guardaban la menor relación con el amor y la estima pero sí con la tierra, el poder o la riqueza. En general, primero suele ser necesario un heredero, pero una vez alcanzado dicho fin el marido y la esposa se dedican a sus propios intereses, incluso viven en hogares distintos... si es que logran llegar a semejante acuerdo.

Brooke pensó que sonaba bastante prometedor.

—¿Es que algo de todo eso es verdad, o solo intentas levantarme el ánimo?

—¿Funcionó?

—Entonces no es verdad...

—Lo es. Sabes muy poco sobre la vida aristocrática porque tus padres la hacían en Londres, sin ti. Pero mi madre trabajó en Londres antes de que yo naciera y después volvió a trasladarse al campo. Estaba al tanto de muchos cotilleos y solía divertirme con cuentos acerca del funcionamiento interior de las casas de la nobleza.

—Así que si semejantes parejas se detestan, ¿por qué no llegarían a tal acuerdo?

—Porque de todos modos el marido hará lo que le venga en gana, y tal vez no le importen los sentimientos de su mujer... a menos que la familia de ella le infunda temor.

Pues esa sí que fue una esperanza breve, ¿no? Ni siquiera duró un minuto. Brooke suspiró.

—Wolfe no le teme a mi familia, al contrario. No me sorprendería que quiera matarnos a todos por lo que hizo mi hermano.

—¿Ya sabemos lo que hizo?

—Lo único que logré averiguar es que culpa a Robert por

la muerte de su hermana. Se enfadó demasiado conmigo como para pedirle más información al respecto.

—Ese es un buen motivo para un duelo, pero es uno todavía mejor para que tu hermano vaya a la cárcel o muera en la horca. Me pregunto por qué lord Wolfe no siguió ese procedimiento.

—Porque quiere ser él quien mate a Robert. Esos tres duelos lo sugieren sin lugar a dudas.

—Puede ser —admitió Alfreda—. Podemos averiguar lo que realmente sucedió a través de los criados de la finca.

—Se lo pregunté a Gabriel, pero solo me dijo que se lo preguntara a Dominic. Tengo la sensación de que aquí nadie quiere hablar de ello.

—A lo mejor no te lo quieren decir a ti, pero los criados hablan con otros criados. Deja que lo intente... Bien, ¿decidiste ser tú misma con él?

—No pensaba hacerlo, pero me enfadó tanto que me temo que no pude ocultar mis auténticos sentimientos.

—Debe de haberte provocado.

—Deliberadamente.

—Sí, pero eso no le diría mucho de ti, cielo, ¿verdad? No revelaría que ríes con facilidad, que no eres rencorosa y que no intentarías vengarte incluso si tuvieras motivos para hacerlo, que tu corazón es puro y bondadoso a pesar de la familia de la cual procedes.

Brooke suspiró.

—Sugerirle un matrimonio fingido quizá se limite a provocar su risa, porque él sería el marido que hace lo que le viene en gana sin que mis sentimientos le importen en absoluto. Además, no quiere ninguna clase de casamiento, lo dejó muy claro. Lo único que quiere es que me marche, algo que no puedo hacer.

—¿Querrías un filtro de amor tal vez?

Sorprendida, Brooke parpadeó y reprimió una carcajada.

—Tal cosa no existe.

—Sin embargo, hay hierbas (y me queda una pequeña cantidad) que estimularán... Bueno, los aldeanos llamaban filtro de amor al tónico que yo preparaba con esas hierbas porque estimula el deseo y algunas personas lo equiparan con el amor. Pero si el lobo de pronto quiere yacer contigo, entonces estará más a favor del casamiento y a partir de ahí todo puede ir rodado.

—Ya me ha besado.

—¿De veras?

—Pero solo fue una estratagema para asustarme. Se enfadó bastante cuando no funcionó.

Alfreda arqueó una ceja.

—¿Te gustó su manera besar?

—No me molestó. Fue bastante... sorprendente.

—Eso es un excelente principio, cielo —dijo Alfreda con expresión complacida.

—Para mí, no para él. No me repugna, ciertamente, no me importaría tenerlo de marido... si no me detestara.

—Acabas de conocerlo, solo hemos estado aquí unas horas. Con el tiempo dejará de odiarte.

—Eso no es seguro, Freda. Y no, no le administres uno de esos filtros que mencionaste. Ahora mismo alberga demasiada ira en su interior como para que yo quiera que me desee. El resultado podría ser demasiado desagradable.

—Pues entonces limítate a tenerlo presente como un último recurso —dijo Alfreda, guiñándole un ojo.

Antes de abordar el tema del estado de Dominic Brooke, puso los ojos en blanco.

—Hablando de tus hierbas, ¿estarías dispuesta a echar un vistazo a la herida que Robert le infligió? No cicatriza y parece tener mucha fiebre.

Alfreda resopló.

—Solo porque te compadeces de todos los perros enfermos con los que te topas no significa que has de compadecerte de un lobo.

—Compasión es lo último que siento por él ahora mismo.

—Entonces ¿por qué quieres ayudarle?

—Porque entonces puede que tienda a tratarme de un modo razonable y no vea a Robert cada vez que me mira.

—Bien, primero almorzaremos para darle tiempo a asimilar el primer encuentro y darse cuenta del notable favor que el príncipe regente le ha hecho. —Alfreda le rodeó la cintura con el brazo y la condujo a lo largo del pasillo—. Además, no tenemos prisa en arreglarlo tras la manera en la que te insultó.

—¿Estabas escuchando detrás de la puerta? —pregutó Brooke en tono acusatorio, al oír que Alfreda empleaba la palabra «arreglarlo» y la misma frase que ella le dijo al lobo.

Alfreda no reconoció haberlo hecho, solo asintió e indicó la torre con la cabeza.

—Hablo de esa habitación que acabamos de abandonar. Eso fue un insulto, cielo, y de los peores.

Brooke estaba de acuerdo, pero no obstante sonrió.

—Almorzar me parece buena idea. Wolfe no empeorará durante las próximas horas, al menos eso creo.

14

Brooke y Alfreda descubrieron una amplia cocina en el rincón trasero occidental de la casa, ocupada por dos hombres, cuatro mujeres y dos niños que realizaban tareas de servicio. Dos Biscane, tres Cotterill, un Jakeman y dos más que no eran miembros de esas tres familias que habían trabajado en la «casa grande», como ellos la habían llamado durante siglos. Las dos recién llegadas no lo averiguaron hasta que les sirvieron el almuerzo en el comedor.

El aspecto de su plato desanimó a Brooke, era evidente que se trataba de otro ardid del lobo para conseguir que abandonaran la casa, pero Alfreda se puso furibunda cuando les sirvieron a cada una dos delgadas rodajas de pan tostado bastante quemadas, y nada más, ni siquiera un poco de mantequilla.

—Ven conmigo —dijo Alfreda, y se dirigió directamente a la cocina.

Brooke estaba de acuerdo: había que hacer algo, las estaban tratando muy mal, pero el enfoque de Alfreda resultó inesperado. Primero les exigió a los criados que se presentaran; mientras estos decían sus nombres y describían sus puestos en tono cauteloso, no dejaban de lanzarle miradas nerviosas a Brooke. Tal vez no estaban acostumbrados a que un par de damas invadieran sus dominios, pero ella también podía haberlos confundido cuando tomó asiento a la mesa de la cocina; ignoraban que ella estaba acostumbrada a comer en la cocina.

Marsha Biscane, la cocinera, era mucho mayor que las otras mujeres; era rubia y de baja estatura, y las arrugas en torno a sus ojos insinuaban un carácter alegre; pero en ese momento no lo demostraba, por desgracia, y permanecía de pie, tensa y con expresión ofendida por la presencia de Brooke y Alfreda.

Alfreda la señaló con el dedo y dijo:

—Si no quieres que te salgan verrugas nos servirás una comida decente.

El rostro de Marsha enrojeció.

—Cumplo con las órdenes de su señoría.

—¿Las de matarnos de hambre? ¿Cuántas verrugas quieres? Puedo ser muy servicial.

Al ver las caras horrorizadas de los otros criados Brooke casi se carcajeó, pero asustarlos quizá no fuese una buena idea, sobre todo si ella acabara por casarse con Dominic, así que dijo:

—Está de broma, Marsha.

—Pues no lo parece.

—Tiene un extraño sentido del humor —le aseguró Brooke a la cocinera—. Estoy segura de que sabes que he de casarme con tu amo y, con el tiempo, engendrar sus hijos, así que mi estado de salud debe ser bueno. Puedes admitir que él no hablaba en serio cuando te dijo que nos sirvieras las sobras, o puedes abandonar la cocina y nosotras prepararemos nuestra propia comida.

—Y a lo mejor también deberías tener presente que una vez que lady Whitworth se convierta en lady Wolfe —añadió Alfreda, sentándose a la mesa—, será ella quien blandirá el hacha en esta casa, por así decir. Si os agradan vuestros empleos quizás estaréis dispuestos a admitir que, dado que lord Wolfe está afiebrado, no pensaba con claridad cuando os dio órdenes respecto de milady.

Entonces reinó el más absoluto silencio. Tal vez no fuera el mejor momento para que *Raston* entrara en la cocina y se instalara en el regazo de Alfreda... o quizá sí. Varios murmuraron la palabra «bruja», pero la cocinera se apresuró a llenar dos platos y los depositó en la mesa. ¿Es que todos los criados de la casa eran supersticiosos? Pero Brooke no quería que ella y Alfreda fueran tratadas como parias si es que permanecían en esa casa, así que debía tranquilizar al personal.

Primero intentó mostrarse cortés.

—Lamenté enterarme de la muerte de la hermana de lord Wolfe. ¿Cuándo murió?

—Ocurrió hace casi dos años y... —La muchacha llamada Janie se secó una lágrima antes de decir en tono casi airado—: No hablamos de la muerte de lady Eloise. Deberá preguntarle a su señoría si quiere saber algo acerca de ese triste asunto.

Brooke se preguntó por qué nadie quería hablar de la muerte de Eloise, pero no insistió. Puede que los criados ignoraran las circunstancias, pero también se preguntó por qué Wolfe había aguardado tanto tiempo antes de retar a duelo a su hermano si Eloise había muerto hacía casi dos años.

El plato de comida que le sirvieron pareció complacer a Alfreda; su expresión se relajó y, tal vez para convencer al personal de la cocina de que no era una bruja, elogió la comida y logró que hablaran de una manera más natural tras narrarles algunas historias divertidas sobre Leicestershire.

La primera con la que Marsha simpatizó fue Brooke, y pudo abandonar su actitud rígida y formal; se sentía más cómoda con los miembros de la nobleza que los demás criados debido a su posición elevada en la casa, y pareció complacida por los elogios de Brooke acerca del pastel; incluso rio cuando Brooke contó la historia de su incursión nocturna a la edad de catorce años, en un intento de conseguir que su yegua se apareara, pero que se había acobardado.

Marsha era la madre de Gabriel y la tía de la joven Janie. Una vez que Marsha bajó la guardia, Brooke se dio cuenta de dónde provenía el carácter alegre y cordial de Gabriel.

Antes de que Brooke y Alfreda abandonaran la cocina, Marsha le dijo a su sobrina:

—Ve y dile a su señoría que estoy alimentando a sus hijos.

Confundida, Janie dijo:

—Pero él no tiene hijos.

—Un día los tendrá y lo comprenderá. Solo díselo.

Brooke disimuló una sonrisa. La mujer bien podría haber ocultado que pensaba servirles comida y no sobras, pero era obvio que Marsha no temía al lobo, y tampoco parecía temer a Alfreda, así que ese día Brooke había alcanzado al menos una meta.

Cuando regresaron a la planta superior después de almorzar, descubrieron a Gabriel esperando ante la puerta de la habitación de lord Wolfe.

—Está enfadado conmigo —gruñó—. No me permite entrar, pero ahora que estáis aquí podéis ayudarme distrayéndolo para que no vuelva a echarme.

—¿Está durmiendo? —preguntó Alfreda.

—Lo dudo. Es demasiado tozudo para descansar de verdad... Conseguir que se quede en cama ha sido un infierno... eh, disculpadme, señoras, pero ha sido muy difícil.

Como Gabriel y Alfreda no parecían querer abrir la puerta para averiguar si Dominic estaba despierto, fue Brooke quien la abrió y entró en la habitación.

—A que es valiente, ¿verdad? —oyó susurrar a Gabriel a sus espaldas.

Que hasta el amigo de Dominic desconfiase de él resultaba inquietante; cuando se asomó al hueco que albergaba la cama vio que el lobo no dormía: le dirigió una mirada entornando los ojos. Sin embargo, ella condujo al pequeño grupo hasta la cama.

—Mi compañera —dijo Brooke, acentuando la segunda palabra—, Alfreda Wichway.

—¿Te llevó todo este tiempo convencerla? —preguntó Dominic.

Ella no se había dado cuenta de que, al darle permiso de acudir con Alfreda, él había supuesto que regresarían en el acto. Ella cargó con la culpa, diciendo:

—No, primero quería almorzar.

—¿Así que me hiciste esperar por una nimiedad? —preguntó Dominic en tono brusco.

Alfreda chasqueó la lengua y, en tono nada conciliador, dijo:

—No hizo nada semejante; le llevó todo este tiempo convencerme y aún no estoy convencida, pero echaré un vistazo a su herida, con su permiso.

Acababa de recibir dos andanadas y ambas indicaban que ellas no sentían mucho aprecio por él. No dijo ni una palabra más, solo asintió ligeramente con la cabeza. Brooke sospechó que estar a merced de sus enemigas lo fastidiaba; debía de encontrarse tan mal como indicaba su aspecto para estar de acuerdo. Quizá creía que podía estar en peligro de perder la pierna y que en ese caso la ayuda de ellas era mejor que nada.

Alfreda solo tuvo que echar un vistazo a la herida para decir:

—Esa es una inflamación bastante grave, lord Wolfe. Su cuerpo lucha contra ella con vigor, por eso tiene fiebre y probablemente se sienta como el mismísimo demonio.

Él no confirmó cómo se sentía. En vez de eso inquirió:

—¿Entonces eres una sanadora?

—Nunca me he denominado así. Solo estoy familiarizada con remedios que todo el mundo conoce desde tiempo inmemorial, al igual que la mayoría de las mujeres criadas en las aldeas rurales. Puede continuar con el tratamiento recomendado por su médico o bien puede usar una hierba que tendrá el mismo efecto, solo que más rápido.

Brooke sabía que Alfreda no quería que la gente de Rothdale supiera que ambas estaban preparadas para una emergencia médica como esa. Por eso Alfreda no había acudido con su bolso lleno de pócimas, pomadas, instrumentos, hierbas y esquejes. Cuanto menos supieran sobre sus dotes como sanadora, mejor.

—¿Aquí realmente crece una hierba semejante? —preguntó Dominic.

Cuando Alfreda no le contestó, Brooke se apresuró a puntualizar:

—Traje algunas hierbas comunes conmigo desde Leicestershire. Puede que ella se refiera a una de esas.

—Habrá que quitar estas —añadió Alfreda, apoyando un dedo cerca de las sanguijuelas—. O podemos esperar hasta que se desprendan. Si ya ha sido tratado mediante sanguijuelas con anterioridad, sabrá que dejarán diminutas heridas que sangrarán y que causarán picor antes que la herida de bala. Pero no las rasque: rascarlas podría empeorar la inflamación.

—Deja de tratarme como a un niño —dijo Wolfe, y se rozó el muslo con la mano para quitarse las sanguijuelas.

Una chispa de ira asomó a la mirada de Brooke ante ese arranque de impaciencia. Él apartó la mano de Alfreda de un golpe y también a las sanguijuelas que se retorcían en la cama junto a su cuerpo.

—Eso, milord, fue muy... perjudicial. Había tiempo sufi...

—Si vuelves a insultarme...

El lobo no acabó la frase, pero no cabía duda de que era una amenaza. Que Alfreda no se diera media vuelta de inmediato para marcharse sorprendió a Brooke. ¿Cómo lo había insultado su doncella? ¿No acudiendo de inmediato para ayudarle? ¿Ofreciéndole un buen consejo, uno que por lo visto él ya sabía? Tal vez había adivinado, al igual que Brooke, que Alfreda había estado a punto de decir «estúpido» en vez de «perjudicial», o a lo mejor la fiebre hacía que imaginara algún otro desaire.

Era posible. De hecho, toda su grosería manifestada hasta ese momento podía haber sido causada por la fiebre y el malestar. Pero quizás ella solo se estaba haciendo ilusiones.

Si alguien había sido insultada, esa era Alfreda. Brooke consideró la idea de llevarse a su doncella y dejar al lobo a su suerte. ¡Ojalá pudiera! Ojalá pudiera enfrentarse a todos, incluso al príncipe regente. Pero legalmente todavía estaba en manos de sus padres y ellos la habían arrojado en brazos de ese lobo. Enfurecerse solo causaría un bochorno posterior, porque no podía abandonar ese lugar; se veía obligada a enfrentarse a Dominic Wolfe y era indudable que conseguir que se sintiera en deuda con ella podría facilitar las cosas.

Pero aún estaba lo bastante enfadada como para decirle a Alfreda:

—Creo que cuanto menos tiempo pasemos aquí dentro, tanto mejor.

Lo dijo adrede, para que el enfado de él se dirigiera contra ella y no contra Alfreda; confiaba en que así se animaría a echarla de la casa a patadas. Si era capaz de eso, lo haría cuando estaba furioso. Pero no oyó las palabras que la liberarían y él ni siquiera la miró. Seguía contemplando a Alfreda con mirada colérica.

Pero, sorprendentemente, Alfreda seguía ofreciéndole su ayuda.

—Es una pena que su médico no sea más diestro con una aguja. La herida dejará una cicatriz irregular. Podríamos hacer una costura mucho más prolija.

—¿Tú o ella?

—Yo, milord.

—Entonces di «yo», maldita sea.

Alfreda se puso rígida y dio un paso atrás.

—No soy su doncella, soy la de ella. No presuma...

—¿De verdad quieres pelear conmigo? —la interrumpió Dominic en tono sombrío.

—No estoy peleando, me limito a aseverar un hecho —insistió Alfreda.

—Ten cuidado, moza. Si este casamiento acontece seré yo quien pague tu sueldo.

—No tengo inconveniente, pero no será necesario. Aprecio mucho a lady Whitworth y la serviré con o sin sueldo.

Alfreda lo estaba enfadando más y más con cada palabra que pronunciaba. Brooke se dio cuenta por la expresión cada vez más feroz de Dominic. Finalmente él gruñó:

—Creo que deberías mantenerte fuera de mi vista.

Alfreda no tardó en hacerlo; Brooke se quedó muda al observar cómo su amiga más querida abandonaba la habitación. Cuando volvió a dirigirle la mirada al miserable desagradecido tendido en la cama, la ira ardía en sus ojos verde claro.

—Eso fue muy poco cortés de tu parte, lord Wolfe, teniendo en cuenta que ella acudió a ayudarte a petición mía.

—¿Parezco milagrosamente curado por una de vosotras dos? —replicó él.

—Pareces una bestia empeñada en ser un desagradable grosero. Ella puede curarte. Sanarías con mayor rapidez... ¡desgraciadamente!

Brooke abandonó la habitación y cerró de un portazo. El satisfactorio estrépito de la puerta no apagó su ira.

15

«Ojos que no ven, corazón que no siente. ¡Ojalá fuese cierto!», pensó Brooke. No obstante, Dominic Wolfe había pronunciado una única palabra que hizo que su ira disminuyera un poco antes de alcanzar su habitación. «Si —había dicho—. Si este casamiento acontece.» ¿Es que todavía existía la posibilidad de que él hiciera algo para evitar que aconteciera?

Encontró a Alfreda desplomada en uno de los sillones; la doncella parecía cansada, estaba tan poco acostumbrada a los enfrentamientos desagradables como Brooke. Brooke se tumbó en la cama con las piernas colgando por encima del borde y dijo:

—Es un hombre intolerable. Hemos de pensar en otras opciones.

—No supuse que sería tan apuesto —comentó Alfreda.

—¿Y eso qué tiene que ver?

—Bueno, creo que no deja de volverlo un poco más tolerable, al menos para ti.

Brooke resopló.

—O no. Aún no sabemos cómo es en realidad. Un hombre dolorido nunca está en plena forma.

A Brooke se le daba bien descifrar a las personas, pero lo único que había logrado averiguar del lobo era que era despreciable.

—Nunca estará «en plena forma».

—Entonces debes esperar hasta asegurarte de eso. Además, ¿qué otras opciones tenemos?

Brooke estaba a apunto de echarse a llorar.

—¡No lo sé! Tiene que haber algo... que no sea envenenarlo, tal como mi hermano quiere que haga.

—Si nos marchamos de aquí no podremos regresar a casa.

—Lo sé.

—Solo volverán a arrastrarte hasta aquí.

—¡Lo sé!

Y quizá también la azotaran. Ella no tenía edad suficiente para que su «no» ante el altar fuese tomado en cuenta si sus padres estaban diciendo «sí».

Tras una pausa bastante prolongada, Alfreda dijo en tono decidido:

—Entonces iremos a otro lugar.

Brooke se aferró a esa pizca de esperanza.

—Hablo francés con fluidez.

—Estamos en guerra con esa gente, no podemos ir allí, creerán que somos espías y nos ahorcarán.

—Escocia no está lejos de aquí.

—Exactamente: está demasiado cerca. Allí nos encontrarían con facilidad.

—Entonces podemos coger un barco. La costa no debe de encontrarse muy lejos de aquí.

—A un día o dos, pero ¿es que tu madre te dio dinero suficiente como para emprender un largo viaje? ¿Y para sobrevivir, sea donde sea que acabemos, durante el tiempo suficiente para descubrir cómo ganar más dinero para vivir?

Brooke calculó que tenía dinero suficiente para los pasajes, pero no para sobrevivir durante mucho tiempo. Estaba a punto de llorar, cuando Alfreda añadió:

—O podemos regresar a Leicestershire a escondidas y recoger mi dinero enterrado en el bosque.

—¿Lo enterraste? —exclamó Brooke, soltando una risa casi histérica.

—Desde luego. Sospeché que tal vez no nos quedaríamos

aquí, e incluso si nos quedábamos, sospeché que tú querrías escapar de vez en cuando o podrías poner como excusa que querías visitar a tus padres. En todo caso, supuse que en algún momento regresaríamos a Leicestershire. Pero ¿te das cuenta de que, vayamos adonde vayamos, es posible que nos encuentren? Tus padres tienen demasiado que perder, enviarán un ejército de lacayos a por ti.

—Pero será demasiado tarde. El regente se habrá apoderado de lo que quiera.

Alfreda arqueó una ceja.

—¿Realmente quieres hacerles eso? ¿También a tu madre?

—Yo no le importo —insistió Brooke—. ¿Por qué habría de importarme ella?

—Porque te importa y porque tú le importas a ella. Sé que no te gusta oírlo, cielo, pero te quiere. No sé por qué ha optado por ocultarlo, pero debe de tener un buen motivo. ¿Nunca se te ocurrió que podría ser a causa de tu padre? Cuando un hombre decide que algo no tiene valor, todos cuantos lo rodean deben mostrarse de acuerdo con él o arriesgarse a ser castigados.

Brooke meneó la cabeza, no estaba convencida. Las ocasiones en las que Harriet se había comportado como una madre de verdad eran demasiado escasas. Si bien se había ocupado de preparar la temporada social de Brooke en Londres (y casi como si lo esperara con más impaciencia que Brooke) ello no suponía una compensación por los años de abandono y falta de interés en los que nunca la abrazó, nunca le dijo: «Te quiero.» ¡Brooke ni siquiera podía cenar con sus padres! Pero Robert sí. No obstante, Alfreda tenía razón: no podía hacerle eso a su madre, le destrozaría su propio corazón.

Al quedarse sin opciones suspiró con aire melancólico.

—Me trasladaré a esa habitación de la torre para que, mientras permanezca en ella, no olvide ni un instante que es allí donde mi futuro marido quería que estuviera.

—No debemos ponernos de morros.

—Tú no. A mí podría darme gusto.

—Ponerte de morros te hace más daño a ti que a cualquier otro. No debemos ponernos de morros. Pero tú puedes hacer que te ame.

Brooke se incorporó de la cama. Su madre había dicho lo mismo. «Haz que te ame, preciosa. Haz que se enamore profundamente de ti y disfrutarás de una buena vida a su lado.»

—Antes sugeriste un matrimonio fingido —le recordó a Alfreda—. El amor no formaría parte de eso.

Alfreda se encogió de hombros.

—Has de encontrar puntos en común con él para que deje de rechazarte. Puede que un arreglo o un trato le resulten aceptables, y ello te permitirá alcanzar una tregua. Entonces podrás darle el golpe de gracia.

Brooke soltó una carcajada.

—No diría que seducirlo para que me ame sea darle el golpe de gracia.

—Se lo estarás dando a su hostilidad. Después todo es posible.

Esa idea era una opción mucho más interesante; tal vez realmente conseguiría que el lobo cerrara un trato con ella si lo convencía de que no se marcharía pasara lo que pasase. Solo debía pergeñar un trato que le resultara provechoso a él. Sería un modo de hacerse amiga de Dominic: amistad antes del amor. Amigos antes de convertirse en amantes. Le daría tiempo para granjearse su simpatía, tiempo para introducirse en sus pensamientos y después en su corazón. Sería un desafío, ciertamente, quizás el más grande de su vida, pero si se empeñaba...

No obstante, existía un obstáculo. ¿Y si no lograba superar su aversión por él? Sin embargo, ella era una experta en ocultar sus sentimientos... ¡bueno, lo era antes de llegar a ese lugar! Pero lograría controlarla, a condición de que él no adivinara que no le gustaba...

16

Después de ayudar a Brooke a quitarse su atuendo de viaje y ponerse un vestido sencillo, la doncella se dirigió directamente a su habitación en el ala de los criados para recoger las hierbas que necesitaba para curar a Dominic.

Brooke no había imaginado que su primer día en Rothdale resultaría tan agotador y cargado de situaciones desagradables, sorpresas y enfados, aunque supuso que había algunos aspectos positivos. El invernáculo estaba en desuso, así que ella y Alfreda podían cultivar sus hierbas allí, disponía de una bonita alcoba y de momento nadie había acudido para decirle que la abandonara. Se acercó a la ventana, las vistas del maravilloso parque y los dos prados donde pastaban los caballos le resultaron balsámicas. Y, además, había logrado entrar en la habitación del lobo y escapado de su propia y poco afectuosa familia; realmente debía tener eso presente y hacer todo lo posible para avenirse con Dominic Wolfe, al menos hasta que ambos lograran alcanzar alguna suerte de arreglo matrimonial especial.

Cuando Alfreda regresó para entregarle dos bolsitos de colores y una botellita que contenía una pócima, Brooke se apartó de la ventana.

—Las hierbas del bolsito rojo extraerán la ponzoña que causa la inflamación. Mézclalas con agua, elabora una pasta y aplícala en la herida tres veces diarias, hasta que desaparezca la rojez. Después has de usar las hierbas de este bolsito azul: harán que la herida cicatrice con mayor rapidez y forme una costra. La pócima le ayudará a dormir más profundamente y eso también acelerará la curación, pero tal vez sería mejor que le explicaras todo esto antes de ofrecérselo. —Después Alfreda añadió en tono terco—: Nunca regresaré a esa habitación y me da igual que esté dando su último suspiro.

Brooke asintió con la cabeza. No culpaba a Alfreda por ello y también sabía que no estaba hablando en serio. La doncella no haría caso omiso de alguien a punto de agonizar y daba igual lo que sintiera por esa persona. Pero quizás el lobo no estaba a punto de morir, así que Alfreda ya no se vería obligada a enfrentarse a él.

—Yo tampoco pienso volver a entrar allí —dijo Brooke—. Ya hemos hecho más que suficiente por él, cuando en realidad no debiéramos haberle ayudado en absoluto.

Alfreda chasqueó la lengua y le lanzó una mirada de desaprobación.

—Recuerda que hemos acordado un plan: cuanto más le ayudes tanto más te abrirá su corazón. Cuando se encuentre mejor recordará lo que hiciste por él y empezará a amarte.

—Muy bien —indicó Brooke, suspirando.

—Has de ser agradable.

—Dudo que eso sea posible.

—Has de ser reconfortante.

—Sé que eso es imposible.

—Entonces sé tú misma.

Brooke rio.

—¡Creo que no he dejado de hacerlo!

Sabía que Alfreda le había dado buenos consejos, así que decidió que al menos intentaría una combinación de los tres. En caso de que no volviera a enfadarse. En caso de que lograra ignorar la grosería y el malhumor de Dominic.

Cuando Brooke llamó a la puerta Gabriel le abrió y la dejó pasar a la habitación de Dominic, aunque murmuró:

—Está durmiendo.

—No, no estoy dormido —dijo Wolfe desde la cama.

Tenía el mismo oído agudo de los lobos, una idea que le resultó inquietante. Pero volver a acercarse a esa cama resultaba aún más inquietante porque su pierna desnuda larga y musculosa todavía estaba apoyada encima de la sábana.

Ella chasqueó la lengua al ver que las sanguijuelas volvían a estar pegadas a su pierna.

—Supuse que ya no me ayudarías —declaró él en un tono casi normal.

—¿De veras? Pues casi aciertas. —Brooke dejó los remedios en la mesilla de noche—. Has de quitarte esas sanguijuelas, cuanto antes te aplique el ungüento antes empezarás a sanar.

—Eso puede hacerlo un criado.

—Un criado no sabrá cómo hacerlo.

—Tu doncella sabe...

—La ofendiste. No regresará.

—Ella me ofendió...

—Yo estaba presente y sé exactamente quién resultó ofendido, pero, como tu futura esposa, mi deber es ayudarte y el tuyo sentirte agradecido por ello.

Él le lanzó una mirada incrédula.

—Te propasas. Ni siquiera estás en lo correcto: no tengo ninguna obligación contigo.

—Bien, sin embargo, yo cumpliré con mi deber.

Retiró las sanguijuelas con cuidado, cogió el bolsito rojo y fue a por agua; atravesó la sala de estar, que albergaba unas cuantas sillas a conjunto con la que estaba junto a la cama de Wolfe y una pequeña mesa de comedor, y fue hasta las otras dos habitaciones que había visto brevemente cuando salió de allí con pasos furiosos. En una de ellas vio al ayuda de cámara doblando ropa; supuso que la otra era el cuarto de baño.

Se sorprendió al descubrir una segunda chimenea en el cuarto de baño. No era tan lujosa y decorativa como la que calentaba la habitación principal de los aposentos del vizconde, pero, sin duda, resultaba muy útil para calentar el cuarto de baño cuando hacía frío y para calentar el agua de la bañera. De momento, un cubo metálico lleno de agua colgaba por encima de un fuego bajo. ¡Y la bañera! Una larga bañera de porcelana hecha especialmente para alguien tan alto como Dominic predominaba sobre la habitación. No cabía duda de que al lobo le gustaba el lujo.

Se acercó a una amplia vitrina acristalada que contenía pilas de toallas y diversos objetos, incluso unas cuantas bacías de afeitar limpias. Cogió una y vertió unas gotas de agua de una jarra en ella, luego esparció las hierbas en polvo para elaborar la pasta. La revolvió con una cuchara limpia que encontró en la vitrina y se lavó las manos.

Cuando regresó a la habitación principal el lobo la contempló a ella y a la taza con mirada suspicaz.

—Esto solo te escocerá un momento, después no lo notarás —dijo ella, e introdujo el dedo en la pasta para aplicársela en la herida.

Cuando se inclinó hacia él, la aferró de la muñeca y preguntó:

—¿Solo escocerá? Si pasa algo peor quizá te desagraden las consecuencias.

—¿Cuánto más desagradable aún eres capaz de ser? —replicó Brooke, y de inmediato se arrepintió: tenía que dejar de reaccionar frente al malhumor de él—. Recibiste un disparo. Nada de lo que yo haga será tan doloroso como eso.

Él le soltó la muñeca sin hacer otro comentario. Sin las sanguijuelas en su muslo distrayéndola, de pronto Brooke tomó demasiada consciencia de su cuerpo, de todo su cuerpo, y cuán cerca estaba de un hombre tan alto, fornido y apuesto, completamente desnudo bajo la sábana. Y la herida estaba tan próxima a su...

De repente, sus mejillas se cubrieron de rubor, procuró no pensar dónde lo estaba tocando. Se apresuró a aplicar el ungüento y dijo:

—A lo mejor cenaré contigo aquí esta noche. —Y, sin esperar respuesta, alzó la vista y le lanzó una sonrisa deslumbrante—. Sí, es una idea estupenda, pues esta noche debo volver a aplicarte el ungüento. Incluso puede que para entonces ya veamos cierta mejoría. «Y menos malhumor y grosería», añadió para sí misma.

—¿Tan pronto?

—Tal vez solo sea mínima, pero sí. Considero que la inflamación se habrá reducido un poco y tal vez baje la fiebre. Esperemos que así sea.

Él se limitó a gruñir, así que ella fue a lavarse las manos. Cuando regresó él había cerrado los ojos. ¿Se había dormido con tanta rapidez o era su manera de decirle que se marchara? Decidió que probablemente eso último, pero de todos modos abandonó la habitación sin hacer ruido.

17

—¿Todavía está aquí? —preguntó Janie cuando Brooke entró en la cocina.

Brooke se desconcertó. Janie no era muy agraciada, aunque sus hermosos cabellos rojos y sus ojos verdes y brillantes le otorgaban cierto atractivo. La muchacha la contemplaba con mirada furiosa y acusadora. ¡Y ella, que creía haber seducido al personal de la cocina durante el almuerzo!

—¿Por qué no habría de estarlo?

—Porque él se enfadó muchísimo cuando le di el mensaje de mi tía: que estaba alimentando a sus hijos.

—Ah, eso.

Brooke logró reprimir una sonrisa. No: claro que no le habría gustado oír eso. Marsha se volvió de la encimera en la que estaba picando carne y, sin soltar el cuchillo, preguntó:

—¿Eso es todo lo que tiene que decir? Tenemos suerte de que su señoría no nos haya enviado a todos a la aldea una vez más. Nosotros le servimos a él, milady, no a usted: aún no.

—Comprendo a quién le debes lealtad pero debes entender que, por más que él intente echarme de la casa, no me marcharé. También podrías tener en cuenta que tiene fiebre y sufre dolores, así que cuando termine de curarlo quizá ni siquiera recuerde lo ocurrido.

—¿Usted lo está curando?

—Sí. Con la ayuda de mi doncella se habrá recuperado mucho más rápidamente de lo que hubiese logrado su médico, así que haz el favor de llevar dos bandejas con la cena a la habitación del vizconde exactamente a las siete de la noche. Cenaré con él.

Ambas mujeres parecieron sorprenderse ante la noticia de que Brooke pasaría cierto tiempo con su amo; incluso oyó que cuchicheaban al respecto cuando abandonó la casa por la puerta de la cocina y confió que entonces dejarían de tomar partido, al menos en cuanto a la batalla por una comida decente.

Dado que ese día disponía de tiempo libre, le hubiera gustado que le mostraran el resto de la casa, pero como Gabriel estaba ausente, en vez de eso decidió emprender una agradable cabalgada con *Rebel*.

Mientras iban al prado a por su yegua, Arnold Biscane le explicó que la aldea de Rothdale se encontraba al oeste, lo bastante cerca como para ir andando. Por detrás había colinas y valles, la costa se encontraba al este, a más de un día a caballo tal como ella había adivinado, aunque se podía alcanzarla con mayor rapidez si se espoleaba al caballo.

—Si se dirige al norte y alcanza los bosques sabrá que se ha alejado demasiado —dijo Arnold.

—¿Los bosques no forman parte de las tierras de Wolfe?

—Solo en parte, milady.

También le aconsejó que no perdiera de vista un punto de referencia o un camino, para no desorientarse. Ella reprimió una sonrisa: algunos hombres siempre trataban a las mujeres como si fueran niñas pequeñas, pero el consejo del tío de Gabriel no le molestó, estaba segura de que sus intenciones eran buenas. Además, la idea de que había bosques en los alrededores la excitaba y cabalgó en esa dirección. Alfreda, que adoraba las zonas boscosas, estaría complacida.

Al regresar divisó una iglesia a mitad de camino entre la casa señorial y la aldea, y se preguntó si ella y Dominic se casarían allí. Detrás de la iglesia había un cementerio y decidió detenerse para ver si Eloise estaba enterrada en ese lugar. La inscripción en su lápida tal vez indicaría cómo murió. Como nadie estaba dispuesto a decírselo, Brooke sentía curiosidad al respecto, pero los únicos que estaban enterrados en el cementerio eran los aldeanos. Los Wolfe disponían de una cripta en la parte posterior, pero la puerta estaba cerrada con llave. ¡Qué desilusión!

Brooke llegó con retraso, así que volvió a detenerse en la cocina y les dijo a los criados que sirvieran la cena que ella había encargado para dentro de tres cuartos de hora. Quería tomar un baño y pidió que calentaran agua y la llevaran a su habitación. Al menos esa vez nadie se opuso.

Alfreda apareció con los criados cargando cubos de agua. Se quedó para ayudar a Brooke a desvestirse y luego, mientras la joven tomaba el baño, dispuso un vestido que no oliera a caballo. Pero Brooke le dijo que quería algo un poco más elegante.

—¿Pensamos seducir esta noche? —preguntó la doncella.

—No, solo quiero tener buen aspecto.

—Siempre lo tienes, cielo, da igual lo que te pongas. ¿Entonces te pondrás el vestido amarillo? Realza el brillo de tus ojos verdes.

El vestido realzaba más que eso, pero Brooke no se ruborizó. Ya se había ruborizado bastante cuando le confeccionaron sus primeros vestidos de noche hacía unos meses, con vistas a su primera temporada social. No eran sus primeros vestidos estilo Imperio, pero eran los primeros que no incluían una pechera que le cubría el escote y la garganta. El vestido amarillo era sin mangas y un corto volado rodeaba todo el escote salpicado de lentejuelas que resplandecían bajo la luz.

Aparte de la timidez que sentía por exhibir tanta piel desnuda, la moda actual le resultaba bastante cómoda. La delgada y suave muselina se pegaba a su cuerpo por debajo de los pechos y luego caía hasta los tobillos. Por debajo llevaba bombachos color carne. La primera vez que se los puso la idea le pareció ridícula, pero la modista de Harriet le explicó que todas las mujeres elegantes llevaban esa prenda interior porque los vestidos estilo Imperio hacían que pareciera que uno no llevaba nada debajo.

Para cubrir la piel desnuda del gran escote, Brooke se puso el collar que Alfreda le había regalado: un camafeo de marfil colgado de una cadena de plata. Su nuevo guardarropa también incluía un joyero, pero nada de lo que contenía era tan preciado para ella como el camafeo. En su mayoría el contenido del joyero consistía en chucherías baratas de todos los colores a juego con los nuevos vestidos que Harriet había escogido para ella. Las únicas joyas caras eran un collar y unas agujas de esmeraldas que Brooke debía llevar en su primer baile.

Aún debía acabar de peinarse para la velada, un peinado de ricitos cortos en torno a la frente y las sienes.

—Date prisa con el peinado, por favor —dijo en tono ansioso—. Estoy llegando tarde para la cena con el lobo.

—Tonterías —repuso Alfreda—, tendrás un aspecto tan bello que él considerará que mereció la pena esperarte, así que conserva la calma y recuerda tu plan de hacer que te ame.

«Del dicho al hecho hay un trecho», pensó Brooke, pero quizás él no la esperaría y había ordenado que alguien le trajera la cena. Ella confió en que lo hubiese hecho: un lobo hambriento no sería un lobo agradable... y además, ¿a quién pretendía engañar? Él nunca se mostraría agradable con ella, que no gruñera era lo mejor que podía esperar.

Al tiempo que salía por la puerta, le dijo a Alfreda que se apresurara a ir a la cocina para que llevaran la comida de su cena con Dominic a su habitación de inmediato, si es que él no había cenado ya. Después llamó a la puerta con suavidad pero sin esperar que le diera permiso para entrar, puesto que la estaba aguardando. Ya eran más de la siete de la noche, aunque todavía no había oscurecido; estaban en junio, el sol se ponía tarde y aún no habían encendido las lámparas. En esa ocasión Dominic parecía encontrarse a solas en la habitación.

Aún estaba en la cama, apoyado contra numerosas almohadas, pero al menos llevaba un camisón blanco, si bien estaba abierto casi hasta la cintura. ¡Y se había peinado el cabello! Pero no se había afeitado y la barba le oscurecía la parte inferior del rostro. Tal vez se encontraba un poco mejor...

—¿Por qué diablos estás vestida así? —gruñó cuando ella se acercó a la cama.

Brooke se abochornó cuando notó que él clavaba la vista en su escote, pero no se detuvo. Puede que adorara la moda cómoda actual, pero nunca se acostumbraría a esos profundos escotes tan populares en Londres.

—Siempre me visto así para cenar —mintió.

—No cuando cenas conmigo.

Sus palabras la complacieron y sonrió.

—Como quieras. Puedo ser muy adaptable. —Él resopló y, como ya parecía una fiera, añadió—: Supongo que no es necesario que te pregunte cómo te encuentras esta noche. ¿No sientes ninguna mejoría?

—Estoy hambriento, eso es lo que estoy. Ya me han dado largas dos veces, sin explicarme el motivo por el cual aún no me han servido la cena. ¿Cómo lograste seducir a mi cocinera?

—No la seduje —contestó ella en tono cordial—. De hecho, resulta muy evidente que no le gusto a tu personal en absoluto.

—¿Entonces por qué te escuchan a ti en vez de a mí? —exclamó Wolfe.

—Porque soy una dama, por supuesto —dijo ella sin rodeos—. Y los criados no osan enfrentarse a una aristócrata debido a las graves consecuencias de dicha actitud; debes de haberlo pasado por alto a causa de la fiebre. Además, tu intento de matarme de hambre mientras estoy aquí no funcionará; al menos espera hasta que estés lo bastante recuperado como para vigilar la cocina tú mismo, porque mientras tanto echaré a tu cocinera a escobazos y prepararé mi propia comida, si no me queda más remedio. Así que tal vez deberías reconsiderar ese desagradable plan. ¿Pan quemado y nada más? Pero ¿qué te has creído?

El rostro de él enrojeció un poco más. Ella también debería estar enfadada, pero tras haber comido un buen trozo de pastel a la hora del almuerzo su intento de matarla de hambre empezó a parecerle cómico, e intentó apaciguarlo un poco:

—Supongo que nuestra cena está a punto de llegar, pero entretanto...

Él bajó la voz y dejó de hablar, así que ella le echó un vistazo a su herida y se sintió aliviada cuando pudo decir:

—Tiene mejor aspecto. No está tan roja.

Corrió al cuarto de baño para preparar el ungüento; cuando regresó junto a su cama él aún la miraba con aire furibundo, pero se sorprendió cuando Dominic le aferró la muñeca al tender la mano hacia su herida.

—Eres el familiar más próximo del hombre al que más odio en este mundo —le dijo—. Eso debería aterrarte. ¿Por qué no es así?

Sus palabras la hicieron titubear. Si él creía que ella debería tenerle miedo, entonces quizá debiera tenérselo, pero resultaba que él ignoraba lo que ella sentía por su hermano y decidió decírselo.

—Porque aunque parezca mentira yo también detesto a Robert. Y aunque parezca mentira, y pese a que eres una bestia grosera, prefiero estar aquí contigo que en casa con mi propia familia.

—Podrías dejar de insultarme.

—Y tú podrías darme un motivo para dejar de hacerlo.

De momento ella había hablado en tono cortés, incluso le había sonreído, algo que evidentemente lo confundía. Bien, era un comienzo, despertaría su curiosidad, lo pillaría desprevenido.

—¿Por qué habrías de odiar a tu hermano?

Brooke nunca se lo había contado a nadie, excepto a Alfreda. No debería compartir el motivo con él, pero de repente decidió hacerlo.

—Él me detesta desde el día que nací. No sé por qué, pero solía entrar en mi habitación en medio de la noche, taparme la boca con una mano y pegarme, dejando moratones en lugares que los demás no verían y prometiendo matarme si lo delataba. Yo era demasiado pequeña como para saber que podía cerrar mi puerta con llave, creo que solo tenía cuatro o cinco años. Muchos no recuerdan gran cosa de lo sucedido a esa edad, pero las palizas de Robert son algo que no puedo olvidar y todavía no puedo perdonar. Después de pegarme la última paliza enfermó durante varias semanas. Se lo merecía.

Había ocurrido después de que Alfreda descubriera lo que Robert estaba haciendo, y empezó a dormir en un catre en la habitación de Brooke, aparte de cerrar la puerta con llave para evitar cualquier visita en medio de la noche. Robert dejó de tratar de irrumpir en su habitación cuando descubrió que la puerta siempre estaba cerrada con llave, y Alfreda lo hizo durante casi dos años.

—¿Deseabas que enfermara?

Ella rio.

—¿Crees que puedo hacer que los deseos se cumplan?

—¿Puedes?

—No creí que fueras supersticioso... bueno, en realidad debes de serlo si eres capaz de creer que estás maldito. Pero si poseyera semejante talento, no estaría aquí, ¿verdad? Estaría en Londres, disfrutando de mi primera temporada social, tal como me prometieron.

—¿Eso es todo? ¿No desearías algo más grandioso?

De pronto, Brooke se dio cuenta de que estaban manteniendo una conversación normal y sin que ninguno gruñera o se enfadara.

—Es algo que esperé con impaciencia durante los últimos dos años.

Al menos la perspectiva había supuesto que esos años fueran tolerables, mejores que todos los anteriores. Había algo que la animaba; el viaje prometía algo mejor al final, quizás incluso la felicidad. Prometía la posibilidad de escapar... Pero ese hombre también podía darle esas cosas, ¿no? Como mínimo la posibilidad de escapar. Así que resultó bastante irritante oírlo decir:

—Sabes que no tengo ningún motivo para creerme lo de tu hermano, y un montón de motivos para no hacerlo.

—¡Muy cierto! Pero no pretendo convencerte de nada, así que no importa si no lo crees. Tú preguntaste, yo contesté. Y ya que los dos estamos haciendo confesiones...

—No «los dos» —se apresuró a decir Dominic, acentuando la última palabra.

Ella hizo caso omiso.

—Debería advertirte que no suelo revelar mis sentimientos. Me he acostumbrado a ocultarlos, por así decir.

—¿Por qué?

—Porque la alternativa sería... desagradable —admitió Brooke.

«Para mí», quería añadir, pero no estaba dispuesta a intentar que él se pusiera de su parte apelando a la compasión (si es que él era capaz de semejante sentimiento) contándole lo que había supuesto vivir con su familia.

—¿Así que en vez de estas alegres y ligeras tonterías que he estado oyendo en realidad bulles de ira en tu interior? ¿Es eso lo que insinúas?

Que lo adivinara la hizo parpadear; después rio.

—¡Exactamente! A menudo es así, pero no en este momento. Y antes estaba enfadada, tal como puede que notaras, no pude ocultarte mi enfado porque...

—Pero ¿cómo sabré si estás ocultando o revelando tus auténticos sentimientos?

—Reconozco que saberlo podría resultarte difícil. ¿Y si

ambos nos limitamos a acordar que seremos sinceros el uno con el otro?

—Espero que no permanezcas aquí el tiempo suficiente como para que tenga importancia.

Eso no era precisamente lo que ella había esperado oír tras sincerarse con él y revelar tanta información personal.

—Bien, seguiré compartiendo mis sentimientos contigo. Es exactamente lo que tú has estado haciendo, así que supongo que no hace falta que lleguemos a un acuerdo sobre nada.

Si él era incapaz de darse cuenta de que finalmente había conseguido irritarla, entonces estaba ciego. Pero Wolfe no tuvo tiempo de contestar porque en ese momento llegó la cena y por fin le soltó la muñeca. Ella casi rio: era obvio que solo lo había hecho porque estaba hambriento, y porque cuanto antes terminara de tratarle la herida antes podría comer.

Se apresuró a aplicarle el ungüento en los puntos y alrededor de ellos, apartándose de él cuanto pudo para hacerlo.

—Déjalo secar mientras comemos. Te vendaré la herida antes de marcharme para que el ungüento no desaparezca con el roce mientras duermes.

—Sabes que no deseo tu ayuda, ¿verdad?

—Sí, lo has dejado muy claro.

—¿Entonces por qué persistes?

—Tal como mencioné con anterioridad, te convertirás en mi marido, así que ayudarte es mi deber.

—Aquí tu vida jamás será agradable. Has de reflexionar muy cuidadosamente al respecto y comprender que solo tienes una opción.

—¿Marcharme? —preguntó Brooke alzando una ceja—. En realidad, esa es la única opción que no tengo, así que tal vez seas tú quien debe reflexionar y ceder gentilmente... si es que sabes hacer algo así.

—¡Márchate!

Ella casi dijo: «¡Oblígame!», pero se tragó la palabra. ¡Tenía que dejar de sucumbir a la ira con tanta rapidez! ¿De dónde había surgido esa disposición a pelearse con él? Si no estuviera postrado en la cama no osaría hacerlo, y era probable que las hierbas de Alfreda hicieran que abandonara esa cama con mayor rapidez. ¡Era una tonta por ayudarle a lograrlo!

18

Brooke no abandonó la guarida del lobo, aunque clavó la vista en la puerta unos momentos, tentada de hacerlo. Finalmente, optó por ignorar la orden de Dominic, recogió una de las dos bandejas con comida que habían sido dispuestas en la pequeña mesa de comedor y se la llevó a Dominic. En una de las bandejas habían añadido un pequeño florero con flores; Marsha debía de haber intentado hacer las paces con el vizconde por retrasar la cena hasta que Brooke estuviese preparada. Tal vez él ni siquiera notaría lo bonitas que eran las flores. Sabía que debería ofrecerle una sonrisa al depositar la bandeja a su lado, pero no lo logró. Tuvo suerte de que no dejara caer la bandeja en su regazo.

—¿Quieres que te dé de comer?

¡Tenía que dejar de provocarlo! Solo recibió la mirada furibunda que se merecía, y Wolfe no le dio las gracias por dejar la bandeja a su alcance ni por tenderle el plato. ¿Es que carecía totalmente de modales o reservaba su insoportable grosería solo para ella?

Tras retirar la tapa de cerámica que cubría el plato de él Brooke regresó a la mesa de comedor, donde pensaba comer, lejos de él. Volvía a hacerlo: reaccionaba frente a su grosería y olvidaba su empeño de caerle bien. Entonces retiró la tapa de su propio plato, cogió la bandeja y tomó asiento en la silla junto a la cama. Sería amable con él pese a su mal

115

humor y le demostraría que suponía una agradable compañía.

Él no volvió a ordenarle que se marchara; quizás en ese momento estaba demasiado ocupado en comer como para darle importancia. El pescado al horno iba acompañado de una picante salsa de nata y unas verduras crujientes; el plato le resultó bastante sabroso a Brooke. En las fuentes también había bizcochos, pequeños cuencos con mantequilla y de postre bollos de canela.

Dominic no parecía tener problemas para alcanzarlo todo, pero la verdad es que aparte de la herida del muslo su cuerpo estaba en perfectas condiciones y sus brazos eran largos. Ella imaginó que, cuando él se pusiera de pie, su estatura la impresionaría. En ese caso, ¿le resultaría incluso más intimidante? Deseó que alcanzaran alguna suerte de tregua antes de eso.

Con el tenedor en la mano, Brooke intentó hallar un tema de conversación que no versara sobre su futuro matrimonio. Como sentía curiosidad por la familia de él, preguntó:

—¿Tu madre no se encuentra aquí?

Él no contestó. Debía de estar preguntándose si hacerlo, así que ella se sintió complacida cuando por fin dijo:

—Ahora vive en nuestra casa de Londres de manera permanente. Aquí, en los brezales, hay demasiados recuerdos desagradables como para que desee regresar.

—¿Estáis distanciados? —barruntó—. Se podría decir lo mismo de mi madre y de mí, pero yo no pude darme el lujo de abandonar el hogar. Hasta ahora. Es curioso que tengamos eso en común.

Él le lanzó una mirada incrédula y ceñuda.

—No tenemos absolutamente nada en común. Tienes la mala costumbre de adelantarte con tus suposiciones, sobre todo cuando no podrían estar más lejos de la verdad. Tengo una relación bastante íntima con mi madre; ella solo se niega a volver a Yorkshire porque todos los recuerdos de mi hermana se encuentran aquí, lo cual resulta bastante comprensible. Y ella se crio en Londres, allí la vida social y sus antiguos amigos al menos la distraen de su pena.

Dado que había mencionado a su hermana, y en esa ocasión sin enfadarse, Brooke añadió en tono cauteloso:

—Pero ello la mantiene alejada de ti. ¿Sabe que estás herido?

—Sabe que me batí a duelo y por qué, pero no, no quise que se preocupara por esta herida. Suelo pasar la mitad del año en Londres con ella. Allí tenemos una residencia y también otra casa en Scarborough, en la costa. Venimos aquí para ocultarnos.

«¿Ocultarse de qué?», se preguntó ella, pero dijo:

—Ocultarse es imposible cuando estás a la vista de todos y nada impide que vean la casa.

—No has comprendido cuán grande es Yorkshire, ¿verdad? Somos la proverbial aguja en un pajar.

—En ese caso quizá no deberían haber construido un camino que conduce directamente a tu puerta.

—No lo hicimos: es sinuoso.

Ella soltó una carcajada. No pudo evitarlo. Sabía muy bien que él no tenía intención de parecer gracioso y que por eso la miraba con el entrecejo fruncido, furioso por sus carcajadas. Pero no le importó; en ese momento decidió ser ella misma mientras permaneciera allí... bueno, al menos mientras él no la asustase con su aire ceñudo y mostrándole los dientes. A lo mejor debería preguntarle si eso le molestaría.

Así que, procurando hablar en tono ligero, confesó:

—Nunca he podido ser yo misma con nadie, a excepción de Freda. Antes intenté explicártelo, antes de que me hicieras enfadar. Pero me parece adecuado que sea yo misma contigo puesto que pronto serás mi marido, ¿no te parece?

Él arqueó una ceja con expresión curiosa.

—¿Cómo podría impedirte ser quien eres? En realidad, será mejor que expliques ese comentario. ¿Te ocurre algo?

Ella se tragó otra carcajada.

—En absoluto. Solo me sentía asfixiada, criada en una casa que nunca fue un hogar. Verás: fui una hija no deseada y, cuando después de mi nacimiento no llegaron otros hijos varones, me echaron la culpa a mí. Así que no diste en el blanco cuando me llamaste la hija mimada de un conde.

—Como si yo pudiera creer eso, y también que tú y tu hermano no sois carne y uña. No intentes despertar mi compasión con tonterías como esas.

Ella se resintió.

—Apuesto a que ni siquiera conoces el significado de la palabra «compasión»... e incluso puede que te hayas dedicado a pegarle puntapiés a los cachorros cuando eras un niño. Te aseguro que es bastante evidente que eres un hombre que carece por completo de elegancia o de bondad. No hace falta que hagas tantos esfuerzos para convencerme de ello —dijo en tono mordaz.

Entonces cosechó una mirada tan glacial que se estremeció. Adiós a la ilusión de mantener una conversación y conocerse mutuamente antes de alcanzar el altar. ¿Y eso cuándo sería? ¿Existía un plazo?

Ella no lo preguntó y no volvió a hablarle. Cuando acabó de comer y aún le sobraban dos bizcochos los depositó en el plato de él. Lo hizo por costumbre; estaba acostumbrada a compartir la comida con Alfreda. Tras volver a dejar su bandeja en la mesa del comedor quiso marcharse, pero aún le quedaba algo por hacer.

Volvió a acercarse a él.

—¿Dejó una provisión de vendas tu médico?

Él indicó la mesilla de noche con la mano. Brooke no había notado el estante inferior hasta ese momento, pero allí había un montón de paños blancos cortados en tiras. Cogió una, luego clavó la mirada en el muslo izquierdo de Dominic y se preguntó cómo se las arreglaría para vendarle la pierna sin acercarse demasiado. Le pareció que no podría hacerlo, el rubor ya le cubría las mejillas y notó que él la observaba.

—No deberías mirarme tan fijamente —indicó Brooke en tono brusco.

—Tú no deberías dignarte a decirme lo que puedo y lo que no puedo hacer.

—No lo hice. Ni se me ocurriría. «No deberías» significa que estás haciendo que me sienta incómoda.

—¿Acaso insinúas que debería avergonzarme por hacerlo?

—No, yo... —Brooke cerró la boca.

Se dio cuenta que él quería pelea, que estaba dispuesto a hacer cualquier cosa para conseguir que ella se marchara cuanto antes. Se limitaba a seguir tratando de conseguir que ella se negara a casarse con él. ¿Es que pasaría lo mismo cada vez que ella acudía a su habitación para ayudarle?

Tal vez sí, tal vez él también detestaba el hecho de necesitar su ayuda y por eso se comportaba de manera tan desagradable. No: Brooke tuvo la sensación de que su hostilidad nunca acabaría, incluso cuando se hubiera recuperado y...

Vaciló durante tanto tiempo que él le arrancó la venda de la mano y Brooke soltó un suspiro de alivio cuando Dominic enrolló la venda alrededor de su musculoso muslo.

—Ten cuidado, no elimines el ungüento con el roce. Freda aconseja dejar las heridas al aire y no cubrirlas. Así cicatrizan con mayor rapidez, y también tengo una hierba que estimula la cicatrización, pero hasta que la herida haya drenado por completo has de mantenerla vendada.

—Lo que sea, a condición de que vuelva a estar en pie cuanto antes.

Había pronunciado las palabras con voz monótona y ella lo miró: aunque tenía la frente seca todavía estaba pálido y quizá cansado.

Cuando terminó de ajustarse la venda ella indicó la botellita de la pócima en la mesilla de noche.

—Puedes beber un sorbo de eso cuando te dispongas a dormir, te ayudará a no despertar debido al dolor de la herida. Un sueño tranquilo y sin interrupciones es un remedio maravilloso. O puedes beber más whisky, que básicamente tendrá el mismo efecto. Pero no mezcles ambos brebajes.

—¿Por qué?

—Porque te saldrán verrugas —dijo ella con una sonrisa burlona, para indicar que bromeaba. Él frunció el ceño: el comentario no le había hecho gracia, así que ella añadió—: Solo puede que te sientas mareado por las mañanas, eso es todo.

—Llévate la botellita. Desconfío de las pócimas no recetadas por un médico.

Lo que quiso decir era evidente: que no confiaba en ella. Pero no se dio por ofendida: no tenía sentido. Recogió la botellita.

—Vendré por la mañana para aplicarte más ungüento. Haz que haya agua caliente a mano, una compresa caliente debería aliviarte.

Tras esto Brooke se dirigió a la puerta. No esperaba que le diera las gracias y él no se las dio. Se habían establecido ciertos límites. Básicamente, estaban en guerra. Bueno, según él. Ella solo debía perseverar, ser paciente y solo dispararle balas blandas. Así que se obligó a decirle «dulces sueños» antes de cerrar la puerta, con el fin de no oír cualquier desagradable réplica que a él se le ocurriera lanzarle.

19

Cuando Brooke abrió los ojos en la amplia y oscura habitación no supo dónde estaba. Desconcertada, se incorporó, miró en derredor, después volvió a apoyar la cabeza en las blandas almohadas y recordó que estaba en Yorkshire, en el hogar del hombre enfadado, grosero y apuesto que se convertiría en su marido. Cogió su reloj de bolsillo de la mesilla de noche y vio que eran las ocho y media: había dormido más de la cuenta.

La noche anterior, cuando regresó a su alcoba, había tomado un sorbo del somnífero que el lobo había rechazado y, como no había hecho efecto inmediato, bebió otro sorbo. Temía que le costara conciliar el sueño en esa alcoba todas las noches debido a la puerta que conectaba su habitación con la de él, porque aunque ella no podía abrirla él podía abrirla desde el otro lado.

Vio que Alfreda ya había estado allí; había agua fresca en el lavamanos, aún ligeramente tibia, pero las cortinas todavía estaban cerradas. Entonces Brooke las abrió y sonrió al ver el parque a sus pies. Resultaba encantador iluminado por el sol matutino. Si lograba encontrar un libro, ese día tal vez leería sentada en uno de los numerosos bancos.

Cuando desempacó los baúles la alta librería de su habitación estaba vacía, al igual que el resto de los muebles. La decoración de la habitación demostraba que quien la había ocupado con anterioridad era una mujer. La gran cama de dosel estaba cubierta por una gruesa manta blanca sembrada de flores de color rosa y bordeada de volantes.

La alfombra era de un tono rosa más oscuro, mezclado con amarillo y granate, mientras que el empapelado de las paredes era de color lavanda y rosa y presentaba otro motivo floral. Junto a ambas ventanas había un canapé y una silla de aspecto confortable, ambos tapizados de brocato color lavanda con hilos de plata. Entre la silla y el canapé había una mesa intrincadamente tallada.

Brooke había dejado sus artículos de aseo y su joyero en el tocador; un pequeño escritorio aún estaba vacío y quedaría así, pues ella no poseía papel de cartas y sobres, pero a lo mejor compraría algunos en la aldea de Rothdale. Se le ocurrió que podía hacerle saber a su madre lo mucho que se estaba divirtiendo en ese lugar.

Se vistió con rapidez, algo que no resultaba difícil con las prendas de la moda Imperio actual. Solo se sujetó los cabellos con una cinta blanca a conjunto con su vestido; estaba más acostumbrada a llevarlos así que con el elaborado peinado de la noche anterior y el que llevó durante el viaje a Yorkshire.

Aunque puede que el lobo la estuviese esperando, sus ganas de volver a pisar esa habitación eran tan escasas que primero bajó a la planta baja, pasó por la cocina camino de los establos y cogió dos salchichas, una para ella y la otra para *Raston*, y dos zanahorias, por si el semental de Dominic volvía a sentir curiosidad y se acercaba.

Cuando agitó la salchicha bajo sus narices *Raston* bajó de las vigas y la siguió a través de la puerta trasera. Tras devorar la salchicha ella lo cogió para acariciarlo mientras aguardaba que *Rebel* notara su presencia junto al cerco que separaba ambos prados.

El semental de Dominic volvió a acercarse a ella al trote y no vaciló en aceptar la zanahoria que ella le ofrecía. Le resultaba difícil creer que era tan cruel y despiadado como Gabriel había afirmado. Cuando fue el turno de su yegua, ni siquiera le echó un vistazo a la zanahoria que Brooke le ofrecía: estaba demasiado ocupada alzando la cola y agitándola hacia el semental situado a unos pasos de distancia.

«¡Vaya por Dios!», pensó Brooke, no cabía duda de que *Rebel* estaba manifestando su preferencia respecto de los sementales. Si bien Brooke estaría encantada de aparearla mientras estaban en Rothdale, sospechó que Dominic se opondría a que su semental la cubriera, al igual que se oponía a todo lo que ella sugería. Además, era un tema demasiado delicado como para abordarlo con él antes de que estuvieran casados. Pero después, si es que había un después...

Podría no haberlo, él aún podría dar rienda suelta a su ira y echarla a patadas de su casa, pero eso solo ocurriría en un instante de furia ciega. Si perdía la cordura solo estaría renunciando a todo lo que le importaba, únicamente para deshacerse de ella. Por eso estaba tan enfadado y hacía todo lo posible para obligarla a marcharse.

¿De cuánto tiempo disponía él para ganar esa batalla? ¿Es que había un plazo antes del cual debían contraer matrimonio o enfrentarse a las consecuencias? Porque su familia ciertamente se había apresurado a enviarla allí. Pensó preguntárselo al lobo, y quizá no debería hacerlo esperar cuando él la aguardaba.

Esa idea hizo que regresara apresuradamente a la casa y remontara la escalera. El perro de Dominic estaba sentado ante la puerta de su habitación, esperando volver a entrar; ella se sorprendió al ver que no había marcas de rasguños en la puerta. ¡Al parecer, el animal era más paciente que ella! Llamó a la puerta y el perro soltó un gruñido.

Ella bajó la vista, notó que le olisqueaba la mano y sonrió.

—Percibes el olor de *Raston*, ¿verdad? Quizá sea mejor que te acostumbres a su olor si tú y yo no vamos a dejar de encontrarnos.

La puerta se abrió y apareció Gabriel, que le dirigió una breve sonrisa.

—¿Permites que te diga que hoy tienes un aspecto divino, *lady* Whitworth?

Ella no contestó. El efusivo cumplido la abochornaba, pues no estaba acostumbrada a recibir cumplidos de ninguna clase. La habitación volvía a estar ocupada por varios de los criados de Dominic; hasta el ayuda de cámara se asomó para desearle los buenos días.

Ella brindó su propia sonrisa al acercarse a la cama. Dominic aún llevaba el camisón y esa vez al menos la sábana le cubría las dos piernas.

—¿Siempre estás rodeado por semejante séquito aquí dentro?

La mirada de sus ojos ambarinos se había posado en ella en cuanto apareció y ya fruncía el entrecejo. Sin embargo, se dignó a contestar:

—Uno se encuentra aquí para asistirme y traer lo que le pido, el otro no deja de ocuparse de mis ropas y el otro ha llegado para convertirse en un maldito fastidio.

La alegre sonrisa de Brooke se desvaneció, pero no su determinación.

—Si te refieres a mí...

—Me refiero a Gabriel, pero puedes añadirte y considerarte otro fastidio más.

—No hace falta repetir ciertas cosas. Tengo presente tus sentimientos, al igual que tú los míos. Puede que haya llegado el momento de firmar una tregua.

—Prométeme que te irás antes de la boda y obtendrás una tregua inmediata.

Ella se preguntó si debería simular estar de acuerdo, solo para ver cómo era cuando no estaba gruñendo o frunciendo el ceño, pero no: no quería darle esperanzas, solo para verlas frustradas después.

Se acercó a un lado de la cama y extrajo unas pequeñas tijeras del bolsillo.

—¿Te parece que comprobemos si la inflamación se ha reducido?

—Me encuentro mejor —murmuró Wolfe.

—¿De veras? Pero aún hay que seguir aplicando el ungüento... a menos que hayas experimentado una curación milagrosa.

Arrojarle a la cara esas palabras que él había utilizado el día antes para expulsarla no era lo más inteligente. Reprimió el enfado que se había adueñado de ella a causa del irritante comentario de Dominic y sonrió; seguro que él se daría cuenta de cuán falsa era la sonrisa, pero en ese momento no la estaba mirando. Alzó la sábana que le cubría la pierna izquierda y él mismo se quitó el vendaje antes de que ella pudiera acercarse con las tijeras. ¡Así que percibía su enfado! Que así sea, porque ocultarlo cada vez que estaba en presencia de él acabaría por provocar un estallido.

—Tu herida ha drenado bien —dijo Brooke cuando él terminó de quitarse la venda—. Tres aplicaciones más hoy y...

—¿Tres? —protestó él—. Dime cómo preparar el ungüento y yo mismo me lo aplicaré.

—Podría hacerlo, pero si empleas demasiada cantidad de hierba el ungüento podría absorber la ponzoña con demasiada rapidez y agrandar la herida, mientras que una cantidad demasiado escasa no tendrá efecto.

Era una mentira absurda y ella debería decirle que lo era. Pero no se lo diría. Puede que él quisiera verla lo menos posible, pero nada se resolvería si ambos se limitaban a contar los días en habitaciones separadas hasta encontrarse ante el altar. Además, para que funcionara su táctica y no la de Wolfe, ella debía seguir ayudándole y también evitar que los insultos de él la afectaran en demasía.

—¿Hay agua caliente para una pequeña compresa? —preguntó ella.

—Hace dos horas que el agua está caliente. Cuando solicitas algo has de estar presente para recibirlo.

Ella pasó por alto el mal humor y se dirigió al cuarto de baño a por el agua. Por encima del hombro, dijo:

—El fuego de la chimenea calienta el cuarto de baño, ¿no?

Pero en realidad no era así. Sospechó que habían dejado abierta la ventana del baño para dejar salir el calor y comprobó que tenía razón. Sumergió una pequeña toalla en un cubo de agua hirviendo, después la depositó en un cuenco limpio y regresó junto a la cama de él. Exprimió la toalla y la aplicó en la herida; ya no estaba tan caliente como para escocer, pero él debía de haber creído que sí y soltó un rugido. Ella arqueó una ceja y Dominic le lanzó una mirada indignada.

Para distraerlo, Brooke comentó lo que la inquietaba.

—¿Cuándo hemos de casarnos?

—Demasiado pronto.

—¿No bastaría con que nos comprometiéramos?

—No. El príncipe es veleidoso; tiene tendencia a cambiar de idea y por eso fija plazos específicos para los asuntos importantes que desea resolver. Quiere obtener dinero mediante este absurdo arreglo, dinero para pagar sus deudas, quiere que uno de nosotros se niegue a cumplir con sus exigencias con el fin de meter las manos en nuevas cajas de caudales. Lo quiere de inmediato, así que si no nos casamos en el plazo fijado por él obtendrá lo que realmente quiere mediante este disparate. La primera de las tres amonestaciones fue leída ayer, durante la misa de domingo. El emisario se encargó de ello antes de partir.

Esa noticia le causó cierto malestar a Brooke.

—¿Así que solo faltan dos semanas? Me sorprende que el emisario no haya traído un permiso especial consigo, con el fin de acortar el plazo.

—Lo trajo. Solo logré postergar el tema debido a la gravedad de mi herida; comprobó claramente que estaba herido puesto que tuve que recibirlo tendido en la cama. Fue él quien estipuló que tú debías permanecer aquí mientras dure esto. Si te marchas...

—Sí, sí, ya conocemos tus sentimientos, los míos son los mismos que los tuyos. Créeme: desearía que nada de esto hubiese ocurrido. Tal como te dije, gozar de mi primera temporada social en Londres me hacía mucha ilusión, pero en cambio me arrojaron a los lobos, o al lobo por así decir. Oh, perdón, supongo que ese apodo te desagrada.

—No debieras tratar de provocarme —dijo él en tono sombrío.

El corazón le dio un vuelco. Cuando él se mostraba tan feroz resultaba realmente aterrador, y tuvo que recordarse a sí misma que ignoraba de qué era capaz Dominic, aunque por otra parte tal vez debiera tratar de averiguarlo.

Así que hizo de tripas corazón y dijo:

—Entonces ¿tú eres el único que tiene permiso para ser provocador? Un momento: ¿acaso eso significa suponer que aún estaré aquí para ver lo que pasa si ignoro tu consejo? Lo cual significa que tú no dirás las palabras que pondrán fin a todo esto, ¿verdad? Y eso sugiere que una tregua sigue siendo la mejor solución para ambos.

Cogió el bolsito de hierbas y regresó al cuarto de baño para preparar más ungüento, sorprendida de que él no contraatacara con un sonoro «no».

Cuando regresó junto a su cama se arriesgó a provocar su ira una vez más y preguntó:

—¿Nos casaremos aquí o en Londres?

—Me niego a planificar un evento que no creo que tendrá lugar —dijo él en tono tan sombrío como el anterior.

¡Su ira no se había disipado! Así que se apresuró a aplicar el ungüento en los puntos, le tendió una venda limpia y dijo:

—Regresaré después del almuerzo. Anímate: no sugeriré que compartamos las tres comidas diarias, pero volveré a cenar contigo esta noche.

—Acude puntualmente, arpía, o despediré a mi cocinera.

Brooke le lanzó una mirada furibunda y se dispuso a insultarlo por proferir esa amenaza, pero cerró la boca a tiempo. No dudaba que él haría exactamente eso aun cuando su cocinera fuese la madre de su amigo. ¡Era un individuo despreciable!

En vez de eso frunció la nariz.

—Apestas, la fiebre te ha hecho sudar mucho. Todavía no

puedes tomar un baño, pero eso no significa que tu ayuda de cámara no pueda lavarte.

—Te atreves a...

—Un cuerpo sucio puede...

—¡Si no desapareces de mi vista en dos segundos compartiré mi cuerpo sucio contigo!

Ella abandonó la habitación a toda prisa, procurando reprimir una sonrisa burlona. En realidad no lo había insultado, porque Wolfe apestaba y probablemente lo sabía. Solo le disgustaba que se lo dijeran.

20

Cuando volvió a remontar la escalera después del almuerzo Brooke se topó con Gabriel, que recorría el pasillo al que daba la habitación de Dominic, y se detuvo para hacerle una pregunta.

—¿Alguna vez me mostrarás el resto de la casa?

—Se convertirá en tu hogar, así que puedes explorar cuanto quieras.

—¿Entonces por qué no me hablas de Eloise?

De repente él adoptó una expresión cautelosa.

—Porque... No es bueno hablar de...

—Tonterías. ¿Cómo era ella?

Gabriel guardó silencio un momento.

—Era una beldad, era maravillosa... —dijo, sonrojándose un poco—. Yo mismo estaba un poco enamorado de ella, pero ella no lo sabía y nunca podía decírselo, desde luego. Era animosa y divertida, pero también un tanto testaruda y podía ser tan salvaje y temeraria como su hermano. Adoraba cabalgar a todo galope, como Dom, y ambos solían hacer carreras a través de los brezales. También tenía su propio velero, idéntico al de él; él se lo compró después de enseñarle a navegar y ambos incluso hacían regatas a lo largo de la costa. Y solía pegarse a Dom y a mí incluso cuando Archer y Benton, sus dos mejores amigos del colegio, estaban de visita. Se negaba a quedar excluida de cualquiera de las cosas divertidas que emprendíamos.

Su descripción hizo que Brooke deseara haberla conocido. Eloise Wolfe parecía una persona muy divertida y le pareció que podrían haber sido buenas amigas.

—¿Hay algo más que la volviera especial?

—Le gustaba tomar sus propias decisiones: escoger sus ropas, sus amigos, e incluso las obras benéficas que apoyaba. Lady Anna no siempre estaba de acuerdo con su hija y no podía evitar que Ella (el mote con el que a veces la llamaban) comprara todo aquello con lo que se encaprichaba porque ella disponía de su propio dinero, heredado de una de sus abuelas. Lady Anna es una mecenas de las artes y también animó a su hija a elegir una causa noble a la cual apoyar. ¡Eloise nos sorprendió a todos cuando no solo escogió una sino tres! —Gabriel rio—. Un hospital de York, una casa de expósitos administrada por la Iglesia en las afueras de Londres y un hogar de viejos marinos en Scarborough. No era exactamente lo que había imaginado lady Anna, aunque fue incapaz de negar que fueran causas nobles. Y en honor a su hija, lady Anna continúa apoyándolas en el presente.

Una familia generosa, al menos sus miembros femeninos. Eloise había tenido la suerte de poder tomar sus propias decisiones; Brooke no podía imaginar cómo hubiera sido gozar de semejante libertad.

—Admito que me puse un poco celoso cuando Ella y su madre regresaron de Londres a finales de aquel verano y lady Anna afirmó que la presentación en sociedad de su hija había sido un éxito.

—¿Por qué?

—Porque era obvio que lo fue. Un par de jóvenes lores enamoradísimos siguieron a Eloise hasta su hogar para seguir cortejándola como en Londres. Sospeché que pronto recibiría propuestas matrimoniales, si es que aún no las había recibido. Pero Ella acompañó a su madre a Scarborough antes de que el clima se volviera demasiado inhóspito. Nunca olvidaré cuán conmovido me sentí cuando, antes de partir aquel día con su madre, me dijo que me quería porque yo era un amigo tan bueno y leal de su hermano. Dom tenía una relación más estrecha con Archer Hamilton y Benton Seamons, los lores con los que asistió a la escuela, pero ella pareció creer que yo era el mejor amigo. Fue lo último que me dijo. Nunca regresó de Scarborough.

Al ver la tristeza en su rostro, ella preguntó con voz suave:

—¿Cómo murió, Gabriel?

No fue necesario escuchar la respuesta: la supo por la misma expresión cautelosa anterior.

—Si quieres saberlo tendrás que preguntárselo a Dominic.

Brooke suspiró: jamás podría abordar ese tema con Wolfe, pero dirigió la mirada por encima del hombro a la habitación cerrada con llave que Gabriel había mencionado ayer.

—¿Qué pasa con esa habitación?

—¿La de Eloise? Ya te dije: siempre está cerrada con llave.

—También dijiste que podría verla en otro momento. Ahora es un buen momento.

—¿Por qué quieres verla?

—Para poder comprender un poco mejor a las personas responsables de mi presencia aquí: Dominic, Robert... y Eloise.

Antes de asentir con la cabeza, Gabriel vaciló, pero luego se acercó a la puerta para abrirla.

—Por favor, no le digas a Dominic que te lo he permitido —susurró.

Ella tendió la mano para que le diera la llave.

—Nunca lo sabrá, lo prometo. Cerraré con llave cuando salga.

Gabriel asintió y después siguió descendiendo la escalera.

Brooke entró y cerró la puerta con rapidez. ¿Encontraría algo interesante en la habitación de la muchacha muerta? No le serviría para averiguar cómo había muerto Eloise. El interior era oscuro y polvoriento y las gruesas cortinas estaban cerradas. Abrió una antes de recorrer lentamente la habitación.

Puede que la estuviera viendo exactamente como la había visto Ella por última vez, a excepción del retrato de una bella joven apoyado contra una pared. ¿Se trataría de Eloise Wolfe? Tuvo la sensación de que era ella y debía de haber sido pintado justo antes de que cumpliera los dieciocho: cabellos negros, ojos ambarinos y alegres. ¿Estaría excitada por su inminente temporada social en Londres? Quizás el retrato había ocupado un lugar destacado en la planta baja hasta que su muerte hizo que contemplarlo se volviera demasiado doloroso para su familia y lo guardaron tras una puerta cerrada con llave.

Nada parecía faltar ni estar fuera de lugar en la habitación, en el tocador aún reposaban numerosos frascos de perfume y adornos, el pequeño vestidor seguía repleto de vestidos, sombreros y zapatos. Había un cuadro de un hermoso caballo blanco y otros de dos veleros surcando las aguas. Era evidente que a Eloise le gustaba encontrarse al aire libre. Una miniatura de Dominic estaba apoyada en la mesilla de noche junto a la cama, un Dominic más joven, pero lo bastante mayor como para que la imagen guardara un gran parecido con el hombre en el que se convirtió. Ella lo adoraba y su relación con él había sido muy estrecha, según lo dicho por Gabriel. Había un joyero con una cabeza de lobo tallada en la tapa. ¿Una reliquia familiar? Abrió el joyero y se sorprendió al ver que estaba casi vacío excepto por un par de deslustrados pendientes de plata. Si Eloise había poseído su propio dinero, ¿por qué no estaba lleno de joyas caras?

A la muchacha también le habían gustado las cosas con volantes. Tanto el cubrecama como las cortinas y el tocador estaban bordeados de volantes... o tal vez nunca se dedicó a redecorar la habitación tras hacerse mayor. En el centro del escritorio había un gran cuenco lleno de caracolas, rodeado de caracolas más grandes. De niña debía de haberse divertido en aquella playa de Scarborough. ¿Con Dominic? ¿Construían castillos de arena juntos? ¿Nadaban juntos? Brooke se preguntó si algún día él hablaría de la hermana que había perdido.

Cuando empezó a abrir los cajones del escritorio se sintió invadida por la culpa. Estaba curioseando de la peor manera posible, pero si no lo hacía, ¿cómo se suponía que averiguaría lo que le había sucedido a la hermana de Dominic, mientras él seguía negándose a decirle nada, aparte de que Robert era el responsable de su muerte?

El primer cajón que abrió estaba repleto de abanicos, su número la sorprendió. Los abrió y vio que eran bastante elaborados, todos de encaje, todos de colores diferentes y sembrados de diversas gemas, sin duda, a conjunto con la gran colección de vestidos de noche de Eloise. Entonces abrió uno inusual: el marco era de madera sin pintar y sin gemas incrustadas, y los paneles eran de papel blanco en los que aparecían textos escritos a mano y en cursiva. Bien, eso lo volvía más inusual todavía, y puesto que no estaba incrustado de gemas consideró que nadie se enfadaría si lo tomaba prestado por un tiempo.

Brooke no poseía abanicos. Harriet había olvidado dicho accesorio por completo o no los habían entregado en Leicestershire antes de que Brooke se marchara, pero un abanico le vendría de perlas para ocultar una sonrisa en el momento inadecuado, o para evitar que Dominic notara que hacía rechinar los dientes. Antes de abrir otros cajones guardó el abanico en su bolsillo.

No encontró nada más que despertara su interés y lo único que quedaba por abrir y echar un vistazo al interior era el arcón a los pies de la cama. Tal como había sospechado, lo único que contenía eran sábanas, pero para cerciorarse introdujo la mano, deslizó la palma por el fondo del arcón y tocó un trozo de cuero duro. Extrajo un libro grande, sin título en la tapa. Lo abrió y allí ponía: «No te metas», escrito con letra infantil. Incrédula, se dio cuenta de que lo que estaba sosteniendo era el diario infantil de Eloise Wolfe. Hojeó las páginas con rapidez y vio que la escritura cambiaba y se volvía más formal y adulta. Leyó frases acerca de pruebas de vestidos, vestidos de noche y de fiesta. No solo era un diario infantil, sino uno en el que Eloise siguió escribiendo más adelante. Tal vez había escrito algo sobre Robert, quizás el diario contenía pistas acerca de su muerte. Brooke quería leerlo todo, así que salió con el diario, cerró la puerta con llave y echó a correr hacia su propia habitación.

Dedicó el resto del día y también los dos siguientes a leer extractos de más de siete años de la vida de Eloise, desde el día en el que la niña de once años comenzó a escribir el diario hasta que cumplió los dieciocho. Le resultó muy entretenido y soltó una carcajada al leer cómo Ella y Dominic se perdieron durante una tormenta de nieve y fueron conducidos a casa por un gran lobo blanco (así había descrito Eloise al perro que los había ayudado). La niña se había enamorado de uno de los amigos de su hermano y le preocupaba que este se casara con otra antes que ella fuese lo bastante mayor como para proponerle matrimonio; sin embargo, nunca volvió a mencionarlo, así que el capricho debía de habérsele pasado.

El diario contenía numerosas anécdotas divertidas: Eloise observando a Dominic en secreto en un rincón del jardín cuando él trató de besar a una de las muchachas del lugar, que huyó chillando. Dominic fingiendo que fue un accidente cuando cayó sobre uno de sus castillos de arena (¡entonces era verdad que los construían juntos!) solo para que tuvieran que volver a construirlo. Eloise incluso le había ganado algunas carreras y mencionaba cada victoria pese a sospechar que él la había dejado ganar. Brooke detestaba dejar el diario a un lado cuando tenía que entrenar a *Rebel*, ayudar a Alfreda a plantar su nuevo jardín de hierbas o realizar la tarea que menos le agradaba: visitar la habitación del lobo para ocuparse de su herida.

Sintió una gran decepción cuando llegó al final del diario, porque solo había algunas anotaciones referidas al verano en que Eloise disfrutó de su primera temporada social y ninguna referencia al otoño en el que murió. Al parecer, esas páginas habían sido arrancadas, así como todas las relacionadas con el día en el que Eloise lo conoció a «él»: esa era la única manera en la que se refería al hombre que la fascinó durante el primer baile; faltaban las seis páginas siguientes. Brooke reprimió un grito ahogado cuando vio que quienquiera que las hubiese arrancado no notó que aún quedaba una página más en la que aparecía la escritura de Eloise. ¿Acaso Ella había eliminado las pruebas antes de morir? No: Brooke comprendió que Dominic debía de haber arrancado las páginas tras la ira que lo invadió cuando descubrió las condenatorias palabras que lo impulsaron a querer acabar con la vida de Robert. Pero no era ningún milagro que hubiese pasado por alto la última página pues en ella solo aparecían dos líneas:

... rio cuando le dije lo del bebé, pero el bebé no me deja otra opción. ¡Maldito seas, Robert Whitworth, por estropear mi vida!

Al leer esa última página Brooke no supo qué pensar. ¿Así que su hermano no solo le quitó la virginidad a Eloise, sino que también la dejó embarazada? ¿Les mintió a sus propios padres al respecto, se negó a hacerse responsable e incluso rio cuando Eloise se lo dijo? Que su hermano hubiese sido capaz de tratar a Ella con tanta crueldad y que ni siquiera le importara su propio hijo nonato horrorizó a Brooke. Cuando comprendió que, al morir Eloise, ella había perdido una sobrina o un sobrino, Brooke se echó a llorar. No obstante, Dominic no solo culpaba a Robert por seducir a su hermana, lo culpaba de su muerte. ¿Dominic creía que Eloise se suicidó... a causa de Robert? ¿Era eso lo que ponía en las páginas que faltaban? Puede que esas dos únicas líneas hicieran que Dominic lo creyera y en ese caso no solo odiaba a Brooke porque el hermano de ella había causado la muerte de su hermana, sino también la de su sobrino o sobrina.

¿Por qué algunos de los habitantes de Rothdale no se lo habían dicho? ¿O es que todos los demás creían que la muerte de Eloise era un trágico accidente? Sin embargo, Brooke no se atrevía a hacerle preguntas a Dominic al respecto.

La otra noche, cuando volvieron a cenar juntos, ella le mintió diciendo que tenía dolor de oídos y no escuchaba bien; esto la ayudó a no reaccionar frente a sus dardos. Durante los dos días siguientes, él abandonó el intento de enfadarla lo bastante como para que se marchara y se limitó a dejar de dirigirle la palabra mientras aguardaba que su «sordera» desapareciera. Aunque durante un par de días el silencio resultó agradable, no supuso ningún beneficio: la fiebre y la inflamación habían desaparecido y también la excusa aprovechada por Brooke para entrar en la habitación de él.

Entonces, como ya había acabado de leer el diario y tenía todavía más preguntas sobre lo que le había ocurrido a Eloise, decidió que al día siguiente por la mañana su «sordera» habría desaparecido por completo.

21

—¡Es por esto que me enviaste a cumplir con ese encargo! —exclamó Gabriel en tono acusador cuando regresó a la habitación de Dominic y lo encontró de pie ante una de las ventanas de atrás—. ¿Para que pudieras volver a escaparte de la cama?

—No me escapé. —Dominic no se volvió, pero alzó el bastón que sostenía en la mano para indicar cómo logró llegar hasta la ventana—. Cojeé, con la ayuda de esto.

—Sin embargo...

—Todo lo demás funciona perfectamente, Gabe, hace dos días que no tengo fiebre y la rojez de la herida ha desaparecido, maldita sea.

—Esas son buenas noticias. —Gabe también se acercó a la ventana—. Informaré a la señorita Wichway de que su...

—No, no lo harás.

—Pero supondrá una excusa para ir a verla.

Dominic lo miró de soslayo.

—¿Por qué querrías...? —Se interrumpió: la expresión de Gabriel era muy elocuente y Dominic puso los ojos en blanco—. ¿Es que no has notado que es demasiado vieja para ti?

—No lo es en absoluto.

Dominic resopló. Esas dos mujeres estaban destruyendo su hogar, seduciendo a su cocinera y a su mejor amigo. En esos últimos cinco días hasta su reservado ayuda de cámara había sonreído mucho más que nunca y *Wolf* ni siquiera les ladraba a ambas cuando debería haberlo hecho. Al perro le disgustaban los desconocidos. Si Dominic no hubiese sabido que era un disparate habría pensado que ambas mujeres eran brujas.

Pero la más joven de las dos estaba sentada en un banco bajo el sauce, leyendo, protegida del sol que bañaba el parque; ya no sujetaba sus largos cabellos negros con una cinta, sino que estos se derramaban por encima de sus estrechos hombros. Al igual que una niña, su aspecto no parecía importarle cuando creía que estaba sola... o que nadie la observaba.

Tenía los labios carnosos; él imaginó que se mordía el inferior al leer, tal como la había visto hacer en tres ocasiones desde su llegada a Rothdale, y cada vez su boca atraía más a Dominic. ¿Acaso las estaba contando, maldita sea? Sus ojos eran fascinantes, del mismo color verde claro de la hierba humedecida por el rocío, y su piel ligeramente bronceada indicaba cuánto disfrutaba estar al aire libre. ¿Cuán impropio de una dama era eso?

Debería ser pálida, tal como dictaba la moda, pero no lo era. Otras damas cabalgaban y paseaban al aire libre pero solo con sombrero, velo o parasol para proteger su delicada piel del sol. Debería ser recatada y en vez de eso era audaz; entrar en su alcoba el mismo día de su llegada debía haberla mortificado, pero él no notó que se sonrojara. Simuló estar intimidada, pero dejó de hacerlo con mucha rapidez.

Era una muchacha delgada, apenas más alta que la mayoría, de figura esbelta, y, sin embargo, esos pechos regordetes que ostentaba enfundada en ese vestido amarillo la primera noche que pasó allí... ¡Dios mío! ¿Cómo lograba sobrevivir a todo eso?

Su aspecto había sido un golpe tremendo. Algo inesperado y no deseado. Y ¿por qué no escapó llorando de la habitación cuando él la besó...?

Se negaba a volver a pensar en ese fracaso, en ese tiro que le salió por la culata, pero la reacción de ella sugería que no era virgen. ¿Acaso era tan inmoral como su hermano?

Según el personal, durante los últimos días se había ocultado en su habitación; pensó que tal vez le dolían los oídos, pero en el último par de días, cuando entró y salió apresuradamente de su alcoba para aplicarle el ungüento y casi sin decir palabra, no parecía sufrir ningún dolor. Más que nada, parecía distraída. Dominic tuvo que repetirse varias veces y en voz alta que debía seguir detestándola. El día antes apenas habían intercambiado dos palabras. El silencio no le gustaba en absoluto.

—¿Ya empieza a resultarte atractiva? —preguntó Gabriel, mirando en la misma dirección que su amigo.

Antes de contestar Dominic dirigió la vista a los prados.

—Como el moho.

Gabriel chasqueó la lengua pero no hizo ningún comentario.

Bien: Dominic no necesitaba que volvieran a elogiarla.

—Sospecho que Jorge ignoraba lo que me estaba enviando, de lo contrario la hubiera añadido a su propia cuenta; nuestro príncipe ha llevado una vida disipada, extravagante y llena de aventuras, y ha tenido demasiadas amantes como para contarlas, y, ¿sin embargo, se escandaliza por unos cuantos duelos? Alguien introdujo este plan en su cabeza y me gustaría saber a quién debo agradecérselo.

—¿Te refieres a quién será el próximo al que retarás a duelo?

Dominic no contestó. Sentía el impulso de volver a contemplar el parque, así que esa vez centró la atención en los prados.

—*Royal* necesita ejercicio.

—¡A mí no me mires! Y sabes que mi tío también le teme.

—¿Es que debo contratar un jinete? Encuentra alguien dispuesto a montarlo.

—Hace ejercicio: cada vez que alguien entra en el prado galopa por todas partes con aspecto amenazador.

—¿De veras? —dijo Dominic, riendo.

—Y se ha estado pavoneando mucho, alardeando ante la nueva yegua.

—¿Qué nueva yegua?

—La de *lady* Whitworth.

¿Así que ella trajo una yegua consigo? Entonces realmente pensaba quedarse. Llegó allí sin tener ni idea de con qué se encontraría y, sin embargo, estaba preparada para quedarse y casarse pasara lo que pasase... o quedarse el tiempo necesario para matarlo.

Es lo que había pensado, al menos aquel primer día cuando Brooke le ofreció su ayuda. Que lo hiciera no era lógico, puesto que él había tratado de matar a su hermano. No era lógico que aceptara gentilmente casarse con el enemigo mortal de su hermano, y daba igual que ambos no tuviesen otra opción. Debería estar tan furiosa como él por la intromisión del regente en vez de brindarle sonrisas y ofrecerle treguas ridículas. No obstante, había interpretado el papel de ángel misericordioso cuando nada la obligaba a hacerlo. ¿Acaso lo había hecho por algún otro motivo?

A primera vista no parecía tan cruel y despiadada como su hermano, pero Dominic creía que Robert era perfectamente capaz de obligar a su hermana a interpretar un juego más sutil. Si ella lo mataba de inmediato, la culpabilidad de los Whitworth resultaría demasiado evidente; quizá Robert le aconsejó a su hermana que procurara parecer una prometida afectuosa para que nadie sospechara de haberlo envenenado una vez que estuvieran casados.

No dudaba de que la única cosa sincera que le había contado era que estaba más acostumbrada a ocultar sus sentimientos que a revelarlos, así que a lo mejor también era una mentirosa. En ambos casos, él sería un necio si confiara en sus palabras o en lo que hacía, al menos hasta que averiguara qué era lo que realmente se proponía hacer en beneficio de su hermano.

Robert Whitworth era un bellaco decadente carente de conciencia y de moral, y su hermana se crio junto a él. Puede que ambos hubiesen urdido ese cuento ridículo del motivo por el cual ella detestaba a su propio hermano, además de tramar un plan letal para salvarla de ese matrimonio forzoso y poner en práctica lo que ellos habían planeado para Brooke. Y dichos planes hubieran aspirado a algo muy elevado. Ese año la hubieran presentado en sociedad y su familia aspiraría a algo más importante para ella que un vizconde de Yorkshire.

Volvió a mirarla a tiempo para ver que dejaba el libro en el banco y entraba en el laberinto, cerca del sauce. Echó un vistazo al reloj de péndulo colgado de la pared de la sala de estar y calculó cuánto tiempo tardaría en renunciar a adentrarse demasiado profundamente o perderse por completo, tal como le pasó a Eloise la primera vez. En el centro había un banco de madera; más adelante, Eloise había grabado las palabras «¡He ganado!» en la madera y lo había desafiado a correr hasta el centro del laberinto para mostrárselo.

Aquel día él y su hermana habían pasado momentos agradables hablando y compartiendo unos cuantos secretos. Él le dijo que estaba preocupado por su amigo Benton, que se había aficionado excesivamente al juego después de abandonar el instituto el año anterior. Ella le confesó que hacía unos años había decidido casarse con Benton, ¡pero que entonces no lo haría! Ambos habían reído.

Se sorprendió de que pudiera recordarlo sin enfurecerse. ¿Ya habría pasado el tiempo suficiente para que sus recuerdos afectuosos de Eloise no acabaran con el recuerdo del hombre que le arruinó la vida? En vez de eso, en esa ocasión pensó en la hermana de ese hombre y volvió a mirar el reloj. Habían pasado quince minutos; estaba a punto de decirle a Gabe que fuera a rescatar a la chiquilla Whitworth cuando ella salió del laberinto, regresó al banco y retomó la lectura.

Estaba enfadado y se dio cuenta de que era porque Brooke había entrado y salido mucho más rápido que la primera vez que él lo hizo. Soltó un gruñido y al bajar la vista y contemplarla dudó que estuviera leyendo: era más probable que estuviese tramando algo. No podía negar que había creído que esa pócima que ella le ofreció la primera noche era un veneno.

El veneno era un arma femenina y, administrado de manera correcta, muy difícil de detectar, pero entonces tuvo que reconocer que sus sospechas habían sido infundadas. No obstante, mientras la observaba sentada en el parque, con ese aspecto tan bello e inocente, se recordó a sí mismo que las apariencias podían engañar y que debería obligarla a beber esa pócima solo para ver cómo reaccionaba.

Contrariado por esa visión retrospectiva, Dominic olvidó apoyar el peso en la pierna sana de regreso a la cama y cuando se dio cuenta de que la herida apenas le dolía incluso eso lo enfadó, porque era obvio que Brooke había logrado acelerar la cicatrización ¡Y no tenía la menor intención de agradecérselo, maldita sea!

—¿Aún no has terminado, Andrew? —gritó, dirigiendo sus palabras al vestidor.

El ayuda de cámara no tardó en aparecer con una camisa, una corbata y unos calcetines colgados del brazo, sosteniendo uno de los pantalones destrozados de Dominic para que los inspeccionara.

—Aún debo coser el dobladillo, señor.

Habían cortado una de las perneras.

—Olvídate del dobladillo. No pienso ir a la ciudad con esos pantalones. Limítate a vestirme.

Gabriel alzó una ceja.

—Y ¿por qué te estás poniendo presentable... bueno, más o menos presentable? No pensarás cojear hasta la planta baja, ¿verdad? Si los puntos se vuelven a abrir solo retrasarás...

—Un día te convertirás en una buena madre, Gabe, pero haz el favor de dejar de practicar conmigo. Hoy espero una visita de Priscilla Highley. Hazla pasar cuando haya llegado.

—¿Por qué diablos viene aquí? Y ¿cómo sabes que vendrá? No he traído ningún mensaje de...

—Le dije a Carl que la mandara buscar.

—¿Por qué?

Dominic le indicó a Andrew que se marchara con el resto de las prendas; una camisa y unos pantalones bastarían. Volvió a tenderse en la cama y esa vez solo se cubrió la pierna vendada con la sábana. Estaba presentable y lo bastante cubierto para recibir a Priscilla. No quería que ella creyera que la había invitado por motivos salaces. Pero Gabriel aún aguardaba una respuesta, así que Dominic preguntó:

—¿Por qué no? Lady Whitworth debe de saber lo que puede esperar si se casa conmigo.

—¿Que no le serás fiel? ¿O que alardeas de tus amantes ante sus narices?

—Ex amante, aunque no es necesario que lady Whitworth lo sepa.

Dominic y la viuda Highley habían puesto fin a su aventura amorosa cuando ella dejó claro que quería volver a casarse. Él no, en todo caso no con ella. Como vivía bastante cerca, en York, resultaba cómodo tener una aventura con ella. Sin embargo, durante sus breves escarceos ella le había sido infiel dos veces; no se trataba de que él le hubiese exigido fidelidad dado que ella no le costaba ni un penique porque era una mujer acaudalada, pero el matrimonio no modificaría su interés por tener aventuras con otros.

—Si reanudas ese asunto peliagudo solo estarás escupiendo hacia arriba —le advirtió Gabriel—. La presencia de mujeres celosas no resulta agradable.

—Puede que una mujer celosa también se niegue a casarse... antes de llegar al altar.

Gabriel suspiró.

—¿Por qué no quieres reconocer que tener a esa dama como esposa no resultará tan oneroso?

—Porque jamás podré confiar en ella —contestó Dominic.

—¿A causa de su hermano?

—Exactamente a causa de él.

La viuda había llegado y no se molestó en llamar a la puerta, pues estaba acostumbrada a entrar en los aposentos de Dominic.

—¿Qué estoy haciendo aquí, Dominic? Tú y yo nos separamos amistosamente, pero dejaste muy claro que nuestra relación se había acabado.

Él pasó por alto el tono malhumorado. Ese día lady Priscilla estaba muy bonita ataviada con una pelliza y un vestido violeta oscuro, con amatistas resplandeciendo en el cuello y las orejas. Los colores encajaban muy bien con sus cabellos rubios y sus ojos azulados, y ella lo sabía, desde luego. Su belleza era incuestionable y había enviudado de joven. Era algunos años menor que Dominic y era rica. Era una pena que solo se hubiese sentido atraído por ella, pero sin enamorarse locamente.

Él le lanzó una sonrisa, palmeó la cama y le indicó que se acercara.

—Tienes un aspecto espléndido, Cilla, como siempre.

Ella sonrió levemente.

—Sí, y solo por ti, aunque no sé por qué me tomo la molestia.

—Tu compañía me vendría bien durante una o dos semanas, si es que no tienes otros planes urgentes.

—Pues es una pena porque tengo planes, en efecto, el primer baile de la temporada se celebra la semana que viene y no tengo intención de perdérmelo. Pensaba partir a Londres mañana, pero supongo que podría quedarme una noche si me has echado de menos. Y ya estás en la cama —añadió, con una sonrisa burlona—. Soy capaz de captar una indirecta.

Se acercó a la cama, tomó asiento en el borde y se inclinó hacia delante para besarlo. Él le rodeó la cintura con el brazo impidiendo que se apartara, pero puso fin al beso antes de que este la alentara demasiado.

—¿No te enteraste de mi último duelo con Robert Whitworth?

—Los cotilleos londinenses tardan cierto tiempo en llegar a York —dijo Priscilla, inclinándose hacia atrás—. ¿Te refieres al segundo duelo?

—Hubo un tercer duelo.

—¡Dios mío! ¿Qué hizo para merecer tantos? Él cree que

estás loco, ¿sabes?, o al menos eso es lo que les dice a cuantos preguntan. Dice que imaginas que cometió una ofensa. Nadie lo cree realmente.

—¿Qué es lo que creen?

—Que se trata de una mujer, por supuesto, por la cual vosotros dos peleabais. ¿Quién es ella?

—No hablemos de eso, sino más bien de los resultados del duelo.

—Muy bien —dijo ella, poniéndose de morros—. Tienes la pésima costumbre de jamás contarme algo jugoso que pueda repetir. ¿Qué resultados?

—Sufrí una herida. Era grave, pero ya me estoy recuperando. Sin embargo, a causa de ello el príncipe heredero me ha ordenado casarme con un miembro de esa despreciable familia, para poner fin a las hostilidades, por así decir. Y el único modo de evitar que eso ocurra es si la hermana de Whitworth me rechaza y se marcha.

—¿Se marcha? ¿Está aquí?

—Aquí mismo —contestó Brooke desde el umbral.

22

Brooke debería haber almorzado primero, en vez de acercarse para averiguar por qué la puerta de la habitación de Dominic estaba abierta. El motivo de esto la contemplaba con mirada curiosa; la joven sentada al borde de la cama de Dominic —quien la rodeaba con el brazo— era una beldad, elegante y de aspecto mundano. Brooke se sentía como si acabara de abandonar el aula de clase... de hecho así era y, además, estaba fuera de su elemento.

—Tú debes de ser Brooke Whitworth, ¿verdad? —dijo la joven—. Me han dicho que Robert tiene una hermana que este año estaría disfrutando de su primera temporada social en Londres, pero esto es algo muy distinto, ¿no?

—¿Conoces a mi hermano?

—¿Quién no lo conoce? Un joven tan apuesto y muy gallardo, si bien lo consideran un vividor y un tanto libertino.

Sus palabras sorprendieron a Brooke, pero lo que no la sorprendió fue la expresión cejijunta de Dominic que, corrigiendo a la joven, dijo:

—Solo es un canalla.

—Sí, sí, todos sabemos lo que sientes por él. —La mujer le palmeó la mejilla—. Pero el misterio es el motivo. ¿Por qué albergas una antipatía tan virulenta por Robert Whitworth? —preguntó, volviendo a mirar a Brooke—. ¿Tú lo sabes?

Brooke no conocía toda la historia, pero incluso si la supiera no pensaba revelársela a esa joven, y su expresión parecía confirmarlo porque antes de lanzarle una sonrisa la dama suspiró.

—¡Perdón, soy una olvidadiza! Soy lady Priscilla Highley, de York. Nos habríamos conocido en Londres si hubieses acabado allí, pero en cambio has venido aquí. ¡Un cotilleo maravilloso que compartiré cuando llegue a...!

—¿Es imprescindible, Cilla? —interrumpió Dominic.

—Por supuesto que sí, querido.

—Preferiría que no chismorrearan sobre mi persona —dijo Brooke en tono frío, y atravesó la habitación para coger su bolsito—. Y a menos que prefieras ocuparte de su herida en mi lugar... —añadió indicando la puerta con un gesto, sin importarle cuán grosera se mostraba.

Dominic podía esperar hasta estar completamente curado antes de retozar con su amante. Casi lo dijo en voz alta. Casi.

—¡No, por el amor de Dios! —dijo Priscilla riendo y, cuando Brooke se dirigió al baño, le susurró a Dominic—: ¿Ya te trata como una esposa? Eres afortunado.

Enfurecida por ese comentario en voz baja que no pudo evitar oír, Brooke mezcló un poco más de polvo de hierbas del que debía. Le escocería, ella sabía que lo haría, pero no le importó y solo después se le ocurrió que ella no tenía derecho de expulsar a nadie de la habitación de Dominic.

Cuando regresó a la alcoba miró en derredor para asegurarse de que la mujer se había marchado. Todos se habían marchado, incluso Carl. El único que aún permanecía allí era el perro, tendido ante la chimenea.

No tenía intención de disculparse por su grosería. Dominic no debería haber recibido a esa mujer en su alcoba, fuera quien fuese para él, no cuando su futura prometida estaba en la casa. Si él creía que ella lo toleraría... Pero entonces se sumió en el desaliento. ¿Qué opción tenía en el asunto? Ninguna.

—¿Celosa?

Ella le lanzó una mirada furibunda y no pudo reprimir las palabras que surgieron de su boca.

—¿Celosa de una sinvergüenza chismosa? ¡Ni hablar!

Retiró la sábana de la pierna de él, aliviada al comprobar que los pantalones que Dominic se había puesto no cubrían la herida. Si hubiera tenido que ver cómo se los quitaba... Un rubor le cubrió las mejillas. Puede que hubiese visto mucha piel desnuda desde su llegada a Rothdale, pero observar como él se desvestía hubiera acabado con ella. Sin embargo, él la observaba con demasiada atención, como siempre. Que rara vez le quitara la vista de encima cuando ella estaba en su alcoba resultaba inquietante. ¿Acaso la estaba evaluando? ¿Buscando algo que pudiese usar en contra de ella?

—Noto que hoy no he tenido que alzar la voz —dijo Dominic.

—¿Qué?

—¿Vuelves a oír?

—Mi oído solo se vio ligeramente afectado, pero sí: me he recuperado —contestó Brooke, sin sonrojarse.

—Priscilla es muy comprensiva respecto de mi difícil situación —comentó el vizconde como de paso.

¿De verdad creía que ella quería que le hablara de su amante?

—Yo también, aunque siento más pena por mí que por ti. Tú te limitarás a seguir haciendo lo que siempre has hecho, sea la que sea. ¿Qué es, dicho sea de paso?

Él empezó a quitarse la venda.

—Aparte de reunirme con mis administradores, que se encargan de las numerosas empresas de mis antepasados, crío caballos para el ejército, destinados a los oficiales, para ser exactos.

—¿Así que nada de purasangres para los soldados rasos?

—Tu tono insinúa que te disgusta la discriminación.

—Así es.

—No decido quiénes pueden montar los caballos que le envío al ejército. De vez en cuando me han encargado que compre manadas más numerosas para ciertas unidades especiales, pero a los soldados rasos no les proporcionan caballos de ninguna clase: caminan. Ese es uno de los motivos por el cual nos lleva tanto tiempo poner fin a esta maldita guerra.

Brooke se alegró al ver que una costra se había formado sobre la herida y que no había rastros de inflamación. El tratamiento de Alfreda había funcionado y él debería encontrarse mucho mejor, así que ¿por qué no lo había dicho? ¿Porque no quería que ella dejara de visitarlo? Pero era más probable que no quisiera verse obligado a darle las gracias a ella y a Alfreda.

Si su maldita amante no hubiera aparecido ese día, quizá no le habría aplicado el ungüento; oyó que soltaba un siseo cuando le aplicó la mezcla extrafuerte, pero él no dijo nada y ella se negó a mirarlo a la cara mientras le aplicaba el ungüento en la herida. Deseó no haber sido tan susceptible, ni haber fingido que tenía dolor de oídos durante los dos últimos días, porque si bien pasaba tanto tiempo en compañía de él, ambos aún se llevaban tan mal como el primer día que llegó a Rothdale. Entonces (y más que nunca tras leer aquellas líneas del diario de Eloise) quería hablarle de Robert, de Eloise y del bebé, y averiguar cómo había muerto su hermana. Pero sabiendo que el tema lo enfurecía optó por iniciar la conversación con un tema menos controvertido.

Antes de que pudiera hacerlo, y sin darse cuenta de que había aplicado más ungüento del necesario, él preguntó:

—¿Echarás de menos frotarme el muslo una vez que la herida haya cicatrizado? Hoy pareces disfrutar haciéndolo.

Brooke se apresuró a retirar la mano.

—Me distraje durante un momento.

—¿Pensabas en otras partes de mi cuerpo que te gustaría tocar?

Brooke apretó los dientes y se obligó a no morder el anzuelo y enfadarse.

—Me preguntaba a qué clase de empresas familiares te referías hace un momento.

—Por supuesto que te lo preguntabas —dijo él en tono irónico, pero al menos se dignó a contestarle—. A las minas de carbón, pero, después de que mi abuelo las extendió, la competencia se volvió un tanto feroz, así que construyó una flota de naves que le permitieron vender el carbón en el extranjero. La empresa naviera resultó bastante lucrativa y hoy en día transporta otros productos además de carbón. Y después están los temas de los arrendatarios, de los que suelo ocuparme personalmente.

—¿No crías ovejas? —preguntó ella, curiosa—. Vi muchas durante el trayecto a través de Yorkshire. Apuesto a que las ovejas adoran el brezo que crece aquí con tanta abundancia. Y quizá la lana resulta tan lucrativa como el carbón.

—¿Y tú qué sabes de ovejas?

—No mucho. Mi padre posee granjas de ovejas, pero no las administra, desde luego.

—No quiero oír hablar de tu familia.

Ella suspiró para sus adentros antes de tenderle una venda limpia y fue a lavarse las manos para eliminar los restos del ungüento. Tras descubrir la estupenda colección de libros de la biblioteca había pensando preguntarle si quería que le leyera, pero tal vez él prefería pasar el tiempo con aquella arrastrada mientras ella se encontraba allí. Se puso pálida cuando se le ocurrió que a lo mejor la mujer había sido su prometida, no su amante, en cuyo caso la conducta de Brooke hubiera sido inaceptable.

—¿Estabas comprometido con alguien? —soltó cuando regresó a junto a la cama.

—¿Comprometido?

—¿Comprometido para casarte con otra persona? ¿Es por eso que te niegas tan rotundamente a que nosotros nos casemos?

—No existe ningún «nosotros».

Si él volvía a andarse con rodeos quizás ella soltaría un gruñido de frustración, así que se lo preguntó de manera directa.

—¿Estabas comprometido para casarte con lady Highley?

—No. A Priscilla le gusta demasiado la sociedad londinense como para ser una buena esposa para mí. Solo es una de mis numerosas amantes.

—¿Numerosas? ¿Cuántas tienes a la vez?

—Las que sean necesarias para satisfacerme —dijo él en tono displicente y encogiéndose de hombros—. En general dos o tres.

Ella se quedó boquiabierta, pero solo un instante; era obvio que era otro de sus intentos de ahuyentarla, y sería mejor que lo fuese. Brooke decidió seguirle el juego y fingir curiosidad.

—¿Una a la vez o todas juntas?

Dominic pareció sorprendido, y también a punto de soltar una carcajada, pero no lo hizo.

—Esa es una idea interesante, pero en cuanto a tu pregunta inicial: no estaba comprometido, pero cuando haya acabado con tu hermano pienso empezar a cortejar a mi vecina Elspeth Shaw.

Parecía estar diciendo la verdad, y Brooke se sintió muy mal. Recordó que en Leicestershire se le había ocurrido que él podría estar enamorado de otra, pero también que Gabriel le había dicho que Dominic era el último de los Wolfe y que quería seguir siéndolo. Lo cual no significaba que no se casaría, solo que no quería engendrar hijos; pero si eso era así ella tenía derecho a saberlo, ¿no? Sobre todo porque con el tiempo ella sí deseaba tener hijos.

—Entonces ¿piensas casarte pero nunca tocarás a tu esposa?

Dominic frunció el ceño.

—¿De dónde diablos sacas esas ideas?

Ella se ruborizó ligeramente. ¿Acaso Gabriel le había mentido? ¡Pero ella no debía haber hecho preguntas! Porque insinuaba que la idea de que jamás compartieran un lecho podría preocuparla por otros motivos que los de tener hijos.

—Era una pregunta lógica —se apresuró a explicarle—. Gabriel me dijo que querías ser el último de tu estirpe.

Dominic resopló.

—Esa es una idea que compartí con él una noche hace mucho tiempo, cuando estaba muy ebrio. No me di cuenta de que él creyó que hablaba en serio.

—¿Entonces no lo hacías?

—Sí, pero apenas durante una semana. Era una idea necia, producto de...

Brooke se preguntó por qué no acababa la frase, pero adivinó lo que iba a decir.

—¿Debido a la maldición?

Durante un instante él la miró con expresión calculadora.

—No: debido al ridículo generado por esos rumores cuando llegaron a Londres. A los jóvenes de esa ciudad les pareció divertido aullar como los lobos cada vez que se cruzaban conmigo en la calle. En realidad tú ignorabas con quién te unirías en matrimonio, ¿verdad?

Parecía complacido de poder añadir esas palabras; un día ella se reiría de todos sus intentos de ahuyentarla y apartarla. No dudaba de que él acababa de contarle una mentira absurda y decidió ponerlo en evidencia.

—Nadie osaría hacerte algo así, no con lo feroz que pareces cuando te enfadas. Estarían aterrados y temerían que los mataras allí mismo. ¿Qué fue lo que realmente hizo que quisieras acabar con tu estirpe, aunque solo lo pensaras una semana?

Él la miró fijamente durante unos momentos; demasiado tarde, Brooke se dio cuenta de que acababa de llamarlo mentiroso. A lo mejor debería echar a correr...

Pero entonces él dijo:

—Porque mi hermana acababa de morir y estaba absolutamente desesperado, sin esperanzas para el futuro; en cambio ahora la perspectiva de vengarme contra tu hermano lo vuelve más luminoso.

Pues a eso sí podía darle crédito. Que él volviera a decirle que se marchara, porque eso completaría su venganza y desproveería a su familia de todos sus bienes y su título. ¿O es que lo único que lo satisfaría sería la muerte de Robert?

No obstante, él no lo dijo y en vez de eso confesó lo siguiente:

—Los incidentes de los aullidos sucedieron de verdad, pero solo dos veces a lo largo de unos años, y se limitaban a ser bromas de universitarios. Claro que me enfadé la primera vez que ocurrió, pero aquel día atrapé a uno de los muchachos y él estaba tan aterrado que soltó que se trataba de un desafío para que lo aceptaran en una hermandad... si yo me hubiera limitado a hacer caso omiso de ellos. La segunda y última vez el grupo de muchachos era más numeroso (supongo que se envalentonaron porque eran muchos), pero aquel día me acompañaban dos amigos: Benton Seamons y Archer Hamilton. Benton persiguió a cuatro de ellos calle abajo. Los dos restantes se limitaron a quedarse allí, riendo al ver lo rápido que sus amigos trataban de escapar... hasta que Archer le pegó un puñetazo a uno y abofeteó al otro con su guante. La respuesta fue: «No seas un maldito imbécil», antes de que ese también huyera. En realidad, Archer no retaría a un joven a duelo por semejante tontería, pero en aquel momento me tronché.

Le pareció increíble que acabara de compartir eso con ella. En el interior del lobo se ocultaba un hombre distinto, uno que aún no había conocido, uno junto al que algún día ella podría reír... uno que tal vez podría amar. Pero entonces volvió a pensar que él tenía sus propios planes, planes específicos que se habían estropeado a causa de ella... o mejor dicho: a causa de su hermano. Todavía solo podía adivinar lo que Robert había hecho para poner en marcha tales acontecimientos.

Estaba a punto de volver a preguntárselo, pero se tragó sus palabras: ese tema solo lo enfurecía, de momento ya lo había presionado bastante, y, además, tenía una invitada con la que quizá prefería pasar el rato.

—Hoy no dejes que tu amiga te canse. Por ahora debes descansar. Regresaré por la mañana para examinar la herida.

—Regresarás esta noche para cenar, tal como acostumbras.

Brooke no tenía intención de discutir ni de cenar con él si Priscilla Highley aún estaba en la casa. Como si no supiera qué se proponía, restregándole en la cara que tenía amantes y seguiría teniéndolas, tanto si estaban casados como si no lo estaban.

—¿A menos que finalmente hayas decidido marcharte? En cuyo caso puedes darle el ungüento a Cilla: ella cuidará de mí esta noche.

Brooke no respondió, pero cuando salió cerró la puerta de un portazo.

23

Lady Highley pasaba la tarde en la habitación de Dominic; Brooke la pasaba en la suya, paseando junto a la pared que separaba su habitación de la del vizconde e intentando oír lo que ambos decían. Tras cuidar de Dominic durante toda la semana, el hecho de que le prestara atención a otra mujer con tanta rapidez le fastidiaba. Ahora comprendía por qué en aquella conversación que había escuchado a escondidas su hermano le dijo a sus padres: «El lobo no la aceptará.» Porque Dominic estaba acostumbrado a estar con mujeres bellas y sofisticadas.

Ella no era para él bella ni sofisticada, se limitaba a ser un recordatorio flagrante de la muerte de su hermana y siempre lo sería. Aún era posible que Dominic no cumpliera con la exigencia del regente y sencillamente le dijera que se marchase. Quizá podía hacerlo y arreglárselas para conservar una de esas empresas familiares que había mencionado. Las minas de carbón o la empresa naviera aun bastarían para convertirlo en un hombre rico; tal vez ya le había enviado un mensaje al príncipe sugiriéndolo. O a lo mejor aquella arrastrada le metería esa idea en la cabeza ese mismo día...

Brooke se contempló las uñas e imaginó lo que quería hacer con ellas en ese preciso instante; después volvió a presionar la oreja contra la pared. Seguía sin oír nada. Puede que estuvieran hablando en voz baja... o dedicados a una actividad en la cual las palabras resultaban innecesarias. Esa idea la impulsó a emprender una larga cabalgada antes de la hora de cenar.

Cuando llegó al establo descubrió que *Wolf* había acabado por ir en busca del gato, cuyo olor había percibido en las ropas de Brooke. Estaba delante de la puerta, ladrando y con el pelo erizado, mientras *Raston* permanecía sentado al otro lado del umbral lamiéndose una zarpa... o afilándose las uñas.

Cuando Arnold se acercó, el gato volvió a encaramarse a las vigas y el perro se lanzó hacia dentro tratando de darle caza, pero eso no ocurriría. Brooke le dijo unas palabras de consuelo y trató de acariciarle las orejas, pero *Wolf* no estaba interesado.

—Pronto abandonará, así que no se preocupe por el gato —dijo Arnold.

Brooke sonrió un poco.

—El que más bien me preocupa es *Wolf*. *Raston* puede volverse muy desagradable en una pelea.

—Mandaré llamar a Gabe para que lleve el perro a la casa. —Entonces Arnold la sorprendió con una solicitud—. *Royal* se siente atraído por su yegua *Rebel*, milady, pero nadie tiene ganas de proporcionarle el ejercicio que ese bruto necesita mientras su señoría se recupera. *Royal* apenas tolera que lo almohace y lo ensille, y no deja que nadie lo monte a excepción de lord Wolfe. ¿Le importaría que Peter cabalgue en su yegua a lo largo del cerco que separa ambos prados? Confiamos en que *Royal* los persiga o al menos se mantenga a la par.

—Yo podría tratar de montarlo. —El anciano caballerizo pareció tan espantado que ella se apresuró a añadir—: No importa. Adelante: inténtelo cuando regrese de mi cabalgada.

—No tarde demasiado en regresar, milady. Anoche mi mujer vio dos anillos en torno a la luna y eso anuncia la llegada de una gran tempestad. Fue precisamente en un día muy tormentoso, hace unos cien años, que la hija mayor de los Wolfe perdió la vida. Nadie sabe si se debió a la maldición o solo fue un accidente cuando su carroza se deslizó por un terraplén en medio de una tempestad.

Ella lo miró fijamente. ¿Es que todos los aldeanos eran tan supersticiosos? Eso explicaría por qué los rumores acerca de esa estúpida maldición habían persistido durante cientos de años y también el motivo por el cual se inició el rumor sobre el hombre lobo.

Brooke sonrió amablemente, aunque dudaba que ese día lloviera puesto que lucía el sol y las nubes no eran muy oscuras. Alfreda también pronosticaba a menudo chaparrones que jamás acontecían.

Pero dado que acababan de hablar de dos caballos que obviamente querían aparearse, Brooke consideró que era un buen momento para mencionar uno de sus propósitos.

—No me importaría que *Rebel* y *Royal* pastaran juntos durante un tiempo.

Arnold se sonrojó.

—Me encargaría de ello, pero *Royal* es un magnífico caballo de carrera. Su cría vale miles de libras. En realidad no lo han apareado desde que su señoría comenzó a criar caballos para el ejército. Pero usted podrá hablar de ello con él una vez que estén casados.

Todos los demás suponían que habría un casamiento, los únicos que seguían confiando en que no lo hubiese eran la novia y el novio. Al recordar que en ese instante Dominic estaba poniendo en práctica su última táctica para que ella se marchara, no empezó a trotar cuando ensillaron a *Rebel* sino que partió al galope tendido.

Esa vez cabalgó hacia el noroeste, alejándose de los caminos. Pasó junto a varios campos arados donde ya crecían los cultivos. La zona al norte y al sur de la aldea estaba sembrada de granjas; incluso había un huerto con árboles frutales plantados en hileras, pero solo pasó junto a una única granja de ovejas. Dominic había dicho que tenía arrendatarios; ¿acaso era el dueño de las tierras pero dejaba que quienes vivían en ellas hicieran lo que les viniese en gana? Pensó en visitar la aldea, que desde lejos parecía muy pintoresca, pero ese día no estaba de un humor sociable y siguió cabalgando.

El paisaje de Yorkshire era hermoso y ella disfrutaba del viento tibio que le agitaba los cabellos mientras galopaba por los campos. Por algún motivo, el paisaje le agradaba más que el de Leicestershire, a lo mejor porque era más silvestre y las tierras de cultivo daban paso a los yermos brezales. O tal vez sencillamente le gustaba porque estaba lejos de su familia.

Aunque se enfrentaba a un vizconde grosero e imposible, allí se sentía libre; pero ¿y si Dominic se salía con la suya y pronto se veía obligada a partir? Decidió prolongar la cabalgada más de lo previsto y ver más de Yorkshire mientras aún podía.

Se sorprendió al toparse con un rebaño de vacas, una de las razas escocesas de pelaje largo cruzada con los corpulentos Aberdeen Angus. Los habitantes de la zona eran muy autosuficientes y cultivaban o criaban todo lo necesario para llenar la alacena.

Atravesó un arroyo que más al norte se ensanchaba considerablemente; se detuvo para contemplar las aguas y se preguntó si el pescado que le sirvieron la noche anterior provendría de ese río. Siguió avanzando y giró hacia una solitaria oveja que había visto a lo lejos. Cuando se acercó se dio cuenta de que era un perro, un perro bastante grande. Refrenó la yegua, pero la curiosidad la hizo avanzar un poco más al trote. No se veía ninguna morada cercana de la cual el perro pudiera haberse alejado, solo las ruinas de otro de aquellos pequeños castillos; en el caso de este solo quedaban en pie algunos muros, así que no merecía la pena investigarlo. Se preguntó si el perro se había perdido.

Rebel se negó a acercarse más al animal, así que Brooke desmontó y maneó las patas de la yegua para que no escapara. Cuando se aproximó el perro no huyó, se quedó sentado junto a un gran montículo cubierto de hierba, observándola. Se asemejaba al perro de Dominic pero era más grande, casi todo su pelaje era blanco a excepción de algunas rayas grises en el lomo. Era hermoso, tenía la cara blanca, pero un grueso borde negro le rodeaba los ojos de un color tan pálido que también parecían blancos.

Se detuvo a unos pasos de distancia y tendió la mano para que el animal pudiera olfatearla, pero el perro no se acercó y ella tampoco lo hizo; intentar hacerse amiga de un perro tan grande tal vez no fuera una buena idea, pero alguien era el dueño de ese animal. No parecía feroz. Entonces alzó el morro como si olfateara el aire. ¿Había percibido el olor del perro de Dominic en su mano?

De repente, el perro soltó un aullido melancólico; Brooke se estremeció y retrocedió, y retrocedió un poco cuando el perro se levantó.

—Bueno, quizá sepas...

Se interrumpió cuando el perro volvió a aullar y agitó las orejas. Se le ocurrió una idea increíble: que el animal nunca había oído una voz humana. Era muy improbable, así que siguió hablando.

—Probablemente, sepas encontrar el camino de regreso a casa mejor que yo. O podrías seguirme: eres tan bonito que tal vez alguien de Rothdale sepa a quién le perteneces.

Se volvió y echó a correr hacia *Rebel*. Una vez montada en su lomo se sintió mucho más segura y echó un vistazo al perro... si es que era perro, porque no cabía duda de que era lo bastante grande como para ser un lobo. Pero descartó la idea con rapidez, no solo porque los lobos estaban extinguidos en Inglaterra sino porque ese animal no parecía fiero ni amenazador en absoluto, tal como lo sería un lobo, ¿verdad?

El perro volvió a sentarse sin dejar de observarla. Deseó disponer de algo para alimentarlo, pero lo único que tenía era una zanahoria que había traído para *Royal*, que no se había aproximado al cerco para comerla. La extrajo del bolsillo y se la arrojó al perro. Ignoraba si comería una zanahoria; tal vez más tarde debería darle una al perro de Dominic para averiguarlo.

Mientras se alejaba miró por encima del hombro una última vez. El animal no se había movido, pero soltó otro aullido. Brooke se estremeció y azuzó a *Rebel* impulsándola a galopar.

24

—¿Es que hoy todo el personal de tu hogar entrará aquí? —protestó Priscilla cuando otra doncella que jamás había visto entró en los aposentos de Dominic con una jarra de agua—. Incluso tu cocinera trajo la cena. Nunca solía hacerlo.

Estaban sentados a la mesa de ajedrez que Dominic había ordenado traer de la sala de estar. No era exactamente lo que Priscilla creyó que haría allí ese día, pero era buena perdedora y no quería que él pusiera a prueba su pierna herida más de lo necesario. Priscilla y su madre eran las únicas personas con las que había jugado al ajedrez que tenían una oportunidad de ganarle. Gabriel sabía jugar, pero no tenía la paciencia suficiente y solía perder adrede para poner fin a la partida.

Dominic movió su reina.

—Quizá solo sientan curiosidad por saber qué estás haciendo aquí cuando ha pasado casi un año desde tu última visita.

Priscilla adelantó el alfil para obligarlo a desplazar su reina hacia el fondo del tablero.

—Y no olvidemos el motivo más probable: que ya prefieren a tu futura novia y creen que estoy tramando algo en contra de ella.

—Este solo es el quinto día de su estadía —dijo Dominic en tono burlón.

Sin embargo, él también había notado que Brooke había

seducido al personal. Era como si, más que unos días, hubiese estado en Rothdale durante semanas, tal vez por haberla visto con tanta frecuencia en un tiempo tan breve.

—¿O quizá lo que preocupa a tus criados es que el príncipe podría no tardar en adueñarse de tu finca?

Él frunció el entrecejo.

—Me casaré con ella si no me queda más remedio. Pero no quiero hacerlo, y punto. Será un matrimonio infernal, así que ¿por qué no habría de hacer todo lo que está en mis manos para evitarlo?

—Pero ¿y si no lo es? ¿Y si ella no se parece a su hermano en absoluto? Haya hecho lo que haya hecho Robert para merecer tu ira, sabrás que nadie lo considera más malvado que cualquiera de los típicos vividores libertinos y egoístas. Así que, ¿por qué habrías de condenar a tu novia solo porque es la hermana de un hombre que tú...?

—El papel de casamentera no te sienta nada bien, Cilla.

Ella rio.

—Harás lo que te venga en gana y da igual lo que digan los demás. Solo estaba distrayéndote. Jaque mate.

Él también rio y se puso de pie. Ella pernoctaría en su casa e incluso le ofreció dormir en la cama de él, prometiendo que tendría cuidado con su pierna. Dominic declinó el ofrecimiento, pero le pidió que le hiciera compañía hasta que llegara la hora de retirarse. Había confiado en que Brooke se reuniría con ellos para la cena que habían disfrutado hacía unas horas. Priscilla había estado tendida en la cama a su lado y él la rodeaba con el brazo mientras conversaban. Había calculado el momento con precisión... y la comida llegó, pero no Brooke.

Se dirigió a la ventana septentrional que daba al parque para contemplar la puesta de sol. La orientación de la casa le permitía ver una parte de la salida del sol y el sinuoso camino, pero el ocaso debía ser muy luminoso para que pudiera apreciarlo y esa noche no pudo hacerlo: oscuras nubes cubrían el cielo.

—Parece estar lloviendo al norte. Menos mal que no intentaste regresar a casa antes de que oscureciera.

Priscilla también se acercó a la ventana.

—Eso tiene mal aspecto —dijo.

—Es probable que haya pasado mañana por la mañana, cuando te marches.

—No me importa viajar bajo la lluvia, pero no me gusta hacerlo de noche y el viento parece estar soplando hacia el norte. Puede que la tormenta no llegue hasta aquí —agregó, bajando la vista—. ¿Deberías apoyarte en esa pierna?

—Solo lo hago cuando Gabe no está en la habitación. Es una condenada mamá gallina. No me duele, Cilla. Y el doctor Bates volvió a coserme los puntos cuando los primeros se abrieron.

—¿De verdad no te duele? —preguntó ella con una sonrisa de complicidad y, con mirada elocuente, le apoyó la mano en el muslo sano.

Él rio, adivinando lo que estaba pensando.

—Solo logré deshacerme de la fiebre hace un par de días. La herida solo está entumecida, quizá debido a ese ungüento de bruja que esa muchacha ha estado aplicándome.

—Deberías haberte casado conmigo cuando tuviste la oportunidad, querido, entonces no te encontrarías en este apuro.

Eso no hubiera evitado los duelos; Whitworth todavía debía pagar por lo que había hecho. Dominic no podía compartir eso con Priscilla: era demasiado aficionada al cotilleo y no podía confiar en que no divulgara el motivo de la muerte de Eloise por todas partes. Sin embargo, y puesto que lo ignoraba, los problemas de él parecían hacerle gracia. Pero era verdad que también dijo que le gustaban las agallas de la muchacha. Mujeres: no había nada escrito sobre sus gustos y sus caprichos.

De repente, la puerta se abrió y Gabriel comentó:

—Algo le ha ocurrido a *lady* Whitworth. No ha regresado de la cabalgada.

Dominic empezó por sonreír.

—¿No ha regresado? —Pero entonces se volvió y notó la expresión preocupada de Gabriel—. ¿Cuánto hace que se marchó?

—Ya hace al menos tres horas. No regresó a la hora de la cena.

Entonces realmente se había marchado por su propia voluntad. Dominic se sorprendió; no creyó que alardear de su amante en las narices de Brooke funcionara, pero tal vez eso, añadido a su enfado, por fin había logrado expulsarla.

—Esa es una buena noticia.

—No, no lo es. Su doncella está desesperada. Jura que su ama no partiría sin ella y yo estoy de acuerdo. Además, tampoco se marcharía montada a caballo; algo le ha sucedido y pronto oscurecerá.

El alivio de Dominic desapareció.

—¡Andrew! —gritó—. Tráeme unos pantalones en buen estado y mi abrigo para la lluvia.

—Tú no puedes salir —protestó Gabriel.

—Por supuesto que sí. Si ella muere en el brezal el príncipe creerá que yo la maté. Supongo que alguien ya ha ido a la aldea para comprobar si se encuentra allí, ¿no?

—Fue el primer lugar donde la buscamos.

—Haz ensillar a *Royal*.

—Por favor, Dom, no puedes volver a montar tan pronto. Solo quería tu permiso para reunir a todos los hombres y empezar a buscarla.

—También puedes hacer eso, pero no hay muchos que dispongan de cabalgaduras y que puedan recorrer distancias para buscarla, y no disponemos de suficientes sillas de montar para usar mis caballos. Además, ella es mi responsabilidad. Podría desear que no lo fuese, pero resulta que es así, así que no me discutas.

En cuanto Gabriel abandonó precipitadamente la habitación, Priscilla dijo con tono seco:

—Supongo que buscaré una botella de brandy para llevarme a la cama.

—¿No estás preocupada por ella?

—¿Por qué habría de estarlo? Estoy segura de que la encontrarás. Quizá cabalgó hacia la lluvia y se ha cobijado en alguna parte.

—Puede ser.

Wolf siguió a Dominic y ambos abandonaron la habitación. Primero entró en la habitación de Brooke para coger algo que le perteneciera y dárselo a oler al perro. Sin embargo, la habitación de Brooke era casi espartana, como si no hubiera desempacado... o como si se hubiese llevado consigo lo que necesitaba. Todavía podía ser que no estuviera perdida sino huida. Resultaría mucho más difícil encontrar a alguien que no quería ser encontrado.

Su cocinera lo esperaba en la planta baja y le tendió un saco con comida.

—No ha comido. —Fue todo lo que dijo.

La inquietud de Marsha resultaba evidente y también la de Arnold. En el establo, el anciano mozo de cuadra le tendió otro saco de provisiones y fijó dos farolas a la silla de montar de *Royal* antes de alcanzarle las riendas a Dominic.

Oyó gritar a alguien y miró hacia la casa. La doncella de Brooke se acercaba a él a la carrera y Gabriel intentaba detenerla, pero ella se zafó y siguió corriendo hacia Dominic.

—¿Qué ha hecho hoy para disgustarla? —preguntó airada—. ¡Ella nunca emprende largas cabalgadas a menos que esté disgustada!

Él no tenía tiempo para responder a esas acusaciones y ni siquiera se dirigió a Alfreda.

—Llévala a la casa —le dijo a Gabriel antes de dejarlos allí.

Antes de desmontar para dejar que *Wolf* olfateara las cintas que había cogido del tocador de Brooke, Dominic recorrió la parte trasera de los prados.

—Encuéntrala —ordenó al perro.

Había llevado a *Wolf* de caza con la suficiente frecuencia como para saber que podía confiar en que captaría el olor de Brooke.

Wolf solo olfateó en derredor unos minutos antes de echar a correr en la dirección que Arnold había dicho.

Aunque aún no había oscurecido del todo, encendió una de las farolas antes de que la lluvia lo alcanzara. A escasa distancia, hacia el norte, se distinguía el diluvio; parecía una densa cortina gris que ocultaba la tierra. *Wolf* se lanzó hacia allí, pero Dominic refrenó su caballo. ¿De verdad seguiría cabalgando hasta meterse en esa tempestad? ¿Por ella?

Espoleó al semental, pensando que ya tenía otro motivo más para sentir aversión por Brooke Whitworth.

25

El viento aullaba a través de las ruinas del castillo. Las ráfagas eran tan violentas que de vez en cuando dejaban ver la luna, pero la lluvia aún era tan intensa que, iluminado por la luz fantasmagórica, Brooke apenas logró distinguir el solitario árbol inclinado por el viento. Los relámpagos caían a cierta distancia, pero los truenos eran tan sonoros que parecían más próximos.

Si no tuviese tanto frío y hambre y no se sintiera tan incómoda, envuelta en sus ropas empapadas y acurrucada en un armario, rodeada por las tres paredes de piedra que quedaban en pie, Brooke tal vez habría considerado que todo era una suerte de aventura. «¿Es que hay armarios en los castillos?», se preguntó.

Fuera cual fuese el uso que le habían dado al espacio hacía siglos, medía alrededor de un metro de ancho y un metro y medio de largo; pero al menos el cielorraso era de piedra, todavía no se había derrumbado y el suelo, también de piedra, estaba seco. Puede que antaño poseyera una puerta, pero esta se había podrido hacía tiempo.

Había estado sentada allí durante lo que le parecieron horas, y el tiempo pasaba con lentitud exasperante. Nunca lograría encontrar el camino de regreso a Rothdale en medio de la oscuridad y la lluvia; tendría que esperar en ese lugar hasta que amaneciera, a menos que alguien la rescatara, pero ¿cuán probable era eso? Alfreda se inquietaría; quizá Dominic no sabría ni le importaría que ella hubiera estado ausente tanto tiempo.

Antes, mientras observaba cómo una gruesa cortina de lluvia se abatía sobre ella, se había sentido intimidada pero también excitada. Nunca había visto algo así; intentó escapar de la tormenta pero no lo logró.

Se detuvo cuando la lluvia caía sobre ella, y *Rebel* no supo qué hacer al descubrir que apenas veía unos pasos más allá en cualquier dirección. Brooke se había preguntado si la yegua sería capaz de encontrar el camino a casa si le daba rienda suelta, o si se perdería irremediablemente. Entonces oyó el aullido del perro... o al menos confió en que fuera el perro y no otra cosa.

Se debía a esos malditos rumores sobre Dominic y su mascota, que era lo bastante grande como para ser medio lobo. El perro con el que se había topado ese día era todavía más grande, pero no la había amenazado. Ambos perros debían de ser una raza típica de esa zona, una que nunca había visto en Leicestershire. Pero era evidente que alguien los estaba criando así de grandes allí en el norte y Dominic podría haberlo mencionado en vez de dejar que ella pensara que algunas manadas de lobos habían sobrevivido a la extinción.

Hizo girar la yegua y regresó en busca del perro; durante un momento se le ocurrió una idea extravagante: que el perro la estaba llamando. Tal vez intentaba conducirla hasta su hogar, donde habría personas y un fuego para entrar en calor. Se conformaría con lo que fuera para escapar de la lluvia, pero no había contado con refugiarse en la guarida de un animal. El gran montículo junto al que el perro había estado sentado presentaba un agujero al otro lado y, cuando lo alcanzó, Brooke vio que el animal desaparecía en el·interior.

Desmontó y trató de atisbar dentro del agujero, pero el interior era demasiado oscuro para ver algo. No tenía la menor intención de meterse en la guarida, incluso si allí estaba seco. En vez de eso dirigió la mirada al norte, donde había visto las ruinas del castillo: quizás allí podría hallar refugio. Debido a la lluvia torrencial y las nubes bajas no lograba ver el castillo, pero si cabalgaba hacia el norte quizá lo encontraría. O el perro la conduciría hasta allí si le explicaba...

Era una idea absurda, pero aun así, dirigió la voz al interior de la guarida.

—No gracias, amigo, prefiero refugiarme en las ruinas. ¿Te gustaría acompañarme?

Volvió a montar, el perro asomó la cabeza por el agujero y observó cómo se alejaba. Ella miró hacia atrás para ver si la seguía, pero ya casi no lograba ver nada a sus espaldas.

Cuando alcanzó las ruinas se llevó una decepción. Solo quedaban algunos muros en pie, y la zona estaba sembrada de bloques de piedra rotos caídos de los muros. Un árbol bastante grande se elevaba en lo que antaño fue el patio o quizá una gran sala. Maneó a *Rebel* debajo del árbol, donde la yegua hallaría un poco de protección de la lluvia, y empezó a abrirse paso cuidadosamente a través de las piedras resbaladizas y cubiertas de musgo, en busca de refugio.

Los restos de una escalera debían de conducir a una planta más alta, pero allí arriba ya no había nada excepto viento y lluvia. Confió en encontrar una escalera que condujera a una bodega, pero la lluvia aún caía de manera torrencial y limitaba la visibilidad. Sin embargo, distinguió una mancha blanca cuando de repente el perro pasó corriendo a su lado. Se apresuró a seguirlo un poco más allá de la ruinosa escalera, donde el perro se sentó y la esperó. Fue entonces que descubrió su escondrijo a un lado de la escalera.

Entró en el pequeño recinto e invitó al perro a imitarla, pero este ya había escapado. ¿La había conducido hasta esa habitación adrede o solo se había sentado para ver qué haría? De todos modos, ella gritó: «¡Gracias!», y luego retrocedió cuanto pudo hacia el fondo del estrecho habitáculo. Aunque estaba lleno de musgo, se apoyó contra la pared y cerró los ojos, agradecida por encontrarse en un lugar seco y no montada en su yegua.

Oyó el sonido de un caballo que se acercaba antes de ver la tenue luz. La lluvia aún era torrencial. Se apresuró a ponerse de pie, se acercó al umbral de su escondrijo y vio una inmensa figura encapuchada que sostenía un farol y conducía su caballo hasta el árbol donde la pobre *Rebel* estaba atada. ¡Salvada! Experimentó un gran alivio, aunque podía tratarse de alguien que solo estaba buscando a su perro.

—¡Hola! —gritó.

—Tuve la sensación...

El lobo. Reconocería su voz en cualquier parte, la de la única persona que no quería que la rescatase. Y ¿qué diablos estaba haciendo allí, en vez de estar en la cama?

26

La idea de volver a empaparse la horrorizaba, pero supuso que Dominic no tendría ganas de permanecer allí más tiempo del necesario, así que dijo:

—Saldré si me aseguras que puedes encontrar el camino de regreso a Rothdale en la oscuridad.

Él no contestó, y Brooke se prometió no ponerle más condiciones. No tenía ganas de volver a quedarse bajo aquella lluvia torrencial si no era imprescindible, pero cuando él se acercó y le tendió el farol antes de regresar junto a los caballos comprendió que a lo mejor no regresarían a la casa señorial de inmediato y depositó el farol en el rincón trasero del escondrijo, donde no fuera un estorbo.

Regresó al umbral, pero fuera estaba tan oscuro que no vio a Dominic ni a los caballos. ¿Estaba buscando una habitación intacta aún más grande? No: para eso necesitaba el farol. Supuso que estaría desensillando los caballos, pero primero debería haber examinado la habitación, porque no era lo bastante amplia como para albergarlos a ambos.

Cuando volvió a aparecer en el umbral, Brooke retrocedió para dejarlo pasar. Dominic tuvo que agacharse para entrar en el escondrijo; la cabeza de ella casi rozaba el cielorraso, así que allí dentro él no podría enderezarse. Le arrojó dos sacos de cuero, depositó un segundo farol apagado junto a la entrada y se despojó de su abrigo, que dejó fuera porque estaba empapado. Ella notó que el abrigo había impedido que la lluvia mojara sus ropas y sus cabellos sujetos con una coleta.

—¿No nos conducirás a casa esta noche? Conoces el camino, ¿no?

—Sí, pero es peligroso. El terreno está embarrado, el río se ha desbordado y allí fuera hay profundos charcos de agua. No estoy dispuesto a correr ese riesgo.

Brooke recordó lo que Arnold Biscane le había contado acerca de uno de los antepasados de Dominic, que había muerto en un accidente durante una tormenta como esa; que él se preocupara tanto por su seguridad como para esperar hasta el amanecer antes de conducirla a casa la conmovió.

Pero entonces él añadió:

—No estoy dispuesto a poner en peligro a *Royal*; podría resbalar y romperse una pata. Tengo suerte de que hayamos llegado hasta aquí sin que eso ocurra.

¡Por supuesto, no estaba pensando en ella en absoluto! Rechinó los dientes y esperó que él se quedara en el otro extremo del pequeño recinto, que era demasiado estrecho como para moverse con libertad.

—Extiende las mantas antes de sacar la comida del saco.

¡Había comida! Brooke se apresuró a extender las mantas en el suelo de piedra y se sentó en la parte trasera del escondrijo antes de coger el otro saco. Encontró un pequeño pastel de carne y empezó a comer. Él podría haberse sentado frente a ella, pero en vez de eso se tendió en una de las mantas y se acurrucó a su lado, apoyado en un codo y con la cabeza casi rozando la pared. ¡Sus piernas ya estaban ocupando demasiado espacio!

Antes de protestar ella se volvió con rapidez.

—Si te tumbas aquí dentro no hay suficiente espacio para los dos.

—Hay de sobra. Tú también puedes tenderte, solo acurrúcate a mi lado. Incluso te he traído una almohada.

Ella supuso que se refería a su brazo, aunque de momento seguía apoyado en él y tampoco hizo amago de moverse. Estaba en una situación incómoda, atascado en un pequeño espacio con su enemiga. Desde luego que no estaría complacido. Y su pierna...

Ella echó un vistazo con preocupación a su muslo izquierdo.

—¿Te duele la pierna? Los puntos no se habrán vuelto a abrir, ¿verdad?

—¿Te gustaría que me quitara los pantalones para que puedas echar un vistazo? —Ella debió de adoptar una expresión muy sorprendida, pues él añadió—: La herida está bien vendada. Y, gracias a tus cuidados, ya no me duele mucho.

¿Le estaba dando las gracias? Se quedó incrédula hasta que él añadió:

—Puedes considerar que este rescate es un pago por curarme. Ahora puedes volver al hogar.

Se refería al hogar de ella, no al de él, pero ya no se sentía tan hambrienta, así que procuró que el comentario no ensombreciera su estado de ánimo.

—¿Cómo lograste encontrarme?

—*Wolf* me indicó el camino.

—¿Dónde está?

—Quizás aún ladrándole a la madriguera de zorro que se encuentra un poco más al sur. Cabalgué hasta aquí un verano y cuando se desencadenó una tormenta repentina yo también me refugié en estas ruinas. Es el único refugio existente en esta zona, así que imaginé que tú podrías haber encontrado la última habitación intacta del castillo.

Ella no diría que estaba intacta, pero se dio cuenta de que el cuerpo fornido de Dominic evitaba que gran parte de las ráfagas de viento llegaran a ella. ¿Era por eso que se había tumbado en el suelo? En ese caso sería bastante caballeresco de su parte.

Un perro empezó a ladrar.

—Allí está, buscándome.

¿Era *Wolf* el que de repente ladraba allí fuera? ¿O es que el perro blanco todavía se encontraba en la ruina, perturbado

173

por la voz de Dominic y percibiendo una amenaza? Pero era evidente que Dominic suponía que se trataba de *Wolf* y llamó repetidamente a su mascota. Si era *Wolf*, quizás había captado el olor del otro perro porque soltaba aullidos melancólicos, como si lo llamara.

—¡Entra aquí! —gritó Dominic por fin.

Cuando *Wolf* entró en el escondrijo, se sacudió el pelaje mojado antes de tenderse a los pies de Dominic con un gemido; Brooke soltó un chillido. Dominic gruñó y Brooke puso los ojos en blanco al tiempo que se secaba la cara.

Dominic la observaba con mirada curiosa.

—¿Cómo encontraste estas ruinas en medio de la lluvia?

—Con ayuda.

—¿De quién?

—De espíritus de brujas. —Ella le lanzó una sonrisa traviesa; él resopló, así que ella añadió—: Cuando empezó a llover acababa de pasar por aquí, así que no resultó difícil volver.

Brooke supuso que él no la creería si le decía que un perro le había indicado el camino.

—Tu doncella estaba desesperada cuando después de unas horas no habías regresado de tu cabalgada. La mayoría de los hombres de mi finca están buscándote. Creí que por fin habías recuperado la sensatez y abandonado Rothdale para siempre.

En ese caso, ¿por qué él mismo se había molestado en buscarla? Pensó en preguntárselo, pero imaginó que causaría una discusión y eso era lo último que quería que ocurriera en ese espacio tan reducido... ¡Allí no podía marcharse ni dar portazos, precisamente!

—Al menos no te encuentras en tierras de los Shaw.

¡Menos mal, un tema neutral!

—¿Todavía nos encontramos en las tuyas?

—No. Que yo sepa, quienquiera que sea el dueño de este tramo al noroeste de Rothdale nunca lo ha ocupado ni cultivado.

—¿Estás seguro? —preguntó, pensando en el propietario del perro.

—En realidad, no. Hace varios años que no paso por aquí. Diablos, incluso puede que entretanto Ian Shaw lo haya comprado.

—Lo dices como si fuera algo malo. ¿O pensabas cortejar a tu vecina Shaw con el fin de unir tus tierras a las suyas?

—Es una muchacha bonita.

Brooke esperó, pero al parecer él no pensaba decir nada más, así que le hizo una pregunta directa.

—¿La amas?

—Apenas la conozco. Solo hubiese supuesto una boda útil, con el fin de ampliar Rothdale y dirimir un par de disputas.

—¿Por tierras?

—Hace diez años Ian Shaw prometió dispararle a cualquier Wolfe que pisara sus tierras. Yo prometí que me encargaría de meterlo en la cárcel si lo intentaba, pero la hostilidad entre nuestras familias no comenzó a causa de las tierras. Nuestros antepasados de cinco generaciones atrás se batieron a duelo; en aquel entonces luchaban con espadas. Mi antepasado perdió una mano en dicho combate, lo que debería haber puesto fin a la disputa, pero no fue así. Después las tías abuelas de nuestras tías abuelas se enzarzaron en una pelea corporal y eso provocó un escándalo que duró décadas. Esos son los dos principales encontronazos que conozco; puede que hubiera otros, pues al parecer la hostilidad se inició mucho antes que eso, alrededor de la época en la que comenzó a circular el rumor sobre la tristemente célebre maldición de los Wolfe. Según la historia, los Shaw vilipendiaron y después rehuyeron a mi antepasado Cornelius Wolfe por alardear de su amante de clase baja ante sus narices. Cornelius era un hedonista al que lo único que le importaba eran sus caprichos y sus placeres, la proverbial oveja negra de la familia Wolfe.

Ella meneó la cabeza.

—¿Y realmente crees que Shaw hubiese permitido que cortejaras a su hija, dadas todas esas desafortunadas historias entre vuestras familias?

—¿Por qué no habría de permitirlo? —Dominic se encogió de hombros—. Pues de eso se trata, exactamente: de historias desafortunadas muy antiguas. Shaw dejaría de inquietarse por nuestras fronteras si su hija se convirtiera en señora de Rothdale. Además, considero que es un tonto.

—¿Estás seguro de que su hija no es tonta también?

—Dudo que me hubiese importado.

¡Qué cosa más triste acababa de decir!

—¿De verdad aspiras a tan poco?

—¿Qué más hay?

—La felicidad, el amor, los hijos...

—Eso suena a lo que tú también podrías aspirar.

—¿Y tú no?

—El amor es pasajero, al igual que la felicidad. Aunque sí me gustaría haber tenido hijos. Solo que no tengo prisa.

—Eres un cínico... o al menos no eres muy optimista, ¿verdad? La felicidad y el amor son posibles. Que duren depende exclusivamente de ti. Podrías estar de acuerdo con eso, ¿no?

—Ambos requieren trabajo —contestó Dominic, resoplando.

—Más que trabajo un poco de esfuerzo. O tal vez nada excepto aceptación. A veces debes creer que puedes alcanzar algo para alcanzarlo.

Él arqueó una ceja.

—¿También eres una filósofa? Estás llena de sorpresas, ¿verdad?

Ella no se dejó amilanar por el tono desdeñoso.

—Y en cuanto a que no te importa si tu esposa es una tonta o no lo es, dudo mucho que quieras que tus hijos hereden dicha característica, así que esa afirmación no es cierta. Te importaría.

—No tengo la oportunidad de averiguarlo, ¿verdad?

Brooke se puso tensa. El tema volvía a referirse a ellos y

ese no era el lugar indicado para retomar esa discusión, dado que ella no podía moverse sin tocarlo; sus rodillas rozaban el cuerpo de él, y las piernas de Dominic estaban en contacto con su lado derecho y su cadera. Ni siquiera lograría salir de allí sin arrastrarse por encima de Dominic.

Sabiamente, no mordió el anzuelo. Abrió el saco que contenía las mantas, sacó dos más y le entregó una. Él la dobló para usarla a guisa de almohada y apoyó la cabeza. Aún debía mantener las rodillas plegadas, de lo contrario la lluvia le mojaría los pies.

—Trata de dormir —dijo él—. Amanecerá dentro de pocas horas. Y si los fantasmas te despiertan, ignóralos.

—¿Qué fantasmas? —exclamó ella.

—Dicen que los fantasmas merodean por algunas de las ruinas de estos viejos castillos y atalayas. Jamás lo he creído, pero nunca se sabe...

—¿Estas ruinas tienen fama de albergar fantasmas?

—No lo sé. Pero en todo caso los fantasmas son inofensivos, así que nada de gritos. Los gritos me provocan un mal despertar.

Ella puso los ojos en blanco; si no hubiese añadido eso tal vez hubiera creído que hablaba en serio. No lograba adivinar qué se proponía esa noche, tomándole el pelo, contando mentiras obvias... casi como si hubiera empezado a sentirse cómodo con ella, incluso mientras no dejaba de tratar de ahuyentarla.

Pero no quería tenderse junto a él, aunque él hubiera cerrado los ojos para indicarle que la conversación había llegado a su fin. Y Brooke no creyó que pudiera dormir sentada, por más que quisiera. Ya no tenía frío, de hecho la idea de dormir a su lado hacía que empezara a sentir calor, pero se cubrió con la otra manta y se tendió de lado, de espaldas a él.

También tuvo que plegar las rodillas, porque las piernas de él impedían que hiciera otra cosa, pero no había bastante espacio de su lado para doblar las rodillas sin presionar el trasero contra el de Dominic. Estaba mortificada; confiaba en que él estuviera dormido y no notara que lo estaba tocando y que no dejaba de revolverse para acomodarse, sin lograrlo.

—Si no te quedas quieta dentro de un segundo esta noche no dormiremos.

Ella no estuvo muy segura de lo que quiso decir con eso, pero dejó de moverse en el acto. Lo último que pensó, antes de quedarse dormida, fue que resultaba agradable sentir la tibieza de él mientras el viento aullaba y la lluvia seguía cayendo en el exterior.

27

Cuando Brooke despertó descubrió que sus miembros y los de Dominic estaban completamente entrelazados. ¿Cómo diablos habían dormido así?

Pensó que debía de haberse vuelto hacia él mientras dormía, porque su cabeza estaba metida entre el brazo de él y su pecho; una de las piernas de él estaba estirada y el pie asomaba fuera del escondrijo, pero había dejado de llover. Su otra pierna estaba doblada entre las de ella. Estaba convencida de que su pierna (por encima de la cual se apoyaba la de Dominic) estaba completamente entumecida, pero no quiso averiguarlo porque se sentiría mortificada si él despertaba y la descubría en esa posición: acurrucada contra él como si quisiera dormir entre sus brazos.

—El ruido no te despertó.

Ella cerró los ojos, como si eso pudiera impedir que el rubor le cubriera las mejillas.

—¿Qué ruido? —preguntó, pensando en los fantasmas que él había mencionado.

—Los caballos se aparearon durante la noche.

—¿Se aparearon? —exclamó Brooke.

Cuando él se irguió sobre el codo, la cabeza de ella se deslizó hasta su antebrazo, permitiendo que Dominic bajara la vista y la contemplara.

—¿No estás disgustada?

—Al contrario. Un día quiero poseer mi propio criadero de caballos. Eso será un buen comienzo.

—¿Quién te ha dicho que podrás quedarte con el potrillo? Cobro quinientas libras por hacer que *Royal* se aparee.

—Puesto que no hice un contrato contigo para que se aparee con mi yegua, y tú tienes la culpa por no manear a tu semental, puedes olvidarte de esos honorarios.

—No me digas —dijo Dominic, y recorrió la mejilla de ella con el dedo—. Pero los maridos y las esposas encuentran otras maneras de negociar.

—Todavía no estamos... —«casados», quiso decir, pero él cubrió los labios de ella con los suyos.

Brooke no intentó apartar la cara, no cuando estaba en juego su futuro criadero de caballos. Después dejó de pensar en ello por completo.

El sabor de él era embriagador; ella entreabrió los labios y dejó que la lengua de él penetrara en su boca, le deslizó una mano alrededor de la nuca por debajo de la coleta y lo acarició. Dominic deslizó la mano a lo largo de su cuello hasta uno de sus pechos, solo rozando el pezón, que se endureció de inmediato. Un delicioso hormigueo le recorrió todo el cuerpo y solo entonces él le rodeó un pecho con la mano y lo presionó con suavidad.

Brooke podría haber soltado un gemido; el roce de su mano era tan placentero... Podría haberle dicho que no la retirara, pero en todo caso sus besos se volvieron más profundos y apasionados, y su rodilla se introdujo entre las piernas de ella hasta presionarle el pubis; entonces sí soltó un gemido, pero los labios de Dominic lo apagaron. Sin embargo, la placentera sensación que él acababa de provocarle no se desvaneció y Brooke sintió un intenso impulso de restregar su cuerpo contra el del vizconde. Excitada y abrumada a medida que él introducía y retiraba la lengua de su boca y le acariciaba los pechos, se sintió invadida por un impulso incomprensible. Pero el estrecho espacio en el que se encontraban impedía sus movimientos; impedía obtener lo que ella deseaba.

Estaba atrapada bajo el cuerpo de Dominic, pero en realidad, él podía...

De pronto, los besos se interrumpieron.

—No —dijo él—. Por más que lo desees no te haré el amor, porque de lo contrario jamás te marcharás de Rothdale.

Brooke tardó un momento en comprender que él estaba alardeando de su destreza sexual. ¡Incluso sonrió al decirlo! Ella arqueó una ceja.

—¿Crees que eres tan bueno en la cama?

—Me han dicho que sí, al menos en la cama. Pero ¿en este lugar decididamente primitivo? Tal vez... —indicó, encogiéndose de hombros.

Ella tuvo ganas de reír... o de golpearlo con algo. ¿Hablaba en serio o volvía a tomarle el pelo? Su sonrisa sugería esto último y volvió a pensar que él debía de sentirse más cómodo con ella, que incluso ella podría haber empezado a gustarle un poco. Fue un pensamiento repentino, pero enseguida lo dudó, teniendo en cuenta todo lo dicho y lo hecho. Entonces soltó un grito ahogado: ¿acababa de acusarla de desearlo?

—¿Qué te hace pensar que quiero...?

Él le apoyó un dedo en los labios para silenciarla.

—Protestar es inútil, lo veo en tu mirada, en la suavidad de tu toque, pero te equivocas si crees que, mágicamente, hará que te ame —precisó, y se incorporó, al parecer dispuesto a marcharse.

Furiosa porque unos besos tan asombrosos pudieran terminar así, ella dijo:

—Pues no me echarás la culpa a mí por lo que acaba de ocurrir.

—No lo hago, culpo a tu yegua. Hacía mucho tiempo que no oía a dos caballos apareándose. Es bastante primario.

Al decirlo la miró a los ojos de un modo que la hechizó. En ese momento, el brillo feroz que a veces se asomaba a su mirada no era peligroso, era muy apasionado y durante un instante creyó que él la deseaba, pero también descartó esa idea.

Él volvió a sonreír, pero esa vez parecía burlarse cuando añadió:

—Es evidente que no me importaría tenerte en mi cama, pero te lo advierto: nunca confiaré en ti fuera de la cama, nunca hallarás la felicidad en este lugar, Brooke Whitworth. Hijos, tal vez más de los que desees, pero nada más. Todavía estás a tiempo de huir.

Sí, claro que sí. Al menos eso creía. Quizá debiera decirle que su padre la había amenazado con encerrarla en un manicomio. O a lo mejor debería envenenar a Dominic, tal como quería su hermano. En ese preciso instante estaba muy dispuesta a hacerlo.

Cuando él salió fuera para ensillar los caballos Brooke se puso de pie, volvió a meter las mantas en el saco vacío y cogió el otro. Sin embargo, se detuvo y vació el saco de comida: se la dejaría al perro blanco en caso de que aún se encontrara por allí o por si regresaba a las ruinas tras su marcha. No tenía hambre. Esperó que Dominic sí.

Ya había notado que lucía el sol; salir fuera y disfrutar de su tibieza era maravilloso. Todo cambiaba cuando lucía el sol; durante la noche el paisaje presentaba un aspecto tan intimidante... y ahora parecía lozano y hermoso, si bien algunos grandes charcos sembraban el patio. Miró en derredor pero no vio al perro blanco, aunque *Wolf* correteaba por todas partes, olfateando.

—Me alegro de haberte encontrado.

¿De verdad acababa de oír esas palabras? Como Dominic le daba la espalda mientras ajustaba las cinchas de los caballos, no podía estar segura. Insinuaban algo muy distinto de lo que había dicho en el escondrijo.

—¿Por qué? —preguntó, jadeando.

—Porque si hubieras muerto en los brezales el príncipe habría obtenido exactamente lo que desea: un motivo para privarme de todos mis bienes y meterme en la cárcel o ahorcarme.

¡Un tema muy poco romántico! Ella ya debería saber que no tenía que atribuir significados a sus palabras que no podían ser ciertos.

Pero, con respecto a lo que realmente quiso decir, ella contestó:

—Lo dudo. De momento, el príncipe pretende tener autoridad moral y recibe apoyo por intentar salvar vidas. No te acusaría y te encarcelaría por algo que no has hecho.

Dominic soltó una carcajada desdeñosa.

—A lo largo de los siglos, los miembros de la familia real han recurrido a cualquier medida...

—Y dicho sea de paso, ¿por qué no abandonaste la búsqueda anoche? Debes de haber cabalgado durante horas bajo la lluvia.

—Así es... y estuve tentado de hacerlo.

Eso no suponía exactamente una respuesta, pero él le tendía la mano para ayudarle a montar en la yegua. Brooke se acercó pero hizo caso omiso del gesto, porque era capaz de montar a *Rebel* ella sola. No resultaría muy elegante, pero por otra parte nada de esa situación lo era.

Apoyó un pie en el estribo y volvió a preguntar:

—Entonces ¿por qué no... abandonaste? —exclamó cuando él le apoyó las manos en el trasero y la empujó hacia arriba.

—Por autopreservación, tal como acabo de explicarte —contestó, y se dedicó a sujetar las provisiones a la silla de montar.

Cuando ambos ya estaban montados y se alejaban de la ruina ella miró hacia atrás, preguntándose si el bonito perro blanco aparecería para observar cómo se alejaban, y volvió a preguntarse dónde viviría.

—¿Ian Shaw cría perros?

—No.

—¿Estás seguro?

—Me aseguré de ello cuando encontré a *Wolf*.

Así que el perro debía de estar perdido. Brooke supuso que algún día podía regresar cuando no lloviera y ayudarlo a encontrar el camino a casa. Era lo mínimo que podía hacer después de que el perro le ayudara a encontrar refugio durante la tempestad.

28

—¡Nunca vuelvas a darme semejante susto! —gritó Alfreda echando a correr hacia Brooke, que permanecía de pie en la entrada de los establos.

—Estoy perfectamente. Recibí una ayuda poco habitual, después te lo contaré.

—Al menos lord Wolfe te encontró. Ahora tengo un concepto mejor de él.

Brooke resopló.

—No lo hagas. El único motivo por el cual fue a buscarme se debe a que teme que el príncipe lo haría ahorcar si yo muriera en los brezales.

Wolf la había seguido desde el establo como si todavía le siguiera el rastro, pero era la primera vez que se acercaba a ella desde que él y Dominic la habían encontrado; cuando bajó la vista vio que el perro volvía a olisquearle los zapatos y aullaba. ¿Otra vez?

—Has de tomar una decisión, *Wolf* —dijo, chasqueando la lengua—, has de decidir si somos amigos o no. Al menos deja de ser tan indeciso al respecto. —Volvió a lanzarle una mirada a Alfreda, suspiró y añadió—: El otro lobo aún está empeñado en expulsarme.

—Pero ¿aún estás empeñada en que cambie de parecer?

—Empiezo a quedarme sin maneras de lograrlo. No nos ha dado las gracias ni una sola vez por curarle la herida, aunque no dejó de reconocer que se encuentra mejor gracias a nuestra ayuda. Aun así, no confía en mis motivos, es casi como si hubiese escuchado la última conversación que mantuve con mi hermano.

—¿Qué conversación?

Brooke miró por encima del hombro y vio que Dominic se había acercado a ellas. Casi soltó un gemido de consternación, pero entonces se dio cuenta de que tal vez él no había oído todo lo que ella había dicho.

—No tiene importancia. Como siempre, mi hermano se limitó a ser desagradable... más o menos como tú —añadió y se marchó, arrastrando a Alfreda consigo.

Brooke atravesó la cocina para encargar que le llevaran agua caliente y coger una zanahoria; quería ofrecérsela a la mascota la próxima vez que la viera. Consideró que debía examinar la herida de Dominic antes de sumergirse cómodamente en la bañera, si es que él se dirigía a su propia habitación. Tal vez se dirigía a otra. Parecía muy sano... gracias a ella. Y si procuraba no apoyar el peso en la pierna herida, ella no lo había notado.

Se lavó la cara, las manos y los brazos y se cambió de ropa con rapidez, pero antes de hacer cualquier otra cosa necesitaba una respuesta a una pregunta.

—¿Ella se fue?

—¿La ex amante? Al amanecer.

—¿Ex?

—Sí, según el personal.

«Un poco amistosa para ser una ex», pensó resoplando. Cuando se puso un nuevo par de zapatos, Alfreda protestó.

—¿Por qué no esperas a que te traigan el agua caliente para el baño?

—Solo quiero asegurarme de que la herida del lobo no empeoró por rescatarme.

—Se mostró decididamente bondadoso...

—Basta. —Brooke puso los ojos en blanco—. Podría haber sobrevivido a la noche y encontrado el camino a casa por la mañana.

—Las intenciones hablan por sí mismas. Él se aseguró de que regresaras a casa sana y salva.

Y podría haberse lesionado al hacerlo, así que Brooke no tenía intención de mantener una discusión al respecto. No era necesario que Alfreda supiera qué más había ocurrido en el escondrijo del castillo en ruinas. Si fuese más optimista podría creer que los besos de Dominic eran una buena señal, un paso hacia disipar su desconfianza y su hostilidad. ¡Pero tras la excusa que utilizó! Sin embargo, había algo en lo que ella no podía dejar de pensar: volver a verlo desnudo en la cama y tocarlo de manera íntima, aunque solo fuera para tratar su herida, después de que ambos durmieran prácticamente uno en brazos del otro y le diera esos besos tan ardientes esa mañana.

Pero al recordarlo se sonrojó y le dio la espalda a Alfreda para que esta no lo notara. Al ver la zanahoria en la cama la cogió y se la metió en el bolsillo.

Alfreda lo notó.

—Tu desayuno llegará junto con el agua del baño. ¿Estás demasiado hambrienta para esperar?

—La zanahoria es para el perro de él.

La doncella resopló.

—El chucho se reirá de ti. A los perros solo les gusta la carne.

Al salir de la habitación Brooke hizo una mueca; quizás Alfreda tenía razón, pero confiaba en que no fuera así. Le desagradaba la idea de haberle dejado una zanahoria al perro blanco y que al animal no le apeteciera; tal vez podía llevarle un poco de carne al perro la próxima vez que saliera a cabalgar. Estaba en deuda con él por haberla ayudado.

Cuando llamó a la puerta de Dominic un ayuda de cámara diferente la abrió, pero se disponía a salir y la cerró detrás de él. Como siempre, la mirada de Dominic se había posado en ella antes que Brooke le dirigiera la suya. Estaba sentado al borde de la cama desabrochándose la camisa. Ya se había vuelto a poner los pantalones a los que les faltaba una pernera, pero al parecer todavía no se había quitado la venda para examinarla.

—No te preocupes —dijo Brooke acercándose a la cama—, ya sé que ya me has visto bastante por un día. —«Y por una noche»—. Solo quiero comprobar...

—Parloteas demasiado, doctor —indicó él en tono sarcástico—. Haz lo que quieras y después lárgate.

Ella hizo rechinar los dientes hasta que comprendió que quizás él volvía a sentir dolor. En su caso, el dolor y el mal humor parecían estar estrechamente relacionados.

—Si no tienes inconveniente... —dijo en tono neutral, señalando el vendaje.

—Tienes mi permiso.

Siempre se había quitado la venda él mismo, hasta ese momento. La terquedad acababa de añadirse a los dos estados de ánimo anteriores, y, además, estaba casi sentado encima de la venda. ¿Cómo se suponía que iba a quitársela?

Supo la respuesta a esa pregunta cuando él se apoyó en el pie derecho, sin cargar peso en la pierna herida. Ella se agachó y le quitó el vendaje antes de que él cambiara de idea y dificultara la tarea. La venda solo se pegó un poco a la herida antes de que se desprendiera el último trozo de tela.

Tras examinar la herida y los puntos, Brooke se dio por satisfecha.

—Bien. No hay rojez ni hinchazón; por lo visto la aventura de anoche no te ha perjudicado.

—Eso es discutible. Me duele mucho el hombro tras dormir en el suelo de piedra.

Brooke hizo caso omiso de eso.

—A menos que vuelvas a vestirte no es necesario que vuelva a vendarte. El aire hará que la costra se endurezca.

Brooke se puso de pie, recogió el bolsito rojo que anoche había dejado en la mesilla de luz y lo guardó en su bolsillo. Ya no lo necesitaba. Luego recogió el bolsito azul.

—Te aconsejo que sigas descansando la pierna herida unas horas todos los días. —Le tendió el bolsito azul—. Y cuando lo hagas, esparce estas hierbas molidas en la costra, ayudarán a que te cures con mayor rapidez. No obstante, si piensas ponerte tus pantalones habituales primero deberías vendarte la zona, y todavía no sumerjas la herida en el agua de la bañera. Bastará con que te laves.

—¿Insinúas que vuelvo a apestar?

No apestaba. Lo sabía porque había pasado la noche junto a él. Para evitar una discusión optó por callar y se volvió, dispuesta a abandonar la habitación.

—Tú puedes hacerlo —oyó decir a Dominic.

Miró por encima del hombro y vio que volvía a estar sentado al borde de la cama, quitándose la camisa.

—¿Hacer qué?

—Lavarme.

Brooke se volvió lentamente; el rubor le cubría las mejillas, pero logró decir:

—No, me... me temo que mi benevolencia no llega hasta tanto, a menos que estés dispuesto a casarte conmigo hoy mismo.

Brooke creyó que con eso ponía fin al asunto hasta que él dijo:

—Te has colado repetidamente en mi habitación con la excusa de que ayudarme es tu deber, así que no puedes oponerte con nimiedades.

Podía, pero tuvo la sensación de que no tendría importancia. Él volvía a empeñarse en hacerla comprender cuánto le disgustaría vivir con él, recordándole que siempre le exigiría que hiciera algo desagradable destinado a avergonzarla.

Dominic dio por hecho que ella obedecería y le dijo a Carl que trajera un cuenco de agua y un paño.

Brooke procuró hallar una manera de aplazar la incómoda situación.

—¿No quieres que el agua esté caliente?

—No es necesario. Carl siempre se encarga de que haya un pequeño cubo de agua calentándose en la chimenea del cuarto de baño.

Bueno, ¿cuán difícil sería frotarle el cuerpo con un paño húmedo? «Muy difícil.» Brooke reprimió un quejido, pero debía demostrarle que sus tácticas no funcionarían. «Así que sé agradable, como lo sería una esposa», se dijo.

Cuando Carl depositó el cuenco de agua en la mesilla de noche y se marchó ella exprimió el paño. Al menos Dominic todavía estaba sentado al borde de la cama, así que lavarlo no sería demasiado complicado, pero cuando se quedó frente a él con el paño en la mano no pudo despegar la vista de sus ojos: su mirada era muy penetrante, como si tratara de leerle los pensamientos o evaluar su reacción frente a aquella intimidad forzada. Había puesto en práctica tantas maneras distintas para lograr que se marchara... ¿De verdad creía que esa tarea le resultaría tan insoportable si ella fuese su esposa? Le pareció que no le importaría, y la idea hizo que se sonrojara. Aún no era su esposa.

Primero le frotó la cara con el paño, lenta y cuidadosamente; trató de pasar por alto cuán apuesto era, pero no pudo. Sus rasgos eran tan marcados... el firme mentón, la nariz, la ancha frente. Dos rizos caían a ambos lados, demasiado cortos para formar parte de la coleta. Cuando los apartó fue como tocar dos hebras de seda.

Cuando notó la barba sin afeitar bajo el paño se dio cuenta de que quizás era demasiado fino. Pero tratar de limpiarle las orejas no era buena idea, porque vio la piel de gallina que se formaba en su cuello. Pasó rápidamente a su hombro.

—Ese es el que me duele por dormir en aquel suelo duro anoche —dijo Dominic—. Masajéalo —añadió en voz baja.

Brooke dejó de mover la mano, dejó de respirar. El corazón le latía con fuerza. Estaba convencida de que si lo miraba a los ojos se derretiría en el acto, pero tenía que masajearle el hombro antes de que él volviera a mencionar sus obligaciones. El único modo de hacerlo fue imaginar que no era su hombro lo que amasaba con los dedos, así que dirigió la mirada a la pared... Y entonces oyó que él gemía de placer.

Completamente deshecha, se apresuró a coger el paño una

vez más y le frotó el brazo. Si él volvía a pedirle que lo masajeara le arrojaría el paño a la cara. Sosteniendo la mano de él con la suya, frotó cada uno de sus dedos. Estaba tan concentrada en la tarea que tardó un momento en notar que no tenía las manos sucias. ¿Ya se las había lavado?

Volvió a mirarlo a los ojos. Él podía lavarse el resto del cuerpo, podía hacerlo con mayor facilidad y rapidez que ella.

Cuando se disponía a decírselo, él la cogió de la mano y tiró de ella hasta casi aplastarla contra su pecho.

—Recuerda tu obligación, esposa a punto de serlo. No se trata de una necesidad sino de una elección: la mía. Continúa.

¡Le había leído el pensamiento! Con las mejillas encendidas Brooke dio un paso atrás, exprimió el paño y le frotó el pecho, no con suavidad sino bruscamente y durante más tiempo del necesario; pero eso tal vez se debía a que se distrajo al notar la anchura de su pecho y la dura musculatura de su abdomen; no obstante, cuando vio que la piel de Dominic enrojecía se detuvo abruptamente. Él no había protestado ni un momento.

Arrepentida, decidió acabar cuanto antes y largarse de allí, pero cuando se inclinó hacia delante para frotarle la espalda su pecho rozó el antebrazo de él y volvió a sentir las mismas sensaciones maravillosas de aquella mañana cuando él le rozó el pezón con la palma de la mano. «¡Ay, Dios mío!»

Brooke retrocedió rápidamente para volver a enjuagar el paño, luego se encaramó a la cama, se situó a su espalda para lavársela y cuando le frotó la nuca el cuello de él volvió a erizarse. Tenía el cuello y las orejas muy sensibles, algo que una esposa podía recordar por si importara en el futuro. Brooke trató de olvidarlo; el perro de Dominic la ayudó a hacerlo montándose en la cama de un brinco y observándola. Teniendo en cuenta su extraña conducta reciente, el animal la ponía un poco nerviosa.

Como él no la estaba observando, le frotó la espalda con mayor suavidad, decidió actuar como una prometida sumisa y le masajeó el hombro un poco más: estaba dispuesta a hacer lo que fuera para conseguir que Dominic la amara. Pero *Wolf* lo había distraído y se inclinó hacia un lado para acariciarlo, impulsándola a hacer un comentario casual.

—Dices que no es un lobo, pero puede que uno de sus antepasados lo haya sido.

—Tal vez. Pero no tiene importancia: es muy manso.

Dominic no lo era, pero ella insistió.

—Sé que se supone que los lobos se han extinguido en la isla, pero ¿cómo sabemos que todos han muerto?

—Porque fue inevitable cuando los reyes comenzaron a pagar recompensas por ellos en vez de limitarse a exigir sus pieles como tributo. Hace siglos que han desaparecido, pero las tierras del norte son muy extensas y hay grandes zonas deshabitadas. Supongo que es posible que algunas manadas hayan sobrevivido, pero lo dudo.

Ella había esperado que se burlaría de ella, al igual que la última vez que surgió el tema, y no que apoyara su sospecha: que los antepasados lobo de su perro podrían haber recorrido los brezales de Yorkshire recientemente y no hacía cientos de años.

Pero entonces él dijo:

—Si dejaras de contemplar a *Wolf* como si fuese más lobo que perro, quizá no le tendrías miedo ni creerías ese rumor sobre una criatura similar a un lobo que aúlla en los brezales.

—Tonterías —respondió Brooke, una vez más con las mejillas encendidas—, *Wolf* y yo ya somos grandes amigos, pero es verdad que se disgusta cuando nota el olor de *Raston* en mis manos.

—¿*Raston*?

—El gato de Alfreda que ha estado cazando ratones en el establo para tu principal caballerizo.

—Los gatos resultan útiles. ¿Creías que me opondría a que trajeras un gato contigo?

—Te opones a todo lo que esté relacionado con mi presencia en este lugar, lord Wolfe.

Si Brooke creía que ese sería un buen momento para que él

lo negara, se equivocaba. Dado que él no podía ver lo que ella estaba haciendo a sus espaldas, metió la mano en el bolsillo, cogió la zanahoria y se la tendió al perro, que la cogió, brincó al suelo al otro lado de la cama y empezó a roer la zanahoria en el acto.

Ella sonrió, y todavía sonreía cuando Dominic preguntó:

—¿Qué es lo que está royendo? Si se ha apoderado de otra de mis botas...

—Solo es una zanahoria. ¿Ignorabas que le gustan?

—Así que es así como te has hecho amiga de él.

—No, acabo de descubrirlo ahora mismo.

—¿Y por qué tenías una zanahoria para darle? ¿Era para tu yegua? No volverás a salir a cabalgar sola, de aquí en adelante te acompañará un mozo de cuadra.

—De acuerdo. Y no estaba...

Brooke se interrumpió al oír que la puerta se abría y dos criados entraban en la habitación portando cubos de agua. Antes de bajar de la cama y dirigirse directamente a la puerta arrojó el paño que sostenía en la mano contra la espalda de Dominic.

—Evita que la herida se moje cuando tomes el baño que tú pediste —siseó de camino a la puerta.

Oyó una risa a sus espaldas. ¡Dominic había reído!

Era más que despreciable: era realmente perverso.

29

Durante el resto del día Brooke se aseguró de no encontrarse con Dominic quedándose en su habitación, incluso comiendo allí. A juzgar por las personas que entraban y salían de la habitación de él, supuso que Dominic no haría caso de su consejo de no apoyarse en la pierna herida durante unas horas al día. Creyó que cuidaría de su pierna tras todas las actividades de la noche pasada y de la mañana, pero era obvio que no lo haría. Más tarde hasta oyó su voz en el pasillo, diciéndole a Gabriel que se dirigía al establo a comprobar cómo se encontraban algunos de sus preciados caballos.

No había gozado de libertad para recorrer la casa durante mucho tiempo y, por más tentada que estuviera de evitar a Dominic y sus desagradables tácticas, sabía que no podía seguir haciéndolo porque de lo contrario nunca resolverían sus problemas. Bueno: su único problema era esa campaña del vizconde para expulsarla. ¿Llegaría a su fin una vez que estuvieran casados? ¿O es que su maldad estaba arraigada? No obstante, no pensaba seguirle los pasos por Rothdale como un cachorro enamorado, necesitaba motivos viables para encontrarse con él, pues ya no disponía de excusas para entrar en su alcoba. ¿Por qué diablos tuvo que sanar tan rápidamente?

Alfreda se reunió con ella en su habitación para tomar

un almuerzo temprano; había traído suficiente comida para ambas.

—¿Ya te ama, después de pasar una noche con él? —preguntó la doncella incluso antes de depositar la bandeja en la pequeña mesa.

Brooke tomó asiento en el sofá y dijo:

—Es verdad que me besó varias veces, pero adujo una excusa increíble por hacerlo.

—¿Ah, sí?

Brooke resopló.

—Oyó que nuestros caballos se apareaban durante la noche. Al parecer, eso despertó su propia lujuria.

—¿Y tú no aprovechaste la circunstancia?

—Lo intenté —murmuró Brooke y después gruñó—: Se detuvo, afirmando que yo jamás abandonaría Rothdale si me hacía el amor.

Alfreda soltó una carcajada y obtuvo una mirada furibunda de Brooke. Tras toser unas cuantas veces, la doncella puntualizó lo siguiente:

—Eso era una mentira y deberías haberte dado cuenta de ello.

—¿Entonces cuál fue su verdadero motivo? Estaba dispuesta, él hasta adivinó que lo estaba.

—A lo mejor tu lobo es más caballeresco de lo que aparenta y no quiso que en tu iniciación a los deleites del lecho conyugal faltara el lecho. Y como aún confía en que te marches a casa no lo admitiría, ¿verdad?

—Puede ser.

Brooke recordó que durante la noche Dominic había demostrado consideración por ella en su intento de evitar que el viento la azotara.

—Así que ahora que se ha recuperado lo bastante como para cabalgar a través de una tormenta en tu busca, lo cual fue una acción magníficamente heroica...

—No le adjudiques ideas. Trató de encontrarme por interés personal y nada más.

Alfreda chasqueó la lengua, mostrando su desacuerdo con esa afirmación.

—Tanto en un caso como en el otro, has de idear nuevas maneras de pasar más tiempo con él. Puede que tu plan esté funcionando, solo que de momento él se niega a reconocerlo. Vi que se dirigía al establo. Tal vez podrías reunirte con él allí después del almuerzo, ¿no? ¿Es que sabe cuánto adoras a los caballos?

—Sabe que quiero criarlos, pero esa es una buena idea y... —Brooke se interrumpió cuando oyó la voz de Dominic llamando a *Wolf* en el pasillo, anunciando su regreso a la casa—. Mejor así, porque hoy quizás hubiese acabado por reñirlo por no descansar la pierna. Si mañana vuelve al establo me reuniré con él.

—O sal a cabalgar con él si vuelve a entrenar a esa bestia que él monta. Incluso puede que lo sugiera, porque no confía en que no vuelvas a perderte.

—Ya me ha dicho que a partir de ahora debe acompañarme un mozo de cuadra.

—Pues dile que sería más adecuado que te acompañara él, dado que es tu prometido. Muéstrate firme: él o nadie.

Brooke soltó una risita.

—¿Tienes idea de lo que supone mostrarse insistente con él? Es como ladrarle al viento: ambas cosas resultan inútiles.

—Estás empezando a hacerme perder la esperanza, cielo. Sé que el abismo que os separa a ambos parece insuperable, sobre todo ahora que sabemos que no solo culpa a tu hermano por la muerte de su hermana, sino también por la muerte de su hijo. Ojalá no lo hubieras averiguado cuando leíste el diario de esa muchacha.

—Lo mismo digo —dijo Brooke en tono un tanto apesadumbrado.

Cuando Alfreda la descubrió leyendo el diario, Brooke mencionó el fragmento que había visto al final. Aquel día, Alfreda volvió a ofrecerle un filtro de amor con el fin de que dejara atrás la hostilidad y alcanzara las partes más agradables del matrimonio, pero una vez más, Brooke rechazó el ofrecimiento. Quería que Dominic la amara de verdad, no que solo creyera que lo hacía.

—Deberías haberme escuchado el otro día —dijo Alfreda, retomando el tema—. Esta situación es más extrema de lo que creíste al principio, y eso requiere medidas extremas. Te prepararé ese filtro.

—Pero lo que quiero no es su lujuria.

—El amor y la lujuria están estrechamente relacionados. —La doncella se puso de pie y se dirigió a la puerta—. Al menos lo tendrás a mano en caso de que surja una situación en la que consideres que resultaría útil.

Debido a la terrible experiencia del día anterior Brooke cedió a su cansancio y se acostó cuando afuera todavía no se había puesto el sol. Cuando un sonoro aullido la despertó reinaba la oscuridad. Encendió la lámpara de la mesilla de noche y echó un vistazo a su reloj de bolsillo: eran las diez y media. Cogió su bata y se dirigió rápidamente a la habitación de Dominic para asegurarse de que él la ocupaba, pero titubeó antes de llamar a la puerta. ¿Qué excusa tenía si él se encontraba allí? Pero ¿y si no lo estaba y en vez de eso aullaba por los brezales? Claro que no estaba aullando por los brezales; Brooke se quitó esa absurda idea nocturna de la cabeza. No era más que un estúpido rumor, pero quería desmentirlo de una vez por todas y no solo para su propia satisfacción sino para poder ayudar a Dominic a desacreditarlo.

Llamó con suavidad y esperó. La puerta se entreabrió y apareció Andrew, que se apresuró a decir:

—Ha ido a dar un paseo, *milady*.

Estupendo. Era justo lo que ella no quería oír: algo que apoyara ese estúpido rumor.

—¿Oíste ese aullido lastimero?

—Son perros de la aldea que deambulan por ahí.

¿Lo eran? ¿O es que los criados estaban acostumbrados

a inventar excusas para las excéntricas costumbres de su amo?

—¿Por dónde suele pasear su señoría?

—Suele ir hasta la aldea. Frecuenta un pub cuando no logra conciliar el sueño.

Brooke le dio las gracias a Andrew y regresó a su habitación, pero no a la cama. ¿Así que un pub, eh? ¿Acaso tendría una camarera predilecta allí? Le molestaba que se acercara a otras mujeres en vez de a ella, primero su antigua amante, ¿y luego una camarera de una taberna...?

Se había desvelado, así que se vistió y abandonó la casa, decidida a comprobarlo por sí misma.

En esa bella noche estival la luz de luna bañaba el ancho sendero que conducía a la aldea. Brooke no tardó en alcanzarla y descubrir el único edificio iluminado y ruidoso; se dirigió directamente hacia allí, pero se detuvo ante una de las ventanas y escudriñó el interior. Descubrió a Dominic de inmediato, era más alto que todos los demás ocupantes de la taberna; Gabriel y media docena de hombres lo rodeaban. Iba vestido de manera informal y esa noche ni siquiera parecía un lord, y tampoco se conducía como tal. Estaba espiando un nuevo aspecto del lobo que le resultaba fascinante, mientras lo observaba reír y beber con los plebeyos... y Dios mío, ¿era él el que estaba cantando? Que los hombres del lugar parecieran apreciarlo y sentirse cómodos con él la impresionó. Cuando de pronto Dominic soltó un aullido, los demás lo imitaron y poco después todos reían a carcajadas.

Brooke sonrió. No: era evidente que el rumor que afirmaba que era medio lobo ya no le molestaba, en caso de que alguna vez lo hubiese hecho. La idea hizo que se preguntara cuántas de las otras cosas que él le había dicho sobre sí mismo eran verdad y cuántas eran mentiras destinadas a ahuyentarla.

Al menos no estaba retozando con otras mujeres; Brooke se alejó de la ventana, dispuesta a regresar a Rothdale, pero soltó un grito ahogado cuando chocó contra alguien.

—Tranquila, moza —dijo el hombre—. Si allí dentro hay

un muchacho que se ha quedado más tiempo de la cuenta, ve y díselo.

Antes de que pudiera protestar el hombre la arrastró al interior de la taberna. Habría escapado de inmediato si Dominic no lo hubiese visto en cuanto entró. Ambos se miraron fijamente a través del recinto; Brooke permaneció inmóvil. Entonces una alegre camarera de mejillas sonrosadas le tendió una copa con una sonrisa y Brooke se avergonzó por haber albergado ideas tan airadas acerca de las mujeres que trabajaban en la taberna.

—Bien, ¿quién es él? —preguntó el hombre que la había arrastrado al interior.

Puede que la respuesta decepcionara al aldeano de sonrisa pícara, que parecía esperar que le gritara a uno de los hombres, cuando dijo:

—Soy la prometida de Dominic.

Lo último que esperaba era que el hombre riera e informara de ello a los demás a voz en cuello. Gritos burlones y silbidos llenaron la taberna, y los hombres comenzaron a palmearle la espalda a Dominic.

—Oímos el cotilleo —admitió uno de los hombres—. ¡Ahora sabemos que es verdad!

Otro hombre, que no lograba despegar la vista de Brooke, dijo:

—Sois un hombre afortunado, milord.

Dominic incluso sonrió, pero replicó:

—Eso está por verse.

Sus palabras cosecharon unas cuantas risotadas, quizá porque todos los ocupantes de la taberna adivinaron que ella estaba espiándolo, y además, ¿cómo se lo explicaría a él? Cuando Dominic se acercó, ella bebió un gran trago de cerveza y entonces empezaron los brindis; al oír a tantas personas deseándoles salud y felicidad a ella y Dominic, no pudo reprimir una sonrisa.

Tal vez por eso él no la arrastró fuera de la taberna de inmediato. Tras beber unos cuantos sorbos más de la cerveza del lugar, que jamás había saboreado con anterioridad, la idea de que él podría estar enfadado por su presencia en la taberna dejó de inquietarla. Pero finalmente él cogió la copa medio vacía que ella sostenía en la mano y dijo:

—Es hora de irse.

Ella asintió y al salir por la puerta tropezó con el escalón. De repente, el brazo de Dominic le rodeaba la cintura.

—¿Debo llevarte a casa en brazos?

Ella lo miró.

—¿Quieres hacerlo? No, claro que no. ¿Dónde está el sendero que conduce a Rothdale?

Él rio.

—No estás acostumbrada a beber, ¿verdad?

—No. Bueno, he bebido vino alguna vez. Pero estoy perfectamente, no bajé la vista y olvidé que había un peldaño.

—Desde luego.

Más que escéptico, su tono de voz parecía burlón. Ella debería dejar de escuchar lo que quería escuchar y recordar que él no tenía motivos para tratarla bien... aún no.

Cuando alcanzaron el sendero, él dejó de rodearle la cintura y la decepción se apoderó de ella. Le agradaba la sensación del brazo de Dominic, hacía que se sintiera tan segura, como si le perteneciera a alguien... Se preguntó si él había hecho ese gesto protector porque sus arrendatarios podían estar observándolos mientras abandonaban la aldea. Cuando lo miró se dio cuenta de que el hombre que había visto en la taberna no era el que ella conocía. No llevaba chaqueta ni corbata y vestía igual que los demás hombres de la aldea. Y ellos no lo trataban como al propietario de sus tierras; ¡parecían apreciarlo! Quiso descubrir más cosas sobre el verdadero Dominic Wolfe.

—¿Cómo fue criarse en Rothdale?

Él la miró, aparentemente sorprendido por la pregunta.

—Maravilloso, idílico, pacífico... al menos mientras mi familia estaba aquí conmigo.

Ella no debería decir una sola palabra más. ¿Es que todo

debía llevar a la muerte de su hermana? Pero la pequeña cantidad de cerveza que había bebido la volvió audaz.

—¿Cuándo supiste que querías criar caballos?

—El día que solté la manada de mi padre.

—¿De verdad lo hiciste? —preguntó ella, sonriendo.

—Sí, de verdad. Era un reto, pero quería ver qué ocurriría, además de ser castigado por ello. Gabe me ayudó a derribar un largo tramo del cerco en la parte posterior del prado para que el éxodo fuera masivo y eso fue lo que sucedió. No podíamos dejar de reír mientras observábamos cómo el padre de Arnold (que en aquel entonces era el caballerizo principal) trataba de darles alcance a pie. Yo solo tenía nueve años.

—¿Así que tu padre también criaba caballos?

—Y mi abuelo antes que él. No estaba seguro de querer dedicarme a lo mismo hasta que cometí esa travesura. Puede que resultara gracioso cuando lo hice, pero no tardé en lamentarlo y empezar a preocuparme por si no los atrapaban a todos, sobre todo el semental de mi padre, del que quería un potrillo para montarlo yo mismo.

—¿Y lo conseguiste?

—Por supuesto: es el padre de *Royal*.

—Me alegro —dijo ella, disfrutando de la cordial conversación con Dominic mientras caminaban bajo el cielo estrellado—. Los hombres de la taberna no parecían nerviosos en tu presencia. Me recuerdan a los criados de nuestra casa en Leicestershire; son las personas con las que más me divertí mientras crecía.

—¿Tus padres permitieron que te relacionaras con ellos?

—No lo sabían —contestó Brooke con una risita—. Esos criados son mi auténtica familia.

Habían alcanzado la casa. Él le abrió la puerta principal pero no la siguió. Ella se volvió.

—¿No vendrás a la cama?

—Quizá quieras reformular tu pregunta.

Ella no comprendió lo que quiso decir. Después sí y empezó a ruborizarse.

—No estaba sugiriendo...

—No, Dios no quiera que lo hagas, pero todavía no estoy lo bastante ebrio como para acostarme. ¿Crees que es fácil, puesto que duermo en la habitación anexa a la tuya?

Ella soltó un resuello, pero él no lo oyó; ya había cerrado la puerta, dispuesto a regresar a la taberna.

30

Quizá Dominic no estuviese lo bastante borracho para conciliar el sueño, pero tras su último comentario Brooke tampoco lo lograba. Le encantaba pensar que la deseaba tanto, pero no creyó que fuese verdad. Puede que la hubiese besado en dos ocasiones, pero nunca fue porque realmente tuviese ganas de besarla.

A lo mejor debería haberle dicho a Dominic que se refería a su cama, no a la de él, y soltó una risita, imaginando su sorpresa. ¿Hubiese aceptado el ofrecimiento? No, no antes de la boda.

Suspiró y se acercó a la ventana que daba al parque bañado por la luz de la luna; debería bajar a la cocina a por un vaso de leche tibia para ayudarle a conciliar el sueño... y entonces vio un animal blanco avanzando hacia la casa a grandes zancadas. ¡Dios mío, el perro blanco la había seguido y logró atravesar los cercos!

Bajó apresuradamente, se dirigió a la parte trasera de la casa y atravesó el salón de música, que disponía de grandes puertas cristaleras que daban a la amplia terraza por encima del parque. Se detuvo en los peldaños que conducían a los jardines y aguardó para ver si el perro se acercaría a ella. Y, en efecto, el perro remontó lentamente los peldaños. A esas alturas Brooke ya estaba sonriendo.

—Siempre quise tener mi propia mascota —le dijo al perro, y se atrevió a rascarle las orejas en cuanto estuvo a su alcance—. Bueno, una en la que no cabalgo. ¿Te gustaría vivir aquí? Si es así, ven conmigo, por la mañana veremos cómo te instalamos.

Como si la comprendiera, el perro la siguió al interior de la casa; primero Brooke se detuvo en la cocina, cogió un cuenco del espeso guiso que le habían servido a la hora de cenar y lo llevó a su habitación. Al menos no había criados por ahí que notaran la presencia de su inusual amigo.

Tras depositar el cuenco en el suelo, cerró la puerta y observó cómo el perro devoraba el guiso. Quizá no podría tenerlo en su habitación... bueno, no sin permiso. Pero después de lo que Dominic había dicho sobre *Raston*, tal vez le daría permiso. Los perros le agradaban, así que ¿por qué no habría de dárselo? Pero sabía muy bien por qué, desde luego: para negárselo, sencillamente porque podía.

Se preocuparía por él a la mañana y tendría que preguntarle al personal de cocina qué le daban de comer a *Wolf*. Su amigo había devorado el gran cuenco de guiso en segundos.

Llenó el cuenco vacío de agua antes de sentarse en el suelo junto al perro, con el fin de intimar un poco más. Como ya había dejado que le rascara las orejas supuso que no tendría inconveniente en que lo mimara un poco más. No lo tuvo y, cuando se tendió en el suelo a su lado para que ella le rascara la panza, vio que era una perra. Brooke estaba encantada y decidió que se la quedaría, fuera como fuese.

Por la mañana, cuando Alfreda la despertó con una jarra de agua fresca, Brooke sonrió, recordando lo que había soñado: que el perro blanco había aparecido en Rothdale. Había sido un sueño muy vívido y, sin embargo, tan improbable que soltó un grito ahogado cuando vio que la perra blanca dormía al pie de la cama.

Su primer impulso fue taparla con la manta hasta que pudiera explicar qué estaba haciendo allí, pero dirigiéndose a Alfreda, dijo:

—No te asustes. He encontrado una nueva mascota. Es amistosa.

—¿Y por qué habría de preocuparme? Es un perro grande, y como ya he ido a visitar a *Raston* esta mañana creo que me mantendré a distancia prudencial.

—Solo es una perra, Freda.

—¿Lo es? Iré a decírselo al personal antes de que la saques a pasear y la mitad de los criados salgan huyendo y gritando.

Brooke sonrió, divertida. Alfreda se mostraba bastante pragmática, incluso mientras retrocedía y abandonaba la habitación.

—¡Llegarás a amarla!

—¿Por qué todos no dejan de decirme a quién o a qué acabaré por amar? —murmuró la doncella antes de salir.

Brooke se vistió con rapidez, sin dejar de hablarle a la perra. Confió en que Alfreda solo estuviera bromeando acerca de los gritos, pero tal vez debería despejar el camino antes de dejar salir al animal de la habitación. Cuando se dirigió a la puerta la perra brincó de la cama y la siguió, así que Brooke se detuvo y apoyó una rodilla en el suelo.

—Volveré dentro de unos minutos para llevarte a dar un paseo. ¿Puedes esperar? ¿Quedarte quieta?

Era obvio que la perra estaba acostumbrada a las personas; no soltó un gruñido ni mostró los dientes, pero Brooke no estaba segura de si la había comprendido. Pero la perra se quedó sentada en medio de la habitación, dejó que volviera a acariciarla y no se movió mientras ella se acercaba a la puerta. Al salir de la habitación casi tropezó con *Wolf*. Había estado olfateando por debajo de la puerta y trató de entrar, pero ella cerró la puerta con rapidez y se lo impidió. Le presentaría la perra a *Wolf*, pero no antes de obtener permiso para quedársela. Al menos *Wolf* no ladraba ni llamaba la atención sobre la visita secreta que ocupaba su habitación.

—¿Qué diablos...? —Dominic había salido de su habitación y había visto lo que el perro estaba haciendo—. Sedujiste a mi perro con esa maldita zanahoria, ¿verdad? —Mientras *Wolf* rascaba la puerta de Brooke tratando de entrar, Dominic se acercó—. ¿Cree que tienes más zanahorias allí dentro?

—Sí —mintió ella. Pero cometió el error de bloquear su puerta abriendo los brazos, y él la apartó para abrirla. *Wolf* se lanzó hacia dentro, pero se detuvo abruptamente al ver al otro animal. Dominic también se quedó inmóvil.

—¡Eso es un lobo! —exclamó en tono incrédulo.

Brooke resopló.

—¿Y cómo lo sabrías si nunca has visto ninguno?

—He visto lobos y te lo demostraré; pero tú no te volverás a acercar a ese animal nunca más.

Ella trató de rodearlo e interponerse entre él y la perra blanca, pero él alzó un brazo y se lo impidió.

—Basta —protestó Brooke—. Es una perra amistosa.

—¿Acaso sabes cómo es un perro amistoso? Estaría meneando la cola en vez de quedarse sentado, mirándote como si fueras su próxima comida. Tenemos que matarlo.

—¡Ni se te ocurra! —gritó ella, soltando un grito ahogado.

El lastimero aullido hizo que dirigiera la mirada a *Wolf*. Se estaba arrastrando por el suelo, acercándose a la otra perra sin dejar de soltar aullidos. Estupefacta y con los ojos muy abiertos, ella aventuró lo siguiente:

—Es su madre.

—No seas ridícula —se burló Dominic.

—¡Abre los ojos! Ese es un cachorro perdido suplicándole a su madre que lo deje volver a formar parte de la manada.

—No puedes quedarte con ese animal.

—¿Y por qué no? Tú te quedaste con *Wolf*. Tu mascota era igual de salvaje cuando lo encontraste. Trató de devorarte.

—Entonces no sabía lo que hacía, y ahora sí.

—Pero eso —dijo Dominic, señalando a su majestuosa amiga con el dedo— es un animal salvaje adulto.

—¿Cómo puedes decir eso cuando ella está tranquilamente sentada y no hace nada amenazador?

—No puedes tener un auténtico lobo en el interior de una casa.

—No es un lobo.

Él le lanzó una mirada dura.

—¿Así que ahora crees que no están extintos, cuando en dos oportunidades intentaste convencerme de lo contrario?

Brooke puso una expresión tozuda.

—Ella me ayudó. Me indicó que regresara a las ruinas durante la tormenta, cuando yo no podía ver nada a dos pasos de distancia. Conoce a la gente. No me gruñó la primera vez que la vi y tampoco le gruñó a Alfreda esta mañana. No te gruñe a ti pese a que la estás amenazando. Quiero quedármela, es obvio que no es una loba.

La respuesta de Dominic consistió en cogerla de la mano, arrastrarla fuera de la habitación y conducirla directamente a la sala de estar.

—¿Qué estás...?

Recibió una respuesta a su pregunta cuando él sacó una llave de un bolsillo y se acercó al rincón suroriental de la amplia habitación, allí donde la curva pared de la torre penetraba en la casa. Ella había intentado entrar en la habitación de la torre mientras exploraba la casa por su cuenta, pero siempre estaba cerrada con llave.

Cuando Dominic la abrió se puso tensa, creyendo que pensaba encerrarla en la torre mientras mataba a su mascota. Estaba dispuesta a luchar a brazo partido, pero se detuvo al ver lo que había en el interior de la habitación.

31

Un escalofrío recorrió la espalda de Brooke al entrar en la lúgubre habitación; las paredes curvas eran de áspera piedra gris, al igual que el suelo, y de estas colgaban unos cuantos cuadros cubiertos de paños blancos, quizá para protegerlos del polvo. El centro de la habitación estaba ocupado por un viejo arcón. Aparte de eso, Brooke no pudo ver gran cosa porque la habitación carecía de ventanas y la única luz penetraba a través de la puerta abierta. Motas de polvo danzaban en el haz de luz pero no vio telarañas, como en la habitación de la torre escaleras arriba.

Ese desagradable recuerdo hizo que preguntara:

—¿Sabes en qué estado se encuentra la habitación de la torre en la que trataste de meterme cuando llegué? Está repleta de telarañas.

—¿Ah, sí? No he subido allí desde que era niño, pero podrías haberla limpiado. ¿Crees que si te quedas aquí te limitarás a quedarte sentada de brazos cruzados?

¡Realmente sonrió al decir esas palabras! Ella apretó los labios; insinuar que la convertiría en una criada cuando tenía tantos a su disposición solo era otra de sus tácticas para obligarla a largarse.

—Un momento.

Dominic abandonó la habitación. Ella cerró los ojos, convencida de que oiría cómo se cerraba la puerta, pero él regresó con una vela encendida. Brooke deseó que no lo hubiera hecho: bajo la luz de la vela sus ojos relumbraban... como los de un lobo. Con razón los rumores sobre él prosperaban.

—¿Qué hay en ese arcón? —inquirió cuando él depositó la vela en el suelo, junto al arcón.

—Chucherías, joyas, chismes predilectos y diarios de mis antepasados.

¿Diarios? Se preguntó si las páginas que faltaban del diario de Eloise estaban en ese arcón. ¿Osaría pedir que se las muestre?

—Cada uno de ellos dejó al menos un objeto que merece la pena conservar. Algunos son demasiado grandes como para caber en ese arcón, como este cuadro, de doscientos años de antigüedad.

Dominic retiró el paño de uno de los cuadros y ella soltó un grito ahogado al ver la imagen de dos lobos, uno blanco y el otro gris. Los animales eran flacos, de aspecto predador, y en sus ojos brillaba la ferocidad. Aparte de eso, resultaba extraordinario hasta qué punto el blanco se asemejaba a la perra que había introducido en la casa a hurtadillas. Con razón Dominic la había llevado allí para que lo viera.

—Y este es todavía más antiguo.

Él retiró el paño de otro cuadro, pero Brooke no lograba despegar la mirada del primero. Uno de los lobos parecía dispuesto a abalanzarse, el otro estaba tendido a sus pies con aspecto satisfecho, como si acabara de devorar abundante comida.

—¿Quién pintó esto?

—Cornelia, la hija de Cornelius Wolfe.

—¿Y logró acercarse tanto a los lobos? —interrogó Brooke, incrédula.

—No, en su diario apuntó que utilizó un catalejo para observarlos. En el ático hay otra docena de sus cuadros, en todos aparecen lobos. Es obvio que la fascinaban y, aunque puede que los hayan considerado extintos en otras zonas de la isla, en su época aún había unos cuantos en las tierras del norte.

¿Acaso ahora habrá otro Wolfe fascinado por los lobos auténticos?

Brooke se desconcertó. ¿Es que acababa de reconocer que se casarían? Estaba segura de que solo le estaba tomando el pelo, así que preguntó:

—¿Por qué guardas este cuadro bajo llave?

—Porque es el único en el que los lobos aparecen en primer plano. Es un cuadro muy bello; solía colgar en mi alcoba, pero cuando cumplí los dieciocho me pareció un poco infantil y lo descolgué.

—Si los criados lo vieron en tu alcoba... no es casualidad que empezaran a circular esos rumores acerca de que eras medio lobo.

Él arqueó una ceja.

—Es un rumor estúpido y es más probable que se iniciara cuando era un niño y solía aullar en la escuela para divertirme, para asustar a los niños más pequeños. Pero la hija de Cornelius casi muere mientras terminaba este cuadro. Sus otros cuadros representan vistas más lejanas, pero en el caso de este estaba empeñada en pintarlos como si estuvieron justo delante de ella. Le llevó meses acabarlo y encontrarlos, si bien estos dos eran una pareja y a menudo estaban juntos.

—¿Cómo sabes todo eso?

—Ella llevaba un diario. Muchos de mis antepasados lo hacían. Escribían sobre la maldición de la familia y sus opiniones al respecto; algunos eran lo bastante necios como para creer en ella, pero todos le echan la culpa a estos dos.

Por fin, Brooke echó un vistazo al otro cuadro que él había destapado. En él aparecía un noble de la época isabelina ataviado con traje de gala, de pie y con una mano apoyada en el hombro de una mujer sentada, también lujosamente ataviada. La pose era la típica de una pareja casada.

—¿Quiénes son?

—Ese es Cornelius Wolfe, la oveja negra de la que te hablé. Acababa de heredar el título cuando ese retrato fue pintado; era el señor de Rothdale y estaba muy pagado de sí mismo. Ella era su amante. Algunos creen que era la hija ilegítima de un noble de York, aunque la mayoría cree que era una de las aldeanas de Rothdale. Pero Cornelius elevó su estatus, la vistió como a una gran dama, la trató como si lo fuese e incluso se la presentó a sus amigos como si lo fuera, porque le divertía hacerlo.

—¿Y se granjeó la burla y la enemistad de tu vecino a causa de ello? —aventuró Brooke, pensando en los Shaw.

—Sí, pero a Cornelius no le importaba —dijo Dominic torciendo el gesto—. Lo dicho: era un hedonista dedicado a sus propias diversiones. Eso era todo lo que ella significaba para él. Cuando mandó pintar este retrato de ambos, ella estaba segura que se casarían, pero cuando lo sugirió él se rio de ella.

—No muy...

—Era una oveja negra hasta la médula.

—Comprendo. ¿Ella maldijo a tu familia porque él destrozó sus esperanzas?

—Algo por el estilo. Ella se marchó, maldiciéndolo a él y a su estirpe eternamente. En realidad, murió de forma misteriosa aquel mismo día.

—¿Él la mató?

—No. Existen dos versiones diferentes de lo que le sucedió. Según una, ella regresó a su casa y se suicidó; según la otra, fue acusada de brujería por el sacerdote de la aldea, un pariente de ella, y fue quemada en la hoguera. Pero no sobrevivió ninguna otra información sobre ella, ni siquiera su nombre. En aquel entonces la creencia en la existencia de brujas era muy extendida, tanto entre los más plebeyos como entre los más nobles. Que una mujer fuera acusada de ser una bruja era bastante fácil. Las personas no tendieron a cambiar de opinión cuando Cornelius se casó diez años después y su primogénito murió al nacer. Echaron la culpa de esa tragedia a la maldición de la mujer.

—Pero las muertes ocurren, ya sea por accidente o por enfermedad.

Dominic le lanzó una mirada extraña.

—Desde luego. Nuestra familia no posee un monopolio sobre la muerte, por cierto, y hemos perdido otros miembros prematuramente que no eran primogénitos. Si hay una maldición que afecta a los Wolfe, es la mala suerte.

—Si la maldición de la amante de Cornelius era de un carácter tan general como tú dijiste y el primogénito de Cornelius murió al nacer, ¿cómo se incorporó eso de los «veinticinco años de edad» al rumor?

—Es otro misterio, teniendo en cuenta que solo tres de mis antepasados murieron a los veinticinco años de edad, uno de ellos mi padre. Así que más bien se trata de que no sobreviviremos más allá de los veinticinco y ningún primogénito lo ha hecho.

—¿Ni uno?

—Ni uno.

—¿Cómo murió tu padre?

—Él y mi madre se encontraban en el huerto; él trepó a un manzano para coger una manzana para ella y cayó. No era un árbol alto, sin embargo, la caída le rompió el pescuezo. Ella hizo quemar el huerto después del funeral y no lo replantaron hasta después del período de luto.

—Lo siento.

—Tal como tú dijiste: los accidentes ocurren.

—¿Has leído todos los diarios?

—No. Uno está escrito en latín, unos cuantos en francés. No tuve la paciencia necesaria para aprender esas lenguas.

—Sé francés. Podría enseñarte... o leerte los diarios en francés.

—¿Crees que estarás aquí para hacerlo?

Ella hizo una mueca; él no lo notó porque estaba cubriendo de nuevo los cuadros. Brooke abandonó la habitación antes que él. Todavía debía convencerlo de que dejara que su nueva amiga se quedase, pero debía estar preparada para el fracaso. Él le había mostrado aquel cuadro de los dos lobos para convencerla de que conservar esa mascota era temerario y tal vez lo fuera a pesar de lo manso que parecía ese bello animal. Le sorprendía que Dominic se molestara en convencerla de que el animal era un lobo cuando no necesitaba hacerlo.

Así que la incredulidad se apoderó de ella cuando Dominic salió de la torre, cerró la puerta con llave y dijo:

—Haré construir una morada para ella detrás de los setos, en el césped oriental y lejos de los caballos. Pero si asusta a la manada o si muere uno solo de mis caballos tendrá que morir. Lo hago en contra de mi voluntad. No hará falta mucho para que cambie de parecer.

Brooke quiso agradecerle efusivamente, pero si él supiera cuán agradecida estaba tal vez cambiara de opinión, así que se limitó a asentir con la cabeza y regresar a toda a prisa a su habitación de la planta superior para asegurarse de que *Wolf* había sobrevivido al encuentro con su madre, si es que ella había adivinado la índole de su parentesco correctamente. Tal vez *Wolf* solo había reconocido a un adversario más peligroso y actuado en consecuencia... que era más o menos lo que ella había estado haciendo con el lobo con el que debía casarse.

32

Brooke se involucró tanto con los dos perros, lobos o lo que fueran, que ese día perdió la noción del tiempo. Decidió llamar *Storm*, es decir «tormenta», a su nueva amiga, en honor a la manera en que se habían conocido, y ella misma supervisó la construcción de su morada, insistiendo no solo en un cobertizo en el que pudiera protegerse de la lluvia, sino también en un agujero excavado en la tierra que quizá fuera la clase de refugio al que estaba más acostumbrada. Dominic trató de cerrar el pequeño enclave mediante un cerco de casi dos metros de altura, pero lo hizo derribar antes de que lo hubieran acabado porque *Wolf* casi se hizo daño tratando de brincar por encima.

Desde el instante en que ambos animales se encontraron se volvieron casi inseparables. Retozaban a través de los brezales como si fueran cachorros, ambos la acompañaban cuando ella montaba en *Rebel* y no parecían molestar a la yegua, pero sí a *Royal*, cuando Dominic trató de unirse a ellos. Dominic no estuvo muy complacido cuando su mascota prefirió quedarse al aire libre cerca de *Storm* en vez de en la casa con él, pero optó por no forzar la situación y resolvió el tema dejando que ambos animales durmieran en la casa esa noche. Eso disgustó al personal, pero agradó a Brooke. *Storm* se comportaba como un perro, no como un lobo, así que con el tiempo el personal se acostumbraría a ello. Si es que había tiempo...

Al día siguiente volvieron a leer las amonestaciones matrimoniales. Era el segundo domingo que Brooke pasaba en Rothdale; solo faltaba una semana para que el plazo se acabara, tanto para ella como para Dominic. Si él ideaba un modo de evitar que se casaran, y ella regresaba a casa sin que se armara un tremendo alboroto, sus padres jamás le permitirían que se quedase con *Storm* (los conocía demasiado bien) y se le partiría el corazón. Así que había un motivo más para casarse con Dominic, un motivo más para hacer que la amase... con el tiempo.

Al parecer, sus tácticas para lograr que huyera habían quedado en suspenso tras la noche que pasaron en las ruinas. A lo mejor se debía a los perros; el día antes, y una vez más ese día, había pasado la mayor parte del tiempo con ellos. Igual que Dominic, así que no tuvo que buscar una excusa para estar con él; el día anterior incluso le había dicho que la esperaba para cenar. Tal vez creyó que eso la fastidiaría, así que no le dijo que ella tenía muchas ganas de cenar con él.

Y tampoco le dijo que, al permitirle quedarse con un animal que él creía que era una loba, la había conquistado por completo. Puede que Dominic esperara que la loba le resolviera su problema, aunque Brooke no lo creía. Lo ocurrido esa noche la hizo pensar que tal vez él comenzaba a desesperarse, puesto que solo faltaba una semana para la boda, pero se limitaba a ser una pequeña duda; no lo creía capaz de fingir el pánico, porque pánico fue lo que pareció apoderarse de él cuando le entregaron una carta de Londres durante la cena.

—Mi madre se ha puesto enferma —dijo, poniéndose de pie en el acto—. Prepara la maleta esta noche y acuéstate temprano. Emprenderemos el viaje antes del amanecer. El carruaje tarda demasiado en alcanzar la costa, si cabalgamos podremos llegar a Scarborough antes de mediodía.

—Podría seguirte en el carruaje.

—No, vendrás conmigo.

—Pero...

—Vendrás conmigo. Levántate antes del amanecer, así tendrás tiempo de comer algo. Lamento las prisas, pero ella es la única familia que me queda.

Antes de abandonar el comedor Dominic le dio más instrucciones. Brooke corrió escaleras arriba para decírselo a Alfreda. La doncella no aprobaba la idea de alcanzar Londres lo más rápidamente posible, sobre todo porque no la incluía a ella.

—Cabalgar a tanta velocidad hasta la costa es peligroso —advirtió Alfreda—. Si te levantas tan temprano estarás cansada. Incluso podrías quedarte dormida en la silla de montar.

Brooke sonrió.

—Me parece bastante improbable, y él posee un pequeño velero amarrado en Scarborough que nos llevará junto a su madre mucho más rápidamente que un carruaje. Además, nunca he salido a navegar. Podría ser divertido.

—O podríais quedaros varados por falta de viento.

Era verdad, pero también era obvio que Dominic no creía que eso los detendría, porque de lo contrario hubiera dicho que cabalgarían hasta Londres.

—Teniendo en cuenta lo veloces que pueden ser esos veleros, un par de horas de calma chicha no supondrán una gran diferencia.

—O puede que nunca lleguéis a Londres. ¿Es que no se te ha ocurrido? ¿Que la desesperación que viste en él esté relacionada contigo porque el tiempo para evitar este matrimonio se le está acabando?

—Basta. —Brooke se apresuró a quitarse la ropa y ponerse un camisón, pero entonces se le ocurrió lo único que tal vez tranquilizaría a Freda—. ¿Te gusta estar aquí?

—Sí.

¿Es que Freda acababa de ruborizarse al contestar? Brooke puso los ojos en blanco: Gabriel, por supuesto. Tal vez tenía razón cuando predijo que Freda lo amaría.

—A mí también, más de lo que creí. Quiero quedarme, quiero que me ame para poder hacerlo. Partir a solas con él podría ser una buena idea.

—Entonces llévate esto contigo —dijo Alfreda, y depositó un pequeño frasquito en la mano de Brooke—. Puede que el momento indicado surja durante el viaje, y ahora que estás segura de querer casarte con lord Wolfe deberías usarlo.

Brooke no le devolvió el filtro de amor a la doncella, pero dijo:

—Estaremos en un velero, pero lo tendré presente una vez que lleguemos a Londres. Has de empacar el resto de mis cosas y llevarlas a Londres porque no regresaremos aquí antes de la boda. Gabriel ha de cabalgar contigo.

—¿Ah, sí?

—Espero que no lo mates antes de llegar —repuso Brooke, tomándole el pelo.

La doncella resopló.

—Estaré tan inquieta por ti, navegando en un diminuto velero, que no te prometo nada.

33

El viento marino amenazaba con arrancarle el sombrero. Brooke se alegró de haberse sujetado las cintas firmemente bajo el mentón.

—¿No hay un camarote? —preguntó cuando Dominic la ayudó a montar en la embarcación.

—Es un velero.

—Pero...

—Está diseñado para emprender trayectos cortos a lo largo de la costa, aunque he navegado hasta Londres algunas veces, orientándome por las estrellas.

Ella había esperado que el velero dispusiera de un camarote donde podría refugiarse del viento durante un momento, o quizás echar un sueñecillo, pues la noche anterior no había dormido mucho; estaba demasiado excitada. Había dormido alrededor de una hora en el sofá de la casa de Dominic en Scarborough, el tiempo necesario para que él limpiara el velero, dispusiera que llevaran los caballos de regreso a Rothdale y ordenara que preparasen mantas y comida para el viaje. Dado que ya había dormido en el suelo de las ruinas de un castillo, Brooke supuso que también podía dormir en un velero.

Dominic disponía de un personal completo en la casa de Scarborough; era una casa preciosa. Había grandes ventanas en la sala de estar que daban al mar del Norte; era la primera vez que ella veía el mar, y si el preocupado estado de ánimo de Dominic no la hubiera inquietado, ese repentino viaje a Londres la habría entusiasmado. Él estaba muy preocupado por su madre, pero Brooke ignoraba qué le ocurría aparte de que tenía mucha fiebre, así que no podía tranquilizarlo.

El velero medía al menos seis metros de eslora; Alfreda se había equivocado al suponer que era diminuto. Disponía de una vela mayor y una más pequeña en la proa, ambas fijadas a un único mástil. El espacio interior era amplio y había bancos a ambos lados del casco. Cuando abandonaron el puerto ella se sentó, el viento soplaba con bastante fuerza y la velocidad que alcanzaron a medida que surcaban las aguas verde azuladas que brillaban bajo el sol la maravilló. La costa empezaba a quedar atrás y ella comenzó a sentirse inquieta; era la primera vez que navegaba en un velero y nunca había estado tan lejos de tierra firme. «¡Ojalá supiera nadar!», pensó, pero después rio cuando el viento le arrancó el sombrero y este cayó al agua por detrás del velero.

No se lo dijo a Dominic, que estaba ajustando la vela mayor. En vez de eso se trenzó los cabellos, una tarea dificultosa con el fuerte viento. El velero navegaba hacia el sur y ella vio la delgada línea verde de la costa a la izquierda, y a la derecha el vasto mar azul. Imaginó que habría barcos allí, más allá del horizonte.

—¿Crees que veremos la armada inglesa? —preguntó.

—Controla estas aguas. Ya hemos pasado junto a varios barcos patrulleros ingleses.

Él le arrojó un catalejo, pero al mirar a través de este Brooke solo vio el mar y el cielo.

—¿Están librando batallas allí fuera?

—No, solo vigilando que nadie logre atravesar el bloqueo; dispararán contra los barcos que intenten abrirse paso a través del bloqueo. Esa estrategia ha funcionado. Desde que estalló la guerra nuestra flota se ha duplicado mientras que la francesa se ha reducido a la mitad. El bloqueo impide que Napoleón obtenga los materiales que necesita para construir más barcos. No osaría arriesgar los barcos que le quedan librando una batalla en estas aguas. Además, es fuerte en tierra, no en el mar.

—Entonces ¿a quién está disparando nuestra armada?

Él se encogió de hombros.

—A los barcos que intentan introducir espías franceses en secreto y contrabandistas. Lo que pasa es que los ingleses sienten un aprecio excesivo por el brandy francés (incluso a precios exorbitantes) como para que los marineros osados, tanto franceses como ingleses, no sientan la tentación de ganar mucho dinero importándolo de contrabando. Los contrabandistas trabajan de noche, no a plena luz del día. Sin embargo, nosotros nos pegamos a la costa para evitar cualquier altercado entre nuestra flota y los que intentan atravesar el bloqueo.

Un poco después ella sacó un sándwich de la cesta de pícnic y lo devoró; ¡el aire fresco la ponía hambrienta! Después se acercó a Dominic con paso inseguro y dejó la cesta a sus pies para que él también comiera algo, pero ni siquiera la miró y Brooke se preguntó si sería peligroso que despegara las manos del timón.

Le ofrecería su ayuda, pero le pareció que, más que rechazar el ofrecimiento, se reiría de ella. No obstante, tras leer el diario de Eloise, sabía que había enseñado a navegar a su hermana. Tal vez no era tan difícil... tal vez él no se reiría de ella...

—Podría relevarte durante un tiempo. ¿Tardarías mucho en darme un par de lecciones?

—¿Has estado en un velero como este con anterioridad?

—Bueno, no, en realidad nunca he estado en ninguna clase de velero.

—Navegar a vela es bastante complicado. Tendrías que pasar semanas enteras en el agua para aprender.

—Pero tú le enseñaste a navegar a tu hermana...

Él le lanzó una mirada dura.

—¿Cómo lo sabes?

No tenía intención de causarle problemas a Gabriel por

dejarla entrar en la habitación cerrada con llave de Eloise, así que dijo:

—Te negabas a decirme nada de ella, ni siquiera cómo murió, así que les pregunté a los criados. Ellos tampoco querían hablar del tema, pero alguien comentó que Eloise adoraba navegar a solas después de que tú le enseñaras cómo hacerlo.

Él ya no la estaba mirando, mantenía la vista dirigida al frente. Brooke pensó que no le contestaría, pero entonces él dijo:

—Solo tenía dieciocho años cuando murió, hace dos años. Su primera temporada social en Londres resultó brillante, pero aún no había aceptado ninguna propuesta de matrimonio; tenía tantos pretendientes que mi madre perdió la cuenta de ellos. Yo estuve con ellas en Londres durante las primeras semanas de la temporada y disfruté al ver a mi hermana tan entusiasmada por la vida social, pero se interpuso mi trabajo para los militares. El ejército me hizo un pedido urgente de más caballos de los que yo podía proporcionar, y una larga lista de criaderos de caballos donde podía obtenerlos, la mayoría de ellos en Irlanda. La cifra que necesitaban para una misión de máxima prioridad era pasmosa; sospeché que tardaría meses en reunir la manada y así fue, así que me perdí el resto de la temporada de Eloise. ¡Incluso me perdí el funeral!

Brooke contuvo el aliento. La ira había vuelto a adueñarse de él. La oyó en su voz, la notó en su rostro y adivinó que ya no diría nada más. Pero él no le había dicho lo que ella quería saber y procuró animarlo a seguir hablando:

—¿Es que nadie más podría haber comprado esos caballos para que tú no te vieras obligado a abandonar a tu hermana en un momento tan importante?

—Supongo que sí, pero mi contacto en el ejército estaba acostumbrado a trabajar conmigo y confiaba en que yo conseguiría las cabalgaduras más veloces del mercado. No me dijeron el motivo, pero supuse que los animales estaban destinados a una nueva e importante red de espías o exploradores en el continente. En todo caso, insistieron que nada podía tener prioridad sobre esa misión.

Brooke trató de cobrar valor y dijo:

—¿Cómo murió tu hermana ese año?

—Fue a principios del otoño. Dos de los pretendientes de Eloise la habían seguido hasta Rothdale después de la temporada para seguir cortejándola, pero Eloise no sentía interés por ellos y le rogó a mi madre que la llevara a Scarborough durante unas semanas, antes de que comenzara a hacer frío, con la esperanza de que los jóvenes lores se marcharían antes de su regreso a Rothdale.

»Pero mientras estaban en Scarborough, ella temerariamente salió a navegar a solas en un día que, de repente, se volvió tormentoso. Cuando no regresó después de unas horas, mi madre se desesperó; toda la ciudad estaba desesperada y casi todas las embarcaciones y botes del puerto fueron enviados en su búsqueda.

—¿La encontraron?

—Sí. Dos días después su cuerpo apareció en la orilla, a muchas millas costa abajo. Para entonces las olas la habían golpeado y desfigurado hasta tal punto que mi madre no soportó la idea de contemplarla, pero le entregaron un relicario que confirmó que se trataba de Eloise. Yo se lo había regalado cuando cumplió los dieciséis, y había hecho grabar «La salvaje» en la parte posterior. La hacía reír y siempre lo llevaba con sus vestidos de día. Como te imaginarás, mi madre estaba desconsolada y, como no sabía cómo ponerse en contacto conmigo, no le quedó más remedio que celebrar el funeral una semana después.

»Cuando regresé a Yorkshire y recibí la terrible noticia, mi madre y yo lamentamos su carácter temerario y la mala suerte de haber sido víctima de una tormenta repentina. Me culpé a mí mismo por no haberle puesto coto a su temeridad; mi madre se culpó por haberla llevado a Scarborough; no dejó de llorar cuando me describió el funeral. Algunas de las amigas de Eloise estaban presentes y dijeron que habían tenido ganas de verla antes de Navidad, en una fiesta en una casa de campo a la que mi hermana les había dicho que pensaba asistir. Algunos de sus pretendientes también se encontraban allí y estaban desconsolados, todos los criados de ambas casas también estaban presentes, todos adoraban a Eloise. El único evento extraño, aquel día que Eloise murió en el mar, fue la apresurada partida de su doncella de la casa de Scarborough. Más adelante mi madre descubrió que casi todas las joyas de Eloise habían desaparecido; mi madre creyó que la joven doncella había aprovechado la confusión de la casa cuando Eloise no regresó después de la tormenta para robar una fortuna en joyas. Las autoridades del lugar buscaron a la muchacha, pero jamás fue encontrada.

Brooke no comprendía de qué manera toda esa serie de dolorosos acontecimientos guardaban relación con su hermano y, además de entristecida, se sentía más confundida que nunca. No se atrevió a mencionar el diario que había leído en secreto, o las condenatorias palabras que descubrió en la última página.

Pero sí podía expresar sus sentimientos.

—Lamento que tu hermana no lograra escapar de esa tormenta.

—Podría haberlo hecho —dijo él en tono apagado—. No quiso hacerlo, pero no lo supe de inmediato. No fue hasta seis meses después del período de luto, que se prolongó un año entero, cuando una noche pensé que podía entrar en el lugar predilecto de Eloise, su antiguo cuarto de juegos situado en la torre occidental, sin pensar obsesivamente en su muerte. Recogí su viejo diario; estaba repleto de sus experiencias infantiles, algunas de las cuales me incluían a mí. Pero me quedé pasmado al encontrar anotaciones más recientes, datadas de la temporada que pasó en Londres y de su regreso posterior a Yorkshire.

Brooke se preguntó si las hojas que faltaban aún formaban parte del diario cuando él lo leyó. ¿O quizá solo las dos últimas líneas? Pero esas eran bastante condenatorias; quizá no hubiese necesitado nada más para querer matar a su hermano, y con razón prendió fuego a esa torre. Su ira debía de haberse desencadenado esa misma noche.

Brooke se había sentado en un banco frente a él; no necesitaba preguntarle qué había leído aquella noche. No quería hacerle preguntas, pero quizás a él le parecería extraño si no lo hacía.

—¿Qué ponía en esas anotaciones más recientes?

Sin mirarla, él contestó:

—Hablaba del hombre maravilloso del que se había enamorado durante la temporada. Le prometió que se casarían una vez que lograra convencer a sus padres de que solo se casaría con ella. Eloise se encontró con él en secreto para que pudieran estar solos, lejos del ojo avizor de nuestra madre. Durante uno de esos encuentros él la sedujo. Eloise se quedó pasmada y horrorizada cuando él le dijo que no se casaría con ella, que jamás había tenido la intención de hacerlo. No fue tanto debido a la vergüenza de haberse quedado embarazada sino al dolor de su corazón destrozado y a la traición del joven lo que hizo que buscara «paz y consuelo en el mar». Realmente escribió que esa era su intención, que no tenía otra opción. Incluso mantuvo el nombre de él en secreto hasta la última página, cuando lo maldijo por arruinar su vida. No: aquel día Eloise no trató de escapar de esa tormenta; dejó que se llevara su vida.

—Lo siento muchísimo.

Dominic siguió hablando como si no hubiese oído sus palabras.

—Jamás había experimentado una ira como esa. Arrojé al suelo la farola que había llevado conmigo a la habitación, arranqué esas páginas condenatorias y las arrojé a las llamas. Estuve a punto de dejar el diario allí para que las llamas lo consumieran, pero contenía buenos recuerdos que tal vez un día querría volver a leer o mostrárselas a mi madre, así que lo guardé en la habitación de Eloise. Pero no traté de apagar el fuego y cabalgué directamente a Londres para encontrar al hombre que sedujo a mi inocente hermana, la embarazó y se rio de ella cuando se lo dijo: ¡el mentiroso de tu hermano!

Brooke pegó un respingo y deseó que jamás hubiera descubierto toda la verdad que aparecía en esas páginas faltantes. No podía decir absolutamente nada en defensa de su hermano: su crueldad con Eloise era indefendible.

—La herida que le infligí no fue grave —prosiguió Dominic—. Creí que bastaría pero no fue así. Que no se hubiera hecho justicia me carcomía. No saldaba su deuda, no solo por la vida de ella sino también por la de su hijo. Dos meses después volví a retarlo a duelo y erré el tiro por completo, al igual que él. Mi cólera se negaba a desaparecer; él se negó a enfrentarse a mí en aquel último duelo así que esperé unos meses más y luego le envié otro reto que él se limitó a ignorar. Así que arrastré a mis dos segundos conmigo y le seguí la pista hasta Londres. No podía negarse a batirse a duelo ante dos testigos. —Dominic finalmente la miró y, en tono gélido, añadió—: Nuestras circunstancias son un fastidio. Que tu hermano siga con vida es una abominación.

—Sí, es verdad que él es malvado, despreciable e incluso vil —contestó Brooke en tono cauteloso—. Nadie lo sabe mejor que yo, y la única persona que le importa es él mismo, no la familia ni los amigos. Alguien acabará por matarlo, pero no debes ser tú. Otro intento hará que acabes en la cárcel, si es que no te ahorcan.

—Sobre todo si él se convierte en un familiar.

La conversación acababa de volverse peligrosa, aunque ya había albergado una gran carga emocional a partir de sus primeras palabras acerca de la muerte de Eloise. Pero ver cuán furioso estaba en ese momento hizo que recordara cuán sola estaba con él en ese velero. Si no lograba apaciguar su ira no tardaría en entrar en pánico.

—Las familias no siempre se llevan bien, ¿sabes? Algunas pelean entre ellas, incluso de manera brutal. Dudo que alguien alzara una ceja si de tanto en tanto le das una paliza a mi hermano hasta dejarlo sin sentido. Sé que yo lo haría si tuviera la fuerza suficiente. Y el regente no podría protestar demasiado, pues sería un asunto «de familia».

Dominic le lanzó una mirada escéptica.

—¿De verdad sugieres que haga papilla a tu hermano?

—Sí, sin duda, si se convierte en un familiar... a condición de que no lo mates para que no te castiguen por ello.

Dominic desvió la mirada. Al menos la ira había desaparecido de su rostro y ella recuperó cierta tranquilidad.

—Maldita sea.

Ella parpadeó y dirigió la mirada en la misma dirección que él, hacia la gran nave que se acercaba a ellos a toda velocidad. Alarmada, preguntó:

—¿Reducirá la marcha o nos atropellará?

—No necesita acercarse para matarnos.

Ella no sabía a qué se refería, y de pronto él condujo el velero en la dirección equivocada, directamente hacia la costa. ¡Allí no había ningún muelle!

34

Brooke soltó un agudo chillido al ver cómo la costa se acercaba a toda velocidad, o mejor dicho a medida que ellos se acercaban a la costa. ¡Se estrellarían!

—¡Agárrate a la barandilla! —gritó Dominic.

Si Brooke no se hubiera agachado y agarrado a la barandilla en ese preciso instante, podría haber caído del velero cuando este tocó contra el fondo; temblando, se puso de pie y se asomó a la borda. La costa rocosa estaba a menos de sesenta centímetros de la barandilla. ¡Había encallado el velero adrede! De repente, Dominic le rodeó la cintura con el brazo y la arrastró por encima de la barandilla.

—¡Mi maleta! —chilló ella.

Un instante después él saltó del velero con las maletas de ambos en una mano y aferró la mano de ella con la otra.

—¡Corre! —voceó sin más explicaciones.

Su conducta extraña y temeraria empezó a indignarla.

—Ahora tu velero quedará encallado, ¿no? —dijo, jadeando y tratando de mantenerse a su lado.

—Me preocuparé de ello si el velero sobrevive.

—¿Sobrevive a qué?

Él no contestó, solo siguió corriendo tierra adentro arrastrándola consigo y no se detuvo hasta que alcanzaron un gran árbol de tronco grueso. Ella le dirigía una mirada furibunda cuando una atronadora explosión hendió el aire y vio que Dominic pegaba un respingo. Solo entonces se dio cuenta de lo que había ocurrido.

—¿Acaba de volar tu velero? ¿Nuestra propia marina?

—Deben de haber descubierto a alguien que pretendía burlar el bloqueo y lo persiguieron; creyeron que nosotros éramos ese alguien. No se me ocurre otra maldita explicación de lo que acaba de ocurrir.

—Pero tú sabías que nos dispararían, ¿verdad?

—Estamos en guerra. Si la marina tenía motivos para sospechar que éramos franceses no vacilarían. Pero no: no creí que harían volar mi condenado velero y no estaba dispuesto a correr ese riesgo contigo a bordo.

Ella arqueó las cejas pero no pudo reprimir una sonrisa. ¿Así que había encallado su velero por ella? Pero también lo había perdido y eso era un resultado desastroso para ambos.

—¿Estás haciendo volar la comarca, compañero? —preguntó una voz masculina.

El hombre que se acercaba a ellos era joven, de baja estatura y amplia sonrisa; llevaba una andrajosa chaqueta que antaño había sido elegante. Brooke se preguntó si se la habría regalado algún lord que vivía en los alrededores. Dominic pareció alegrarse al verlo y ella supuso que al menos podría decirles dónde se encontraban, en caso de que Dominic no lo supiera... pero quizá sí, puesto que había hecho ese viaje varias veces.

—No, fue uno de nuestros barcos de guerra demasiado entusiasta.

—Creyeron que eras un francés, ¿verdad? —dijo el hombre con una risita.

—¿Y tú eres...?

—Solo estoy curioseando. Mi aldea está cerca, si es que quieres seguirme hasta allí.

—Desde luego. Quiero comprar dos caballos.

—Disponemos de cabalgaduras, y veloces, pero tendrás que comentarlo con Rory. Él es quien toma todas las decisiones. —Entonces aparecieron cuatro hombres más y un niño de entre los árboles y se acercaron a ellos a la carrera. El hombre exclamó—: ¡Todo bajo control, Rory! Estaba a punto de traértelos.

Sus palabras no hicieron que los recién llegados bajaran las armas que sostenían; incluso el niño sostenía una pistola en la mano. Dominic empujó a Brooke detrás de él y ella se asomó por encima de su antebrazo.

Los otros aldeanos no parecían nada amistosos. Rory era el más alto, y el primer hombre no despegaba la vista de él. Tenía un aspecto feroz, quizá debido a una fea cicatriz que dividía una de sus espesas cejas negras y otra más larga que le recorría la mejilla. A lo mejor había sido apuesto antes de que alguien le asestara un sablazo. Entonces ella notó otra cicatriz que le rodeaba el cuello: parecía causada por un nudo corredizo. Eso fue lo que más la asustó: solo los delitos más graves eran castigados con la horca...

—¿Qué fue ese estrépito? —preguntó el de la cicatriz.

—Le dispararon un cañonazo al velero de su señoría.

Rory arqueó una ceja y contempló a Dominic con sus ojos de color gris claro. Ambos eran casi de la misma estatura; Dominic era más musculoso, pero el hombre que de algún modo escapó de una sentencia de muerte era más fornido y de pecho fuerte y grueso, aunque para ser el jefe de los aldeanos (o quienquiera que fueran) era bastante joven, tal vez tendría unos treinta años.

—¿Eres un miembro de la nobleza o solo llevas ropas elegantes? —le preguntó a Dominic.

—Soy un miembro de la nobleza, aunque ello no guarda relación con este asunto.

—Pero resulta que sí lo guarda.

Brooke notó que los músculos del brazo de Dominic se tensaban, de hecho, todo su cuerpo se tensó y le pareció que su mirada también se volvía feroz. Se preparaba para dar batalla y eso la aterró, teniendo en cuenta las cinco armas que todavía les apuntaban directamente. Pero el sosegado tono de su voz la sorprendió cuando dijo:

—Sugiero que bajéis vuestras armas. No queremos haceros daño.

Rory se encogió de hombros.

—Pues yo no puedo decir lo mismo, aunque lamento lo del velero. Hubieran pagado un buen dinero por él. Ahora acompañadme. Podrás decir lo que quieras antes de que decida si vivirás y morirás.

Dominic no se movió.

—Me gustaría saber algo más sobre tu aldea antes de decidir si acepto tu invitación.

Eso provocó unas risitas, pero Rory ya se alejaba, suponiendo que ellos lo seguirían, hasta que alguien gritó:

—No se mueve, Rory.

Rory echó un vistazo por encima del hombro.

—Dispárale a la mujer en el pie si en dos segundos no caminan por delante de ti.

—¿De verdad quieres morir hoy? —preguntó Dominic en voz baja y malévola.

—¡Ja! —exclamó Rory—. Y ahora dispongo de una palanca: la mujer. Hacérmelo saber ha sido muy amable de tu parte, compañero, pero venga: acompáñame. Beberemos un trago y hablaremos antes de que alguien sufra algún daño, y veremos si posees algo con lo cual regatear.

Antes de empezar a caminar Dominic rodeó a Brooke con el brazo y la presionó contra él.

—Son una especie de delincuentes, ¿verdad? —susurró ella—. Tan cerca de la costa... ¿acaso son contrabandistas?

—¿Sin un barco? Es más probable que sean salteadores de caminos que se ocultan en el bosque si es que tienen caballos «veloces»... a menos que eso fuera una mentira.

—Pero parecían estar dispuestos a regatear para ponernos en libertad.

—¿Por unas promesas? No lo creo.

—No subestimes el poder de un lord con título de nobleza. Quizás ese Rory sabe que si le das tu palabra la honrarás.

Intentaba ser optimista para reducir su temor, pero no funcionó. Dominic no estaba armado; si trataba de zafarse de esa situación luchando le dispararían más de una vez y él era un blanco grande. Que hubiese amenazado a sus captores con matarlos estaba muy bien, pero si él moría...

35

Brooke contempló el claro del bosque donde al parecer vivían los delincuentes; tan solo había cuatro chozas de buen tamaño, y ciertamente no formaban una aldea. Una quinta choza parecía estar en construcción, junto a ella había un carro cargado de maderas. No vio jardines ni tiendas, ni siquiera un pequeño camino que condujera al claro. Ante una de las chozas ardía una gran hoguera, un enorme cazo colgaba por encima de las llamas, y varios bancos lo rodeaban.

Allí había alrededor de una docena de personas, aunque la mitad eran mujeres con niños pequeños en brazos. La mayoría contemplaron a Brooke y a Dominic con mirada cautelosa, pero una joven le lanzó una sonrisa tímida a Brooke y algunos de los niños la imitaron.

Los condujeron hasta la hoguera, Rory recogió una frasca del suelo, bebió un trago y luego se la ofreció a Dominic, que negó con la cabeza.

Cuando Rory la miró durante unos momentos, Dominic retiró el brazo de la cintura de Brooke y ella se dio cuenta de que se preparaba para luchar.

Rory dio un paso atrás antes de preguntar:

—¿Necesitas unos minutos para calmarte, antes de que hablemos? Solemos robar en las carreteras, pero no rechazamos donaciones si nos las ofrecen.

—Puedes coger lo poco que llevo encima, o puedes prestarme dos de tus caballos y los devolveré con una faltriquera con cien libras.

—O puedo exigir un rescate por ti, patrón. Cien libras, ¿eh? Creo que vales mucho más que eso.

—El príncipe regente ya me tiene secuestrado —gruñó Dominic.

Los hombres rieron. Era obvio que no le creían.

—¿Y su santidad qué exige que hagas? —quiso saber Rory.

—Que lleve un anillo en el dedo.

Las sonoras carcajadas que los hombres soltaron cuando Dominic la señaló con el pulgar indignaron a Brooke. Rory se acercó a ella con una sonrisa maliciosa.

—Yo pagaría ese rescate —afirmó.

Tal vez debido al comentario, o porque el hombre estaba a punto de rozarle la mejilla a ella, pero de pronto Dominic se abalanzó sobre él. Ambos cayeron al suelo y pese a que media docena de armas le apuntaban Dominic logró pegarle un puñetazo en la cara antes de que los hombres lo arrastraran y lo apartaron de su jefe.

—Puede que seas un lord, pero no eres muy listo —dijo Rory en tono furibundo, mientras se ponía en pie—; así que necesitas un tiempo para calmarte. Sujetad a su señoría y aseguraos de que las cuerdas estén bien ajustadas. En cuanto a ella...

—Yo me encargaré de ella —lo interrumpió una voz femenina.

Brooke se volvió y vio que una mujer mayor se acercaba. De más de mediana edad, pelo y ojos grises, y rostro curtido. Ojeó a Brooke con mirada calculadora antes de lanzarle una severa a Rory. Dominic se debatía con tanta ferocidad que dos de los tres hombres que lo sujetaban ya rodaban por el suelo, pero entonces cuatro más acudieron en su ayuda. Aún podría haber ganado la batalla pero dejó de luchar cuando oyó que la mujer añadía:

—¿Es que no reconoces a una dama de buena cuna? Vendrá conmigo, muchacho.

Brooke contuvo el aliento, esperando que Rory riera y le

dijera a la mujer que se marchara, pero no lo hizo. En vez de eso se volvió y ayudó a sus hombres a atar a Dominic, y la mujer condujo a Brooke hasta una choza en el otro extremo del claro. El interior era mucho más bonito de lo que había imaginado, e incluso el aroma de la madera recién serrada le pareció agradable. Una colcha de colores vivos cubría una cama doble, había una mesa y cuatro sillas e incluso el suelo de tablas de madera estaba cubierto por una alfombra. Los muebles parecían viejos y muy usados.

—Ponte cómoda, queridita. Soy Matty.

Cuando la vieja la siguió al interior de la habitación, Brooke se volvió y preguntó:

—Por favor, ¿qué harán con mi prometido?

La mujer meneó la cabeza.

—Mi hijo es veleidoso, sobre todo cuando ve la oportunidad de hacernos ricos. Ahora que sabe que tu hombre es un lord se ha empecinado, así que nadie sabe qué hará si ello no ocurre.

Brooke palideció un poco más. ¿Realmente había confiado en oír un resultado menos aterrador? Pero si esa vieja era la madre de Rory, ¿podría ayudarles? Rory la había escuchado y dejado que Brooke se fuera con ella. Si de algún modo lograba granjearse su compasión, entonces quizá...

—¿Rory es tu hijo?

—Así es. Rory es un buen muchacho que respeta su propio código de honor... por lo general.

Brooke se preguntó qué significaba eso, pero decidió no hacer preguntas. La mujer se sentó a la mesa y le indicó que la imitara.

—Tu hogar es muy bonito. ¿Cuánto hace que vives en estos bosques?

—Menos de un mes. Todos los años escogemos una nueva carretera para trabajar. Como han puesto precio a la cabeza de nuestros hombres no podemos permanecer en una zona durante demasiado tiempo, así que todos los años volvemos a construir nuestras chozas lejos de los caminos, pero no tan lejos como para no poder alcanzar una carretera bien frecuentada en unas horas. ¿Cuánto hace que tú y tu hombre estáis prometidos?

—Solo hace una semana que lo conozco.

¡Parecía que hubiese pasado mucho más tiempo!

La mujer adoptó una expresión sorprendida.

—¿Y ya estás tan preocupada por él?

—Es un buen hombre, un hijo preocupado: su madre ha caído enferma; estábamos de camino a Londres a toda prisa porque él está muy inquieto por ella.

—Pero ¿quieres casarte?

—Yo sí, pero él no —dijo Brooke, suspirando.

Matty la señaló con el dedo con gesto enérgico.

—Siempre le digo a una muchacha que cree que ha encontrado un muchacho estupendo que, si quiere que él la ame, lo seduzca. Y estás tratando con un auténtico lord que no dejaría de casarse contigo después de llevarte a la cama.

Tras oír la palabra «seduzca» Brooke se había sonrojado; Alfreda había tenido la misma idea y por eso le proporcionó el filtro de amor que guardaba en su maleta. Pero incluso si quería seducirlo, ¿cómo podía hacerlo cuando ambos quizá ni siquiera estarían vivos al día siguiente por la mañana?

La mujer chasqueó la lengua.

—Rory es demasiado imprevisible. Sería una pena que murieras sin saber cómo es yacer en los brazos de un hombre tan apuesto y viril como tu prometido. A lo mejor logro que Rory deje que hables con tu lord y lo convenzas de que sea sensato y le pague a Rory lo justo. No te preocupes, queridita. Al menos podré arreglar que pases tu última noche con él —dijo Matty, y se dispuso a abandonar la choza.

—¡Necesitaré mi maleta! —gritó Brooke, en caso de que la mujer realmente lograra hacer lo que acababa de decir.

Pero a medida que transcurrían las horas Brooke empezó a sospechar que Matty solo le había dado falsas esperanzas. Anochecía; ella había permanecido de pie junto a una de las dos ventanas que daban a la hoguera y durante todo ese tiempo no había visto a Rory ni a Dominic, pero sí a los dos guardias que vigilaban su choza. ¿Es que Dominic estaba llegando a un acuerdo con Rory en una de las otras chozas? ¿O acaso le estarían dando una paliza, porque estaba atado? La aterraba la idea de lo que podría estarle ocurriendo, y lo que pronto podría ocurrirle a ella. Pero ¿y si la influencia de la madre bastaba para llevar a Dominic hasta su choza durante la noche?

Aunque estaba hambrienta y cansada, aún permanecía vigilante junto a la ventana, demasiado temerosa como para dejar de hacerlo.

36

—¡Exige la luna! —exclamó Dominic en tono airado—. Le ofrecí diversas opciones, incluso refugio en la aldea de Rothdale para él y sus amigos... aunque sabía que era un error.

Brooke se había lanzado en brazos de Dominic en cuanto atravesó la puerta y aún se abrazaba a su cintura.

—¿Estuvo de acuerdo?

—Todavía pide la luna. Y si nos mantiene prisioneros aquí durante demasiado tiempo esperando obtenerla, ya no quedará nada que pueda ofrecerle porque el regente se habrá apoderado de todo.

Cuando se dio cuenta de lo que estaba haciendo la invadió el bochorno, aunque Dominic estaba tan frustrado que quizá ni siquiera lo notó. Brooke dio un paso atrás.

—¿Se lo explicaste?

—Eso no es asunto suyo. Después esa vieja lo llamó; oí cómo discutían detrás de la choza en la que estaba encerrado, pero no alcancé a entender qué decían. Después me desataron y me escoltaron hasta aquí. ¿Sabes por qué?

—Ella es su madre. Creo que quiere que te convenza de que le des a Rory lo que exige; habló como si esta pudiera ser nuestra última noche si no lo hacías.

—¿La última?

—Al parecer, cree que por la mañana el asunto quedará resuelto de una o de otra manera.

—Entonces hemos de escapar esta noche.

—¿Cómo? La puerta y la ventana dan a la hoguera donde hay guardias que vigilan esta choza.

—Romperé las tablas de la parte posterior cuando la mayoría estén dormidos.

La choza acababa de ser construida; ella no creyó que él pudiera romper unas tablas recién serradas sin hacer mucho ruido y alertar a los guardias. No se le ocurría ninguna manera de resolver el problema si Dominic no lograba llegar a un acuerdo con Rory. Pero en ese momento él estaba allí con ella: ¡la madre de Rory había cumplido su promesa! Y Brooke había cogido el filtro de amor de su maleta en cuanto se la trajeron, pero no le serviría de nada si Dominic no bebía algo en lo cual ella pudiera verter el filtro sin que él lo notara.

Podía sugerírselo, pero no creyó que él estuviese dispuesto a pasar una noche de bodas por anticipado cuando aún estaba tan empecinado en que jamás se celebraría una boda. Pero él la excitaba de mil maneras y encontrarse a solas con él en esa pequeña habitación (y cerca de una cama) la estaba afectando. «¡Dios —pensó—, ojalá no fuera tan apuesto, ojalá me resultara indiferente! ¡Ojalá encontrara el modo de hacer un trato con él para que este matrimonio le resulte más aceptable!» Pero lo único que deseaba era volver a besarlo. Muy vergonzoso... pero él tenía la culpa por ser tan experto en la materia. No obstante, no se celebraría ninguna boda si no lograban escapar vivos de ese campamento de delincuentes, así que tal vez esa sería la última y la única oportunidad de descubrir cómo sería ir más allá de los besos.

—Intenta dormir —dijo Dominic—. Te despertaré cuando llegue el momento.

—Tengo demasiada hambre para dormir.

La puerta volvió a abrirse. Un guardia permanecía en el umbral mientras Matty entraba con una bandeja de comida, un farol... ¡y una botella de vino! Depositó la fuente en la mesa y, dirigiéndose a Brooke, indicó:

—Aquí tienes, queridita, puede que esta sea tu última comida, así que... —Matty le lanzó una breve mirada a Dominic—, disfruta de cada bocado.

Después se acercó a Dominic, lo engatusó mediante cumplidos y súplicas y procuró convencerlo de que se apiadara de aquellos menos afortunados que él, ya que era un lord tan importante y generoso. Brooke se preguntó qué estaría tramando la mujer, puesto que antes no había suplicado en absoluto. Supuso que Matty le tenía demasiado miedo como para amenazarlo con posibles graves consecuencias, pero era verdad que Dominic había adoptado un aire realmente amenazador a partir del instante en que las armas le apuntaron.

Brooke se apresuró a aprovechar la momentánea distracción para servir dos copas de vino y verter el filtro de amor en la de Dominic... y justo a tiempo: Matty regresó para recoger la bandeja y disponer los platos en la mesa. Parecía tener prisa por salir de allí. El guardia que escoltaba a la madre de Rory parecía aún más cauteloso y cerró la puerta con rapidez en cuanto volvió a abandonar la choza.

Brooke se sentó a la mesa con Dominic y se alegró al ver que bebía una buena cantidad de vino; ella lo imitó. Sin saber qué podía esperar de él tras haber bebido el filtro de amor (y un poco nerviosa a causa de ello), habló de una docena de temas diferentes no relacionados con su peligrosa situación: de los perros, los caballos, la enfermedad de la madre de él y los consejos de Alfreda sobre cómo enfrentarse a diversas dolencias graves.

—Menos mal que todavía conservo todas esas hierbas en mi maleta; en cuanto hayamos terminado de comer podré echar un placentero sueñecillo, confiando que tú me protegerás. Eres un hombre muy alto y fornido, sabes, mucho más que cualquiera de los demás.

—Parloteas como un loro.

—¡No te atrevas a tomarme el pelo! —exclamó ella.

—Creo que esta noche me atreveré a todo lo que me venga en gana —contestó él con una sonrisa maliciosa—. Llevo un puñal en la bota; me sorprende que no me hayan registrado, pero nunca salgo de casa sin él... por si me topo con tu hermano cuando no hay nadie más presente.

Ella puso los ojos en blanco, se quitó la pelliza y se preguntó por qué él no había notado cuánto calor hacía en la choza. Tampoco parecía ser capaz de despegar la mirada de la boca de él, y ello hizo que recordara de manera muy vívida lo que sintió la última vez que él la besó. Al contemplar sus manos imaginó lo que sentiría si le acariciaran los pechos. A esas alturas él debía de estar pensando lo mismo. ¿Por qué no la alzaba en brazos y la llevaba a la cama?

En vez de eso, Dominic siguió hablando:

—Y me has hecho recordar que soy muy capaz de enfrentarme a una docena de rufianes. Todo saldrá bien. Si nos descubren mientras escapamos me desharé de ellos sin hacer ruido.

Ella soltó una risita, se sorprendió por haberla soltado y se puso de pie.

—¡Estoy tan cansada...!

—Entonces duerme. Te despertaré cuando llegue la hora de partir.

Las palabras de ella insinuaron que se tendería a su lado en la cama, pero evidentemente no había funcionado. No lograba quitarse esas ideas sensuales de la cabeza y temió que se echaría a gritar si él no empezaba a besarla. Tambaleando, se acercó a la cama.

—Creo que has bebido demasiado vino.

—Quizá —murmuró ella y comenzó a desvestirse.

No se dio cuenta de que se había quitado el vestido junto con los zapatos y las medias hasta que lo oyó gemir mientras ella se arrastraba por encima de la suave colcha.

—Hace calor. ¿No tienes calor? —Brooke se tendió. Se apoyó en los codos y vio que él parecía bastante sorprendido. ¿O es que por fin el vino comenzaba a surtir efecto?—. Quería agradecerte por dejar que me quede con *Storm*, pero sobre todo por protegerme hoy.

Él alzó una ceja con expresión curiosa.

—¿Agradecerme cómo?

240

Hablaba en tono burlón. Ella lo miró a los ojos y palmeó la cama a su lado. Él tomó aire y se acercó a la cama, se tumbó junto a ella, le apoyó una mano en el brazo y lo acarició lentamente.

—¿Estás segura?

En aquel instante intenso ella no estaba segura de nada... excepto de que quería volver a sentir los labios de él en los suyos. Su pulso acelerado, la extraña sensación que la invadía, olvidarse de respirar... todo ello la arrollaba. Su respuesta consistió en tirar de la cabeza de Dominic hasta que los labios de ambos se unieron.

El toque era exquisito, tan suave... un beso que prometía sin palabras. Le lamió los labios y ella esperó que el beso se intensificara y alcanzara la pasión que él había demostrado con anterioridad. Lo ansiaba con desesperación, y unos instantes después ella misma alimentó las llamas de la pasión apoyando una mano en la nuca de él y atrayéndolo con mayor impaciencia de la que debiera demostrar.

Brooke notó que la pasión existía, pero que él procuraba controlarla y no estaba segura del motivo... ¿acaso se había equivocado de copa? No tenía importancia, nada tenía importancia excepto la ansiedad que la invadía, que aumentaba cada vez que él la tocaba: sus dientes deslizándose por su cuello, seguido del beso más suave del mundo en el mismo lugar. Un beso breve y profundo seguido del roce de los dedos de Dominic en su rostro. ¡La estaba volviendo loca!

Finalmente, le cogió las mejillas para evitar que él despegara la boca de la suya mientras su pasión aumentaba más allá de todo lo razonable. Pero él la puso boca abajo y se apoyó contra su espalda, impidiendo que se volviera. Ella percibió su cálido aliento en la oreja cuando murmuró:

—Despacio. Disponemos de horas...

¡No, no disponían de horas! Podían volver a interrumpirlos y la oportunidad desaparecería, quizá para siempre. En ese momento no se encontraban precisamente tras una puerta cerrada con llave... bueno, lo estaban, ¡pero ellos no podían salir y otros podían entrar! No obstante, no dijo nada de todo esto, estaba demasiado fascinada por lo que Dominic le estaba haciendo.

Cuando Dominic depositó breves besos en su espalda, un hormigueo le recorrió la piel. Brooke no se dio cuenta de que él se había quitado sus propias prendas hasta que volvió a estar tendida de espaldas y los besos de él ya no eran suaves y lentos. Una tormenta de pasión desenfrenada la arrastró y creyó que también lo arrastraba a él hasta que Dominic se inclinó hacia atrás y, en la mirada de esos ojos ambarinos, ella vio que esa noche él no le haría el amor. ¿Acaso resultaría que después de todo era un caballero? ¿Creía que ella necesitaba pétalos de rosas y suaves sábanas? Había sido criada por una mujer amante de la naturaleza que le enseñó a apreciarla y también las cosas sencillas de la vida: montar en un caballo veloz, disfrutar del sol entibiando su rostro, el viento agitando sus cabellos, el aroma de las hierbas... y ahora podía añadir algo más: el suave toque de un hombre, de ese hombre.

Le apoyó una mano en la mejilla y, con la audacia que se había apoderado de ella, dijo:

—Si crees que no nos interrumpirán me gustaría sentir tu cuerpo tendido sobre el mío, dentro de mí. No te detengas, por favor, ahora que ambos estamos atrapados en esta tempestad primaria.

Él soltó otro resuello antes de que una sonrisa le curvara los labios. ¡Dios mío, esa sonrisa lo hacía parecer aún más apuesto!

Le daba igual que acabara de dejarlo estupefacto. Solo quería sentir el peso de su cuerpo, saborear su piel, conocer la dicha de volverlo suyo. Deslizó las manos por los hombros desnudos de él y le arañó la espalda con suavidad. Él le quitó la pechera revelando sus pechos por completo, librándolos a sus ojos, sus manos y su boca, aumentando su pasión por él aún más, si es que eso era posible. Ella le quitó el lazo que le sujetaba el pelo: quería sentir sus cabellos en la piel. No estaba segura de si lo que le daba más placer era la manera en la que le tocaba los pechos o la manera en la que admiraba su redondez. No: la mejor sensación era la de su boca, chupándolos.

Brooke soltó pequeños jadeos a medida que aumentaba su placer. Era como si él estuviera descubriendo todas las zonas más sensibles de su piel, zonas que ella no hubiera creído que fueran erógenas: la parte posterior de sus rodillas, las puntas de sus dedos cuando las chupaba, la nuca... todos los lugares que ella podía tocar sin esos resultados. Así que era él, solo él, o una parte de su excitación cada vez mayor, tal vez eso...

Dominic tuvo que quitarle los bombachos, y eso resultó un poco más complicado; ella creyó que se los arrancaría cuando él no logró encontrar los lazos que los sujetaban, así que le ayudó y hasta alzó las caderas para facilitarle la tarea. Incluso eso era una caricia, el modo en el que lo hizo, sus manos en la piel de ella mientras él deslizaba la fina calceta a lo largo de sus piernas, por encima de sus tobillos y luego la mano a lo largo de sus piernas desnudas. Pero el dedo que deslizó dentro de ella cuando alcanzó su entrepierna era electrizante, nunca había sentido nada igual y soltó un jadeo cuando el placer le aceleró el pulso. Le parecía increíble que eso no fuera ni siquiera la mitad del asunto; si se volvía aún mejor puede que se convirtiera en una adicta.

Al igual que una gata, quería restregar su cuerpo contra el de él, pero se conformó con rodearle las caderas con las piernas al tiempo que las manos y la boca de Dominic se deslizaban por su cuerpo, atrapándolo allí donde quería atraparlo. Cuando la boca de él regresó a la suya, Brooke ignoraba que se disponía a hacerla suya: ocurrió con rapidez y el grito sorprendido que soltó se perdió en la boca de Dominic. Esa parte no le gustó nada y casi lo apartó de un empellón hasta que recordó que debía haber esperado ese dolor y que en vez de eso podría agradecerle por hacerlo tan rápidamente, sobre todo porque el dolor desapareció con la misma rapidez, y la única maravillosa sensación que quedó fue la de él llenándola... y entonces algo más que aumentó de intensidad, estalló y el éxtasis se adueñó de ella. ¡Y él todavía no se había movido! Unas sensaciones asombrosas y deliciosas la inundaron y palpitaron en torno a él. Él la contemplaba con mirada incrédula y, con los dedos de los pies encogidos, Brooke casi ronroneó.

No podía dejar de sonreír. Dominic la contemplaba cuando alcanzó su propio clímax tras algunas dulces embestidas. Observarlo resultaba asombroso, pero entonces él se desplomó sobre su cuerpo y la sonrisa de ella se volvió todavía más amplia. Le recorrió los cabellos con las manos y consideró que tal vez no le importaría dormir en esa posición, si es que alguna vez volvían a dormir.

Apartó la desagradable idea de que el peligro no había pasado, y que no lo haría hasta que se encontraran lejos de ese campamento. Pero de momento estaba en un cielo diferente y quería saborear cada segundo. Él también parecía estarlo, y no abandonó la cama. Se sentía demasiado lánguida como para recordarle que su intención había sido mantenerse alerta, al menos hasta que perdió el control. Ni siquiera se sonrojó al pensarlo, y se limitó a quedarse dormida, rebosante de dicha.

37

¡Pero ahora sí se sonrojaba! Dominic maldecía los rayos de sol que penetraban a través de las ventanas. Ambos habían dormido toda la noche y su oportunidad de darse a la fuga había desaparecido porque ella lo instó a hacerle el amor. Él saltó de la cama y recuperó su ropa; en la cama ella descubrió el lazo con el que él se sujetaba el cabello (que ella le había quitado durante la noche) y lo agitó.

Dominic lo cogió.

—Me quedo con *Storm* por *Wolf*—fue lo único que dijo.

Ella frunció el ceño ligeramente, preguntándose por qué habría dicho eso justo entonces, luego recordó que le había agradecido por dejar que ella se quedara con *Storm* y se echó a reír. Él también sonrió y Brooke se dio cuenta de que debía de estar acostumbrándose a él si era capaz de reír de manera tan espontánea. Y él debía de estar acostumbrándose a ella si era capaz de tomarle el pelo. Su plan de hacer que la amara con el tiempo comenzaba a funcionar, pero ¿acaso ella estaba quedando atrapada en la misma trampa?

Brooke volvió a vestirse, pero sin ponerse la pelliza; divertida, pensó que la moda de la Regencia debía de estar diseñada para los amantes que aprovechaban momentos furtivos, porque permitía desnudarse y volver a vestirse con casi la misma rapidez. Se le ocurrió compartir la idea con Dominic, pero él tenía una expresión bastante seria porque no tardarían en averiguar si ese día volverían a emprender camino a Londres o jamás alcanzarían esa ciudad.

Sin embargo, ella estaba convencida de que él sería capaz de enfrentarse a lo que fuera; no había bromeado al respecto. Su estatura, sus rápidas reacciones, el modo en que se preparaba para enfrentarse a cualquier ocasión de antemano... todo ello resultaba tranquilizador, si bien no disipaba todas sus inquietudes. Pero le daba tiempo para preocuparse por lo que habían hecho, o más bien lo que ella había hecho. Si él lo mencionaba quizás ella estallaría en llamas.

Como los efectos del filtro de amor ya habían desaparecido se sentía muy tímida; no esperaba que Dominic cambiara de actitud con ella, pero sí que dejara de intentar expulsarla. No se habían convertido repentinamente en jóvenes amantes ansiosos de tocarse, y entonces se le ocurrió una idea espantosa: que su venganza por lo que Robert había hecho podría consistir en pagarle con la misma moneda y dejarla embarazada sin casarse con ella. Bueno, puede que ella considerara que se había hecho justicia, pero quizás él no, así que era una idea ridícula.

Ahora sí que se casaría con ella, no lo dudaba en absoluto; tal como él ya había dicho, no le importaría tenerla en su cama... y lo había demostrado, pero su actitud frente a ella fuera de la cama aún estaba en duda. ¿Es que su hostilidad desaparecería milagrosamente o todavía se vería obligado a seguir tratando de reducirla?

No sabría la respuesta hasta después del próximo domingo, cuando pronunciaran sus votos matrimoniales, pero no albergaba grandes esperanzas respecto a que el matrimonio supusiera una diferencia importante, en todo caso no de inmediato. Y es verdad que la otra noche, cuando se besaban en aquellas ruinas, él le había advertido que hacerle el amor no significaba que la amaría, así que desarrollar una intimidad con ese hombre aún podía llevar años... en caso de que fuera posible. Se recordó a sí misma que convertirse en amigos antes que en esposos dichosos seguía siendo un buen plan.

Todavía no había ideado el modo de lograrlo, aparte de que debía ofrecerle algo que lo complaciera, algo inesperado y no su cuerpo, que podía poseer cuando quisiera. Otra cosa, algo que formara un vínculo entre ambos. ¿Tal vez un misterio a descifrar? Si es que hallaba uno. ¿Una meta común, por ejemplo criar caballos? No: eso era en beneficio de ella, no de él. Tenía que ser algo que él quisiera y que tal vez a ella no le gustara, con el fin de que supiera que ella estaba dispuesta a sacrificarse por él. Tal vez podría ofrecerle envenenar a su hermano Robert...

Casi soltó una carcajada, consciente de que Dominic aceptaría encantado, pero ella nunca le haría semejante oferta. No tenía intención de envenenar a nadie, ni siquiera a su despreciable hermano. Todo dependía de si ese día abandonarían ese campamento de salteadores de caminos... vivos.

Entonces llamaron a la puerta y la violencia del golpe la sorprendió. «¿Ahora resulta que llaman?», pensó. Pero Dominic no se apresuró a abrir; primero recogió la pelliza de Brooke y le ayudó a ponérsela.

La puerta aún no se movía, tal vez era una buena señal, una cortesía, pero entonces Dominic la abrió: fuera estaba Rory, y parecía un tanto avergonzado antes de hacer un gesto con el brazo indicándoles que podían abandonar la choza. La mayoría de los salteadores de caminos y sus familias estaban allí para presenciar el momento.

—He decidido aceptar tu última oferta —dijo Rory, aunque no parecía nada complacido con su decisión.

—¿Cien libras? —replicó Dominic.

—Eran doscientas, ¿no?

—Quizá recuerde ciento cincuenta.

—¡Hecho! —se apresuró a decir Rory con una sonrisa—. Pero me quedaré con tu abrigo para sellar el trato. —Cuando Dominic se limitó a mirarlo fijamente, Rory añadió—: Es mi único maldito incentivo, milord, así que dámelo. Puede que mamá crea que honrarás nuestro trato, pero yo no soy tan confiado.

Brooke estaba incrédula. Dominic se quitó el abrigo y se lo entregó. Al parecer, Matty había intervenido y obtenido su liberación. Brooke había creído que la discusión que Dominic oyó entre Rory y su madre se debía a que Matty trataba de convencerlo para que llevara a Dominic a la choza, pero puede que se tratara de otro asunto.

Vio a Matty, se acercó a ella y le dio un abrazo breve pero sincero.

—Gracias. Mi prometido cumplirá con lo acordado, puedes contar con nosotros.

—Mi hijo cree que soy una vieja sentimental, pero siento debilidad por los jóvenes amantes. Me recuerda a mis años mozos. —Le lanzó una mirada aguda a Brooke—. Y tengo buen ojo para juzgar a las personas.

—¿Recibiré uno de esos abrazos? —preguntó Rory.

—¿Acaso volveremos a pelearnos? —preguntó Dominic en tono sucinto.

Pero solo cosechó unas cuantas carcajadas.

Tres caballos ya estaban ensillados junto al corral.

—Tendréis que poneros esto —dijo Rory, y les tendió una venda para que se cubrieran los ojos—. Axel cogerá las riendas y os conducirá fuera del bosque. En realidad no queremos construir otro campamento este año, así que como comprenderás, no queremos que vuelvas a encontrar el camino. Y esta es la dirección de mi prima —añadió, y le entregó un trozo de papel a Dominic—. Entrégale los caballos y el dinero. Ella no sabe dónde encontrarnos, así que no te molestes en preguntárselo. Mamá no quería que se involucrara en nuestro negocio.

Dominic aceptó todo asintiendo con la cabeza, y ayudó a Brooke a sujetarse la venda y montar en uno de los caballos antes de montar en el suyo y ponerse su propia venda.

—Ha sido un verdadero placer, pero no lo repitamos —indicó Dominic antes de partir.

Solo Brooke, que notó que el rubor le subía a las mejillas, y tal vez Matty, comprendieron la primera parte del comentario.

Al principio avanzaron lentamente a través del bosque, pero cuando alcanzaron el camino aceleraron el paso. Un poco más allá, camino abajo, Axel por fin se detuvo, les dijo que se quitaran las vendas de los ojos y les tendió las riendas; después desapareció entre los árboles que bordeaban el camino.

Durante un momento Dominic lo siguió con la vista.

—Tal vez levanten ese campamento de todos modos; ese bribón era tan desconfiado como yo y de verdad cree que lo único que obtendrá de todo esto es mi condenado abrigo.

Brooke se guardó una sonrisa para sí misma, feliz de que estuvieran en libertad.

—Pero su madre confía en mí... y yo le dije que podía confiar en ti. ¿Tenía razón? —preguntó cuando empezaron a avanzar camino abajo al trote.

—Le di mi palabra —gruñó él. Una vez que empezaron a galopar ella oyó que añadía en tono muy desdeñoso—: ¿Y dicen que estos caballos son veloces?

38

Una vez superado el contratiempo con los salteadores de caminos, Dominic volvió a inquietarse por su madre mientras galopaban hacia Londres. Previó que llegarían a la ciudad al día siguiente por la noche; al parecer, lo creía porque antes de la aventura con los salteadores habían navegado una gran distancia costa abajo. Como cambiaron los caballos por otros frescos en varias de las ciudades que atravesaron, pudieron seguir el viaje al galope. Pasaron la noche en un mesón y volvieron a emprender camino de madrugada. Brooke estaba de acuerdo: la velocidad era más importante que su confort, pero no se molestó en decirlo y tampoco se quejó ni una sola vez.

Pero por más que le gustara cabalgar, cuando cayó la noche estaba bastante fatigada. Aun así, podría haber entrado por su propio pie en la residencia de los Wolfe; no era necesario que Dominic remontara los peldaños y entrara con ella en brazos, pero así lo hizo.

El mayordomo les abrió la puerta, un hombre corpulento de cabello gris envuelto en una bata. ¿Es que era tan tarde? Brooke estaba tan exhausta que creyó que tal vez sí.

—Agua caliente para el baño y comida caliente; y despierta a quienquiera que hayas de despertar, Willis —ordenó Dominic—. Pero primero indícame una habitación limpia para lady Whitworth.

—Bastará con la comida —protestó Brooke, todavía en brazos—. Temo que me quedaré dormida en la bañera.

—¿La dama se ha hecho daño? —preguntó Willis mientras se apresuraba a seguir a Dominic hasta la primera planta.

—No, solo está cansada. Tal vez me apresuré demasiado tratando de llegar. ¿Cómo se encuentra mi madre?

—Peor que cuando le escribí, milord. Gracias por acudir tan rápidamente.

Dominic no depositó a Brooke en el suelo hasta que Willis le abrió la puerta de la habitación. Ella descubrió la cama y se dirigió directamente hacia allí, decidiendo que la comida también podía esperar. Se volvió para decírselo a Dominic, pero él ya había cerrado la puerta a sus espaldas. Suspiró, se apartó de la tentadora cama y buscó un espejo para comprobar su aspecto, pero como no encontró ninguno se acercó a una de las dos ventanas; daban a la calle y a una única farola, todo era muy pacífico, a esas horas no había tráfico. ¡Londres! Incluso habían galopado a lo largo de las calles y ella no tuvo oportunidad de ver gran cosa. A lo mejor mañana...

Volvía a contemplar la cama cuando Dominic llamó a la puerta y entró sin pedir permiso. Sostenía una jarra de agua y un plato de comida recalentada.

Estaba demasiado cansada para agradecerle, pero su consideración la hizo sonreír.

—Madre está durmiendo —dijo—. Incluso su doncella está durmiendo. No sabré cómo se encuentra realmente hasta mañana por la mañana.

—Tonterías, ve a despertar a la doncella. No estuviste a punto de matarnos cabalgando hasta aquí como para no obtener noticias.

—Su frente aún está caliente.

Brooke quería abrazarlo; parecía tan indefenso... y de hecho él no podía hacer nada para ayudar a su madre aparte de asegurarse que la atendieran los mejores médicos disponibles.

—Llama a su médico por la mañana y escucha qué dice antes de ponerte en lo peor, y no olvides que de noche la fiebre siempre aumenta.

Todavía con expresión preocupada, Dominic asintió y abandonó la habitación. Ella se limitó a lavarse la cara y las manos, comer la mitad de lo que había en el plato y desplomarse en el cubrecamas. Quitarse la ropa suponía un esfuerzo demasiado grande y el cuerpo le dolía tras cabalgar todo el día. Ya estaba medio dormida cuando se le ocurrió que debería haber invitado a Dominic a pasar la noche con ella; podría haberle ofrecido más consuelo que el escaso que le había proporcionado.

Por la mañana la despertó una doncella con agua limpia, toallas limpias y una actitud alegre; dijo que un huésped suponía una noticia excitante para el personal porque, a excepción del hijo de su señoría, rara vez había huéspedes que se quedaran a dormir. Por lo visto el agua caliente para el baño y el desayuno no tardarían en llegar.

La habitación que le habían adjudicado era bastante utilitaria, contenía menos muebles que algunos de los mesones en los que había pernoctado camino de Rothdale. La cama era blanda, pero a un lado solo había una mesilla de noche con una lámpara. También había un estrecho armario ropero, y un lavabo, consistente en una pequeña tina de latón apenas rodeada por un biombo y una única silla. Pero no había mesa ni tocador, por no hablar de un escritorio, y cuando volvió a mirar en derredor siguió sin encontrar un espejo. Al parecer, la dueña de casa no quería huéspedes que pernoctaran y se aseguraba de que, si hubiese alguno, no permanecería allí mucho tiempo.

Sin embargo, entre los criados que aparecieron cargando cubos de agua había un lacayo que sostenía una silla de respaldo duro en una mano y una mesa redonda en la otra; depositó ambas cerca de las ventanas, y Brooke rio. Al menos a los criados no les molestaban los huéspedes.

Mientras Brooke se servía uno de los bizcochos con salchicha, una de las doncellas le prometió un desayuno más sustancioso en cuanto bajara... «Si es que hoy logro bajar la escalera», pensó. ¡Dios mío, estaba muy dolorida tras la interminable galopada! La noche anterior el dolor no era tan fuerte, y mientras se metía en la tina confió en que el agua caliente aliviara sus piernas. Podría haberlo hecho si se bañara en una bañera normal, pero en la pequeña tina redonda apenas lograba sentarse y tuvo que encoger las rodillas. Más bien servía para permanecer de pie, enjabonarse, enjuagarse y salir, pero no disponía de una doncella que la ayudara y Alfreda no llegaría hasta dentro de un par de días con...

Soltó un grito ahogado al darse cuenta de que aún no habían llevado su maleta a su habitación, y se resistía a ponerse el mismo vestido antes de que lo lavaran.

Entonces Dominic entró en la habitación sin pedir permiso por segunda vez, solo llamando una vez a la puerta para anunciar que entraba. Brooke chilló y trató de sumergirse un poco más en la tina, pero era imposible, así que se aferró al borde y lo usó como escudo.

—Temo que anoche olvidé esto y el lacayo que se ocupó de los caballos la había llevado al vestíbulo —dijo Dominic antes de dejar la maleta en la cama. Se acercó a la tina y le acarició la mejilla—. Buenos días.

Ella se quedó muda, confundida y ruborizada; él debía de saber que su actitud era sumamente inadecuada. Todavía no estaban casados... ¿O es que finalmente había aceptado que se casarían? Su actitud había cambiado desde que hicieron el amor, no abiertamente, pero sí a través de pequeños gestos. Ya no dudaba en tocarla, le ayudó a montar y desmontar del caballo durante los dos últimos días, y ahora esa suave caricia... y tampoco le había lanzado ninguna mirada sombría ni feroz desde que abandonaron el campamento de los salteadores de caminos. No debería darle demasiada importancia, realmente no debería hacerlo, no mientras él aún estaba tan angustiado por su madre; sin embargo, Brooke no pudo resistirse a la idea de que hacer el amor con él a lo mejor lo había cambiado todo.

—Date prisa, por favor —prosiguió él—. Mi madre está despierta y me gustaría tu opinión sobre su dolencia.

Se marchó y cerró la puerta detrás de él. Ella suspiró. Tal vez solo se mostraba agradable y solícito porque quería su ayuda.

Acabó de bañarse e incluso logró lavarse el cabello, pues los criados le habían dejado dos cubos de agua extra, pero no estaba segura de haber eliminado todo el jabón.

Tenía presentes sus palabras: «Date prisa, por favor.» Así que se secó el pelo con rapidez agitándolo para simular una brisa, pero casi rio cuando se dio cuenta de que no tenía un cepillo. Alfreda había estado tan preocupada pensando en veleros diminutos y en que Brooke se dormiría montada a caballo que se olvidó de añadir uno. Ese día Brooke iría de compras para hacerse con algunos artículos de tocador, y por suerte no tendría que pedirle dinero a Dominic. Había llevado consigo una cuarta parte de su dinero, y había dejado el resto con Alfreda, pero lo había guardado en su bolsillo y no en la maleta donde los salteadores de caminos podían haberlo encontrado.

Con el pelo sujetado por una cinta para que no se notara que no se lo había cepillado, y envuelta en un vestido color albaricoque pálido, salió al pasillo y ni siquiera tuvo que preguntar dónde se encontraba la habitación de lady Anna: era la única de la planta superior cuya puerta estaba abierta.

Se acercó a la cama junto a la que Dominic permanecía de pie sosteniendo la mano de su madre, aunque esta parecía estar durmiendo. Un único vistazo le bastó para saber que la mujer podía estar agonizando, sin necesidad de ver la expresión de Dominic. Anna Wolfe tenía un aspecto tan demacrado y enfermo que resultaba difícil imaginar qué aspecto tendría cuando no estaba enferma. Los cabellos negros bajo el gorro de dormir estaban apelmazados, estaba tan pálida como el pergamino blanco e incluso la piel de sus labios estaba agrietada. Ni siquiera tenía fuerzas para mantener los ojos abiertos, y parecía tener dificultad para respirar.

Inmediatamente, Brooke vertió agua en el vaso sobre la mesilla, y le dijo a Dominic que incorporara a su madre para obligarla a beber. Con gesto tierno él así lo hizo, pero su madre apenas bebió unos sorbos y casi no abrió los ojos antes de volver a tenderse.

Dominic arrastró a Brooke al pasillo.

—El médico acaba de marcharse —susurró—. Dijo que tenía neumonía. Suele ser fatal, y mi madre está disgustada por haberte traído aquí. Nuestra conversación la debilitó aún más.

—¿Así que se lo contaste?

—Ya lo sabía. Le envié una misiva desde Rothdale en cuanto se marchó el emisario del regente. Hace unos días el médico le dio la enhorabuena por nuestra próxima boda.

Brooke pegó un respingo.

—¿Así que todo el mundo lo sabe?

—No cabe duda de que la noticia está circulando si incluso se ha enterado el médico. Por lo visto Prinny (el apodo popular del príncipe) no consideró que fuese un secreto, pero ahora lo que preocupa a madre es que se convierta en algo más que un cotilleo y una especulación. No queremos que nadie se entere de lo de Eloise.

—No, por supuesto que no.

—¿Puedes... puedes curarla como me curaste a mí?

Brooke temió que esa fuera la única razón por la cual él había insistido en que lo acompañara a Londres. Antes de que abandonaran Rothdale, él solo dijo que Anna tenía mucha fiebre, así que Alfreda le había dado hierbas para curar un resfriado normal. Pero la neumonía era una enfermedad grave.

Con el entrecejo fruncido, Brooke dijo:

—Alfreda me dio dos hierbas que quizás ayuden a tu madre, pero necesitaré una cantidad mucho mayor de ambas, así que he de acudir a una botica hoy mismo. También debo hablar con tu cocinera, para comprobar si dispone de los ingredientes que necesito para preparar un caldo que tu madre debe beber una vez al día.

—Hay un coche de alquiler esperando —dijo Dominic.

La cogió de la mano, la condujo a la planta baja y al exterior de la casa.

¿Había tratado de anticiparse a ella, o solo había tenido en cuenta cualquier eventualidad? Estaba impresionada.

Logró encontrar exactamente lo que necesitaba para preparar las infusiones: vencetósigo y semillas de alholva. Si Dominic no hubiese tenido tanta prisa ella también se habría detenido en otra tienda para comprar un cepillo.

Lo mencionó cuando regresaron a la casa y antes de dirigirse a la cocina, así que confió en que un cepillo la aguardaría en su habitación antes de que cayera la noche... si es que él mantenía esa nueva y considerada actitud; supuso que quizá solo estaba compensándola por el angustioso viaje. O sobornándola con gentilezas para que ayudara a su madre. Antes de su aventura en el campamento de los salteadores de caminos, ella no había visto ese aspecto de su carácter como para saber si Dominic solía ser así cuando no estaba luchando contra un matrimonio no deseado. Pero el tiempo lo diría...

39

—¿Qué demonios has puesto en mi vaso de agua?

Brooke pegó un respingo al oír el tono de voz de Anna Wolfe. Dominic se acercó con aire nervioso, cogió el vaso de la mano de su madre y le lanzó una mirada interrogativa a Brooke.

¿De verdad había creído que ese asunto sería sencillo? Era evidente que la madre resultaría ser una paciente quejosa, al igual que su hijo.

Suspirando, dijo:

—Un poco de cayena y de limón. La ayudará a respirar con mayor facilidad... si lo bebe. La infusión que acabo de servirle eliminará la congestión de sus pulmones y, sinceramente, la hará sudar.

—Yo no sudo.

Era la respuesta habitual de las damas.

—Hoy sudará y alégrese cuando suceda. Sudar es la manera más rápida de eliminar elementos dañinos de su cuerpo y ello también hará que se encuentre mejor con mayor rapidez. —Como Dominic no se había molestado en presentarla y Anna ya sabía que se encontraba allí para ayudar, dijo—: Soy Brooke, por si se lo preguntaba.

—Sé exactamente quién eres —comentó Anna en tono de desaprobación y, acentuando la primera palabra, añadió—: Su hermana.

Brooke se puso tensa y miró a Dominic, que la llevó aparte un momento.

—Ella sabe lo que tu hermano hizo —le dijo—, y que eso provocó la muerte de Eloise. Era algo que no podía ocultarle. Te pido disculpas por adelantado: tratar a mi madre puede resultar desagradable para ti.

¿Puede? Brooke tuvo que reprimir una risita histérica. ¿Había pensado que se negaría a ayudar si sabía que su madre la detestaba tanto como él?...

Pero ya no la detestaba: no podía, no cuando confiaba en que podía ayudar a su madre.

Brooke asintió con la cabeza y volvió a acercarse a la cama. De tal palo, tal astilla. ¡Ambos incluso lanzaban las mismas miradas furibundas! Suspirando, dijo:

—Lamento lo de mi hermano, pero no me parezco a él en absoluto.

—Tal vez, pero sigues sin ser bienvenida en mi casa —indicó la mujer desde la cama.

—Madre... —empezó Dominic.

—No lo es, y jamás lo será. Te dije que no trajeras a esa víbora a esta casa.

Puede que la mujer dejara muy claro lo que sentía, pero pronunciaba las palabras con lentitud, incluso resollando. La habían ayudado a incorporarse un poco en la cama y en ese momento tenía los ojos muy abiertos, ojos ambarinos, como los de Dominic.

Brooke consideró que debería marcharse, su presencia estaba trastornando a lady Anna. Se dispuso a abandonar la habitación, pero antes de dirigirse a su madre Dominic le apoyó una mano en el brazo para evitarlo.

—Ella está aquí para ayudarte por petición mía. Ya te lo he dicho y también cuán rápidamente fue capaz de curarme, gracias a sus conocimientos sobre los remedios de hierbas. Puede que su hermano sea despreciable, pero ella es de confianza. Sin embargo, cuando te hayas curado ambos nos marcharemos si eso es lo que deseas.

—¡Puso pimienta en mi vaso de agua! —exclamó Anna en tono acusatorio—. ¿O acaso ignoras lo que es la cayena?

—Es verdad que parece extraño, pero a lo mejor debieras ver si tiene el efecto que ella afirma que tiene antes de rechazarla —dijo, y le tendió el vaso a su madre con una mirada conciliadora.

Ella lo cogió, pero no se lo llevó a los labios; Brooke esperó que lo hiciera cuando dejara de protestar, pero Anna todavía no había acabado. En tono medio suplicante y medio autoritario, dijo:

—No puedes casarte con ella, Dom. Es un recuerdo flagrante de lo que hemos perdido.

—Tú ya no decides por mí, madre. Soy yo quien carga con eso. Y según tu médico has empeorado, no mejorado. Él se ha dado por vencido, yo no lo haré. Así que obedecerás las instrucciones de Brooke y dejarás de protestar. ¿O acaso no quieres sobrevivir a esta dolencia?

—¿Para verte encadenado a ella? Prefiero no vivir para verlo.

Dominic soltó unas cuantas palabrotas y abandonó la habitación tras decirle a Brooke que lo siguiera; pero ella no obedeció de inmediato: acababa de notar que los ojos de lady Anna se llenaban de lágrimas cuando su hijo se dirigió a la puerta. Comprendía el punto de vista de Anna: la mujer quería lo mejor para su hijo y, según ella, Brooke era lo peor.

Dominic la aguardaba junto a la puerta. En cuanto la cerró, ella dijo:

—Mi presencia la perturba demasiado, cuando lo que necesita para recuperarse es paz y tranquilidad. No las obtendrá si vuelvo a entrar allí.

—¿Entonces no la ayudarás?

—Desde luego que sí. Lo bueno del régimen para combatir su neumonía es que mi presencia no es necesaria, solo he de preparar las mezclas y las infusiones. Tú puedes asegurar que beba cada gota, o también su doncella.

—Gracias. Entonces dejaré que prosigas con tus tareas y

regresaré dentro de unos momentos. Debo enviarles ese dinero a esos bribones con los que pasamos la noche.

La mirada que le lanzó era muy elocuente; era evidente que recordaba lo que habían hecho esa noche. Brooke se sonrojó.

40

—¿Y ni siquiera una nota avisando de que has vuelto a Londres?

Sorprendido al ver a sus dos amigos más íntimos delante del banco, Dominic se volvió, pero se le escapó una risita al ver la expresión ofendida de Archer.

—Llegué a caballo ayer noche, muy tarde. ¿Has regresado a casa desde anoche para ver si te envié una esta mañana?

—¡Oh! —exclamó Archer en tono contrito.

Antes de dirigirse a Dominic, Benton le pegó un codazo a Archer.

—Encantado de verte, viejo amigo. Tengo noticias maravillosas, pero nos han dicho que tú también. Eso merece una celebración.

Dominic arqueó una ceja.

—¿Es eso lo que habéis estado haciendo, celebrando?

—Él, no sé —aseguró Archer, devolviéndole el codazo a Benton—, pero ahora yo estoy sobrio.

—Solo porque ambos dormimos con la cabeza apoyada en la mesa —insistió Benton.

—¡Jamás haría eso! —aseguró Archer, horrorizado—, pero te observé mientras tú dormías. Muy aburrido. No cabe duda de que te habría dejado allí roncando si la camarera no se hubiese encargado de entretenerme. Pero esto hay que celebrarlo con otra ronda. ¿Vamos?

Cada uno cogió un brazo de Dominic y lo condujeron al otro lado de la calle, hasta una de sus tabernas favoritas. Por experiencia, Dominic sabía que protestar no tenía sentido; además, había echado de menos a sus dos amigos, hacía años que los conocía puesto que los tres habían asistido a la misma escuela.

Archer era el más alto de los tres; a menudo lo llamaban el muchacho de oro, y no solo porque su familia era muy acaudalada. Rubio y de ojos verdes, demasiado apuesto, lo consideraban el soltero más atractivo y deseable de la alta sociedad y ocupaba el primer puesto en la lista de invitados de todas las anfitrionas.

Aunque Benton era tan apuesto como él gracias a sus cabellos y sus ojos castaños, tenía cierta fama de jugador, así que no recibía tantas invitaciones y tal vez por eso había estado buscando una esposa fuera de Londres.

Que no se vieran con mayor frecuencia era una pena. Benton había estado en el oeste del reino, cortejando a la hija de un duque, y al parecer había comenzado a cortejarla antes de que fuera mayor de edad con el fin de meter un pie en la puerta. «Cortejar a una mujer durante tanto tiempo... eso sí que es dedicación», pensó Dominic; no había visto a Benton con la frecuencia necesaria como para saber si había tenido éxito, pero supuso que eso era lo que estaban celebrando. Archer solía visitar Rothdale de vez en cuando y por eso Dominic lo veía más a menudo.

Se sentaron a una mesa. Archer pidió bebidas y Dominic no pudo dejar de comentar:

—Pareces cansado.

—Lo estoy. ¿Acaso no mencioné que he estado en pie toda la noche, asegurándome de que nadie robara a Benton mientras dormía?

—Deberías habernos llevado a casa —dijo Benton—. Hubiera apreciado una cama en vez de una mesa.

—Pero dónde está la gracia de eso, ¿eh? —Entonces Archer se dirigió a Dominic—. Bien, dinos, ¿al menos es bonita esa muchachita con la que Prinny quiere que te cases?

—¿Quiere? ¿Qué es lo que has oído, exactamente?

—Todo el mundo comenta que te casarás con la hermana de Whitworth —repuso Archer—. Sabrás que él ha estado alardeando de ello, afirmando que el mismísimo regente te quitó de en medio, y que por eso ya no tendrá que librar más duelos ridículos contigo. ¿Es que él y Prinny realmente son tan amiguetes?

—Incluso dudo que conozca a George, pero nuestro príncipe descubrió que el último duelo no era el primero y ahora piensa quitármelo todo si no me vinculo con los Whitworth a través del matrimonio, para poner fin a mi *vendetta*.

—¿Qué diablos hizo Whitworth como para justificar más de un duelo? —preguntó Benton, enfadado en nombre de Dominic.

—Prefiero no manifestar mi ira en esta estupenda taberna —contestó Dominic—. Olvídalo.

—¿De verdad? —protestó Archer—. ¿No lo confesarás? Hemos de interrogarlo, Benton.

Dominic puso los ojos en blanco. A lo mejor podía decirles lo que Robert había hecho, al fin y al cabo eran sus mejores amigos, pero su madre jamás le perdonaría si la verdad saliera a la luz. Por otra parte, él tampoco se lo perdonaría a sí mismo, así que cambió de tema y se dirigió a Benton:

—Puesto que has estado celebrando, ¿significa que tu dama ha dicho que sí?

—Nos casaremos el mes que viene —dijo Benton, y una sonrisa le iluminó la cara—. Ambos estáis invitados, desde luego.

—Entonces he de darte la enhorabuena, pero le das un nuevo significado a la palabra «perseverancia». ¿De verdad tardaste dos años en conquistarla?

Benton le lanzó una sonrisa pícara.

—No, ella se enamoró de mí en menos de un mes. ¡Me llevó dos años conquistar a su padre!

Los tres rieron y Dominic pidió otra ronda, pero cuando Archer empezó a quedarse dormido Dominic le dijo a Benton:

—Parece que realmente estuvo velando toda la noche. Llévalo a casa; os veré a ambos más adelante en la semana.

Tras despedirse de sus amigos Dominic cogió un coche de alquiler hasta Bond Street para comprar un cepillo y un peine para Brooke, algo bonito y especial, una muestra de agradecimiento por haber emprendido ese viaje con él casi sin protestar. Había esperado que protestara, todas las damas que conocía no hubiesen dejado de hacerle recriminaciones durante todo el trayecto, pero no Brooke. Era una mujer indescriptible, se había enfrentado a su hostilidad con sonrisas y una determinación tozuda. Era demasiado lógica, demasiado pragmática... demasiado receptiva. ¿Y demasiado esperanzada? ¿De verdad deseaba ese matrimonio? ¿O simplemente tenía más miedo de lo que ocurriría si se negaba a casarse? Quizás un poco de ambas cosas.

Pensó en todo lo que había ocurrido desde que ella apareció ante su puerta, y se sorprendió al comprobar cuántos recuerdos de ella albergaba... y que los recordara todos e incluso con una sonrisa. Era una mujer asombrosa, audaz, inteligente y bella. Y valiente, o al menos casi siempre. Se había encontrado con una loba en el páramo y no había huido. ¿O es que solo era diestra ocultando sus temores? Y también era capaz de montar en cólera, pero no una cólera excesiva ni una que durara mucho tiempo. Una cólera interesante.

Además, pese a que era virgen también era sensual y atrevida. Y lo deseaba.

Encontró el juego de peine y cepillo en una de las primeras tiendas que visitó y entonces recordó que el cumpleaños de Brooke caía alrededor del día en que se casarían. Se detuvo en unas cuantas tiendas más que ofrecían sobre todo joyas, pero nada llamó su atención hasta que vio un camafeo grabado en oro rodeado de diminutas peridotitas color verde claro, casi del mismo color que sus ojos. Lo compró, solo para descubrir que era un relicario. Regalarle un relicario vacío era como ofrecerle medio regalo, así que fue en busca de una galería de arte en Old Bond Street.

Una vez finalizadas las compras, volvió a dirigirse al norte y buscó un carruaje que lo llevara a casa lo más rápidamente; no prestó atención a la hilera de tiendas junto a las que pasaba y tampoco vio al hombre que acababa de salir de una de ellas. Tampoco oyó que lo llamaba, pero no pudo esquivar a Robert Whitworth cuando este se interpuso en su camino. Y tampoco dejó de notar el parecido entre ambos hermanos, muy evidente ahora que Robert estaba enfrente de él: los mismos ojos verde claro, el mismo cabello oscuro.

—Vaya, vaya, pero si es mi futuro cuñado —dijo Robert con expresión desdeñosa.

—¿Aún callejeando por Londres seduciendo y desvirgando jovencitas, Whitworth? Porque esa es tu especialidad, ¿no? Me sorprende que a estas alturas otro no me haya ahorrado la tarea de acabar contigo.

—Y a mí me sorprende que mi querida hermana todavía no te haya envenenado. Prometió hacerlo... ah, ya comprendo: supongo que está esperando hasta después de la boda.

Fue como si le hubiera pegado un puñetazo en el estómago, y durante un momento Dominic no logró tomar aire. Pero era evidente que Robert solo le escupía ponzoña para provocarlo.

—Ella no se parece a ti en absoluto —le espetó.

Robert soltó una carcajada burlona.

—Te ha seducido, ¿verdad? ¿Realmente caíste en esa trampa? Resultó ser más bonita y más lista de lo que esperaba.

Lo invadió un intenso impulso de matarlo con sus propias manos, pese a la presencia de varias docenas de transeúntes que pasaban por al lado. Pero la sensatez prevaleció, a duras penas. Dominic le pegó un fuerte puñetazo en la mejilla y Robert retrocedió varios pasos, trastabillando.

La mirada de sorpresa de su enemigo no lo apaciguó en absoluto, y enseguida se volvió una mirada asesina; Dominic dio un paso hacia él y Robert retrocedió aún más. No era un luchador, era un cobarde, un seductor de mujeres inocentes, un canalla inmoral de la peor calaña.

—Aún no estamos emparentados, Whitworth —dijo Dominic, escupiendo las palabras—. Una vez que lo estemos te espera más de lo mismo.

41

—Debe comprender, señorita, que lady Anna tiene bastante mal genio y a menudo dice cosas que no quiere decir —dijo el señor Hibbit mientras retiraba el plato vacío del almuerzo de Brooke de la encimera de la cocina—. El mes pasado la señora se enfadó tanto con el personal que nos despidió a todos y después pasó tres días buscándonos para volver a contratarnos; y nos advirtió que, en el futuro, nunca volviéramos a tomarnos sus despidos colectivos en serio.

Brooke rio y comprendió que el cocinero intentaba darle ánimos. Ese señor bajo y corpulento era muy distinto de la cocinera de Rothdale, a la que todavía no había conquistado del todo; este era muy dicharachero. Pero el comentario hizo que adivinara que todo el personal ya debía de estar al corriente de lo ocurrido en su primera y desagradable visita a la habitación de lady Anna. Mientras preparaba el caldo para Anna había oído cuchichear a algunos de ellos; cuando Mary, la doncella personal de Anna, fue a recoger la fuente con el almuerzo de su señora y Brooke había añadido el cuenco de caldo, Mary insistió que primero Brooke probara el caldo.

Brooke estaba consternada, pero mantuvo un tono neutral cuando contestó:

—Ya he bebido un cuenco, al igual que el resto del personal, puesto que debe ser preparado cada día y de lo contrario se desperdiciaría. Está preparado con ajo colado y otras verduras saludables, y considerado útil para reparar daños en los tejidos pulmonares, pero no deja de ser bastante sabroso en caso de que te agrade el ajo. Y has de encargarte de que su señoría beba hasta la última gota, de lo contrario informaré a lord Wolfe de que estás obstaculizando la recuperación de su madre.

Con las mejillas encendidas, la muchacha abandonó la cocina de inmediato portando la fuente de Anna, pero Brooke aún estaba indignada por el insulto y también porque lo había presenciado todo el personal de cocina.

Mientras preparaban el almuerzo el calor en la cocina aumentó de manera considerable. Secándose la frente, Brooke se dirigió al señor Hibbit:

—¿Hay un jardín?

—Uno pequeño, detrás de la casa. No es tan magnífico como los jardines de Rothdale, pero a esta hora puede que aún reine el frescor. La puerta de la salita da al jardín.

Brooke sonrió y abandonó la cocina en busca de la salita, pero al atravesar el gran salón vio que una dama de aspecto imponente entraba en la casa. Oyó que Willis le decía:

—Siempre un placer, duquesa.

—¿Se encuentra mejor mi querida amiga, Willis? No menciona su salud en la nota que acabo de recibir de ella.

—Todavía no, pero tras la llegada de lord Wolfe puede que pronto veamos una mejoría.

—Eso debería levantarle el ánimo a Anna. —Entonces la dama descubrió a Brooke y, en tono imperioso, ordenó—: Eh, tú, haz que me lleven té a la habitación de su señoría, y date prisa.

Puede que Brooke presentara un aspecto desaliñado después de pasar horas en la cocina, pero tras todos los insultos recibidos ese día, que la confundieran con una criada era la gota que colmaba el vaso. En tono frío, contestó:

—No soy una criada, soy lady Brooke Whitworth,

—¿La hija de Harriet y Thomas? ¡Vaya!

La dama se dirigió a la escalera.

Brooke se volvió y se dirigió a la parte posterior de la casa, tratando de no hacer rechinar los dientes. Unos minutos después salió al jardín y respiró profundamente, intentando tranquilizarse. El pequeño jardín estaba repleto de flores estivales de diversos aromas y había unos cuantos pequeños árboles frutales que proporcionaban un poco de sombra. Había varias estatuas de piedra dispuestas por el jardín, e incluso una fuente ornamentada en el centro. Oyó el relincho de caballos más allá del cerco y, poniéndose de puntillas, vio una larga hilera de establos que albergaban caballos y carruajes, quizá compartidos por toda la manzana.

Se acercó a la fuente, tomó asiento y se inclinó para recoger un pimpollo de rosa. Se sorprendió al oír la voz de Dominic a sus espaldas.

—¿Buscando plantas venenosas?

Ella se enderezó lentamente, pero frunció el ceño en el acto.

—¿Por qué me dices eso? Sabes que solo uso hierbas para curar a la gente.

—¿No vertiste algo muy diferente en mi copa de vino la otra noche y acabaste bebiéndolo tú misma? —Ella contuvo el aliento. Tenía que ser una suposición, pero, al ver su repentino sonrojo, él añadió con una sonrisa sensual—: Los resultados fueron bastante memorables.

Brooke se había sentido demasiado abochornada como para mencionar el filtro de amor, y confiaba en que él no hubiera notado ningún cambio en su conducta aquella noche, para no verse obligada a mencionarlo. Pero él no parecía disgustado por lo que había adivinado, más bien al contrario. Brooke aún se sentía incapaz de confesarlo, pues olía a desesperación de su parte, así que admitió una parte de la verdad.

—La madre de Rory sugirió que te sedujera, puesto que muy bien podría haber sido nuestra última noche.

Él rio.

—Y yo que creía que disponías de un filtro que te enviaría corriendo a mi cama. Mala suerte.

¿De verdad lo encontraba divertido? Parecía existir cierta tensión subyacente... y él acababa de mencionar el veneno.

—En todo caso, has de saber...

—No: tendría que ser un maldito idiota para creer que me envenenarías antes o justo después de la boda, porque ello implicaría a un Whitworth. ¿O acaso a él no le importa si eres tú a la que ahorcan por ello?

Brooke estaba confusa.

—¿Qué quieres...? —exclamó, y se interrumpió soltando un grito ahogado—. ¡Has visto a Robert!

—A quien vi fue al diablo —gruñó Dominic.

—¿Qué clase de idea repugnante te metió en la cabeza?

—¡Que tú le prometiste que me envenenarías!

Ella tomó aire antes de golpearle el pecho con las palmas de las manos.

—¿Y tú le creíste? ¿Por qué habría de hacerlo? Te ayudé; puede que también recuerdes que en varias ocasiones te dije que aprecio a Robert tan poco como tú. Es verdad que sugirió que te envenenara una vez que estuviésemos casados, pero era una petición demasiado absurda como para merecer una respuesta, y mucho menos una promesa. Y, a decir verdad, no creí que realmente hablara en serio, aunque también me ordenó que tú no debías gustarme: dijo que si me gustabas supondría una deslealtad con mi familia —dijo, resoplando—. No les debo ninguna lealtad, así que no te atrevas a volver a acusarme de algo que no he hecho y que nunca haría. Ayudo a las personas, no las mato. Y si no estás dispuesto a comportarte de manera lógica al respecto, no tengo nada más que decirte.

Comenzó a alejarse presa de la indignación, pero él la cogió del brazo.

—No le creí. Pero él me dijo que tú resultaste ser más bella y más inteligente de lo esperado y que no se podía confiar en ti.

—¡Porque es una persona malvada y destructiva que quiere encolerizarte y recordarte que él todavía sigue andando por ahí ileso, mientras que Eloise está muerta por su culpa! Conocía al niño malvado, nunca intenté conocer al hombre, preferí evitarlo por completo. Tal vez confió en que lo retarías

270

a otro duelo allí mismo, lo cual no le dejaría otra opción al regente que castigarte por ello. O quizás esperó que descargaras tu enfado conmigo, tal como has hecho. Matarme a mí impediría que trataras de volver a matarlo a él, pues estarías en la cárcel por ello. Me limito a hacer suposiciones. Ignoro cuáles son sus motivos o de qué es capaz hoy en día.

—¡Es capaz de impulsar a jóvenes mujeres a suicidarse y salirse con la suya! —Después Dominic añadió—: No quiero que sigas administrándole más infusiones o filtros mágicos a mi madre.

«¡Dios mío —pensó ella—, es como si volviéramos al punto cero!»

—¡Demasiado tarde! —exclamó con mirada furibunda—. Hoy ya ha bebido varias tazas de mi infusión y también el caldo. Pero no te preocupes: ¡su doncella ya me insultó exigiendo que primero yo misma bebiera un trago de caldo!

—Eso no es mala idea. Muy bien, puedes darle tus recetas al señor Hibbit, que primero las probará, desde luego, pero creo que sería mejor que no te acercaras a mi madre en absoluto.

Ella pasó a su lado y, por encima del hombro, soltó:

—¡Creo que sería mejor que no me acercara más a ti!

42

De camino del jardín a su habitación, Brooke se detuvo en la biblioteca y cogió un libro que la ocupara el resto del día. Estaba demasiado disgustada para echar un vistazo a los títulos. «Una historia de Londres, no está mal para una elección al azar», pensó una vez que se acomodó en el sillón. Pero no lograba concentrarse en la lectura, disgustada como estaba porque su relación con Dominic se deterioraba debido a la antipatía que le profesaba su madre. Y encima su hermano no dejaba de crear problemas entre ellos.

A medida que transcurrían las horas se desanimó cada vez más porque el progreso que creyó haber hecho en su intento de que él la amara durante esos últimos días en Rothdale (cuando, gracias a *Storm*, el vínculo entre ambos pareció fortalecerse) se había desbaratado. Había estado tan segura de que se había abierto paso a su corazón durante el viaje a Londres, cuando Dominic le brindó la noche más maravillosa de su vida y la introdujo a los placeres más notables, y se había mostrado tan dulce y protector con ella. Todo eso también se había deshecho y por eso temía que Dominic volviera a detestarla tanto como detestaba a Robert.

Pero no podía abandonar. La boda debía celebrarse; además, si bien la situación con los Wolfe y sus criados no era ideal, disfrutaría de un mejor futuro como esposa de Dominic que si regresaba al hogar familiar.

Tal vez había llegado el momento de hacer un trato con él, de convencerlo para que accediera a uno de esos matrimonios de conveniencia de los que le habló Alfreda. O tal vez a un auténtico trato en el que ella le daba algo que él deseaba a cambio de... ¿qué? Se devanó los sesos al respecto, pero solo se le ocurrió una cosa que haría que el matrimonio le resultara aceptable a Dominic, y que no le costaría... demasiado. Al menos él creería que ella hablaba en serio cuando escuchara lo que estaba dispuesta a aceptar a cambio, así que no tuvo inconveniente en cenar con él cuando una doncella apareció con la invitación.

Sin embargo, aún estaba dolida por lo que él le había dicho ese día; ¡prácticamente la había acusado de tratar de envenenar a su madre! Así que a pesar de lanzarle una breve sonrisa cuando entró en el comedor, preguntó:

—¿Ya ha muerto tu cocinero?

—No, pero mi madre ya no respira con tanta dificultad —contestó él, riendo.

—Me alegro. Puedes agradecérmelo dejando de gritarme.

—Yo no grito.

—Sí, gritaste.

—¡¡Esto es un grito!! —vociferó él para demostrarlo.

Ella no lo dudó. Él se puso de pie y le indicó una silla a su lado, pero Brooke tomó asiento en la silla situada en el otro extremo de la larga mesa. Dominic permaneció un rato de pie, preguntándose si debía obligarla a sentarse donde él quería. Brooke suspiró aliviada cuando él se dispuso a ocupar su silla; pero entonces cambió de idea, rodeó la mesa y tomó asiento en la que había a la derecha de ella.

Si no siguiera estando tan absolutamente disgustada con él, podría haber reído. ¿Concesiones, cuando antes él se había mostrado tan frío y suspicaz? Pero con quien estaba realmente enfadada era con su hermano por haberla hecho retroceder al punto cero en su relación con Dominic.

Él llevaba una camisa limpia, pero no una chaqueta. Antes, ese día, también había vestido como un lord elegante, así que era obvio que disponía de un guardarropa completo en esa casa. El vestido de ella estaba limpio, aunque un poco arrugado. Podría haberle pedido a una de las doncellas que lo planchara, pero tal vez no le hubieran hecho caso.

—Si piensas continuar con el régimen que sugerí para tu madre debes asegurarte de que, como mínimo, beba cuatro tazas diarias de cada una de las infusiones.

—Podrás hacerlo tú. Ya no peleará contigo.

—No: tú puedes hacerlo. Sea lo que sea que le dijiste para que cambiara de idea sobre mí, no hará que cambie de actitud, como tampoco tú cambiarás la tuya.

—No se trata de ti. Se trata de la falta de opciones y lo que puede perderse.

Ella resopló.

—¿Qué te hace pensar que mi familia lo considera de otra manera? Si me negaba a casarme contigo prometieron que me encerrarían en un manicomio durante el resto de mi vida. Tú y yo podríamos haberlo visto de otra manera, pero tú decidiste que no soy de confianza. Pues así sea. ¿Por qué no nos sinceramos al respecto y acordamos que jamás confiaremos el uno en el otro?

—No tienes motivos para no confiar en mí, mientras que yo...

—¡Ja! ¿Cuando tú das crédito a las mentiras que te cuenta mi hermano sobre mí?

—Admito que lo escuché cuando dijo que resultaste ser más bella e inteligente de lo que él esperaba.

Ella lo miró fijamente con expresión incrédula; lo había dicho con toda tranquilidad, casi como si estuviera bromeando, pero era imposible que estuviese bromeando, no sobre ese tema. Así que cerró la boca y entonces los criados empezaron a servir la comida. De momento hizo caso omiso, y él también. Parecía estar esperando una réplica. ¿Es que quería pelear? Ella decidió no darle ese gusto e inspiró profundamente, procurando calmarse.

—Es evidente que este matrimonio jamás te agradará y te

asegurarás de que tampoco a mí. Pero no me marcharé; prefiero quedarme aquí con un ogro que regresar junto a mi familia. Pero dime, ¿alguna vez se te ocurrió que ambos tenemos algo en común?

—¿Qué quieres decir?

—Todavía ni siquiera estamos casados y, sin embargo, tú y yo tenemos muchas cosas en común, un número considerable, teniendo en cuenta que somos enemigos.

—¿Como cuáles?

Durante un instante Brooke hizo rechinar los dientes. Le había brindado una perfecta oportunidad para afirmar que no eran enemigos y él no la aprovechó.

—Como el hecho de que ambos odiamos a mi hermano. Ambos adoramos los caballos e incluso queremos criar más caballos. Y ambos aborrecemos la idea de que nuestro futuro sea dictado por otros. Ah, y ambos adoramos los perros. Incluso ambos mantenemos relaciones amistosas con los criados, algo bastante poco común entre los miembros de la nobleza. Así que nos casamos para obligar al regente a que busque otra manera de pagar sus deudas, pero eso no significa que debamos considerarlo un auténtico matrimonio si tú no quieres. A lo mejor en vez de eso podemos convertirnos en amigos, así que permíteme que te proponga un trato. Podríamos...

—¿Intentas hacerme reír?

—No, en absoluto —contestó ella con el ceño fruncido.

—Jamás seremos amigos.

Dadas sus posiciones actuales, ello parecía una ridiculez, pero, sin embargo, Brooke insistió.

—Cosas más extrañas han pasado y tú aún no has oído el trato que te ofrezco.

—Adelante.

—Podemos casarnos solo nominalmente, ni siquiera tendrás que verme; estoy acostumbrada a evitar a la «familia». Y te animaré a que tengas amantes. Incluso podrás llevarlas a casa —se apresuró a decir antes de perder el valor, pero aún no había añadido lo que sellaría el trato—. Si me compras un purasangre por cada una de ellas estaré bastante complacida, así que has de tener muchas amantes. Quiero poseer mi propio criadero de caballos cuando la maldición te dé alcance.

—¿Así que ahora crees en las maldiciones?

La sonrisa que le curvaba los labios era elocuente. Ella no tenía intención de divertirlo, pero era obvio que lo había hecho.

—No, lo que creo es que llevas una vida demasiado temeraria: duelos, navegar en tiempos de bloqueos donde le disparan a cada barco que se pone a tiro, y quién sabe qué otros riesgos que acostumbras a correr. No me extraña que digan que tu familia está maldita si los miembros masculinos demostraban tu misma displicencia frente al peligro. Además, si de algún modo logras sobrevivir a tu vigésimo quinto año de vida, me limitaría a añadir mis caballos a tus existencias, a condición de que tenga voz y voto sobre su programa de reproducción.

—Y ¿qué pasa con el programa de reproducción de mis herederos? ¿Crees que en ese caso también tendrás voz y voto?

El rubor le cubrió las mejillas.

—¿Acaso esa es tu manera de decir que no quieres un matrimonio solo nominal?

—Creo que he dejado muy claro que lo único que no me molestará de este matrimonio es que tú ocupes mi cama. Y, basándome en la experiencia, tengo la impresión de que tú no tendrás inconveniente en tenderte a mi lado en dicha cama.

Brooke se sonrojó una vez más.

—¡Presumes demasiado!

—¿Lo hago? —contestó Dominic con una sonrisa sensual.

Ella se ruborizó aún más.

—En todo caso, eso no significa que no tendrás amantes. Te animo a que las tengas.

—Me lo pones muy fácil.

—Sí, incluso te haré sugerencias. Si tú quieres, te ayudaré a escogerlas, por así decirlo. Es una de las razones por las que pensé que quizá podamos alcanzar una suerte de amistad.

—Y ¿cuál es mi incentivo para que acepte?

—El de protegerlas —contestó ella.

Él arqueó una ceja.

—¿Eso es una amenaza?

Ella se encogió de hombros.

—Tengo uñas afiladas.

—¿Has reflexionado mucho al respecto?

No, maldita sea, no había reflexionado en absoluto; la idea se le había ocurrido hacía una hora y las propuestas improvisadas casi nunca salían bien, al menos no sin arrepentimientos. ¿Acababa de arrinconarse a sí misma? Pero él no aguardó una respuesta.

—Si, según tu cálculo, moriré joven, ¿por qué no esperas hasta que todos mis caballos sean tuyos?

—No espero que me dejes nada en herencia; supongo que tu madre heredará todos tus bienes.

—Tu familia se aseguraría de que eso no sucediera.

—Entonces deja de ser tan temerario y no te mueras, porque yo no quiero que obtengan ningún beneficio de esto, cuando el que tiene la culpa de que me encuentre aquí es mi hermano. De hecho, si aún no has hecho un testamento es hora de que lo hagas y excluyas a los Whitworth de cualquier beneficio, y de manera específica. Si aún no soy mayor de edad, nombra a tu madre como mi tutora para que ellos ya no puedan ejercer ningún control sobre mí.

—Gracias, me has devuelto el apetito.

Cuando él empezó a comer lo que le habían servido ella frunció el ceño.

—¿Crees que no hablo en serio?

—Ya veremos.

43

Pese a haber jurado que no volvería a pisar la habitación de lady Anna, a la mañana siguiente Brooke le llevó la bandeja del desayuno a la cama. Se dijo a sí misma que solo lo hacía para comprobar en qué medida sus infusiones le habían ayudado, pero en realidad quería comprobar el supuesto cambio de actitud de la mujer. Puede que Dominic creyera que su madre había comprendido que ella no quería hacerle daño, pero Brooke lo dudaba mucho.

Pero la dama estaba durmiendo desde hacía poco, según la doncella apostada junto a su cama, así que Brooke no la despertó y le dijo a la doncella que dejara la fuente en la cocina para que el desayuno no se enfriara. Dormir era más importante que comer para la recuperación de Anna, a condición de que comiera cuando estaba despierta.

No sabía dónde se encontraba Dominic en esa gran casa y prefería no averiguarlo. Decidió ir de compras, con la esperanza de que ello la distrajera y dejara de pensar que solo faltaban dos días para la boda. No se trataba de que tuviesen que esperar hasta que leyeran las amonestaciones por tercera vez, cuando ya disponían de la orden y del permiso de matrimonio del príncipe; se limitó a suponer que aguardarían hasta el último momento del plazo que le dieron a Dominic.

Cogió su pelliza y luego fue en busca del mayordomo para pedirle que preparara el carruaje de los Wolfe.

—He de hacer unas compras, pero sobre todo tengo ganas de recorrer la ciudad y visitar algunos de los lugares sobre los cuales leí ayer.

—No deje de visitar los jardines de Vauxhall, milady; en esta época del año son especialmente vistosos, aunque merece la pena hacer una excursión de todo un día, dado que hay tantas amenidades distintas para ver.

—Entonces hoy solo echaré un vistazo —contestó Brooke, sonriendo.

—Por supuesto. Estoy seguro que otro día su señoría querrá acompañarla a una visita más prolongada a los jardines.

¿Lo querría? Ya había estado en tres de sus casas, y él no le había mostrado ninguna de ellas... y sabía que esa era su primera visita a Londres; debería haberle ofrecido visitar esa ciudad que él conocía tan bien...

A juzgar por su expresión disgustada, al cochero de los Wolfe no le entusiasmaba la excursión, pero tal vez era su expresión habitual. Los dos lacayos que la acompañaban se mostraron reservados y no la miraron directamente a los ojos. Ella no los conocía y tal vez no tendría oportunidad de conocerlos si ella y Dominic no se quedaban en Londres.

Y también ignoraba qué planeaba hacer cuando su madre se recuperase, si es que lo hacía. Había mencionado que solía pasar al menos la mitad del año en la ciudad con Anna, pero ¿aún querría hacerlo cuando tuviese una esposa? Eran cosas que tal vez no podría comentar con él, pero, por otra parte, ¿cuándo hablaban de temas triviales?

El día antes, de camino a la botica, no había visto gran cosa de Londres, no mientras Dominic estaba sentado a su lado en el coche de alquiler, cuyo asiento era tan estrecho que los hombros de ambos se rozaban. Durante ese breve trayecto lo único que ocupó sus pensamientos fue él.

Por ser su primera excursión a través de esa vieja ciudad debería estar más excitada, y lo habría estado... si hubiera acudido con su madre para pasar la prometida temporada social.

Una idea muy extraña, teniendo en cuenta sus sentimientos por Harriet, o más bien la ausencia de estos. ¿Tenía razón Alfreda? ¿Acaso Brooke había reprimido esos sentimientos durante tanto tiempo que realmente habían desaparecido, o solo estaban enterrados demasiado profundamente como para seguir afectándola? Llorar no era algo que le gustara y ya había derramado demasiadas lágrimas cuando era más joven.

El cochero se negó a avanzar más hacia el sur, pero la condujo lo bastante cerca de los muelles de Londres para ver el Támesis y todas las naves ancladas en el río. Había tantas... y al verlas volvió a pensar que tal vez debería comprar un pasaje en una de ellas y desaparecer en alguna parte del mundo.

Pero Alfreda no estaba allí para aconsejarla o acceder a acompañarla, así que fue una idea muy fugaz. Puede que su amiga atribuyera el hecho de que volviera a considerar esa opción al nerviosismo causado por la boda inminente. Pero Brooke quería aquella boda, la había querido en cuanto vio a Dominic. Sin embargo, en ese momento la idea de la noche de bodas la ponía nerviosa.

Después de lo que él había dicho durante la cena, supuso que esa noche ocuparía la misma cama que el lobo. Y esa vez en una bonita habitación, con vino y a lo mejor algunos dulces y... ¿resultaría tan asombroso como la primera vez o sería horrendo? Dado que se sentía atrapado por ella, escuchaba a su madre menospreciando su carácter, y, además, su hermano acababa de recordarle que no debía confiar en ella. Podría ser eso último.

Al final logró alcanzar Vauxhall, pero se negó a abandonar el carruaje y entrar en los jardines. Willis tenía razón: allí dentro habría demasiado para ver y prefería no hacerlo a solas. No obstante, hizo un recorrido a través de Hyde Park, a lo largo del camino que los fines de semana se llenaban de carruajes de la alta sociedad, pues era un destacado lugar de encuentro o para ser visto. Anexo al camino se encontraba Rotten Row, donde Brooke confió en que un día montaría a lomos de *Rebel*. También vio la iglesia de San Jorge sita en Hannover

Square, donde se celebraban todas las bodas de la alta sociedad, y se preguntó si ella se casaría allí.

Se le ocurrió que quizá sus padres acudían a esos lugares con frecuencia, pero ninguno de los dos jamás la llevaría consigo. Tenía un hermano en Londres pero nunca iría a ninguna parte con él. Hasta tenía un prometido, pero el único lugar al que la había llevado era la tienda de un boticario... para comprar remedios para su madre. Se sentía muy sola en esa ciudad, ni siquiera estaba Alfreda y la doncella no llegaría hasta dentro de un par de días.

Puso fin a la excursión en Bond Street y abandonó el carruaje para ir en busca de zapatos, y tal vez otra botica donde comprar algo para preparar un ungüento para las llagas que le habían salido en los pies; las botas de montar no eran un calzado indicado para todos los días. Ambos lacayos la siguieron a cierta distancia, pero no entraron en las tiendas con ella. Entró en muchas, incluso tras comprar un par de zapatos nuevos que se puso de inmediato, y en una de las tiendas calle abajo incluso encontró caléndulas para preparar un ungüento.

Gastar dinero en las grandes tiendas de Londres resultó menos divertido de lo esperado, pero siguió comprando (o más bien contemplando escaparates) porque no tenía prisa por volver a la casa de los Wolfe. A lo mejor Dominic creería que había huido y se inquietaría... o se regocijaría.

Apretó los dientes y entró en otra tienda antes de notar la clase de tienda que era: vendían telas, telas londinenses. No necesitaba telas, tenía un guardarropa nuevo, y, sin embargo, no pudo resistir la tentación de contemplar las selecciones disponibles en la ciudad portuaria más grande del país.

—¡Diablos, Brooke! ¡Ya empezaba a creer que nunca te detendrías!

Ella pegó un respingo. ¿Es que Robert la había estado siguiendo?

—Guarda esto, date prisa.

No sabía qué había depositado en su mano, pero cerró el

puño de manera instintiva y guardó el objeto en el bolsillo de su pelliza. Al ver que él miraba por encima del hombro hacia la parte delantera de la tienda para comprobar si uno de los lacayos dirigía la mirada al interior, se puso todavía más nerviosa.

—¿Y ahora qué estás tramando, Robert?

—No me hables en ese tono cuando solo te estoy ayudando.

—¿Como me ayudaste cuando le dijiste a Dominic que había prometido envenenarlo? Esa clase de ayuda podría haber significado mi muerte, ¿o acaso ese era el plan?

—Hubiese resuelto nuestro problema —contestó Robert, encogiéndose de hombros.

Sus palabras no la sorprendieron: eran las esperadas, a él no le importaría.

—Sea lo que sea que acabas de darme, me desharé de ello. No pienso envenenarlo por ningún motivo, y ciertamente no porque tú me lo pidas.

—No es veneno —insistió él—. Solo algo que lo mareará y lo desorientará lo bastante como para echarte con cajas destempladas. Me conformaré con que él lo pierda todo cuando lo haga.

Ella no le creyó; era demasiado cobarde para querer que Dominic siguiera vivo, aunque fuera un indigente; no después de lo que Robert había hecho para justificar esos duelos.

—¿De verdad crees que él seguirá intentando matarte después de que me haya casado con él? Pues no lo hará, ¿sabes? Es un hombre más honorable que tú y no matará a un miembro de la familia... a diferencia de ti. Aunque darte una tremenda paliza... eso sí que está permitido.

Quizá no debería haber acabado el comentario con una sonrisa irónica. La cólera enrojeció el rostro de Robert, pero cuando alzó el puño ella adelantó el mentón y gruñó:

—Adelante, atrévete. Me encantaría verte en prisión por pegarme y si crees que no gritaré como una loca para ver qué pasa, te equivocas.

—Zorra —gruñó Robert mientras se alejaba.

—Ultrajador de inocentes —dijo ella, alzando la voz, pero solo para que él pudiera oírla.

Robert no se detuvo, pero Brooke vio que apretaba los puños y al salir casi rompió la puerta de la tienda de un portazo. Pero resultaba que era la primera vez que ella le hablaba de ese modo; a lo mejor hacía años que debería haberle dejado claro lo mucho que lo odiaba, en vez de esforzarse por evitar su presencia. ¿Creía que ella le había perdonado u olvidado el dolor que le causó cuando era demasiado joven como para saber cómo impedírselo?

No fue necesario que olfateara el contenido de la botellita que él le había dado antes de arrojarla a un cubo de basura. No tenía duda de que se trataba de alguna clase de veneno, pese a que Robert lo había negado. Él no abandonaría el intento de deshacerse de Dominic por un motivo muy sencillo: porque hasta que no lo hiciera no se sentiría a salvo.

44

Esa tarde, cuando Brooke regresó a la residencia de los Wolfe, no tardó en oír que su señoría había regresado a casa con un caballo nuevo, pero hasta que no se encontró en su habitación, descansando, no se le ocurrió que el hecho de que Dominic hubiese vuelto con un caballo nuevo solo podía significar una cosa: que ya tenía una amante, que había encontrado una muy rápidamente, o bien que incluso la había encontrado la noche antes, después de la cena. Fuera como fuese, supuso que el caballo era para ella, para sellar el trato. Debería ir a echarle un vistazo... en caso de que lograra dejar de llorar.

—Así que todo va así de mal, ¿verdad?

—¡Freda! —exclamó Brooke y brincó de la cama riendo—. Has llegado con antelación.

—Me aseguré de ello; a Gabriel no le gustó que nos turnáramos conduciendo el carruaje, pero me mostré persuasiva.

—¿Dándole una paliza o...?

—«O» funcionó —contestó la doncella con una sonrisa pícara.

Tenían que ponerse al día sobre un montón de cosas... o mejor dicho: Brooke tenía que hacerlo. Al parecer, no hubo incidentes en el viaje de Alfreda a Londres y pudo resumirlo en pocas palabras: lo desagradable que resultaba dormir en un carruaje en movimiento. El viaje de Brooke había sido ajetreado y memorable, pero pasó por alto los detalles y le resultó imposible mencionar la noche de bodas anticipada de la que había disfrutado antes de llegar a Londres. Lo haría, pero tal vez después de la boda, cuando no resultara tan embarazoso y no recibiría una reprimenda.

Pero no dejó de mencionar su encontronazo con Robert y la exasperante conducta de Dominic.

—Pasó la noche con otra mujer —concluyó.

—¿Ah, sí? Pero todavía no está casado y tú aún no has hecho que te ame.

—¿Realmente pretendes decirme que lo que sucede antes de la boda no tiene importancia?

—Dado que la boda no fue idea suya, y que jamás te propuso matrimonio... Sí, claro que sí. Bien, si ocurre después del casamiento hay una hierba (que nunca formó parte de mis existencias) que, según dicen, impide que un hombre pueda desempeñarse en la cama. Veré si puedo encontrar algunos ejemplares aquí en Londres. Siempre quise administrársela a alguien para ver si es cierto, solo que nunca me topé con un hombre que me disgustara lo bastante como para administrársela.

—¿De un modo permanente?

—No, por supuesto que no. —Alfreda le guiñó un ojo—. No te haría semejante cosa.

Brooke tardó unos instantes en darse cuenta de que Alfreda solo trataba de animarla contándole tonterías. Sin embargo, su afirmación de que la infidelidad de Dominic no debía contar antes de la boda era razonable, sobre todo porque el trato había sido idea de ella.

Cuando trajeron los baúles ayudó a Alfreda a desempacarlos, pero en cuanto los lacayos abandonaron la habitación alguien llamó a la puerta con suavidad. Dominic era el último al que esperaba encontrar en el pasillo. Iba vestido para salir, ¿o tal vez acababa de regresar? De inmediato, Brooke imaginó la mujer con la que él habría pasado la noche... ¿y quizá también la mañana? «Tal vez debí haber exigido un caballo por cada copulación», se dijo, gruñendo para sus adentros.

Él le tendió una tarjeta plegada.

—He aceptado una de las invitaciones recibidas por mi madre que me incluían; la mayoría de sus amigos esperan que en esta época del año me encuentre en la ciudad. Has de estar preparada a las ocho de la noche. Ah, y vístete de manera adecuada: asistiremos a un baile.

Brooke dejó de pensar en él y otra mujer en el acto.

—¿Una fiesta, ahora que tu madre está tan enferma?

—Está mejorando. Ve a comprobarlo tú misma... y fue ella quien lo sugirió.

—¿Es que sabes bailar?

—Puede que con cuatro piernas sea un tanto torpe, pero hoy solo son dos —dijo, bajando la vista y contemplando sus piernas.

Sus palabras burlonas la hicieron sonreír.

—No quise insinuar eso.

—¿Solo que soy un palurdo de Yorkshire que jamás aprendió a bailar?

Ella puso los ojos en blanco y, en el mismo tono burlón, indicó:

—Sí, precisamente eso.

—Bueno, en todo caso nuestra asistencia tiene un propósito: demostrarle al príncipe lo bien que nos llevamos.

—¿Él asistirá a la fiesta?

—Tal vez. A veces ha honrado las fiestas de lady Hewitt con su presencia. Son viejos amigos. Así que nada de peleas esta noche.

Dominic se marchó, pero ella apenas lo notó porque la excitación causada por la idea de asistir a su primer baile empezó a adueñarse de ella. Se volvió hacia Alfreda y dijo:

—Desempaca...

—Oí lo que dijo. Creí que dijiste que como su madre estaba tan enferma era necesario que viajaras apresuradamente a Londres con él.

—Lo estaba, pero por lo visto tus recetas resultan eficaces. No he vuelto a comprobarlo personalmente, mi presencia la trastorna, así que no me acerqué a ella. Le caí muy mal.

—Yo detestaba a la mujer que podía haberse convertido en mi suegra. Mi madre detestaba a la suya; no es necesario que hagas lo mismo, ella se convertirá en la abuela de tus hijos, procura tenerle aprecio en bien de ellos.

Eso era algo que no se le había ocurrido. Harriet también podría ser su abuela, a la que confiaba que solo verían rara vez, así que sería bonito que tuvieran al menos una abuela que los adorara y los mimara. Asintió con la cabeza y se dirigió directamente a la habitación de Anna.

En esa ocasión la dama no estaba dormida. Cuando Brooke se acercó a la cama notó que Anna ya no estaba tan pálida, incluso sus labios volvían a estar lisos y la mirada de sus ojos era vivaz. Quizás el médico se había equivocado al diagnosticarla, porque en ese momento no parecía una moribunda en absoluto.

—Me preguntaba si volverías a visitar a tu paciente —le dijo la mujer.

¿Le había sonreído un poco?

—No creía que lo deseara.

—Reconozco que soy una paciente desastrosa. Te pido disculpas. —Era una bonita manera de referirse a esas horribles circunstancias, pero Anna no se disponía a pasarlas por alto, así sin más—. No había comprendido cuán absurda y ridícula era la amenaza que pendía sobre nuestras cabezas, incluida la tuya. Que el regente se apoderaría de todo lo que poseemos, el título, las casas, las minas de carbón, las naves de Dom... Nos hubiera convertido en indigentes sin darnos ninguna opción en el asunto.

—Creo que lo consideró una oportunidad. Para que el tiro le salga por la culata sería necesario que pensara que en realidad nos había hecho un favor.

Anna sonrió.

—Me gusta tu manera de pensar, muchacha. Lo mismo se me ocurrió a mí. Eso sí que lo enfurecería, ¿verdad?

Brooke se sonrojó ligeramente y comentó:

—No puedo atribuirme el mérito por ello. Quien tuvo la idea de que esta noche debíamos interpretar nuestros papeles en el baile fue su hijo, en caso de que el príncipe esté presente, para causar la impresión de que el matrimonio nos complace.

Anna carraspeó.

—No tengo intención de andar con rodeos sobre el asunto, querida mía. Estoy segura de que sabes que Dom confiaba en que lo rechazarías; es capaz de ser muy cortante, por desgracia, pero tú no regresaste a casa corriendo. Así sea. Admito que ninguno de vosotros tiene una opción en este asunto, así que todos nosotros hemos de poner buena cara al mal tiempo. —Brooke albergaba una pizca de duda acerca de la sinceridad de esas palabras, hasta que Anna añadió—: Y... gracias por curar la pierna de Dom y a mí también. Comprendo que no tenías por qué hacer lo uno ni lo otro, pero nos ayudaste de todos modos. Tienes un buen corazón, Brooke Whitworth. Es asombroso, teniendo en cuenta el linaje del que provienes.

Brooke no pudo evitar la risa. Un cumplido y un insulto ambiguo, pero teniendo en cuenta que sus propios sentimientos eran bastante similares, dijo:

—No podemos escoger nuestro linaje, lamentablemente.

—Solo quiero que mi hijo sea feliz. ¿Crees que lo lograrás?

—Sí, creo que es posible si deja de culparme por los pecados cometidos por otros.

—Entonces, tal como dijo Dominic, es él quien carga con la responsabilidad.

45

Mientras se preparaba apresuradamente para asistir al baile, Brooke atesoró las palabras de Anna. Le daban esperanzas. ¿Acaso en los Wolfe había encontrado la familia que siempre anheló?

Dominic dijo que partirían a las ocho de las noche, y solo disponía de unas pocas horas para bañarse, vestirse y arreglarse el peinado, pero con la ayuda de Alfreda lo logró.

Tras peinar el último rizo del lustroso cabello negro de Brooke, Alfreda dio un paso atrás y la contempló.

—Tienes un aspecto... —dijo, pero se interrumpió; parecía a punto de echarse a llorar.

Brooke sonrió.

—¿Tan mal aspecto tengo?

La pregunta arrancó un resoplido de la doncella.

—Nunca has estado más bella. Tu madre te trató muy bien.

La respuesta arrancó un resoplido de Brooke.

—Lo único que hizo fue escoger el color del vestido. Yo escogí el modelo.

—Ojalá pudiera verte esta noche —murmuró Alfreda, y añadió alzando la voz—: Creo que le diré a tu marido que debería hacerte retratar con este vestido.

—No lo hagas. Aparte de que no querrá que exista una prueba de que formo parte de su familia, en todo caso no colgando de una pared, puede que su respuesta te enfade.

Alfreda frunció el ceño.

—¿Qué te ha hecho perder la confianza en ti misma?

—¿Aparte de que se apresuró a aceptar el trato que le ofrecí? ¿O que su ira vuelve a estar a flor de piel tras encontrarse con Robert ayer?

—¿Qué trato?

—Da igual. Solo era un trato comercial que algún día podría granjearme su amistad. Al menos eso espero. Y no hagas que me retrase.

Alfreda terminó de abrochar el collar de esmeraldas en torno al cuello de Brooke; las agujas de punta de esmeralda ya habían sido fijadas a su peinado y el brazalete resplandecía en su muñeca. Sus tres vestidos de fiesta habían sido confeccionados a conjunto con esas joyas, todos de un color verde claro distinto, con adornos para diferenciarlos. El que llevaba estaba bordeado de seda de color lima y lentejuelas plateadas... ¡y en la habitación no había ni un solo espejo de tamaño decente, a excepción del suyo de mano!, pero confió en que Alfreda no la dejaría salir por la puerta si todo no estaba perfecto.

—Deberías sonreír cuando lo veas.

—¿Para que no note la ausencia de la pechera? Se disgustó mucho cuando llevé aquel vestido de noche sin pechera.

—Le agradó. Lo único que no le agradó fue el efecto que le causó —afirmó Alfreda en tono monótono.

Brooke soltó una risita. Quizá no debería pensar mucho en lo que Alfreda insinuaba, así que se apresuró a abandonar la habitación. Sonrió al encontrarse con Dominic esperándola al pie de la escalera. Se había cubierto el pecho con un delgado chal rematado de borlas, pues no quería que Dominic notara de inmediato cuán escotado era su vestido.

Era la primera vez que lo veía ataviado de etiqueta: el frac negro, el chaleco gris oscuro por debajo, una impecable corbata blanca perfectamente anudada y sus cabellos morenos formando una coleta perfecta. ¿Es que su ayuda de cámara también había viajado a Londres? Trató de imaginar a Dominic anudando esa elegante corbata pero no pudo.

—Tienes un aspecto muy elegante —dijo, y logró no ruborizarse.

—Supongo que eso te complace, ¿no?

Ella empezó a fruncir el ceño hasta que se dio cuenta.

—Sí, desde luego, todas las damas babearán por ti.

—Preferiría que no lo hicieran, pero a condición de que estés complacida... ¿Vamos?

Ella lo precedió al salir por la puerta y dirigirse al carruaje que los esperaba. El cochero le ayudó a montar en el carruaje antes de que Dominic pudiera hacerlo. Brooke se sentó en el asiento delante del que había ocupado el otro día, suponiendo que él se sentaría frente a ella, pero Dominic se sentó a su lado.

Al menos en esa ocasión había espacio suficiente como para que no se rozaran, aunque no parecía tener importancia: él seguía estando demasiado cerca, seguía ocupando sus pensamientos en exceso. Solo dos días más y sabría si casarse con él supondría alguna diferencia...

—Esta noche solo bailarás conmigo.

—¿Es lo normal en el caso de una pareja comprometida? —preguntó, mirándolo—. ¿Es que lo somos?

—Un edicto real niega la necesidad de preguntar, así que sí, lo somos, y ese es el motivo por el cual esta noche no necesitas una dama de compañía. Mi madre se ofreció voluntaria para conseguir una, pero rechacé la oferta. No creí que querrías que una dama de compañía oyera cómo me señalas potenciales amantes.

—¿Es eso lo que estaré haciendo? —preguntó ella, y el rubor le cubrió las mejillas.

—¿Acaso no es lo que tú sugeriste?

Sí, lo era, cuando ella no dejaba de arrojarle incentivos para sellar el trato. Así sea. «Como cebas así pescas», pensó. Se las arreglaría para hacerlo sin enfadarse con él.

Entonces recordó que quizás él ya tenía una amante y que ese día ya le había llevado el pago por ello. Pero solo para asegurarse, preguntó:

—¿Me compraste un caballo? Me dijeron que hoy regresaste a casa con uno nuevo.

—Así es.

—¿Quién es ella?

—¿El caballo?

—Tu amante.

—Todavía no tengo ninguna. El caballo es para que tú cabalgues mientras estés aquí, puesto que tu yegua está en Rothdale. Considéralo un regalo de bodas.

—Eso fue... muy considerado de tu parte. Gracias. ¿Es un purasangre?

—Merecedor de ser apareado.

Brooke sonrió para sus adentros; casi le dijo que detuviera el carruaje para poder echarle un vistazo, pero no quería que él supiera cuán complacida estaba. «Este trato puede acabar funcionando —pensó—, si logro pensar en los caballos que recibiré y no en lo que él recibe a cambio.»

46

Bailar con el hombre más apuesto del salón la noche de su primer baile podría haber sido un sueño hecho realidad. Era embriagador y excitante. Brooke estaba deslumbrada y quería que la noche nunca llegara a su fin.

Provocaron un revuelo considerable cuando llegaron y Dominic anunció que ella era su prometida; no hizo falta que le advirtieran que la sociedad londinense tenía presente los duelos librados por Dominic: dado que el último fue tan público, la noticia había circulado por todas partes. Pero si todos los presentes aún no sabían que él estaba a punto de aliarse precisamente con la familia cuyo heredero había intentado matar, entonces sí lo supieron. Solo ignoraban el motivo, algo que se volvió evidente cuando, de camino a la pista de baile, detuvieron a ambos varias veces y Brooke oyó comentarios como los siguientes: «Que Prinny te pise los dedos de los pies no suele tener resultados tan buenos», «¿Ahora no deberías agradecerle a lord Robert?», y todavía más directamente: «¿Qué hizo Robert para merecer...?»

Dominic se limitó a alejarse de ese individuo, pero quizá todo el salón se moría por preguntarle por qué se había batido a duelo en primer lugar, lo cual explicaba por qué parecía renuente a abandonar la pista de baile y ya estaban girando al compás del cuarto baile.

Él no era un cobarde, ella lo sabía muy bien. Supuso que

solo estaba postergando la ira que esa noche, sin duda, se vería incrementada por los chismosos, y evitando montar una escena a causa de ello, porque después de todo su casamiento no era un tema sobre el que podía mostrarse cortés. Pero ella sí.

—Una sencilla palabra circulará a través del salón y los convencerá de que nosotros...

—¿Se suponía que debía leerte el pensamiento? —la interrumpió Dominic.

—Se te da bastante bien, así que sospecho que sabías exactamente lo que intentaba decir. Pero si esta noche no te molesta que te atosiguen a preguntas sobre nuestro casamiento, entonces no mencionaré una manera genial de evitar que lo hagan.

—Te escucho.

—Si me besas ahora mismo, la gente creerá que el regente nos hizo un favor y que nos casamos por amor.

—Así que el amor lo resuelve todo, ¿no?

—No tengo ni idea. Pero no dejará de explicar lo que estás haciendo aquí conmigo.

—Y estropearía mi oportunidad de coquetear con una mujer esta noche, ¿o acaso esa ya no es tu principal preocupación?

Ella no había pensado en eso, solo en ayudarle a evitar una escena violenta; debería dejar de preocuparse por él en vez de por sí misma, pero guardó silencio durante el tiempo suficiente como para que él dejara de bailar y la estrechara entre sus brazos. Y entonces la besó allí mismo, en la pista de baile, distrayéndola de sus pensamientos y encendiendo su pasión. Brooke oyó unos cuantos gritos ahogados. Tal vez uno de ellos surgió de su propia boca. No le importó; nadie tenía importancia mientras los labios de él se deslizaban de manera tan sensual por los suyos. Estaba a punto de rodearle el cuello con los brazos cuando otra pareja de bailarines chocó contra ellos y los separó.

Brooke rio y, sin dejar de sonreír, aprovechó el instante. Cogió a Dominic de la mano y lo condujo hasta el borde de la pista de baile. Nadie se acercó y nadie les hizo preguntas tontas.

—Creo que funcionó —susurró ella—, o funcionó a medias. Sin embargo, puede que esa palabra tarde unos minutos en recorrer el salón.

—No hablaba en serio cuando mencioné las oportunidades estropeadas.

—¿No?

Él se encogió de hombros.

—Según mi experiencia, las mujeres tienden a desear aquello que creen que no pueden obtener.

Ella resopló.

—¡Qué comentario más absurdo!

—Entonces tú aún no lo has experimentado. La naturaleza humana es así y también afecta a los hombres. —Ella estaba muy familiarizada con la naturaleza humana, ¿o es que él seguía sin hablar en serio?—. Además —añadió Dominic—, esta noche hay demasiadas inocentes aquí, así que no importa.

Ella aún no había contemplado a los presentes: estaba demasiado hechizada por las luces, el brillo y los estupendos atavíos... y por su futuro esposo. Pero era muy agradable saber que consideraba que las inocentes estaban prohibidas.

—¿Es un baile de presentación en sociedad para debutantes?

—No, aunque habrían invitado a la cosecha de esta temporada.

Ella deslizó la mirada por la multitud y dijo:

—Ni siquiera la mitad de las mujeres aquí presentes son tan jóvenes como tú insinuaste.

—¿No lo son? Pero resulta que acuden con sus damas de compañía y muy pocas de estas son viejas chochas.

Ella puso los ojos en blanco.

—Pues decide de una vez.

Algunos reducidos grupos de personas no dejaron de acercarse para saludar a Dominic y ser presentados a Brooke, amigos de él que querían darle la enhorabuena por la boda inminente. Un individuo de aspecto libertino dijo:

—Si esto es lo que obtienes batiéndote a duelo debo encontrar a alguien a quien retar.

Dominic rio.

—Te recomendaría un enfoque menos doloroso.

La palabra «doloroso» hizo que, en cuanto se quedaron solos unos minutos, Brooke susurrara:

—¿No sientes dolor tras cuatro bailes? Y no trates de decirme que no sigues sintiendo un poco de dolor.

—¿Eres consciente que tuve esa herida durante una semana antes de que tú y la fiebre hicierais acto de presencia? Ya había empezado a cicatrizar antes de esa interrupción.

—Eso no es una respuesta a mi pregunta.

—Es tolerable —dijo él, encogiéndose de hombros—. No obstante, aún le vendría bien el suave roce de tus manos. ¿A lo mejor otro filtro de amor sería de ayuda...?

Le estaba tomando el pelo. Ella estaba muy segura de haberlo convencido de que no hubo ningún filtro de amor, así que solo se sonrojó un poco, pero que él sonriera le aseguró que las enhorabuenas de sus amistades todavía no lo habían irritado.

Pero entonces una viejecita soltó una nueva pregunta:

—¿Así que todo se trataba de esta chiquilla? ¿De que los Whitworth estaban tan empeñados en que no la consiguieras?

—Sé que adoras cotillear, Hilary, pero procura refrenar tu fantasía y no inventes. Nunca había visto a Brooke antes de que el regente la enviara a Rothdale. El cómo y los porqués no te incumben.

Aunque lo dijo con una sonrisa, el tono de su voz era lo bastante duro como para que la dama soltara un resoplido enfadado y se alejara. Dominic ya no sonreía. Aquella mirada feroz se había asomado a sus ojos ambarinos y tal vez por eso nadie más se acercó.

Brooke tuvo tiempo de echar otro vistazo al salón y notó que una cuarta parte de los presentes eran de mediana edad, madres o padres acompañando a sus hijas. Casi la mitad eran jóvenes que disfrutaban de su primera o segunda temporada social, que se encontraban allí para encontrar el amor o al menos un buen candidato o candidata. Era un mercado matrimonial, tal como Alfreda lo había denominado en tono despectivo. Pero ¿en qué otro lugar del país podían reunirse tantos jóvenes con el fin de conocerse? Era una oportunidad acordada, eso es lo que era, que se había convertido en una tradición y Brooke hubiera formado parte de ella si no fuera por... Apartó la idea de su cabeza.

Al menos estaba segura de ser la única Whitworth que se encontraba allí esa noche. A Robert le habían prohibido trasladar su libertinaje a fiestas a las que asistieran debutantes. Brooke opinaba que era la única cosa decente que su padre había hecho. Ella no había escuchado el enfrentamiento entre padre e hijo, pero sí algunos de los criados y oyó unos cuantos de sus cuchicheos sobre el incidente: «Mantener ese escándalo en secreto costó una maldita fortuna.» «Se lio con la virgen equivocada.» «Ahora ni siquiera puede asistir a esas fiestas. ¿Cómo se supone que ha de encontrar una novia, eh?»

Pero eso sucedió el año pasado, antes de los duelos. ¿Es que Harriet estaba al tanto del trágico incidente que implicaba a Eloise o a las demás? Quizá no: al fin y al cabo aún adoraba a ese despreciable hijo suyo. Y Thomas también; su enfado con su hijo nunca duraba mucho tiempo, pero una vez que se ponía firme, se mantenía firme.

Sin dejar de observar la multitud, Brooke comentó:

—Pues allí hay un grupo de damas de tu edad y ninguna de ellas es una inocente. ¿Qué te parece aquella?

Dominic miró en la misma dirección y parecía estar a punto de reír.

—Tendrás que hacerlo mejor que eso si pretendes convencerme de que hablas en serio.

Él nunca había dicho exactamente que aceptaba el trato. Lo único que dijo fue «Ya veremos», así que podía limitarse a estar divirtiéndose a costa de ella... o de lo contrario no creía que ella hablara en serio. Si ella le sugería una joven poco agraciada no cabía duda de que él no lo creería. Así que reprimió todos sus pesares e inclinó la cabeza hacia una mujer bonita que quizá tuviera unos años más que él, pero creyó que eso no tendría importancia.

—¿Esa?

—Tal vez.

Ella apretó los dientes y apretó los puños.

—Deberías invitarla a bailar.

—Primero he de encontrar un perro guardián para ti.

—Dejamos los perros en casa.

Como estaba bromeando se sorprendió un poco cuando él preguntó:

—¿Consideras que Rothdale es tu casa?

Y ella se sorprendió aún más cuando se dio cuenta de que sí.

—Sí, en realidad. ¿Es que no lo será?

Dominic no respondió a la pregunta; en vez de eso dijo:

—Puede que me eches amantes en los brazos, pero yo no hago lo mismo contigo. Y acabo de descubrir al perro guardián ideal para ti, uno que ahuyentará a cualquier pretendiente. —Y empezó a conducirla a través de la multitud.

—¿Bailarás con ella?

Él le lanzó una mirada divertida.

—¿No acabas de decirme que lo haga?

—Sí, pero...

—Al menos puedo comprobar si está dispuesta.

—¿Puedes comprobarlo con un único encuentro?

—Desde luego.

Brooke cerró los ojos y después se quedó boquiabierta cuando él se detuvo ante el supuesto «perro guardián». ¡Dios mío, era su madre!

—Nos conocimos hace años, lady Whitworth, así que tal vez no me recuerde. Soy Dominic Wolfe —dijo él con una leve inclinación de la cabeza—. Encárguese de que su hija no baile con nadie mientras yo me ocupo de otros menesteres... porque ella insistió.

El rubor encendió las mejillas de Brooke a medida que observaba cómo él atravesaba el salón de baile y se acercaba a la dama que ella había señalado, la que era demasiado bonita.

—Así que no resultó ser un lobo después de todo —dijo Harriet—. En todo caso un animal bastante estupendo. Me parece increíble que haya algo que tengamos que agradecerle al regente.

—¿Qué estás haciendo aquí, madre?

47

Mientras Dominic atravesaba el salón de baile pensó que tal vez no había sido buena idea dejar a Brooke con otro de los Whitworth, sobre todo con su madre. Los padres de Brooke habían albergado planes específicos para su hija: una temporada social en Londres, y a lo mejor un marido cuidadosamente seleccionado. No le sorprendería que Harriet fuese quien había animado a Robert a provocarlo el otro día. Toda la familia hubiera querido que él rechazara a Brooke, pero como no lo había hecho, puede que la madre y el hijo todavía siguieran urdiendo un plan para lograrlo.

Aunque su propia madre intentaba poner buena cara al mal tiempo, sabía que aún sufría una profunda pena por Eloise y que cada vez que viera a Brooke recordaría dicha pena. Esos recelos no dejaban de torturarlo.

—Tu futura novia no parece muy contenta hablando con esa mujer —comentó Archer en tono casual, y recorrió la pista a su lado.

Dominic se detuvo y le echó un vistazo a Brooke.

—Esa es su madre. Ella dijo que su familia no le gustaba, pero ha dicho un montón de cosas y no tengo ni idea de lo que es verdad y lo que no lo es.

—Pues esa es una afirmación desagradable, amigo mío. No avanzarás si dudas de todo lo que ella dice.

«¿Avanzar?», pensó Dominic.

—Ella reconoció claramente que acostumbra a ocultar sus sentimientos. Eso al menos es verdad.

—¿O quizás era una mentira? —Pero, de pronto, Archer rio—. Y yo que creí envidiarte cuando la vi esta noche. Dijiste que era bonita, pero esa palabra no describe a tu prometida. Preséntamela: a mí me importaría un maldito comino si ella me ocultara algo.

—No.

Sin dejar de clavar la mirada en Brooke, Archer añadió:

—Estaría encantado de alejarla de ti, sacarla del país. Puedes decir que la raptaron; podría ser cierto. Y entonces nadie te culparía, ¿eh?

—Solo supondría perder todo lo que poseo.

—Bueno, podría esperar hasta después de la boda antes de eliminar esa espina clavada en tu cuerpo.

—Ella no es una espina —masculló Dominic—, pero tú me estás fastidiando. Lárgate.

Dominic fue el primero en alejarse, sabía que su amigo no lo haría. Desde que había conocido a Brooke no lograba quitársela de la cabeza e incluso un par de veces llegó a pensar que podría hacer algo más que tolerarla. Esa noche que pasaron juntos ella había encendido su pasión y lo había satisfecho tan completamente... Sería tan fácil amarla si... ¡Sí! Había demasiados «si». Y, sin embargo, estaba abordando a otra mujer con el permiso de Brooke para serle infiel a causa de ese estúpido trato que él ni siquiera comprendía.

Tenía toda la intención de aceptarlo si eso era lo que ella quería, pero, demasiado tarde, acababa de darse cuenta de que no quería aceptarlo. En ese preciso instante alguien se interpuso en su camino y recordó todo lo que había sentido el día que Brooke llegó a su hogar.

El príncipe regente con tres de sus aduladores a sus espaldas se interponían en el camino de Dominic; el príncipe presentaba su habitual aspecto de dandy: vestía un frac de satén verde amarillento de solapas muy anchas y elegantes pantalones blancos. Al parecer, los pantalones extralargos eran un invento de Beau Brummel, el gran amigo del regente, así que desde luego que los llevaría. La mayoría de la alta sociedad londinense ya imitaba el estilo especial de Brummel; quizás hasta la muy abullonada corbata de encaje del regente era obra de Brummel, probablemente para ocultar su papada. Pero el hombre tenía casi cincuenta años y ningún atavío elegante podía ocultar la vida disipada que llevaba.

Dominic sabía que el miembro de la realeza podía hacer acto de presencia esa noche; solo había confiado en que no lo hiciera. Y era obvio que Prinny ya había estado en el salón de baile antes de la llegada de Dominic y Brooke, porque de lo contrario el revuelo que siempre armaba su llegada hubiese alertado a Dominic. Mala suerte. Una advertencia con antelación le hubiera permitido disimular lo que sentía en ese momento.

—No me informaron de que era una beldad —comentó el príncipe, contemplando a Brooke por encima del hombro de Dominic, antes de sonreírle y afirmar—: debes de estar complacido.

—A vos no os agradaría saber lo que siento, alteza.

Dominic lo dijo en tono tan frío que el regente se puso un poco nervioso.

—Sí, bueno, al menos estás obedeciendo. Sigue así.

El pequeño grupo continuó recorriendo el borde de la pista de baile. Dominic permaneció inmóvil, procurando reprimir sentimientos que podían llevarlo a la horca. Pensar que su vida podía cambiar por completo porque ese hombre era incapaz de vivir con la fortuna que el Parlamento ya le había concedido... tenía que gastarla y encima acumular deudas a causa de las cuales otro hombre hacía tiempo que hubiese acabado en la cárcel por moroso.

Echó un vistazo por encima del hombro para asegurarse de que el regente no se acercaba a Brooke. No lo hacía. Una sola mirada bastó para que su ira se desvaneciera: era irónico, ella solía causarla, pero no esa noche.

Siguió avanzando hacia Charlotte Ward. Había oído que

ella se había vuelto a casar tras la breve aventura amorosa de ambos que únicamente duró una semana, pero no lograba recordar el nombre de su nuevo marido. Rubia y de ojos azul claro, era excepcionalmente bonita, pero no despertó el interés de él durante mucho tiempo: sus estados de ánimo eran demasiado volubles y, además, era demasiado dependiente. ¿O tal vez esa había sido Melissa? Demasiadas amantes. Supuso que a lo mejor empezaba a hartarse un poco.

—Charlotte. —Le cogió la mano para depositar un beso cortés en sus dedos antes de indicar la pista de baile con la otra mano—. ¿Bailamos?

Ella le lanzó una amplia sonrisa y aceptó el brazo que él le ofrecía, pero solo habían dado dos vueltas alrededor de la pista cuando ella lo miró, arqueó una ceja con expresión enfurruñada y dijo:

—Tardaste mucho en regresar a mi lado después de dejar a Priscilla. No imagino qué le veías. Está aquí, dicho sea de paso.

—No lo había notado.

No trató de descubrir a Priscilla Highley entre la multitud porque se estaba esforzando por no dirigirle la mirada a Brooke para comprobar si ella estaba observando su interpretación.

Charlotte resopló.

—No finjas que solo tienes ojos para mí cuando tienes una prometida con ese aspecto.

Era verdad: ninguna de las presentes le llegaba a la suela de los zapatos a Brooke Whitworth. Si se dedicaba a darles calabazas a todas sus antiguas amantes y encontrar otras nuevas, resultaría difícil explicar por qué podría preferir a cualquier otra antes que a su propia esposa.

De momento, esquivó el tema diciendo:

—Es complicado. Está arreglado, por así decir.

Eso provocó la risa de Charlotte.

—¿Así que correrás tus últimas aventuras antes de la boda?

Al parecer, Charlotte estaba dispuesta a retomar su aventura a pesar de haber vuelto a casarse, pero él optó por emprender otro camino.

—En realidad necesito que me hagas un favor, si no te importa... y recuerda que nos separamos amistosamente.

Ella se puso de morros.

—Fingí. Estaba destrozada.

Él logró no soltar una carcajada.

—¿Es por eso que volviste a casarte con tanta rapidez?

Ella sonrió, al tiempo que agitaba una mano con gesto desdeñoso.

—Él es increíblemente rico. ¿Cómo podía negarme a convertirme en su esposa?

—Me temo que como ya no eres una viuda eres fruto prohibido.

—¿Por qué has de ser tan escrupuloso? —preguntó Charlotte, suspirando—. De acuerdo, ¿cuál es ese favor que puedo hacerte, cielo?

—Abofetéame y simula estar enfadada. —Pero ella rio, obligándolo a añadir—: Por favor.

—¿Hablas en serio? ¿Pero con qué fin?

—Lo dicho: es complicado. Pero ten en cuenta que si realmente estabas destrozada cuando nos separamos, hace tiempo que deberías haberme abofeteado, ¿verdad?

—Pues en ese caso... —dijo y le cruzó la cara de un tremendo bofetón.

48

Brooke no obtuvo una respuesta de su madre. Dos de las amigas de Harriet se acercaron a ellas de inmediato para ser presentadas y hacer unas cuantas preguntas maliciosas e indiscretas. Brooke no las conocía, no quería conocerlas y por supuesto que no les explicaría cómo había acabado siendo la prometida de un hombre que trató de matar a su hermano. Harriet tampoco ofreció una explicación, pero se las arregló para no parecer grosera.

Entonces apareció Dominic y condujo a Brooke a la pista de baile para poner punto final a la escena que su anterior pareja acababa de montar. Brooke estaba furiosa; culpó a su madre por ello, y no porque Dominic acabara de hacerle una proposición deshonesta a esa mujer.

—Espero que te haya dolido —dijo sin mirarlo; si lo hubiera mirado lo habría fulminado y ella no quería que supiera que estaba furiosa.

—¿Por qué?

Brooke se tragó un gemido, pero tenía una respuesta preparada.

—Porque fracasaste, desde luego.

—Supuse que estarías sumida en una conversación con tu madre —contestó él en tono displicente—. Así que no debías haber visto eso.

—Todos lo vieron, o al menos lo oyeron. Y aquí mi madre

tiene demasiados amigos. Casi no me dirigió la palabra y tampoco me distrajo mientras yo observaba tus progresos... o la ausencia de ellos. Al menos, ella no lo vio. ¿Qué le dijiste a esa mujer para que te rechazara tan violenta y tan rápidamente?

Él se encogió de hombros.

—Lo obvio. O funciona o bien deja de hacerlo.

—¿Con cuánta frecuencia recibes una bofetada?

—Con escasa.

—Así no obtendré ningún nuevo purasangre —dijo ella, resoplando—. A lo mejor deberías demostrar un poco más de delicadeza, ¿sabes?, bailar con ellas unas cuantas veces y conocerlas un poco, si es que todavía no las conoces.

—Me limité a complacerte, puesto que fuiste tú quien la escogió. De hecho, Charlotte y yo hemos sido amantes y esta noche hay unas cuantas de mis ex amigas aquí. Pero sin contarlas a ellas aún hay algunas mujeres que no conozco... si es que quieres que continúe.

Ella no quería, pero no podía decir eso y se obligó a asentir con la cabeza. Por lo visto a él le daba igual tanto lo uno como lo otro, pero tras lo de la otra noche y el «trato» de pronto había convertido sus nuevas y desagradables sospechas en una diversión. Y ella prefería la diversión incluso si era a sus expensas, al menos hasta después de la boda, porque en esa noche no quería que él se mostrara frío y severo. Aún se aferraba a la esperanza de que las nupcias cambiaran algo entre ellos. «Piensa en los caballos —se aconsejó a sí misma—, limítate a pensar en los caballos.»

Dominic volvió a dejarla con su madre antes de ir en busca de otra dama con la cual bailar. Antes de empezar a regañarse a sí misma Brooke lanzó miradas furibundas a su espalda; él acababa de brindarle una manera de poner fin a ese absurdo trato y ella no la había aceptado. ¿Qué le estaba pasando? Pero con el tiempo él le sería infiel de todos modos, ¿no? Porque ella no había logrado hacer que la amara, así que debía dejar de... de enfurecerse tanto.

—Ahora podemos hablar —indicó Harriet—. ¿Qué te parece si salimos a la terraza? Allí gozaremos de mayor privacidad.

Brooke despegó la vista de Dominic, notó que las amigas de Harriet se habían marchado y siguió a su madre al exterior antes de decirle en tono acusatorio:

—Creí que no conocías a Dominic Wolfe en absoluto.

—Recuerdo haberlo conocido hace años, pero un mozuelo no guarda ningún parecido con un hombre. Si lo hubiera sabido no habría estado tan afligida...

Brooke la interrumpió en tono frío.

—No finjas sentimientos que no posees, madre. Y ¿qué estás haciendo aquí?

Harriet pegó un respingo y después suspiró.

—Tu padre tenía cosas que hacer en la ciudad; supongo que solo nos quedaremos unos días. Thomas sugirió que acudiera aquí esta noche para averiguar cómo reaccionaba la alta sociedad frente a la noticia del matrimonio forzoso. Quería que asegurara a la gente que estamos dispuestos a cumplir con el mandato del regente: que te entreguemos en matrimonio a Dominic. ¿Por qué todavía no os habéis casado?

—Dominic sufrió una grave herida durante ese último duelo y obtuvo permiso de postergar la boda.

Harriet echó un vistazo al salón de baile.

—Se curó con rapidez, ¿verdad? ¿Gracias a ti?

Brooke arqueó una ceja con expresión curiosa.

—¿Sabes que estoy familiarizada con las hierbas medicinales?

—Por supuesto. Puede que no me hayas hecho muchas confidencias a lo largo de los años, pero tu doncella me lo contó.

—Entonces ¿por qué nunca me pediste ayuda para aliviar los dolores de tu marido?

Harriet resopló.

—Porque tu padre no se merece nada de tu parte... ¿o acaso lo quieres solo porque es tu padre?

—¿Bromeas? Se limitaba a ser un hombre que de vez en

cuando se encontraba en la casa en la que yo vivía, un hombre que procuraba evitar. ¿Es que alguna vez me dieron un motivo para quererlo?

—Exactamente.

—Pero tú lo querías, a pesar de su cruel indiferencia.

Brooke no se sintió incómoda al expresar esa reprobación, pero a la que no podía incluir en dicha reprobación era a Harriet, y daba igual que fuera verdad que tampoco tenía ningún motivo para querer a Harriet. Sin embargo, Harriet logró sorprenderla.

—¿Qué te hace pensar que alguna vez lo amé? Confieso que seguí albergando la esperanza de amarlo cuando aún era joven, pero jamás ocurrió. En cambio me adapté, aprendí a pasar de puntillas en torno a sus ataques de ira y le hice creer que yo era tan cruel e insensible como él. Que haya personas como Thomas en el mundo es desafortunado: incapaces de amar e incapaces de ser amados. Espero que lord Wolfe no sea así.

No, Dominic no era así en absoluto; él al menos adoraba a su familia, había estado dispuesto a poner su vida en peligro para vengar a la hermana que adoraba, había viajado precipitadamente a Londres porque estaba muy preocupado por la madre que adoraba. Si fuera capaz de sentir siquiera la mitad de ese amor, ella quizá podría ser dichosa. Pero lo único que le dijo a Harriet fue lo siguiente:

—Es un hombre bondadoso al que le importan sus amigos y su familia.

Harriet sonrió.

—Entonces ¿cuándo se celebrará la boda?

—El domingo.

—¿Puedo asistir?

Brooke negó con la cabeza.

—Esa no es una buena idea. Tanto él como su madre detestan a los Whitworth. Puedes agradecerle a tu hijo por ello.

Harriet frunció el ceño.

—¿Así que eres odiada?

—¿Cómo podría no serlo cuando mi hermano dejó embarazada a su hermana? Cuando ella se lo dijo, Robert rio. ¡Rio! Que ella se haya suicidado a causa de eso es trágico.

—Eso es... horrible.

Harriet parecía apenada, y Brooke preguntó:

—¿De verdad no lo sabías?

—No, y creo que tu padre tampoco lo sabe. El año pasado nos enteramos de la existencia de otra joven cuando el padre de ella se presentó y exigió que Robert se casara con ella. Thomas no quería esa alianza y se las arregló para comprar su silencio antes de que se convirtiera en un escándalo. Creo que convencieron a la joven de que se marchara al extranjero para dar a luz al niño. Confié en que nos lo entregarían, pero Thomas no lo quiso. Que en cambio se lo entreguen a unos desconocidos y que nunca conoceré a mi nieto es espantoso.

Brooke se quedó muda. Era como escuchar las palabras de una desconocida. ¿Pena por un hijo ilegítimo del cual su adorado Robert se había negado a hacerse responsable? ¿Cuántos otros hijos o hijas ilegítimos existían, engendrados descuidadamente por su hermano antes de que Thomas se pusiera firme? En realidad, Thomas solo le había prohibido a Robert que siguiera seduciendo a más jóvenes inocentes, pero no le prohibió que sedujera a las demás mujeres de Inglaterra.

Harriet añadió en tono enfadado:

—Si tu padre debe enfrentarse a otro de los escándalos de Robert, habrá consecuencias.

Brooke parpadeó, ni siquiera estaba segura de lo que Harriet quería decir hasta que comprendió que se refería a lo que Brooke acababa de decir sobre la hermana de Dominic.

—¿Qué consecuencias?

—Thomas juró desheredarlo.

Brooke casi soltó una carcajada, pero en tono sarcástico, dijo:

—¿De veras? ¿A su preciado heredero?

—No sabes cuán furioso estaba Thomas. Estoy segura de que hablaba en serio.

—Y ¿qué importancia tendrá eso una vez que Thomas haya muerto? —preguntó Brooke—. Es viejo. No le quedan muchos años de vida y entonces no habrá nadie que ponga freno a las viles tendencias de Robert.

—¿Viles? No es un villano, tiende a sufrir los mismos ataques de ira que su padre y tal vez sea un tanto libertino, pero...

Desorbitada, Brooke contempló a su madre y, en tono incrédulo, preguntó:

—¿Es que no conoces a tu hijo?

Harriet dirigió la mirada a la pista de baile y esquivó la pregunta de modo flagrante.

—Esta noche debía suponer nuestro triunfo. ¿No has notado que los hombres aquí presentes casi no logran despegar la vista de ti?

Brooke no lo había notado, pero deslizó la mirada por el salón mientras trataba de no observar lo que Dominic estaba haciendo y notó que había varios hombres apuestos presentes. Hasta había pensado que a lo mejor se enamoraría esa noche... si hubiese acudido con su madre. Uno de los hombres incluso le guiñó un ojo cuando sus miradas se cruzaron y el guiño no hizo que se ruborizara. Quizá debería haberlo hecho, pero sencillamente no la afectó.

Su madre no había acabado.

—Como estás prometida a Wolfe no se acercarán. Pero Wolfe tampoco logra quitarte los ojos de encima pese a estar bailando con otra. ¿Por qué lo está haciendo?

Brooke descubrió a Dominic a través de las puertas abiertas de la terraza. Estaba bailando con una tercera dama, otra muy bonita.

—Por cortesía —dijo, mintiendo entre dientes y manteniendo la vista clavada en Dominic—. Son amigas de su madre.

Harriet arqueó las cejas y, en tono elocuente, preguntó:

—Son un poco jóvenes para ser amigas de Anna Wolfe, ¿verdad? ¿No te molesta?

Brooke casi no oyó la pregunta. ¡Acababan de volver a abofetear a Dominic! Brooke puso los ojos en blanco y bromeó, procurando disimular su fastidio.

—Aún no —dijo.

Harriet suspiró.

—Robert nos mintió. Yo no sabía que una tragedia tan atroz era la causa de los duelos. No creí que lord Wolfe te odiaría a ti.

Esa era una palabra muy dura. Había sido adecuada en su momento, pero no estaba segura de que lo siguiera siendo.

—Me tolera, o me toleraba hasta que Robert apareció y trató de convencerme de que lo envenenara... y se aseguró de mencionarle a Dominic que yo lo haría.

Harriet se puso pálida.

—Tú no harías eso.

—Si eso es una pregunta, tú tampoco me conoces...

—No lo era.

—Pero ese es tu hijo, madre. Malvado, capaz de cometer asesinato y carente de cualquier moral o escrúpulos. Lo único positivo que se puede decir de él es que es apuesto. Es una pena: debería parecer tan malvado como realmente es. Y no quiero oír ni una palabra más sobre ese miserable.

—Entonces ¿quieres que hablemos de lo celosa que estás?

—¿De Robert? —Brooke resopló—. No seas ridícula.

—Me refería a tu futuro marido. —Cuando Brooke desvió la mirada, Harriet añadió—: ¿No? Bueno, necesito una copa y sospecho que tú también. ¿Entramos?

¿Por qué no? Brooke siguió a Harriet al salón de baile y ambas se dirigieron a una de las mesas dispuestas en los bordes del salón donde servían bebidas. Se sorprendió al ver que su madre vaciaba una copa de champán de un único trago. Ella la imitó. ¿Celosa? ¿Sería por eso que no lograba dejar de estar enfadada?

49

—Esa última puede ser.

Brooke se volvió y constató que Dominic por fin había recordado que tenía una prometida en el salón de baile. Y había hablado en un tono muy formal. Teniendo en cuenta lo que acababa de presenciar, tuvo que hacer un gran esfuerzo por no abofetearlo ella misma y en cambio se vio obligada a susurrar, porque su madre se encontraba a solo dos pasos de distancia.

—Pero ella también te abofeteó.

—Eso fue con el fin... —empezó a susurrar él, pero se interrumpió, meneó la cabeza y la condujo a la pista de baile para poder alzar la voz—. Eso fue con el fin de que su marido no sospechara nada.

La ira llameó en los ojos de Brooke.

—¿Tanto te gusta batirte en duelo? Deberías avergonzarte.

—¿De veras? ¿Cuando todo esto fue idea tuya? —replicó él.

—Sí, pero no con mujeres casadas.

—No lo especificaste.

—Pues ahora lo hago: nada de devaneos que incluyan maridos que querrán matarte.

—En ese caso aquí las opciones son escasas. Solo veo una viuda y ya he quemado esa nave.

Ella vio a quién acababa de indicar con la cabeza: era Priscilla Highley, que esa noche presentaba un aspecto especialmente encantador con su vestido de noche color esmeralda. ¿Entonces no había tonteado con Priscilla aquel día, cuando ella fue de visita a Rothdale? Brooke deseó haberlo sabido antes de que su ira hiciera que aquel día acabara perdida y empapada por la lluvia. Pero, por otra parte, si lo hubiese sabido no habría encontrado a *Storm*...

—Echo de menos a nuestros animales —dijo de pronto.

—¿Ah, sí?

—Y temo que *Storm* crea que la he abandonado y regrese a los brezales.

—Entonces volveremos a encontrarla.

¡Esas eran palabras muy bonitas! No pusieron fin a su enfado pero lo redujeron bastante.

—¿Nos quedaremos en Londres una vez que tu madre se haya recuperado por completo?

—No.

Brooke decidió ponerse un poco fantasiosa.

—¿Crees que nos habríamos conocido aquí, esta misma noche, si nada de esto hubiera sucedido y yo hubiese viajado a Londres para disfrutar de la temporada social que me prometieron?

—Probablemente no.

—Pero si ambos hubiésemos asistido al baile, ¿me habrías invitado a bailar?

—¿A una joven virginal e inocente? No me llamo Robert.

—Solo imagínalo durante un momento y dime si no me hubieras invitado a bailar, aunque sea por una vez.

—La cola de pretendientes hubiera sido demasiado larga.

Ella rio.

—Entonces supongo que después de todo el destino no guarda ninguna relación con nosotros, y en ese caso, quizás algo impida que nos casemos el domingo.

—Tal vez a un baile. —La mirada de Brooke se iluminó: eso era una concesión considerable, teniendo en cuenta que lo que los unió fue el destino, que de un modo u otro estaban «destinados el uno al otro». Pero estropeó esa idea cuando añadió—: El destino no siempre es bondadoso. En nuestro caso, puede que ambos estemos destinados a detestarnos hasta la tumba.

Brooke puso los ojos en blanco.

—¡Cuán pesimista eres!

—¿Cómo quieres que no lo sea cuando tú estás condenando este matrimonio de antemano?

—¿Cómo puedes decir eso cuando yo solo me he mostrado complaciente?

—Claro que lo has hecho, incluso me has indicado en qué cama he de dormir. ¿Quieres que invite a mi amante a la ceremonia?

Su comentario hizo que ella se ruborizara y volviera a enfadarse.

—Si lo haces invitaré a mi madre y todos podremos intercambiar miradas furibundas.

—Entonces ¿tal vez quieres ser ambas? —preguntó él con una sonrisa.

Ella casi le preguntó «¿ambas qué?», pero sabía la respuesta.

—¿Esposa y amante? Creo que no lo comprendes.

—No. Si te comportaras como una amante en vez de una mujer sumisa y rígida a lo mejor podría tolerarte.

—Ya me toleras —contestó ella entre dientes.

—¿Ah sí? ¿Qué te hace pensar eso?

Ella le lanzó una tensa sonrisa.

—Todavía no me has retorcido el cuello.

Dominic rio.

—Dame tiempo. —Brooke estaba a punto de pegarle un puntapié por esa réplica cuando él añadió con voz áspera—: Esta noche, cuando regresemos a casa, podrías intentar ser tanto esposa como amante.

Su sugerencia la chocó, pero la fantasía de volver a besarlo y tal vez hacer algo más en el carruaje resultaba increíblemente excitante; sin embargo, la mera idea hizo que se sonrojara.

Un hombre alto le palmeó el hombro a Dominic y los detuvo.

—Me alegra ver que has recuperado el humor, así que este es un momento ideal para que insista en bailar con tu dama. Vamos, amigo mío: prometo no raptarla esta noche.

—Lárgate, pesado —contestó Dominic.

—No, esta vez no —dijo el pesado con una sonrisa burlona—. ¿O acaso quieres que todos los cupidos de la ciudad se regocijen y difundan la noticia del mayor amor del siglo, etcétera, etcétera? Si sigues monopolizándola toda la noche mañana se montará un escándalo y no pienso largarme, así que será mejor que te muestres cortés y dejes que esta vez te ahorre el escándalo.

Dominic chasqueó la lengua, condujo a Brooke y al pesado hasta el borde de la pista y señaló:

—Archer es un amigo, aunque esta noche estoy empezando a preguntarme si es verdad. —Dirigiéndose a Archer, añadió—: ¿Por qué Benton no te mantiene ocupado esta noche... en otro lugar?

—Porque ya ha regresado junto a la hija del duque. ¡El pobre infeliz realmente debe de estar enamorado!

—Tienes suerte: este baile casi ha concluido y ni se te ocurra no devolvérmela en cuanto acabe —advirtió Dominic.

Archer volvió a sonreír.

—¡Sin falta! —exclamó, y rodeó la cintura de Brooke con el brazo.

—Eso del escándalo, ¿era verdad? —le preguntó ella a su nueva pareja de baile.

—Por supuesto que no. Al fin y al cabo estáis comprometidos, así que no es necesario que bailes con otro que no sea él. Pero si se hubiese negado a entregarte hace un momento, cuando era obvio que yo no aceptaría un «no» como respuesta, la noticia podría haber circulado. —Después, esbozando una reverencia con una inclinación de la cabeza, añadió—: Soy Archer Hamilton, tercer hijo, pero no tiene importancia porque de todos modos me quedé con un título.

Archer volvía a sonreír irónicamente. Era un individuo bastante inusual, más alto que Dominic, tal vez igual de apuesto: cabellos rubios sueltos como dictaba la moda, ojos de un profundo verde esmeralda, un hombre amante de la naturaleza a juzgar por su tez bronceada y de un tono casi más oscuro que el de sus cabellos. Ese año Brooke habría podido escoger entre un montón de jóvenes lores... si hubiera podido disfrutar de la prometida temporada.

—Supongo que debes de conocer muy bien a Dominic, de lo contrario no hubieses podido montar ese numerito.

—Demasiado bien. Me atrevo a decir que soy su amigo más íntimo. Estoy encantado de conocerte, lady Whitworth. En cuanto a mis demás credenciales, son las siguientes: tediosamente rico, con una familia maravillosa y una amante deliciosa. Lo único que me falta eres... tú.

—¿Cómo dices? Podría jurar que acabas de decir que eres su amigo.

—Pero la amistad no puede interponerse en la senda del destino. Fúgate y cásate conmigo, prometo amarte por toda la eternidad y Prinny no puede castigar a nadie si una tercera persona se fuga contigo.

—¿Así que estás al corriente del ultimátum del regente?

—Desde luego, al fin y al cabo Dominic es mi mejor amigo.

Ella resopló.

—O tú eres su peor enemigo por sugerir semejante cosa. Pero el príncipe debe de adorarte: es una excelente estrategia que le permitiría apoderarse del tesoro de dos familias en vez del de una sola.

—¿No crees que funcionará?

—Creo que el regente te instigó a hacerlo. —Demasiado tarde, Brooke notó su mirada jocosa y puso los ojos en blanco—. Te estás haciendo el gracioso, ¿verdad? Pues a mí no me hace gracia.

—Últimamente no dejo de oír esas palabras —contestó Archer, suspirando—. Muy bien, ¿qué puedo hacer para ayudarte a azuzar a la bestia? Sospecho que solo necesita un empujoncito.

—Estás de su parte. No finjas lo contrario.

—¡Exactamente! —exclamó Archer—. ¿Acaso crees que no deseo su felicidad?

—En su hogar no existe la felicidad.

—Pero tienes la intención de cambiar eso, ¿no?

Por suerte el baile acabó pronto y cuando la música dejó de sonar ella regresó junto a Dominic sin la ayuda de lord Hamilton. No tenía una respuesta para el amigo de Dominic y tampoco para la madre de él.

Dominic no se había reunido con Harriet y la aguardaba a solas junto a la pista. Cuando lo alcanzó, él preguntó:

—¿Archer se comportó correctamente?

—Se mostró... asquerosamente caprichoso. ¿Siempre es así?

—Solo cuando está de humor. ¿Ya has bailado lo bastante por una noche?

—Sí.

—Entonces despídete de tu madre y nos iremos.

—Ella se ahorraría semejante cortesía, así que podemos pasarlo por alto. Dudo que se hubiera acercado a mí esta noche si tú no hubieses forzado el encuentro. Y lady Hewitt se encuentra cerca de la entrada; al menos debemos decirle unas palabras o tu madre se enterará de todo.

—¿Te preocupa una metida de pata tan insignificante?

—A mí no, pero puede que tu madre no la considere tan insignificante.

Mientras la conducía hasta lady Hewitt, Dominic bajó la vista y la contempló.

—¿Realmente estás preocupada por ella?

—No te sorprendas, cualquier clase de perturbación podría retrasar su recuperación.

—Cuando yo me estaba recuperando tú no lo tuviste muy en cuenta, que digamos.

—¿Y cuándo tuve elección al respecto? —preguntó ella, riendo.

Esa conversación bastante normal cesó una vez que se despidieron de su anfitriona y se dirigieron hasta el carruaje que los aguardaba calle arriba. Brooke estaba de mejor humor y era muy consciente de que se debía a que esa noche él no había encontrado una amante, así que sus expectativas iban en aumento. Procuró reprimirlas pensando que tal vez él solo había bromeado cuando habló de besarla de camino a casa. No obstante, deseaba que lo hiciera. ¿Se atrevería a provocarlo? No: solo debía esperar dos días más hasta poder mostrarse tan audaz.

—¿Disfrutaste de tu primer baile oficial? —preguntó Dominic en cuanto tomó asiento junto a ella en el banco.

—Sí —contestó ella con un suspiro nostálgico—. Excepto que creí que a lo mejor sería un poco más romántico e incluiría unos cuantos besos robados.

—Nos besamos en la pista de baile —dijo él, arqueando una ceja.

—Ese beso no podría denominarse robado, solo era para asegurarle al regente y a los demás que estábamos cumpliendo con su «sugerencia» de que nos casáramos.

—Ah, comprendo. ¿Esperabas algo más parecido a esto...?

Dominic se inclinó hacia ella y sus labios se unieron suave y provocativamente. Ella seguía excitada y hubiese contestado «sí», pero él se detuvo demasiado pronto. Cuando se disponía a rodearle el cuello con los brazos él la sentó en su regazo.

—¿O más bien a esto? —preguntó con voz ronca.

¡Sí! Él ya la besaba apasionadamente y una llamarada de excitación ardió sin control. Brooke deslizó un brazo en torno al cuello de él y soltó un profundo gemido cuando el borde de su vestido rozó sus sensibles pezones al tiempo que él bajaba la tela del escote y luego otro más cuando su mano tibia le acarició un pecho desnudo. Ella también quería tocar la piel desnuda de él, pero Dominic no la complació. ¿Porque el trayecto no era largo? La desesperación se apoderó de ella. ¡No quería que aquello acabara! Pero entonces él deslizó la mano por debajo de su vestido y a lo largo de su pierna hasta que alcanzó sus partes más sensibles y...

—Te compraré todos los caballos que quieras. No es necesario que me impulses a acostarme con otras mujeres para obtenerlos.

Ella tardó unos instantes en comprender lo que él acababa de decir, pero entonces sonrió.

—¿Así que ahora puedes tolerarme?

—Te convertirás en mi esposa.

Era un instante maravilloso y la sonrisa de ella se volvió más amplia... pero él ya estaba acomodándole el vestido y Brooke se dio cuenta de que habían llegado a casa. La ayudó a apearse del carruaje y la acompañó hasta la puerta, ¡pero entonces se volvió, dispuesto a marcharse!

—¿Adónde vas? —preguntó ella, frunciendo el ceño.

Él hizo una pausa.

—No a donde tú crees. Dulces sueños, Brooke.

¡Era probable que sus sueños fueran más que dulces, que supusieran una conclusión a lo que habían estado haciendo en el carruaje! Brooke aún sonreía para sus adentros cuando entró en la casa. Solo dos días más...

50

A la mañana siguiente Brooke se despertó tarde; no le sorprendió, tras todos esos bailes y las copas de champán que bebió por primera vez con su madre. Pero se sentía estupendamente, como si se hubiera quitado un peso de encima; aquel estúpido trato se había terminado, Dominic no se había acostado con otras mujeres y por fin le aseguró que sí, que se casarían.

Terminó de despertar cuando Alfreda le trajo una bandeja con el desayuno. Cuando la doncella vio su sonrisa, dijo:

—Así que anoche te divertiste, ¿verdad?

—Fue una noche mágica. —«¡Al menos el final lo fue!»—. Ahora creo que Dominic y yo seremos algo más que amigos.

Alfreda soltó una risita.

—¿Lo ves? Te preocupabas por nada, y al menos ahora no he de buscar esa hierba.

La chanza hizo reír a Brooke.

—¡No, no quiero que él quede incapacitado!

Cuando llamaron a la puerta Alfreda se volvió.

—Eso será el agua de tu baño, así que ven a comer. Me dijeron que hoy debía vestirte para tu boda y apenas disponemos de dos horas.

La conmoción se apoderó de Brooke.

—¡Podrías habérmelo dicho antes! ¿He dormido todo el día?

—No. Y no: no sé por qué te casas antes de lo que pensaste. Tendrás que preguntárselo a tu lobo.

Brooke sonrió para sus adentros, recordando lo que había acontecido la noche antes, cuando regresaron a casa del baile: eso explicaba por qué se casaba ese día. ¡Seguro que Dominic tampoco tenía ganas de seguir esperando la noche de bodas!

Durante las dos horas siguientes la actividad fue frenética, pero Brooke no podría haber estado más contenta y emocionada. Incluso tenía un vestido de novia para ponerse, uno que su madre había insistido que confeccionaran para ella al mismo tiempo que el resto de su nuevo guardarropa: un vaporoso vestido de muselina blanca con una pequeña cola y una pechera sembrada de perlitas. La larga capa a juego estaba bordeada de abullonadas flores de seda.

Harriet había supuesto que se casaría poco después de la temporada social, o al menos que se hubiese comprometido, y por eso disponía de ese vestido para la boda. Su madre había albergado tantas esperanzas... Quizá debería haber invitado a Harriet pese a la hostilidad con la que la recibirían en esa casa y, dada la dicha que la embargaba, quizá la hubiese invitado si aun se casaran el domingo. Y bueno... Incluso si los Wolfe se habían mostrado corteses al respecto, puede que Brooke no lo hubiera hecho, así que era mejor que ya fuese demasiado tarde.

Dominic fue a buscarla, y pese al brillo feroz de su mirada parecía un lord del reino de los pies a la cabeza. ¿Estaba expectante? ¿Imaginaba su noche de bodas... o el día? ¡El brillo era tan luminoso que a lo mejor se la llevaría directamente a la cama después de la ceremonia! Pero era hora de partir, o eso fue lo que Brooke pensó. En vez de conducirla a la habitación de su madre él la condujo a lo largo del pasillo, pero Brooke sabía que Anna todavía no se encontraba lo bastante bien como para ir a la iglesia.

Brooke caminó más despacio y él se detuvo.

—¿Te estás acobardando finalmente? Podrías habérmelo dicho antes de que enviara a buscar al sacerdote.

—¿Mandaste buscar un sacerdote? ¿Entonces no nos casaremos en la iglesia?

—Mi madre quiere ser testigo y no se me ocurrió ningún motivo para no complacerla.

¿Casada junto a una cama? Tras ver cuán magnífica era la iglesia de San Jorge durante su breve recorrido por Londres, Brooke se sintió un tanto decepcionada por no poder casarse allí. Pero disimuló su desilusión y dijo:

—Si hubiese sabido que nos casábamos aquí, en tu casa, me hubiera puesto un vestido menos elegante.

—Tonterías. Sigue siendo tu boda y tú tienes un aspecto excepcionalmente encantador.

Ella sonrió. Hoy se casaría con ese hombre. ¿De verdad importaba dónde? Y tal vez él le diría cuánto la deseaba si ella mencionaba las evidentes prisas...

—¿Por qué nos casamos hoy en vez del domingo?

—Porque anoche el regente estaba presente y sabe que mi herida ya no me afecta. Puede que hoy nos visite, o que envíe a su emisario, para que confirme que no le hemos obedecido al no casarnos en cuanto yo me hubiera recuperado. Pero tanto si lo hace como si no, no veo motivo para seguir esperando. ¿Y tú?

No, desde luego que no, pero eso no era lo que ella esperaba oír. Negó con la cabeza y le lanzó otra sonrisa al tiempo que él la conducía hasta la habitación de Anna. Cuando él abrió la puerta para flanquearle el paso, ella permaneció inmóvil.

—¿Y ella qué está haciendo aquí? —susurró.

—Le envié una nota esta mañana.

—¿Sin consultarme?

—Creí que te complacería.

—Creí que no querrías que pisara esta casa.

Sentada a un lado de la cama, y hasta riendo a causa de algo que Anna acababa de decir, estaba la madre de Brooke. Al parecer, Dominic había hecho precisamente lo que ella había pensado hacer esa mañana: enviar una nota tardía. Y Anna estaba sonriendo, así que Brooke se equivocó al creer que se generaría un ambiente hostil si había otros Whitworth presentes en la boda. Ambos Wolfe se disponían a ser corteses.

Dominic se inclinó hacia ella y dijo:

—Es tu última oportunidad, Brooke.

¿Así que era capaz de hacerle esa pregunta en presencia de la madre de ella? Le echó un vistazo y notó su expresión divertida, pero acababa de bromear sobre el peor tema posible; si era capaz de eso debía significar que ya no se oponía al matrimonio, pero entonces surgió una vieja duda: solo faltaban unos minutos, así que él ya no tenía elección.

Gracias a Dios su padre no estaba presente también, para hacer de testigo. A Robert le hubieran pegado una paliza antes de que cruzara el umbral. ¡Qué pena que no haya tratado de entrar! Le hubiese gustado presenciarlo. «Supondría un estupendo regalo de bodas para mí...», pensó.

Harriet se adelantó y la cogió de la mano.

—No diré que estás hermosa porque no te haría justicia, preciosa. Pero tienes un aspecto magnífico con ese vestido.

Harriet sonreía. ¿Así que ese día todos le tomaban el pelo? Brooke se sentía en inferioridad numérica.

—¿Padre no fue invitado? —preguntó en cuanto Dominic siguió avanzando para saludar a su madre.

—Oh, sí, lo fue —contestó Harriet—. Creo que en realidad quería asistir, al menos para conocer al novio, pero este viaje a Londres ha acabado con él, no ha abandonado la cama desde que llegamos. Pero hablando de guardar cama: Anna me dijo que se ha recuperado de su dolencia de manera espectacular, gracias a ti.

Brooke alzó una ceja.

—¿Ya conocías a Anna?

—¿Cómo podría no conocerla cuando ambas hacemos vida social en la misma ciudad? Sin embargo, reconozco que esperaba enfrentarme a la hostilidad que tú mencionaste. No la había visto desde los duelos. ¿Sabe por qué su hijo quería matar al mío?

—Sí.

—Entonces ¿actúa con hipocresía cuando me trata como si nada hubiera sucedido?

—No lo creo. Me ha encomendado la tarea de hacer feliz a su hijo, me parece que ahora eso es más importante para ella que cualquier rencor.

—Ponerle buena cara al mal tiempo es una opción sabia, pero ¿es eso lo que tú deseas?

¿Que él sea feliz? Brooke lo había considerado una meta, una que les proporcionaría paz a ambos, pero entonces se dio cuenta de que eso era lo que quería: hacerlo feliz. ¡Ay, Dios mío! Estaba enamorada, ¿no? ¡Atrapada en su propia trampa!

En respuesta a la pregunta de su madre, dijo:

—Sí, sería bonito que ambos lográramos ser felices.

—Eso no es lo que quise decir.

—Lamento haberme retrasado —dijo el sacerdote a sus espaldas, y los hizo avanzar a ambos con el fin de iniciar la ceremonia.

51

—¡Dime que no he llegado demasiado tarde!

El estrépito de la puerta al abrirse bastó para desconcertar a Brooke, pero la expresión cariacontecida de la dama hizo callar al sacerdote y causó unos cuantos gritos ahogados. Al principio Brooke creyó que era una de las antiguas amantes de Dominic que acudían para oponerse a la boda, pero entonces reconoció a la mujer excepcionalmente bien parecida con la que se había topado el otro día en el vestíbulo de los Wolfe.

—No —contestó Anna desde la cama—. Llegas justo a tiempo, Eleanor... ¿en caso de que seas portadora de buenas noticias?

—Las mejores, querida —dijo Eleanor, suspirando aliviada.

—Duquesa —indicó Dominic, haciendo una reverencia—. Encantado de verla, pero madre no mencionó que usted deseaba asistir a la boda.

—Porque no lo deseo, querido muchacho. En vez de eso me he asegurado de que no se celebre. Puedes agradecérmelo del modo habitual: una docena de rosas, una chuchería y... ¡adoro los bombones!

La mujer parecía absolutamente encantada de haber dicho todo eso y, o era inconsciente de la conmoción que acababa de causar, o bien esta la complacía. ¿Un tanto teatral? A lo mejor la duquesa era una actriz.

Pero el ceño fruncido de Dominic indicó que sus crípticos comentarios le desagradaban.

—Puede que te haya engañado, Dom, para que creyeras que aceptaría este matrimonio...

—¿Puede? —la interrumpió su hijo.

Anna hizo una ligera mueca.

—Agradezco a lady Brooke mi recuperación, pero lo siento: la idea de que mis nietos lleven sangre de los Whitworth en las venas me resulta insoportable. Le rogué a mi más querida amiga que interviniera y ofreciese una alternativa distinta al regente.

Antes de dirigirse a Dominic, Eleanor puso los ojos en blanco y soltó una risita.

—Jorge me debe dinero, así que esta mañana no se atrevió a negarse a recibirme ni a reflexionar cuidadosamente sobre nuestra sugerencia. Además, endulcé la incentiva mencionando que tú y la chiquilla Whitworth os caíais bien y que de hecho os casaréis, así que él no obtendría nada, ni dinero ni bienes. Pero si te libera de este matrimonio forzado antes de que se produzca entonces tú le donarás tus minas de carbón y firmarás un documento en el que prometes que no librarás más duelos con Robert Whitworth. Accedió en el acto, desde luego. Sabía que lo haría.

¡Brooke estaba demasiado pasmada como para pronunciar palabra, demasiado pasmada para pensar!

Pero no Dominic, y dirigió la mirada a su madre.

—Creí que habías comprendido que ya no tomarías decisiones por mí. ¿Por qué no me informaste de este plan antes de ponerlo en práctica?

—No quería que albergaras falsas esperanzas si no funcionaba, pero funcionó y no puedes negar que estás aliviado por haber acabado con esa despreciable familia.

—Sin embargo...

—Ya basta de insultos —lo interrumpió Harriet—. Gracias, Anna, por devolverme a mi hija: se merece algo mucho mejor que vosotros.

Presa de la indignación, Harriet arrastró a su hija fuera de la habitación. Nadie la detuvo, y tampoco Dominic. Estaba libre; puede que estuviera enfadado con su madre por no consultarlo, pero no obstante debía estar regocijándose. De lo contrario, hubiese impedido que se marchara, le hubiera dicho que no gracias a la duquesa, se hubiera casado con Brooke pese a la intromisión de su madre...

Brooke se encontraba demasiado en *shock* para decir palabra, o le hubiera dicho algo a él: enhorabuena, adiós, algo... No lo odiaba, y ya se conocían muy bien tras pasar dos semanas juntos, pero las lágrimas estaban a punto de brotar. Una única palabra hubiese sido suficiente para derramarlas y ella no quería abandonar la casa de Dominic llorando.

—Después enviaré el carruaje a por tus cosas. No nos quedaremos aquí ni un instante más —dijo Harriet mientras bajaban la escalera.

Gabriel estaba en el vestíbulo y le sonrió a Brooke.

—Ah, la bella novia, pero ¿por qué se marcha, lady Wolfe?

Antes de que Brooke pudiera responder, Harriet exclamó en tono furibundo:

—¡No nos insultes llamándola así! Aún es una Whitworth. —Entonces, endureciendo la voz, Harriet se dirigió al mayordomo al tiempo que este les abría la puerta—. Dile a la doncella de mi hija que empaque todas sus pertenencias y que se prepare para abandonar esta casa antes de una hora. No, mejor en quince minutos: envía unos criados a la habitación para que la ayuden.

Brooke todavía guardaba silencio; debería mencionar la yegua que Dominic había comprado para ella. Alfreda no estaba al corriente de ese regalo, pero se ocuparía de ello en otro momento. Necesitaba llorar, deshacerse de los sentimientos que la embargaban, pero no delante de Harriet. Su madre no demostraría la menor comprensión y aún soltaba comentarios mordaces sobre Anna Wolfe y los Wolfe en general, pero era verdad que parecía furiosa por lo que acababa de pasar.

Su madre la llevó a otra residencia situada a escasa distancia, y volvió a enviar el carruaje a la casa de los Wolfe de inmediato antes de entrar en la casa con Brooke y subir la escalera. Supuso que era la residencia londinense de sus padres, pero le resultaba indiferente.

Al pasar junto a una puerta abierta, oyó:

—Eh, ¿qué estás haciendo aquí, muchacha?

Brooke se detuvo y vio que su padre estaba incorporado en la cama y la contemplaba con el ceño fruncido, pero su madre la obligó a seguir avanzando.

—La habitación situada dos puertas más allá es la tuya. Me reuniré contigo dentro de un momento. —Luego entró en la habitación de Thomas y, en tono alegre, añadió—: ¡Resulta que después de todo nuestra Brooke disfrutará de su temporada social!

Brooke se dirigió a la habitación indicada por Harriet y cerró la puerta detrás de ella. Las lágrimas brotaron con tanta rapidez que solo pudo dar un par de pasos antes de que se le nublara la vista. No sabía cuánto tiempo permaneció allí de pie, pero las lágrimas no se llevaban su pena.

Cuando notó que unos brazos cariñosos la rodeaban se volvió agradecida y sollozó:

—Él no quiso, Freda...

—El que debía enamorarse profundamente era él, no tú, preciosa mía.

Brooke retrocedió, consternada. ¿Consuelo por parte de su madre? Se apresuró a secarse las lágrimas y se apartó.

—Estaré perfectamente, solo que no imaginé que hoy no me casaría y encima escuchar tanta jactancia... fueron demasiadas sorpresas.

—No es necesario que me expliques nada. Creíste que él sería tu marido y entonces te permitiste amarlo. Anoche tus celos sugirieron que lo amabas, pero yo esperaba que ambos pudieran superarlo y ser dichosos.

—No comprendo. ¿Quieres que yo sea dichosa?

—Por supuesto que sí —dijo Harriet en tono suave.

Brooke no la creyó y se enfadó consigo misma por desear que pudiera creerle.

—No finjas que me quieres a estas alturas, madre. ¡No te atrevas!

—Te advertí que ella se sentía abandonada y no querida —dijo Alfreda en tono furioso cuando entró en la habitación.

Los criados siguieron a Alfreda cargando con los baúles de Brooke, y la doncella les indicó dónde depositarlos. La interrupción impacientó a Harriet. Brooke se volvió, procurando pensar en cualquier cosa que no fuera lo que acababa de suceder ese día.

Pero Alfreda no había acabado con la reprimenda.

—Pasó demasiados años sin amor, Harry. Las ocasiones en las que le prestabas atención mientras crecía, cuando Robert y Thomas estaban ausentes, fueron demasiado escasas y a intervalos demasiado largos. No recuerda cuánto afecto le brindaste cuando era un bebé. ¡No recuerda nada de todo eso!

Oír que llamaban Harry a su madre hizo que Brooke se volviera, desconcertada. Nunca había oído a Alfreda hablándole a su madre de ese modo, como si ambas hubieran sido amigas o confidentes durante años. Alfreda parecía tan enfadada como indicaban sus palabras mientras empujaba al último criado fuera de la habitación y cerraba la puerta.

Pero las críticas de una criada enfurecieron a Harriet.

—¡Vete! —exclamó, indicando la puerta.

En vez de eso Alfreda se cruzó de brazos y bloqueó la puerta.

—No pienso irme. Esta vez me aseguraré de que se lo dicen. —Después, en un tono más suave, añadió—: Nuestra niña ya es una adulta, Harry, ya no necesita protección. —Y luego, con voz aún más severa, añadió—: Y yo me libero de mi promesa, así que se lo dices tú o se lo diré yo.

—Este es el momento menos indicado, Freda —dijo Harriet, exasperada—. Le han roto el corazón.

—Se lo han roto durante casi quince...

—¡Basta! —gritó Brooke—. ¡Decidme de qué va esta discusión o no lo hagáis, pero dejad de comportaros como si yo no estuviera escuchando cada palabra!

Las dos mujeres mayores se limitaron a lanzarse miradas coléricas durante un minuto más, antes de que Harriet le rodeara los hombros con un brazo y condujera a Brooke hasta un sofá. Ella no había notado la presencia del sofá, ni de los demás muebles, pero se sentó junto a su madre y aguardó, casi sosteniendo el aliento. Una vez más, tuvo que luchar contra las lágrimas, unas más amargas, más conocidas...

Harriet le cogió la mano y se volvió hacia ella.

—Te quiero, siempre te he querido. Creí sinceramente que lo sabías, que lo percibías...

—Yo...

—No vuelvas a rebatirlo, por favor, hasta que haya acabado. Cuando naciste Robert tenía celos de ti, demasiados celos. No sé por qué no se le pasaron cuando creció, le presté tanta atención como a ti, pero él no quería que te prestara ninguna. Ignoraba lo que él estaba haciendo, introduciéndose en tu habitación a hurtadillas por la noche. Cuando Alfreda descubrió tus moratones me lo dijo. Intenté que enviaran a Robert a otra parte pero tu padre no me lo permitió, así que tuve que distanciarme de ti solo para protegerte. Y ese niño siempre estaba merodeando por ahí, observando y escuchando, casi como si tratara de descubrirme en una mentira. Odiaba esa situación. No puedes imaginar cuánto me dolió tener que simular que no me importabas a pesar de lo mucho que te quería...

—Podrías habérmelo explicado.

—¿Cuándo? ¿Mientras aún eras una niña? Eras demasiado impulsiva y de carácter demasiado efusivo. Temía que si me abrazabas o me besabas cuando Robert estaba allí, él se volvería aún más malvado o provocaría un accidente grave. No podía correr ese riesgo, pero estaba contigo cuando ni él ni Thomas estaban presentes. Lo recuerdas, ¿verdad?

—Era demasiado tarde. Lo único que recuerdo es el rechazo.

—¿Sigue siendo demasiado tarde? —preguntó Harriet con los ojos llenos de lágrimas.

A Brooke le pareció increíble que ese día acabara consolando a su madre, pero lo único que siempre había necesitado oír eran esas sencillas palabras; resultaba asombroso con cuánta rapidez lograban aliviar todo el viejo dolor.

Muchas más cosas fueron dichas, pero ya no tenían importancia una vez que Brooke logró comprender todos los actos y las conductas pasadas de su madre. Que Harriet impidiera que cenara con la familia solo fue para protegerla de la dureza de Thomas. Quien se llevó la peor parte de dicha dureza fue Robert. Durante las peleas tan agrias entre Harriet y Thomas, él incluso la golpeó algunas veces, pero cuando abofeteó a Brooke la única vez que ella se puso furiosa con su padre, Harriet supo que debía convencerlo de que estaba de su parte en todo e idear maneras de evitar el contacto entre Brooke y su padre. Todos los días Alfreda le informaba de todo lo que Brooke hacía o aprendía y ambas se convirtieron en buenas amigas.

—Esperaba esta temporada social tuya con tanta impaciencia, y confiaba en alejarte de Thomas para siempre, antes de que él se diera cuenta de lo preciosa que eres y empezara a urdir planes para un matrimonio que te hubiera agradado aún menos. Cuando, en cambio, recibimos el edicto del regente confié en que serías feliz con lord Wolfe. Estaba convencida de que caería de rodillas y le agradecería a Prinny por haberte entregado a él. Incluso reí, imaginando la escena, pero resulta que en vez de eso es un necio que prefiere la venganza antes que su propia felicidad. Así sea. Encontraremos a alguien maravilloso para ti para que no malgastes ni un solo pensamiento más en él.

«Ojalá fuera posible. Tal vez el siglo que viene. Pero puedo intentarlo.»

—Pues ahora ella nos abandona —dijo Harriet, poniéndose de pie y notando que Alfreda había salido silenciosamente de la habitación—. Ven. Te ayudaré a desempacar. Espero que te guste la habitación: la hice redecorar para que la ocuparas durante la temporada social.

Harriet comenzó a abrir los baúles y llevar montones de prendas de vestir hasta una bonita cómoda tallada. Brooke se preguntó si su madre alguna vez en la vida había desempacado un baúl, pero se puso de pie para ayudarla pese a que lo hizo sin prestar atención. Ese día habían ocurrido demasiadas cosas: descubrir los motivos secretos de su madre, descubrir cuánto la odiaba Anna Wolfe, descubrir cuán aliviado estaba Dominic por haberse deshecho de ella, incluso si ello le costaba unas minas de carbón. A lo mejor le había agradecido a Anna en cuanto Brooke abandonó la habitación por hacer lo que a él no se le había ocurrido: sobornar al regente para que se marchara. ¿Por qué no se le había ocurrido a él mismo? ¿O es que se le ocurrió?

—¿Qué haces con este viejo trasto? —preguntó Harriet cuando abrió un abanico agitando la muñeca; sonrió al ver que un papel caía al suelo—. ¿Ocultando cartas de amor?

—No, eso ni siquiera es mío —contestó Brooke en tono sorprendido—. Pertenecía a Eloise Wolfe. Debería devolvérselo a Dominic.

—Esa pobre muchacha. —Harriet recogió el papel plegado y lo dejó en el nuevo tocador de Brooke junto con el abanico—. Debo decirle a Thomas lo que dijiste de Robert anoche. Puede que quiera a mi hijo porque es mi hijo, pero no me gusta en lo que se ha convertido y si ahora trama un asesinato...

—No digas nada sobre eso —dijo Brooke—. Estaba furiosa cuando dije lo que dije y furiosa cuando Robert me entregó esa botellita. Solo supuse que era veneno, aunque él dijo que no lo era, y ni siquiera lo comprobé para asegurarme, así que tal vez no lo fuera. Es verdad que lo detesto, y si lo desheredan no verteré ni una lágrima. Pero no pueden acusarlo de algo peor de eso que tú ya sabes, de seducir muchachas inocentes. Y por lo visto ha dejado de hacerlo desde que Thomas le advirtió que cesara. Además, ahora Dominic está firmando un documento en el que promete que ya no lo retará a duelo. Eso debería ponerle punto final al asunto.

—Creo que de todos modos lo haré vigilar, solo para estar segura. No sería la primera vez que me veo obligada a hacerlo.

52

Primero el almuerzo y después la cena. Brooke empezaba a pensar que aquel día Harriet no se despegaría de su lado,
pero no le molestaba en absoluto, estaba acostumbrada a la
interminable cháchara de su madre. Sin embargo, aquel día no
parecía nerviosa, tal como Brooke la recordaba cuando era
niña; ese día Harriet se afanaba en que su hija no pensara en
él, y casi siempre funcionaba.

—Tu padre quiere hablar contigo, soltarte una suerte de
discurso formal, ahora que disfrutarás de tu temporada social.

—Preferiría que no lo hiciera.

—No, hoy no, desde luego. Le expliqué que estás acongo-
jada y él no sabe cómo enfrentarse a la congoja, pero ¿en otro
momento de esta semana? Evitará que él baje para ver por sí
mismo a quién estás recibiendo.

—No estoy recibiendo a nadie.

—Sí, lo harás. Estoy aceptando todas las invitaciones que
recibo y habrá muchas más una vez que anuncien que ahora
serás una auténtica debutante.

—No te pases —había dicho Alfreda durante aquella discusión—. Ella necesita tiempo para superar el hecho de que el
lobo no impidió que abandonara su casa.

—Tonterías. —Harriet no estaba de acuerdo—. Necesita
distraerse mucho, muchísimo, para no tener tiempo de pensar en ello...

Alfreda la había interrumpido para decirle a Brooke lo siguiente:

—Dale una semana y él acudirá y llamará a tu puerta.

Brooke le dio dos semanas, dos semanas ajetreadas, pero no vio a Dominic en ninguno de los eventos a los que Harriet la acompañó, y, finalmente, descubrió el motivo a través de su amigo Archer: Dominic había regresado a Rothdale casi inmediatamente después de su... boda no celebrada. Que hubiera abandonado Londres y al parecer renunciado a ella la entristeció todavía más y deseó volver a encontrarse en Rothdale; conservaba tantos recuerdos de los días pasados en aquella bella y salvaje región del norte: lo mucho que se divirtió conociendo a Dominic, montando en *Rebel* a través de los brezales y encontrando a *Storm*... ¿Cuántas veces podía rompérsete el corazón?

Pero su madre se esforzó por llenar sus días con distracciones. En cada evento estaba rodeada de pretendientes y estos no dejaban de llamar a su puerta; se volvió tan popular como Harriet había pronosticado.

Brooke logró evitar la conversación con su padre durante al menos una semana, pasando junto a su puerta de puntillas (¿por qué siempre la dejaban abierta?) o a la carrera cuando lo oía hablar con un criado. Pero, finalmente, él acabó por ladrar su nombre, obligándola a entrar en la habitación. Aún no se había recuperado del viaje a Londres y aún no estaba dispuesta a ayudarle a mitigar el dolor de sus articulaciones, que lo obligaba a guardar cama, menos aún ahora que sabía que en realidad su madre no lo quería. Hacía unos días, cuando Brooke sugirió ayudarle, Harriet se resistió, afirmando que ella no querría que apareciera en la planta baja y ahuyentara a sus pretendientes, ¿verdad?

Pero a lo mejor sí que quería, puesto que no estaba precisamente interesada en ninguno de esos pretendientes.

—¿Tienes algunos nombres para mí? —había preguntado Thomas cuando ella se acercó a su cama.

—¿Nombres?

—Tu madre me ha asegurado que si lo dejamos en tus manos, encontrarás un mejor partido que el que nosotros pudiéramos escoger para ti. Así que dime en quién estás pensando y alza la voz, muchacha: me estoy volviendo muy sordo.

Eso había ocurrido la semana pasada y aquel día Brooke fue incapaz de recordar un nombre, ni uno, porque en ese momento no estaba preparada para ese debut; no podía dejar de pensar en Dominic y aún tenía ganas de llorar, así que mencionó el único nombre que se le pasó por la cabeza, aunque solo había visto a ese hombre una vez más desde aquel baile al que asistió con Dominic.

—Archer Hamilton.

—¿De veras? —Thomas había parecido sorprendido—. Conozco a los Hamilton, el marqués y yo pertenecemos al mismo club. Buen linaje, influyente, adinerado... Su hijo no es una mala opción, a pesar de que no heredará el título. ¿Quién más?

Brooke había inventado algunos nombres más, que su padre rechazó de inmediato diciendo: «No lo conozco» y «No, a ese tampoco», y por fin, añadiendo en tono severo: «Quédate con el cachorro de los Hamilton.»

Ella le aseguró que lo haría pese a que no tenía la menor intención de hacerlo, pero sirvió para que pudiera escapar. Había otras cosas que la ocupaban tras leer la carta oculta de Eloise. Finalmente las lágrimas dejaron de brotar cuando unos días después recibió el regalo de Dominic.

En la nota que lo acompañaba solo ponía: «Por tu cumpleaños.» Sin saludo, sin felicitaciones y sin firma. Solo Dominic podría haber encargado el retrato contenido en ese relicario para ella, y debía de haberlo hecho antes de la cancelación de su boda, así como asegurarse de que se lo entregaran. Y todo ello antes de abandonar Londres. El relicario albergaba un retrato diminuto de la cabeza de un perro blanco... o de un lobo: *Storm*. Le pareció increíble que se lo hubiese enviado en vez de limitarse a tirarlo a la basura, pero fue entonces cuando Brooke decidió que lo reconquistaría buscando pruebas de que Eloise no había tenido la intención de suicidarse, al menos no antes de dar a luz a su bebé. Lo único que quería era que su madre dejara de aceptar invitaciones para que Brooke pudiera...

—No te estás divirtiendo, ¿verdad? —preguntó Harriet esa noche, durante el segundo baile al que Brooke asistió.

—No mucho —contestó ella, suspirando—. Sé que estamos haciendo lo lógico, continuar tal como lo hubiéramos hecho, pero han sucedido demasiadas cosas y...

—¡Dios mío, no vuelvas a llorar! —Harriet se apresuró a acompañar a su hija a una terraza no muy concurrida—. Te prometo que eso que sientes pasará. Había confiado en que a estas alturas estos entretenimientos ya te hubieran levantado el ánimo. Otro hombre te haría olvidar a aquel, si solo le dieras una oportunidad a uno de ellos.

—¿Y si no quiero dársela?

Harriet le rodeó el hombro con el brazo.

—Debería haber sabido que un corazón destrozado no se curaría en unas pocas semanas. Llora si quieres, cielo. Diremos que solo se debe al polvo.

Brooke casi rio, pero dijo:

—No pensaba volver a llorar. Esa carta que Eloise Wolfe escondió en el abanico supuso una distracción suficiente. Era de una abadesa que le decía a Eloise que ya había encontrado una maravillosa familia, oriunda de la pintoresca ciudad de Sevenoaks en Kent, que se haría cargo de su bebé y le brindaría el mismo afecto que a un hijo propio. La abadesa esperaba que Eloise no tardara en llegar a su casa de niños abandonados, donde podría dar tranquilamente a luz.

—Nadie da a luz tranquilamente —insistió Harriet—. Es absolutamente imposible.

—Estoy segura de que la abadesa se refería a un ambiente tranquilo. Pero, sea como sea, no parecía que Eloise tuviera intención de suicidarse, aunque Dominic cree que sí y, en gran parte, esa es la causa de su ira. Ahora no estoy segura de que realmente fuera su intención.

—¿Crees que primero se marchó para tener el bebé en secreto?

Brooke parpadeó.

—Puede ser. O que esa fuera su intención y murió antes de poder dar a luz.

Harriet se quedó boquiabierta.

—¿Estás diciendo que quizá tengo un nieto o una nieta en alguna parte de Inglaterra?

—Chitón, baja la voz, madre. En realidad no lo creo en absoluto. Creo que aquel día su muerte fue un accidente. Encontraron su cuerpo y lo identificaron, así que era ella y no tuvo tiempo de tener primero al bebé. Se enamoró de Robert durante su primera temporada social y murió aquel otoño, hace casi dos años, antes de que nadie supiera que estaba embarazada a causa de aquella imprudencia.

Harriet suspiró.

—Ya son dos nietos que jamás conoceré. Quiero algunos nietos, ¿sabes? Lo esperaba con mucha impaciencia.

Puesto que Harriet lo había afirmado lanzándole una mirada elocuente que, con toda claridad, decía: «Date prisa y bríndame algunos», Brooke se apresuró a proseguir:

—Pero si estoy en lo cierto y aquel día Eloise no murió por su propia voluntad, ello podría cambiar la manera en la que Dominic percibe el asunto por completo. Al fin y al cabo, Eloise participó voluntariamente en la seducción, así que Robert solo carga con la mitad de la culpa, pese a que engañó a la muchacha. Y si yo pudiera demostrárselo tal vez acabe con el odio que siente por nuestra familia.

—No cuentes con ello, cielo. Los hombres ven estos asuntos de un modo diferente. Para lord Wolfe, Robert se condenó a sí mismo cuando se negó a casarse con su hermana.

—Sin embargo, me gustaría demostrar que mis sospechas son ciertas; a lo mejor la abadesa aún posee una carta de Eloise donde les pregunta a las monjas si puede entregarles a su bebé para que ellas lo den en adopción. Después podría muy bien haber regresado a su casa afirmando que había perdido la memoria, etcétera.

—O largarse y después suicidarse de verdad... y si eso es lo que pone en su carta entonces no es algo que querrás mostrarle a Wolfe.

—Ella no confesaría semejante cosa a una monja —insistió Brooke—. Pero quizá la abadesa sepa qué ocurrió.

—Muy bien, ¿dónde está esa casa de niños expósitos? Mañana les haremos una visita a las monjas, solo para asegurarnos.

Brooke sonrió agradecida, pese a que sabía que depositaba demasiada confianza en el resultado. Era muy posible que Eloise hubiera tenido la intención de navegar hasta la casa de niños abandonados aquel mismo día, y solo simular que había desaparecido en el mar para que nadie la buscara, pero en vez de eso había quedado atrapada en la tempestad. Brooke no podía sugerirle nada más allá de eso a Dominic, no cuando recordaba cómo él repetía esas palabras de Eloise que aparecían en las páginas faltantes del diario: que su intención era «hallar paz y consuelo en el mar». Eloise realmente quería morir, sintió que no le quedaba otra opción, pero al parecer no había querido matar a su bebé junto con ella. Primero quiso tenerlo y asegurarse de que gozara de un buen hogar, antes de poner fin a su vida. Si era verdad, era necesario que Dominic supiera al menos eso: que la muerte de su hermana había sido un accidente. Eso tal vez le ayudaría a reponerse de la pérdida.

Y le brindaría a Brooke un motivo para volver a verlo...

53

La abadesa les mintió. Lo negó incluso cuando le tendieron su propia carta, negó conocer a Eloise Wolfe aunque reconoció que era una benefactora tan generosa que su donación había permitido que su casa de niños abandonados se ampliara y se convirtiera en un orfanato. Pero la abadesa se mostró severa y abrupta, y era evidente que no decía la verdad, al menos acerca de la carta. ¡Hasta la rompió en pedazos y la arrojó a un lado! Y entonces Brooke ni siquiera disponía de eso para mostrárselo a Dominic.

Era lo último que Brooke esperaba que ocurriera cuando llegaron allí. Lo único que quería era una confirmación, o al menos una carta escrita por Eloise, pero no obtuvo ninguna de las dos cosas y había perdido la escasa prueba de la que había dispuesto. Harriet montó en cólera y maldijo a la devota mujer antes de arrastrar a Brooke fuera de allí. Pero cuando estaban montando en su carruaje una joven monja corrió tras ellas.

—Aquel año, en otoño, hubo una dama que acudió aquí con su doncella —les dijo.

—¿Estabas escuchando nuestra conversación con la abadesa? —preguntó Harriet.

—Estaba en la habitación anexa. Yo... yo...

—No te sonrojes —se apresuró a decir Brooke con una sonrisa—. Yo también suelo escuchar a escondidas.

—¿Qué puedes decirnos de esa muchacha? —preguntó Harriet—. ¿Sabes si era Eloise Wolfe?

—Nunca la vi. La única que la vio fue la abadesa; se quedó aquí con nosotros durante muchos meses. A veces se oían llantos en su habitación pero ninguno de nosotros se ocupaba de ella, solo su doncella. Estaba completamente aislada, con el fin de proteger su identidad, al menos hasta el parto, cuando llamaron a la comadrona. Mandaron llamar a la pareja que debía hacerse cargo del niño, pero eso ocurrió antes del griterío, de lo contrario puede que la abadesa hubiera esperado.

—¿Qué griterío?

—Todas fuimos convocadas a la capilla para rezar por la madre y el niño cuando oímos los gritos de la comadrona diciendo que había complicaciones... que perdía demasiada sangre. Lo siento, pero cuando eso pasa la madre rara vez sobrevive.

—¿No lo sabes con certeza?

—Lo único que puedo deciros es que al día siguiente apareció una tumba recién excavada en el cementerio, y no precisamente una pequeña. Uno de ellos o ambos habían muerto.

—Pero seguro que vuestra abadesa al menos os informó del desenlace después de que rezarais, ¿no? —dijo Harriet—. Puede que estemos hablando de mi nieto.

Brooke se disponía a recordarle a su madre que eso era imposible, pero la monja se le adelantó.

—No lo comprendéis. Las «damas» exigen un anonimato total cuando acuden a nosotras y eso incluye hasta la muerte; por eso la tumba no tiene lápida y por eso la abadesa nunca hablará de ello ni revelará su identidad. Está obligada a guardar silencio.

—¿Pero tú no?

—Sí, pero dicen que soy demasiado compasiva. Es evidente que vosotras conocíais a la muchacha y sufrís por ignorar lo que le sucedió. Lamento mucho no poder deciros lo que esperabais oír. Las mujeres plebeyas que vienen aquí para entregarnos sus bebés no se aíslan y no nos impiden tener contacto con ellas. Además, también suelen morir durante el parto con demasiada frecuencia. Ya he dicho demasiado, me veré en problemas si me ven hablando con vosotras. Debo irme.

Brooke asintió y dio las gracias a la monja. Había puesto tantas esperanzas en ese viaje, pero cuando montó en el carruaje Harriet dijo:

—Iremos a Sevenoaks. Puede que Eloise muriera debido a esas complicaciones, pero es posible que el niño haya sobrevivido. Tengo que asegurarme.

La joven monja ni siquiera había estado hablando de Eloise. Eloise había muerto hacía dos años. Si un bebé huérfano estaba siendo criado en Sevenoaks era el hijo de una dama similar que había cometido una imprudencia similar. Harriet quería creer que, de algún modo, Eloise había fingido su muerte incluso cuando encontraron su cadáver, pero Brooke estaba demasiado abatida para discutir con su madre.

Alfreda, que las había esperado en el carruaje, preguntó:

—¿Y cómo encontraremos a ese bebé? Sería como buscar una aguja en un pajar.

—Hablaré con el alcalde y con todos los sacerdotes de Sevenoaks. Alguien sabrá si el año pasado una pareja regresó con un bebé. ¿Cuándo podría haber sido? ¿En abril o en mayo? O si en vez de eso regresaron a casa decepcionados. Si estaban esperando adoptar a un niño supondría una noticia emocionante para ellos, una que querrían compartir con sus amigos y vecinos. Ahora dejadme echar una cabezadita, estoy exhausta. Anoche estaba tan excitada confiando en que hoy recibiría buenas noticias que no logré pegar ojo.

Brooke se sentía muy desanimada y se regañaba a sí misma por haber insistido en visitar ese orfanato. Debería haberle llevado aquella carta directamente a Dominic en vez de dársela a una monja, solo para ver cómo la rompía. No era una prueba concluyente, pero había sido algo, y él nunca creería a Brooke si ella intentaba hablarle de la carta. No estaba cansada, pero se apoyó contra Alfreda buscando consuelo.

—¿De verdad dejarás que recorramos todo el trayecto hasta Sevenoaks para nada? —susurró Alfreda unos minutos después, cuando Harriet roncaba con suavidad.

—Tú podrías habérselo dicho —murmuró Brooke.

—No me corresponde hacerlo, pero si ese bebé sobrevivió es necesario que le digas que no puede guardar ninguna relación con ella.

—Lo haré, llegado el momento, pero es probable que allí no encontraremos ningún bebé y ella misma llegará a la conclusión de que murió junto con quienquiera que fuera su madre, que, sin duda, es lo que pasó. Pero no tengo prisa por regresar a Londres hoy; de hecho, preferiría regresar a Lancashire.

—No digas eso. Allí no encontrarás ningún marido.

—¿Quién dice que quiero uno ahora? A lo mejor sentiré algo diferente cuando llegue la temporada social de invierno, pero ahora... fingir que disfruto con esos eventos sociales ha sido muy difícil, cuando lo único que puedo hacer es pensar en él. Lo de hoy supuso una enorme desilusión, Freda, era mi única oportunidad de poner fin a su ira por lo que él cree que le ocurrió a su hermana, mi única oportunidad de reconquistarlo.

—¿Reconquistarlo?

—Tenía grandes esperanzas de que nuestro matrimonio supusiera un punto de inflexión para nosotros, pero no pude averiguarlo.

Alfreda debió de percibir que las lágrimas eran inminentes, porque cambió abruptamente de tema con un interesante cotilleo.

—Cuando me visitó antes de abandonar Londres, Gabe parecía de un humor sombrío. En realidad estaba bastante triste y se negó a confesar el motivo.

—No sabía que se había marchado —dijo Brooke, lanzándole una mirada de soslayo—. O que lo habías visto desde que nos mudamos de casa.

—Por supuesto que lo he visto.

—¿Cómo estaba Dominic? ¿Te lo dijo?

—Muy distante. Estar en su presencia resultaba desagradable.

—Pero si Dominic consiguió lo que quería, ¿por qué no está feliz y satisfecho?

—Gabe no lo sabe. Al parecer, el lobo se niega a decírselo y eso lo ha puesto de un humor todavía peor. Puede que se deba a su madre y él no puede regañarla mientras ella aún se está recuperando.

—Supongo que está enfadado por tener que renunciar a sus minas de carbón para alcanzar su objetivo —dijo Brooke—. En cuanto a Gabe, si estaba de capa caída quizá sea porque abandonaba Londres con Dominic y sabía que no volvería a verte.

—No, dijo que regresaría, solo que no sabía cuándo. Pero también parecía disgustado durante nuestro viaje a Londres. Que se negara a hablar de ello acabó por enfadarme tanto que le dije que se largara.

—¿Fue a casa de mis padres?

—A mi habitación.

—Comprendo —dijo Brooke, sin ruborizarse.

—¿Piensas casarte, Freda? —preguntó Harriet en tono sorprendido.

Por lo visto no había estado dormida.

—Es demasiado joven para mí —manifestó Alfreda, resoplando.

—No, no lo es —comentó Brooke.

—Bueno, me conformo con disfrutar de él cuando estoy de humor de hacerlo.

Antes de tratar de echar otra cabezadita Harriet puso los ojos en blanco. Brooke cerró los suyos, preguntándose si Dominic no había hecho un esfuerzo por verla antes de abandonar Londres porque estaba enfadado por otra cosa, en con-

creto por la prepotencia de su madre. Tal vez quería superar-
la antes de que... ¿A quién trataba de engañar? Él no tenía
ningún motivo para volver a acercarse a ella jamás, y ella había perdido el suyo.

Pero Alfreda debió de quedarse dándole vueltas al tema
porque una hora después volvió a susurrar:

—Creí que el objetivo de este viaje era demostrar que la
muerte de lady Eloise fue un accidente. Sabes que si ese bebé
no murió junto con su madre y se encuentra en Sevenoaks
te costará muchísimo trabajo impedir que tu madre exija que
se lo entreguen a ella. ¿Por qué Harriet está sacando la conclusión equivocada? Le dijiste que el cuerpo de Eloise fue ha-
llado en Scarborough, ¿verdad?

—Sí, pero se le metió en la cabeza que Eloise simuló su
muerte para que nadie la buscara.

—¿Mediante su propio cuerpo? —preguntó Alfreda, resoplando.

—Mediante una dc... —Brooke se enderezó, boquiabierta—, de las joyas de Eloise. Fue lo único mediante lo cual identificaron el cuerpo y aquel día su doncella robó sus joyas. ¡La
que murió en la playa podría haber sido la doncella, asesinada
para robarle el resto de las joyas y arrojada al mar para hacerla desaparecer! Puede que aquel día Eloise realmente navega-
se hasta aquel orfanato.

—La mujer que se dirigió allí para tener un bebé disponía
de una doncella que la acompañaba.

Brooke volvió a inclinarse hacia atrás: lo había olvidado.
Se estaba agarrando a un clavo ardiendo, al igual que Harriet,
a menos que...

—Podía haber ido allí con una criada más vieja a la que
conocía de toda la vida, en vez de con una joven doncella en
la que quizás aún no confiara. Y puede que hubieran navegado costa abajo, lo bastante como para evitar esa tempestad
por completo.

—Sea como sea, está muerta.

—Sí, pero si su bebé está en Sevenoaks... ¡Dios mío, Freda, si logro llevarle el hijo de Eloise a Dominic todo cambiaría!

—Y vuestras familias tendrían un nuevo motivo para estar en guerra.

Brooke no le hizo caso.

—¡Dile al cochero que conduzca más rápidamente!

54

—No te alarmes —le dijo Dominic a Willis, que, boquia-
bierto, tenía la mirada clavada en los dos animales que Gabriel trataba de obligar a entrar en la residencia londinense—.
Son grandes pero inofensivos.

Las improvisadas correas resultaron inútiles. *Storm* deslizó
la cabeza fuera de la suya, atravesó el vestíbulo a la carrera y
remontó la escalera; *Wolf* arrancó la suya de las manos de Gabriel y la siguió, como de costumbre.

—*Storm* debe de haber olfateado el olor de lady Whitworth
—comentó Gabriel, suspirando tras atravesar el umbral.

—¿Después de dos semanas? Es más probable que sea la
casa: no están acostumbrados a ella, se tranquilizarán en cuanto hayan olfateado hasta el último rincón.

Entonces Willis carraspeó y, en tono estoico, dijo:

—Bienvenido a casa, milord.

Entonces oyeron un chillido en la planta superior y el grito alarmado de Anna.

—¿Qué están haciendo dos lobos en mi casa?

—En realidad hay tres lobos aquí, madre —contestó Dominic, alzando la voz.

Anna apareció en el pasillo de la primera planta, y estaba
tan encantada de ver que Dominic había vuelto a Londres
que corrió escaleras abajo para abrazarlo. Al parecer, se había
recuperado por completo y en vez de la fiebre un saludable

arrebol le teñía las mejillas. Dominic debería estar contento...
y lo estaría si no siguiese tan enfadado con ella.

Le devolvió el abrazo pero con bastante rigidez.

—Solo son perros grandes de los brezales. He traído el
blanco porque es la mascota de Brooke y debo devolvérsela.

Anna dio un paso atrás y lo contempló con expresión de
temor.

—Dom, ¿has...?

Pero él la interrumpió.

—Perdón, madre, tras cabalgar todo el día Gabe y yo ne-
cesitamos un whisky.

Condujo a Gabe a la salita de estar y cerró la puerta en las
narices de su madre. Todavía no estaba preparado para hablar
con ella, pero necesitaba un trago. Se sirvió una copa y otra
para Gabriel y alzó la suya para brindar.

—Por la mala suerte. El príncipe regente me obliga a casarme con la hermana de mi enemigo. Y aún peor: me enamo-
ré de ella. Y lo peor de todo: mi madre se entromete, el regente se retracta y yo pierdo a la mujer que amo.

Gabriel se negó a brindar por eso.

—La reconquistarás.

—Tal vez, ahora que tengo a *Storm* a mi lado, pero incluso
así dispongo de menos de un año para disfrutar de ella.

—No creerás en esa estúpida maldición, ¿verdad, Dom?

—No solía hacerlo, pero ahora, tras esta racha de mala
suerte y encima tras la muerte de Eloise y el fallecimiento
prematuro de mi padre, empiezo a preguntarme...

—Pues deja de preguntártelo. No existe esa maldición. Lo
sé, porque... porque se supone que yo era el que debía matarte.

Dominic alzó una ceja.

—¿Matarme? ¿Intentas hacerme reír? Creo que has halla-
do una manera ideal de distraerme de mi congoja, Gabe. Muy
agradecido.

—Por más que me gustaría complacerte, no. Tal vez sería
mejor que te sentaras.

—Tal vez sería mejor que te apresuraras a explicarme de qué estás hablando.

—Es esa condenada maldición —indicó Gabe, exasperado—. Y ni siquiera es tu maldición: la única maldición que te afecta es mi familia y en su mayoría le han dado crédito desde el año 1500, cuando Bathilda Biscane, esa maldita antepasada mía, la proclamó a voz en cuello. Ella era la amante del primer vizconde de Rothdale. El sacerdote de la aldea de aquella época (otro de mis parientes) ya creía que era una bruja porque, ¿de qué otra manera podría habérselas arreglado para deslumbrar a un noble y meterse en su cama si no fuera mediante un hechizo? Pero el sacerdote no podía hacerle nada mientras estaba bajo la protección de su señor... hasta aquella noche en la que regresó a la aldea llorando. El sacerdote la acusó en el acto y la condenó a morir en la hoguera, pero antes de que lograran arrastrarla hasta allí maldijo a su propia familia y juró que, si a partir de aquel día un primogénito de los Biscane no mataba a todos los primogénitos de los Wolfe (y antes de que cumplieran los veinticinco), entonces morirían todos los primogénitos de los Biscane. Y se suicidó ante los ojos de ellos, gritando esas palabras y usando su propia sangre para sellar la maldición.

—¿Y tú crees eso?

—Que ocurrió así, sí. Pero algunos de mis parientes creyeron en esa maldición. Poco después de la funesta escena montada por Bathilda muchos Biscane se trasladaron a otros lugares, algunos porque no querían formar parte de los malvados conjuros de la bruja, otros porque sabían que eran tonterías supersticiosas. A lo largo del siglo siguiente, la maldición se convirtió en un secreto transmitido del primogénito de una generación al primogénito de la siguiente. Solo este podía cometer el asesinato.

—Y tú eres un primogénito —dijo Dominic en tono seco.

—Sí. Arnold no me transmitió el secreto hasta esa noche en la que recibiste el mensaje informándote de la enfermedad de tu madre, y Arnold sabía que yo te seguiría a Londres. Quería que actuara antes de que te casaras con lady Whitworth, para que tu estirpe acabara para siempre y ellos pudieran dejar de cometer asesinatos.

—¿Arnold te dijo todo eso? ¿Mi principal caballerizo quiere matarme?

Gabriel asintió.

—Es el Biscane de mayor edad que vive en Rothdale, es el hermano mayor de mi madre. Lo aterra la idea de que Peter, Janie y yo moriremos si tú no mueres antes de fin de año. Confió en que no vivirías tanto tiempo, y por eso aguardó tanto tiempo antes de decirme que al próximo que le tocaba matarte era a mí. Traté de hacerle comprender que era una insensatez, pero la semana pasada cuando regresaste a Rothdale con vida, la angustia se apoderó de él.

—Sabes que me cuesta creer lo que me estás diciendo. ¿Estás seguro de que no me estás tomando el pelo?

—¿De verdad crees que él me hubiera permitido abandonar Rothdale con un cuento como ese si no fuera verdad?

—Supongo que no. —Dominic se dispuso a servirse otra copa, pero de pronto se volvió—. ¿Mi padre?

—¡No! En realidad, Arnold me aseguró que ningún Biscane aún con vida ha matado a nadie, y no se trata de que no estuvieran dispuestos a hacerlo. Pero todos los vizcondes recientes, incluido tu padre, tuvieron mala suerte con sus hijos y perdieron el primero en el parto o en la infancia. Mis antepasados han matado a algunos de los tuyos. Provengo de una estirpe espantosa, ¡estoy muy avergonzado!

Anna abrió la puerta, chasqueó la lengua y dijo:

—Y deberías estarlo, Gabriel Biscane.

—¿Así que ahora te dedicas a fisgonear, madre?

—No, yo... bien, tal vez un poco, pero hemos de hablar.

Gabriel trató de pasar a su lado.

—Me iré —dijo.

Ella se lo impidió.

—No, no te irás. ¿Ha muerto algún miembro de tu familia desde que Dominic cumplió los veinticinco?

Dominic estaba incrédulo. Dejó la botella de whisky en la mesa y procuró suavizar el tono de su voz, pero solo lo logró a medias.

—¿Piensas volver a entrometerte? Yo me enfrentaré a esto, a ti no te incumbe.

—Pues resulta que sí y tenía la intención de decírtelo el día de tu cumpleaños, pero lo celebraste en casa de Archer donde te trataron la herida, la herida que ni siquiera querías que yo descubriera que sufrías, y después te marchaste a Rothdale para recuperarte, para que yo no lo descubriera. Y contesta mi pregunta, Gabriel.

—No, milady, nadie ha muerto. Pero si Dom vuelve a cumplir años, mi tío cree que todos los primogénitos Biscane morirán: yo, Peter y Janie.

—Pues entonces estoy encantada de demostrar que esa estúpida maldición es mentira de una vez por todas. —Anna le sonrió a su hijo—. Ya tienes veintiséis años, cariño. La maldición no es real y tu padre y yo lo demostramos mintiendo acerca de tu edad.

Dominic volvió a coger la botella de whisky, pero a lo mejor debería haberse pellizcado: esa clase de extraña absurdidad solo ocurría en sueños, pero ¿dos veces en un solo sueño? Bebió un trago largo de la botella que sostenía en la mano antes de preguntar:

—¿Cómo es posible? Los criados hubiesen sabido cuándo nací.

—El que tuvo la idea de demostrar que esa maldición era falsa fue tu padre y lo ha hecho, solo que no vivió para saberlo. Cuando nos enamoramos durante mi primera temporada social ambos éramos jóvenes... Y yo ya estaba embarazada antes de que nos casáramos y emprendiéramos nuestro viaje de bodas.

Dominic arqueó una ceja y Anna se ruborizó. Una vez más, Gabriel intentó abandonar la habitación, pero Anna apoyó las manos en el marco de la puerta.

—Nos ausentamos durante casi cuatro años; cuando regresamos a Inglaterra afirmamos que tenías un año menos de los que realmente tenías. Sí, la gente se maravilló de lo grande que eras para tu edad, pero nadie jamás adivinó el motivo y ahora sé que quizá te salvamos la vida mediante nuestro ardid.

Puso fin a sus palabras lanzándole una mirada furibunda a Gabriel, pero él estaba demasiado aliviado como para darle importancia.

—Enviaré un mensaje a mi tío y la próxima vez que lo vea le hincharé un ojo. Gracias, milady. ¡Me he quitado un peso enorme de encima, casi podría flotar!

Entonces ella dejó que se marchara y le preguntó a Dominic lo que había querido preguntarle hacía unos momentos.

—¿Ya me has perdonado?

Dominic bebió más whisky.

—Lo uno no tiene nada que ver con lo otro. No me salvaste de un destino peor que la muerte, madre. En vez de eso me has condenado a un nuevo infierno.

55

—Quizá no haya nadie en casa —dijo Alfreda cuando llamaron a la puerta por segunda vez.

—Oigo el llanto de bebés —insistió Harriet—. No creo que los dejaran solos.

La pareja a la que estaban buscando había obtenido un bebé el año pasado y poco después, otro.

Esperaban adoptar a un tercero porque querían convertirse en una familia numerosa, pero Alfreda solo puso los ojos en blanco y se negó a repetir por segunda vez lo que ya había pronosticado: que se verían decepcionadas porque incluso si el hijo de Eloise era uno de los niños adoptados por los Turrill no podían demostrarlo, la abadesa no lo confirmaría y era indudable que la pareja lo negaría puesto que no querrían renunciar a ninguno de ambos niños por los cuales a esas alturas quizá ya sentían el mismo afecto que si fueran sus propios hijos.

Habían llegado a Sevenoaks el día anterior por la noche y se sintieron un tanto desalentadas porque la ciudad era más grande de lo esperado; se había extendido de manera considerable desde su fundación en 1605. Tomaron habitaciones en un pequeño hotel y Harriet partió en busca de algunas iglesias, aunque dijo que una visita al alcalde podía esperar al día siguiente.

No tuvo suerte con las iglesias del centro de la ciudad, donde le indicaron que lo intentara en otras más alejadas, lo cual hicieron a la mañana siguiente.

El párroco de la primera les indicó el hogar de los Turrill, una casa bastante amplia situada al borde de la ciudad. Les informó que el señor Turrill era un experimentado relojero, que durante quince años él y su mujer trataron de engendrar un hijo antes de optar por la adopción.

Mientras Brooke y Harriet aguardaban ansiosamente ante la entrada, Alfreda volvió a llamar. La puerta se abrió. La mujer en el umbral era demasiado joven para ser la señora Turrill: era pelirroja, de ojos castaños y de mirada curiosa, y llevaba un delantal blanco. Parecía una criada, tal vez una niñera, porque sostenía un niño pequeño en brazos del cual ambas Whitworth no pudieron despegar la vista.

—¿En qué puedo ayudarlas, señoras?

Desde el interior de la casa una voz femenina preguntó:

—¿Ha llegado mi paquete, Bertha?

La criada se volvió para contestar y Brooke aprovechó para pasar junto a ella y enfrentarse a la mujer que acababa de hablar. Y allí estaba: cabellos negros sujetados en forma de moño, ojos ambarinos como los de Dominic y vestida a la moda. Brooke nunca había esperado algo así, no cuando no existía una única tumba de Eloise Wolf sino dos.

—Te conozco —dijo Brooke casi llorando, mientras se acercaba lentamente a la hermana de Dominic—. Lloré contigo cuando murió tu perro; reí contigo cuando le arrojaste una bola de nieve a tu hermano con doce años; sonreí contigo cuando me senté en tu banco donde pone «Yo gano», en el centro del laberinto de Rothdale. ¡Dios mío, Eloise, cuánto me alegro de que estés viva!

Con cada palabra de Brooke los ojos ambarinos se abrieron más y más, hasta que la mujer frunció las cejas negras y, en tono duro, dijo:

—Te equivocas. Soy Jane Croft y no esa persona a la que te refieres, quienquiera que sea.

—Cambiar de nombre no cambia quién eres —repuso

Brooke con una amplia sonrisa—. No lo niegues: tus ojos, tan parecidos a los suyos, te delatan.

—Es evidente que te has equivocado de dirección —dijo la mujer en tono aún más duro—. Quienquiera que sea esa que estás buscando, ella no vive aquí. Y ahora debo pedirte que te marches.

Brooke aún no se dejaba intimidar, pero antes de que pudiera contestar Harriet irrumpió en la conversación.

—¿Dónde está mi nieto?

—Disculpadme —indicó la joven en tono brusco—, pero ¿quién demonios sois?

—Aguarda, madre —advirtió Brooke—. Esta es Eloise Wolfe, la madre del niño.

—No, no lo soy —aseguró la joven. La mirada de sus ojos ambarinos se había vuelto muy airada—. Marchaos, por favor.

—Soy la prometida... era la prometida de Dominic —se apresuró a decir Brooke—, pero espero volver a serlo. Amo a tu hermano. Él aún te ama profundamente y tu pérdida todavía supone un gran dolor para él. Tu madre sigue apenada y te echa muchísimo de menos. Las circunstancias de tu muerte son lo que se interpone entre tu hermano y yo. Pero una vez que sepa que estás viva...

—¡No puedes decírselo! —exclamó Eloise, espantada, pero luego las lágrimas se derramaron por su rostro.

Obviamente, Harriet sentía una gran desilusión por no poder llevarse un bebé a casa ese día, tal como había confiado, pero el tono de su voz no era acusatorio, solo curioso cuando preguntó:

—¿Sabes que tienes dos tumbas?

Eloise se secó las lágrimas.

—Así lo espero. Yo misma dispuse que cavaran dos.

—¿Podemos ver al niño? —preguntó Harriet, esperanzada.

—No —dijo Eloise—. Ni siquiera sé quiénes sois ni cómo me encontrasteis cuando tomé medidas muy extremas para asegurar que nadie lo hiciera jamás.

—No sabíamos que te encontraríamos —declaró Brooke—. No, dado que en tu diario escribiste que tu bebé no te dejaba otra opción que quitarte la vida.

—No, no es así. No me dejó otra opción que marcharme para dar a luz. Nunca pensé en matarme a mí misma y a mi pequeña.

—Pero Dominic dijo que escribiste que buscarías «paz y consuelo en el mar».

—Que deseaba hacerlo, no que lo haría; pero eso fue cuando estaba rota de dolor, solo fue una breve y melancólica idea. Pero debía evitar que Dominic supiera la verdad para que él no cometiera un asesinato y acabara en la cárcel durante el resto de su vida. Y la única manera de hacerlo era desaparecer. No se me ocurrió fingir que el mar me había tragado hasta que mi velero pasó junto a esa pobre mujer tendida en la arena, y la que la descubrió fue Bertha, mi doncella. Nos detuvimos para investigar y fue entonces cuando se me ocurrió la idea de simular mi propia muerte. Le pedí a Bertha que le pusiera mi relicario al cadáver. Deberías haber oído sus protestas, estoy segura de que las oyeron hasta en Scarborough. Así que lo hice yo, por más desagradable que fuera, y le ordené a Bertha que regresara andando para recoger mis joyas, para que tuviéramos con que mantenernos, puesto que yo no podía retirar dinero de mi banco porque estaba «muerta».

»Pensaba dejar a mi pequeña en la casa de niños huérfanos pero en cuanto di a luz... bueno, fue amor a primera vista. Para los Turrill supuso una desilusión que yo hubiera cambiado de parecer, pero me ofrecieron una alternativa: que fuese a vivir con ellos y criara a mi hija aquí. Supuso un arreglo satisfactorio para mí, puesto que en realidad no había decidido adónde ir después del parto. Y ellos han sido unos abuelos sustitutos maravillosos. Ahora insisto en que me digáis cómo me encontrasteis. La abadesa juró...

—No fue ella. Hasta negó redactar esa carta suya que encontré en tu abanico, pero una de las monjas confesó que una dama había acudido al convento en otoño de aquel año. Yo solo confié en que fueras tú, pero la monja estaba segura de que no habías sobrevivido a las complicaciones del parto.

—Casi no lo hice. Fue horroroso —dijo Eloise, estremeciéndose.

—La monja insinuó que tú y la niña podíais haber muerto aquella noche, pero como no lo sabía con certeza mi madre estaba decidida a buscar hasta en el último rincón. Así que vinimos aquí con la esperanza de encontrar al menos a tu bebé, si es que había logrado sobrevivir de algún modo y llevarlo a casa, donde debe estar.

—Me pertenece a mí.

—Sí, por supuesto que sí. Ahora eso no está en duda. Te prometo que no queremos hacerte daño.

Eloise se relajó un poco, lo bastante como para admitir lo siguiente:

—Sabía cuáles serían las consecuencias de mis necias acciones y mi corazón temerario, pero estaba enamorada; incluso conocía sus defectos pero estaba convencida de que podía ayudarle a superarlos. Nos encontramos en secreto tantas veces que supuse que quedaría embarazada, así que no me sorprendí cuando ocurrió y estaba contentísima. Creí que eso nos llevaría al altar más rápidamente. Fui una estúpida. Pero a pesar de todo no soportaba la idea de que mi hermano lo matara, o lo que le pasaría a Dominic si lo mataba. Me siento muy culpable por el dolor que le causé a mi madre y a mi hermano, me angustia profundamente, pero la alternativa hubiese sido mucho peor.

—Pero lo que temiste que sucediera sucedió. Se libraron tres duelos a causa de tu muerte, si bien ninguno de los dos adversarios murió. Pero intervino el príncipe regente y tu hermano firmó un documento en el que juraba que abandonaba la *vendetta* para siempre. Lamento que mi hermano se negara a casarse contigo. Es tan canalla... Pero la verdad es que ya no existe un motivo que te obligue a permanecer aquí.

Regresa junto a tu familia, Eloise. Para ellos será un sueño hecho realidad.

De repente Eloise frunció el ceño.

—No sabía que Benton tuviera una hermana. De hecho, estoy segura de que no tiene ninguna. ¿Quién eres, realmente?

56

Mientras esperaba en la salita de estar para ver si Dominic estaba dispuesto a recibirla, Brooke procuraba disimular su nerviosismo, pero sabía que él había regresado a Londres. La noche anterior, cuando volvieron a casa, había un mensaje de Gabriel para Alfreda donde ponía que él y Dominic habían regresado de Yorkshire el día antes.

Tantas cosas dependían de ese encuentro: su futuro, el de Eloise, incluso la felicidad del propio Dominic... y si no lo hacía correctamente, si no lograba devolverle a su hermana, quizás él la odiaría todavía más.

¿Por qué todo ese asunto no podía ser sencillo? ¿Por qué Eloise quería proteger a un hombre que había traicionado no solo la confianza depositada en él sino también la de Dominic, su propio amigo? Pero el lobo que entró en la salita unos momentos después no era el que ella esperaba ver.

—¡*Storm*! —gritó Brooke, encantada. Se puso de pie de un brinco, abrazó a la loba y sumergió la cara en su blanco pelaje.

—Estás besando al lobo equivocado —dijo Dominic, y se acercó.

No parecía enfadado, de hecho estaba sonriendo. ¿Acaso Eloise había cambiado de idea y ya estaba en casa?

Pero, de pronto, Dominic la estaba besando y Brooke olvidó todo lo demás y lo estrechó entre sus brazos. No había olvidado sus músculos poderosos, su aroma, su sabor tentador, pero la emoción era nueva y sintió un enorme alivio: ¡él la deseaba!

Dominic la alzó en brazos, se dirigió al sofá, se sentó y la acomodó en su regazo sin dejar de besarla una y otra vez. El sombrero de Brooke cayó hacia atrás, sus cabellos se soltaron y se derramaron por los brazos de él. Alguien cerró la puerta: no estaba cerrada con llave pero ella se sentía demasiado dichosa como para que le importara.

—Cásate conmigo, Brooke. —Al oír eso ella se sintió tan desconcertada que lo apartó. Su incredulidad era tan evidente que él puso una sonrisa irónica—. Y yo que creí que tener a *Storm* a mi lado aumentaría mis posibilidades de convencerte. ¿Es que no ha funcionado?

Brooke aún estaba desconcertada, pero le lanzó una profunda mirada a esos ojos ambarinos.

—¿Así que ahora realmente quieres casarte conmigo?

Tras depositar un último tierno beso en sus labios, Dominic dijo:

—Quise casarme contigo desde la noche en la que hicimos el amor. Me has afectado de tantas maneras... tus cuidados, tu preocupación, tu coraje, tu determinación. Superaste mis defensas con mucha facilidad, pese a la persona con la que estás emparentada. Nunca he conocido a nadie como tú, Brooke Whitworth, y quiero compartir el resto de mi vida contigo.

Ella se echó a llorar incluso mientras le sonreía.

Dominic puso los ojos en blanco y le secó las lágrimas que le mojaban las mejillas.

—Nunca deja de divertirme el modo en el que las mujeres pueden derramar lágrimas por el motivo equivocado.

Brooke rio y se secó el resto de las lágrimas.

—No tengo ni la menor idea del porqué. —Y añadió en tono sorprendido—: Pero dejaste que abandonara tu casa. ¿Por qué lo hiciste si ya lo sabías?

—Porque creí que sin el edicto del regente proyectando una sombra sobre nosotros podía pedirte que te casaras conmigo, y tú sabrías que eso era lo que yo quería, no lo que me obligaban a hacer. Y yo sabría que era lo que tú querías, si me aceptabas. No quería empezar nuestro matrimonio bajo esas circunstancias forzadas. Así que, si bien sigo enfadado con mi madre por entrometerse, si ahora dices que sí se lo agradeceré efusivamente.

—¡Por supuesto que quiero! —exclamó Brooke, y su sonrisa se volvió aún más amplia—. Quise casarme contigo en cuanto dejaste de gruñirme, pero el día que abandoné tu casa estaba muy enamorada de ti. ¿Por qué no viniste y me lo pediste antes?

—Porque te habían negado la posibilidad de elegirme. Quería que la recuperaras y también todas las demás opciones. Quería que tú me eligieras, que estuvieras absolutamente segura de tus sentimientos antes de pedirte que te casaras conmigo. Hiciste que te amara y yo no estaba seguro de que tú sintieras lo mismo. Además, te merecías esa temporada social que esperabas con tanta impaciencia.

—¿La temporada social de la que no he disfrutado sin tenerte a mi lado? ¿Esa temporada?

Dominic parecía avergonzado.

—Yo también lo he pasado muy mal, lo pagué con todos los demás. Pero te amaba lo bastante como para esperar y dejar que disfrutaras un poco de la temporada. Bueno, creí que lo harías, me contaron que acabaste rodeada de pretendientes. Tal vez debería haberme quedado en Londres, mostrarles los dientes y gruñirles a algunos de ellos.

—Eso de tomar el pelo se te da muy bien —dijo ella, sonriendo—. ¿Siempre has sido así?

—Solo con mi hermana. Tomarle el pelo era fácil.

¡Eloise! Brooke casi lo había olvidado y entonces tuvo ganas de soltar un gemido. Dominic podía reaccionar de cualquier manera: puede que se negara a dar su palabra de que no mataría a Benton. O quizá se enfadaría con su hermana por causarle semejante pena, y se preguntó si a lo mejor podrían casarse antes de decírselo...

Al ver su expresión preocupada él preguntó:

—¿Qué pasa? —Y después dijo—: Estás acordándote de aquel estúpido trato tuyo, ¿verdad? Y no se trataba de que dispusieras de algo con lo cual negociar.

—No, me lo dijiste cuando regresamos a casa de aquel baile, pero ¿por qué no me has preguntado qué me ha traído aquí hoy?

Él la abrazó más estrechamente.

—¿Algo que no sean tus sentimientos tácitos por mí?

—Sí, es verdad que esperaba que ocurriera lo que acaba de ocurrir. Quería poner fin a tu pena y ahora puedo hacerlo. Tu hermana no está muerta, está muy viva.

Dominic se levantó abruptamente del sofá. Al ver la angustia que crispaba su rostro, durante un instante Brooke creyó que la acusaría de ser una mentirosa.

—¿Cómo puede ser? ¡Encontraron su cadáver!

—No era ella —aclaró Brooke y se apresuró a añadir—: Y regresará a casa si juras que no matarás al padre de su hijo.

—Ya lo he jurado.

—Él no es el padre, y antes de que pueda decirte quién es, he de oírte jurar que no lo matarás. Eloise fingió su muerte por temor a que lo hicieras, Dominic. No quiere que muera ni que tú vayas a la cárcel por ello. Así que jura: es ella quien impone esa condición, no yo.

—¿Realmente está viva? —preguntó él, incrédulo.

Brooke asintió con la cabeza.

—Tanto ella como tu sobrina lo están.

—¡Dios mío! ¿Cómo?

Ella le contó lo que pudo sobre las muertes simuladas sin revelar nombres ni lugares y le dijo cómo logró encontrar a Eloise.

—Al principio esperaba encontrar pruebas de que la muerte de Eloise había sido un accidente, no un suicidio. Después se puso de manifiesto que su bebé aún podría estar vivo, y albergué la esperanza de que al menos el niño pudiera mitigar tu dolor. No esperábamos encontrarlos juntos.

—¿Dónde está Eloise?

—No puedo decírtelo.

—Maldita sea...

—No puedo. Ella me obligó a prometer que primero oiría que lo juras.

—Por todos los diablos...

Ella comprendía su frustración, y habría sonreído si no fuera tan inadecuado, dadas las emociones que lo martirizaban.

—Eloise insistió en que lo juraras. —Se vio obligada a insistir.

Ay, Dios mío: ese brillo feroz volvía a aparecer en su mirada, pero Brooke no creyó que fuera dirigido contra ella. Dominic caminó de un lado a otro sin dejar de maldecir. Ella aguardó pacientemente. Por fin él se detuvo y la miró fijamente.

—Juro que no lo mataré. Ya está, lo he dicho con claridad. ¡Ahora dime el nombre de ese al que solo le daré una paliza!

—Benton Seamons.

Soltó un gruñido, se acercó a la pared más próxima y le pegó un puñetazo. Chasqueando la lengua, Brooke echó a correr hacia él para comprobar si se había lastimado los nudillos.

—Ten presente que ella no quiere que muera por lo que hizo, aunque tal vez no le importe que le den una buena paliza, pero tú y tu hermana podréis discutirlo más adelante.

—¿Por qué le echó la culpa a tu hermano en vez de a Benton? ¿O solo se trataba de un ardid para despistarme?

—No, ella ignoraba que habías leído su diario, y de un modo indirecto fue culpa de Robert, si bien él solo creyó que estaba ayudando cuando se entrometió. Aquel verano Robert y Benton se hicieron amigos, y él descubrió que Benton estaba tan endeudado debido a su afición al juego que su padre amenazaba con desheredarlo. Así que propició un encuentro entre Benton y la heredera de un ducado que estaría en edad de casarse en un par de años para empezar por abajo, por así decirlo; una muchacha que podía resolver sus problemas actuales... y encargarse de pagar sus futuras (y tal vez exorbitantes) deudas con facilidad. Fue lo único que apaciguó al padre de la muchacha lo bastante como para pagar las deudas. Benton estaba borracho cuando se rio de Eloise, cuando ella le dijo que estaba embarazada, pero ya sabía que no podía casarse con ella incluso si la amaba. Rompió con ella de ese modo tan duro porque lo desheredarían si no lo hacía, lo cual haría que de todos modos él ya no fuera digno de ella.

—¿Por qué tu hermano no me dijo eso?

—Bueno, te lo dijo pero tú no le creíste. Y Eloise lo culpaba por estropear su vida porque fue él quien le dijo a Benton que conocía un mejor partido para él, y también quién era. Robert se lo dijo antes de que ella abandonara Londres, y también lo mucho que Benton estaba endeudado.

—Pero tres duelos... ¿Por qué diablos no me dio el nombre de Benton?

—Porque le había dado su palabra de que no revelaría nada de lo sucedido aquel verano. ¿Quién hubiera pensado que mi hermano conservaba una pizca de honor, el suficiente para guardar el secreto aunque su vida dependía de ello? Pero no lo averigüé hasta anoche, cuando regresamos a Londres y Robert me lo dijo. Y ser el responsable de haberle brindado a Benton esa opción ducal lo ha hecho sentir bastante culpable, sobre todo cuando tú lo acusaste de ser el responsable de la muerte de Eloise. En realidad, reconoció que merecía un balazo por el papel que jugó... ¡pero no tres duelos! —Brooke esbozó una sonrisa maliciosa al recordar la expresión frustrada de su hermano, la noche antes, cuando hablaron de ello—. Estaba muy enfadado cuando tú exigiste aquel tercer duelo. Estaba dispuesto a ir en busca de Benton y apalearlo hasta que te confesara la verdad cuando lo arrinconaste para forzar ese último duelo. Y cuando yo me vi envuelta en el asunto, en realidad intentaba salvarme provocándote e incitándote a que me enviaras a casa. Me alegro de que tú te dieses cuenta de ello antes de que lo hiciera yo.

—¿Y esa pócima que te dio?

Ella puso los ojos en blanco.

—Se suponía que debía hacerte ver algo grotesco y aterrador en cualquiera para que expulsaras a todos de tu casa, incluso a mí. No causaba otros efectos. Bien, ¿te gustaría ver a Eloise hoy mismo?

—¿Tan cerca está?

Brooke sonrió.

—Sí. Así que tal vez deberías informar a tu madre. Ver a Eloise sin previo aviso...

Dominic rio.

—Es verdad: los fantasmas tienden a causar toda suerte de estragos y desmayos.

—¿Y tú cómo lo sabes?

—Acabo de adivinarlo —dijo, estrechándola entre sus brazos—. No puedes imaginar lo que esto significa para mí, Brooke.

Sí que podía.

57

Brooke esperó a escuchar el chillido de alegría de Anna desde la primera planta antes de dirigirse a la ventana delantera de la salita de estar y agitar la mano hacia el carruaje: la señal que habían acordado con Eloise para indicarle que podía entrar. Unos momentos después, llamaron a la puerta principal y Brooke se dirigió al vestíbulo con *Storm* pisándole los talones; su mascota no tenía intención de perder de vista a Brooke cuando acababa de encontrarla. Brooke llegó a tiempo para presenciar la conmoción de Willis cuando este abrió la puerta; a lo mejor deberían haberle advertido también a él, pero Willis, que aún no había recuperado su correcta conducta habitual, abrazaba a Eloise... bueno, con cierta dificultad porque Annabelle estaba apoyada en las caderas de Eloise.

Eloise reía al tiempo que remontaba la escalera para encontrarse con Anna y Dominic, pero se quedó boquiabierta al ver a Brooke y lo que estaba sentado a su lado. Annabelle saludaba al «chucho» y quería tocarlo, pero su madre se acercó a *Storm* con mucha cautela.

—Esa es la loba blanca que nos salvó a Dom y a mí cuando éramos niños.

—También me salvó a mí, pero es una perra, no una loba.

—Es una loba —insistió Eloise—, y ¿en Londres? ¿Cómo es posible?

—Es mi mascota. ¡De verdad! —dijo Brooke sonriendo.

Eloise la miró y meneó la cabeza.

—¿Eres maga? Lograste encontrarme cuando nadie debía hacerlo y has domesticado a una loba. ¿Qué otros trucos guardas en la manga?

Brooke puso los ojos en blanco, pero después rio.

—Admito que tal vez logré domesticar al menos a un lobo.

El lobo que acababa de mencionar bajó la escalera a toda prisa seguido de su madre, que inmediatamente abrazaron a Eloise y a su hija. Eloise y Anna lloraban, algo nada sorprendente; Brooke trató de ver si Dominic también derramaba lágrimas pero él mantenía la cabeza inclinada por encima de las otras tres, al menos hasta coger a Brooke del brazo e incluirla en ese gran abrazo familiar.

En cuanto Anna sostuvo a Annabelle en brazos y le murmuró palabras cariñosas a su nueva nieta, Dominic las condujo a la salita. Eloise había comenzado a explicar por qué tomó medidas tan extremas después de que Benton la despreciara; durante la larga explicación Anna se limitó a hacer algunos comentarios mordaces a Dominic sobre su ex amigo y a decir unas cuantas cosas maravillosas sobre el papel que había desempeñado Brooke para volver a reunir a su familia, junto con una sincera disculpa.

Una vez que Eloise acabó su relato le preguntó a su hermano:

—Bien, ¿recibiré más abrazos o una reprimenda?

—No creas que no habrá una... más adelante.

Eloise le dirigió una sonrisa con los ojos empañados en lágrimas, aquellos ojos tan parecidos a los de él, hasta que su hermano la sentó en su regazo y la abrazó. Ella lo apartó entre risas.

—Espero que no la aplastes a ella de esa manera. ¿Cuándo será la boda?

—¿Significa que habrá boda? —preguntó Dominic con una sonrisa pícara.

—Ella me contó muchas cosas sobre el tiempo que pasasteis juntos. Te conozco, hermano.

—Hoy sería un buen día —afirmó Anna.

Dominic rio.

—Estoy absolutamente de acuerdo. Podremos encontrar un sacerdote de camino a la casa de los Whitworth.

Brooke, sorprendida y sentada al otro lado de él, se inclinó y le susurró al oído:

—No es necesario que me case en la casa de mis padres.

—¿Por qué no? Uniremos a dos familias y al parecer todo el mundo está en Londres para celebrar la boda.

—Pero puede que Robert se encuentre en casa —le advirtió Brooke.

—Tu hermano ha sido perdonado... por mí. ¿Y por ti?

—No, algunas cosas son imperdonables, pero tras todo lo que he descubierto en los últimos dos días, quizá deba reconocer que el hombre no es el mismo que aquel niño. Desde luego que podría estar tan dichosa que perdonaría a cualquiera, incluso a él, tal vez incluso a mi padre y a su gélido corazón.

Entonces deseó no haber dicho eso. Hablando del rey de Roma, cuando llegaron a la residencia de los Whitworth unos momentos después y les abrieron la puerta, Thomas estaba bajando la escalera asistido por Harriet.

—Hemos traído un sacerdote con nosotros, madre —dijo Brooke y, riendo al notar la expresión sorprendida de Harriet, añadió—: Tenías razón: él me ama y no quiere postergar nuestra boda ni un día más. ¿Crees que la sala de estar servirá?

Pero Anna, al percatarse de la mirada furibunda que le lanzaban, indicó:

—No seas rencorosa, Harriet. Ya sabes lo que yo creía. Si hubiésemos dispuesto de todos los datos con anterioridad... en realidad, puede que nuestros hijos ni siquiera se habrían conocido. Tanto tú como Brooke jugasteis un papel importante en la recuperación de mi hija. Nunca podré agradeceros lo bastante por ello, pero sé que querré a tu hija como si fuera mía, te lo prometo.

Al oír esas palabras Harriet se sonrojó un poco, pero Thomas preguntó:

—¿Una boda? ¿Hoy? —Y después, bizqueando hacia Dominic, añadió—: ¿Es el muchacho de los Hamilton?

—Es un matrimonio por amor, Thomas, y uno bueno. —Harriet lo ayudó a descender los últimos peldaños y lo condujo hacia la sala de estar. Pero en voz mucho más baja murmuró—: Ya era hora de que alguien se case por amor, maldita sea.

—¿Eh? Alza la voz, sabes que no oigo bien.

—El edicto del regente, recuerdas que no teníamos opción en este asunto, ¿verdad? —le recordó Harriet.

A lo mejor la memoria de Thomas se estaba deteriorando, pero no siempre era defectuosa.

—Creí que sobornaron a ese réprobo —dijo con toda claridad.

—Cambió de parecer —mintió Harriet—. ¿O acaso querías aumentar el dinero del soborno para que vuelva a cambiar de parecer una vez más?

—Un matrimonio por amor está bien, no es necesario gastar más dinero en la chiquilla si ella ama al lobo. Supongo que quiere que la acompañe al altar, ¿no?

—Eso no será necesario —le aseguró Harriet.

Brooke se dio cuenta de lo que su madre estaba haciendo, y notó que Dominic se ponía tenso cuando también se le ocurrió a él que Thomas Whitworth podía no dar su permiso para esa boda y que el sacerdote no podía celebrarla sin el consentimiento del padre. No es que no pudieran encontrar el modo de casarse de alguna otra manera, pero Brooke prefería regresar a Rothdale sin la preocupación de que su padre podría presentarse allí y aporrear la puerta, exigiendo que le devolvieran a su hija. Así que cogió a Dominic del brazo y le lanzó una sonrisa tranquilizadora antes de decir en voz muy alta, para que Thomas lo oyera:

—En realidad sí. Así que hagamos esto de manera oficial. Y tú me acompañarás al altar, padre.

En cuanto Thomas entró en la sala de estar, Dominic la miró y, en tono apagado, preguntó:

—¿Archer ha estado cortejándote sin que yo me enterara?

Su mirada había recuperado la ferocidad y ella puso los ojos en blanco.

—Vuelves a parecer un lobo —dijo—. Por cierto: resulta bastante cómico el modo en que su nombre se mencionó en esta casa. Recuérdame que te lo explique más adelante.

Eloise se dispuso a seguir a su madre a la sala de estar, pero se detuvo para preguntar:

—¿Archer todavía está disponible? Ahora que seré una viuda que ha recuperado la memoria...

Dominic le lanzó una mirada de advertencia a su hermana.

—Deja en paz a mis amigos, picaruela. No tengo ganas de tener que matar a Archer cuando haya acabado con Benton.

—Juraste que...

—No voy a matarlo, pero él no saldrá ileso de esto, créeme. No obtendrá aquello por lo cual te rompió el corazón. La boda entre él y la heredera no ocurrirá una vez que hable con los padres de ella y los de él.

—Bueno, eso es diferente. Adelante...

Tras oír el alboroto en el vestíbulo y el grito de Brooke diciéndole a su padre que la acompañara al altar, Alfreda bajó la escalera sonriendo. No era necesario decirle que todo había salido tal como Brooke esperaba, pero su sonrisa se ensanchó cuando Gabriel entró por la puerta principal. No tenía intención de perderse la boda de Dominic, y lo habían enviado en busca del sacerdote en el carruaje de los Wolfe.

Gabriel dirigió la mirada directamente a la doncella y, con una sonrisa descarada, exclamó:

—¿Una doble boda, Freda?

Alfreda se ruborizó, pero murmuró:

—Ni lo sueñes, cachorro.

—Supongo que eso es mejor que tu último sonoro «no» —comentó él, suspirando.

—Hoy solo me importa Brooke. Y compórtate, descarado.

Él debió de considerar que era una respuesta tranquilizadora, porque sonreía de oreja a oreja cuando le ofreció el brazo a Alfreda y la acompañó a la sala de estar. Entonces Dominic llamó la atención de Brooke, diciendo:

—Date prisa si es que te cambiarás y te pondrás ese maravilloso traje de novia.

—No, no lo llevaré: sería mala suerte volver a llevarlo y tú y yo hemos terminado con la mala suerte. Estoy preparada para convertirte en mi marido ahora mismo.

Ese día el padre de Brooke la acompañó hasta el improvisado altar. Cuando el sacerdote se lo preguntó, Thomas manifestó con mucha claridad que sí, que le entregaba a su hija en matrimonio, y eso fue lo único bonito que Thomas Whitworth jamás hizo por ella.

Así fue cómo se convirtió en lady Brooke Wolfe. El hombre que la estrechó entre sus brazos para sellar el vínculo era mejor que un sueño hecho realidad, y la dicha que embargaba su corazón era abrumadora. Brooke lloró y, al ver sus lágrimas, Dominic rio.

Su hermano hizo acto de presencia al final de la ceremonia; permaneció en el umbral, evitando acercarse a Dominic, aunque la causa de su discordia mutua se encontraba en la sala. Eloise incluso se acercó y dijo:

—Supongo que al final me hiciste un favor al conducir a Benton hacia la proverbial gallina de los huevos de oro. He tenido el tiempo suficiente para darme cuenta de que no hubiera sido un buen marido para mí. ¿Por qué lo hiciste?

—Necesitaba ayuda. Tú hubieras conseguido que lo desheredaran.

—Sí, pero ¿por qué optaste por arreglar ese asunto para él? ¿Era un viejo amigo, un gran amigo? Lo que hiciste no solo cambió mi familia sino también la tuya, por no hablar de que podrías haber muerto por ello.

—Nunca tuve muchos amigos, solo acompañantes que en realidad no me aprecian, ni yo a ellos. Solamente conocí a

Benton aquel verano, pero él me demostró que la amistad suponía otras cosas: escuchar, compartir, querer ayudar si era necesario. Quizá fuese el único verdadero amigo que jamás he tenido... y tu hermano no tiene puntería. El riesgo no fue muy grande.

Dominic y Brooke se acercaron a tiempo para oír sus palabras.

—¿Quieres que volvamos a intentarlo con aquello que se me da bien? —le preguntó Dominic a Robert.

—¡Maldita sea! —exclamó Robert, y se apresuró a abandonar la sala.

—Creí que habías acabado con él.

—Así es —contestó Dominic—. Y él incluso lo sabe. No sé qué es lo que teme ahora.

Brooke puso los ojos en blanco, siguió a Robert y lo detuvo ante la puerta principal. No quería que urdiera un plan para tomar represalias si de verdad creía que Dominic aún quería vengarse. Creía que la noche anterior le había dejado claro a su hermano que no era así, pero a lo mejor merecía la pena repetírselo.

—Él bromeaba, ¿sabes? Ya no habrá más duelos de ninguna clase.

—¿Excepto contra Benton?

—Piensas advertirle de ello, ¿verdad?

—¿Acaso no habría de hacerlo? ¿No es eso lo que haría un amigo?

Casi parecía angustiado al hacerle esa pregunta, así que ella fue cuidadosa al contestarle.

—Sí, por supuesto, si realmente es un amigo. Pero ¿lo has vuelto a ver desde que le hiciste ese favor y él se largó para asegurarse de conquistar a la heredera, hace dos años? Te abandonó y dejó que tú cargaras con las consecuencias. ¿Sabía que estabas aceptando librar duelos en su nombre?

—Sí, sí a ambas cosas.

Ella no esperaba que sus sospechas se vieran confirmadas.

—¿E incluso entonces él no dio un paso adelante para arreglar ese asunto?

—Ya era demasiado tarde, y él se casará esta semana. Tú obtuviste tu matrimonio feliz, Brooke, él debe obtener el suyo. Eres feliz con el lobo, ¿no?

—Sí, por primera vez en mi vida soy realmente feliz. Pero tu amigo (si es que realmente es tu amigo) no merece serlo después de todo lo que ha hecho. Y tampoco se casa con esa pobre muchacha por los motivos correctos, ¿verdad? Lo hace solo para obtener más dinero para seguir con su adicción al juego.

—No: para evitar que lo deshereden. Puedo imaginarme cuánto lo aterra la idea. Y yo mismo experimenté dicho terror el año pasado.

—Entonces adviértelo, si no queda más remedio; pero Dominic ha jurado que no intentará matarlo. Eloise no quiere eso. Sin embargo, estoy bastante segura de que lo desheredarán de todos modos una vez que Dominic visite al padre de Benton, y también a los padres de la muchacha, y que lo hará antes de la boda. Así que en cualquier caso Benton Seamons no se hará con la heredera. Es hora de retirarse, Robert, antes de que te veas envuelto en la ira de un duque.

—No hacer nada me parece una traición.

Ella se sorprendió lo bastante como para comentar:

—Nunca creí que diría esto, pero estás demostrando ser un amigo valioso, Robert. —Hubiese añadido «de un modo cruel e insensible», pues las personas sufrían debido a su definición de la amistad, pero ese era el día de su boda, así que no era necesario ser tan franca—. Encontrarás nuevos amigos merecedores de serlo. Podríamos haber sido amigos como lo son ellos, ¿sabes? —dijo, indicando a Dominic y a su hermana con la cabeza—. Lamento que eso nunca ocurriera entre nosotros.

Cuando vio que él pegaba un respingo se dio cuenta de que quizá no debería haber dicho eso, pero entonces Robert comentó:

—Los celos son una cosa monstruosa cuando eres demasiado joven para saber qué son.

Brooke vio que su madre se reunía con Dominic y Eloise. Todos estaban tan dichosos ese día... excepto Robert, y quizá Thomas. Mientras que Brooke por fin tenía la relación que siempre había deseado con su madre y por fin tenía la familia que siempre quiso tener gracias a los Wolfe. Las palabras de Robert no dejaron de recordarle que durante demasiados años ella no había tenido ninguna de ambas cosas. Debido a los celos infantiles de Robert, a su egoísmo, a su arrogancia... Brooke se obligó a detener esos pensamientos.

Sabía que él estaba a punto de pedirle disculpas por ello, pero como todavía no estaba preparada para escucharlas, tan solo asintió con la cabeza y se alejó antes de que él pronunciara las palabras que la harían llorar o gruñir, o... Brooke no sabía qué sucedería. Tal vez algún día permitiría que ambos lo averiguaran.

Epílogo

Brooke reía cuando ambos se tumbaron en la cama. Los perros alzaron la vista brevemente para ver qué pasaba y después volvieron a tenderse en su lugar favorito delante de la chimenea. Los besos y el amor no eran ninguna novedad para los dos animales parecidos a lobos que solían estar presentes para atestiguarlo. En cierta ocasión *Wolf* soltó un aullido, quizá creía que Brooke le hacía daño a su amo al oír el gemido de Dominic, pero *Storm* le pegó un mordisco y *Wolf* jamás volvió a aullar.

En el resto de la casa reinaba el silencio, aunque a lo lejos ambos oían las risitas de Annabelle jugando con su madre. Dominic había empezado a llamar Bella a su sobrina (cuyo nombre en parte se debía a su abuela) y a partir de entonces todos la llamaron por ese mote. Cada vez que Brooke miraba o sostenía a la niña en brazos se emocionaba casi hasta las lágrimas. Bella era dichosa y querida por todo el mundo, tal como debía ser criada una niña.

Hacía dos meses que Eloise y Anna los habían acompañado a Rothdale, después de la boda, y Harriet también los había visitado en tres ocasiones. Brooke no quiso emprender un viaje de bodas, pero acompañó a Dominic a visitar a aquellos que él quiso visitar. Incluso fue previsora y se llevó un ungüento por si Dominic se lastimaba los nudillos, cosa que acabó por ocurrir. La única cuya expresión se entristecía al oír el nombre de Benton era Eloise: desheredado, humillado y al parecer sin amigos a quienes recurrir, había abandonado el país y nadie conocía su paradero. Nunca llegó a conocer a su hija, y quizá ya nunca lo haría. «Es lo mejor», fue el consenso general: el hombre no se merecía la preciosa hija a la que le había dado la espalda.

Esa noche Brooke tenía nuevas noticias para Dominic, pero la mirada feroz de sus ojos ambarinos era tan apasionada (y en ese preciso instante la contemplaban de ese modo) que no pudo pensar en otra cosa. Para ella hacer el amor con ese hombre era el punto culminante de cada día y dormir acurrucada a su lado era el segundo. Lo amaba tanto que a veces todavía lloraba de felicidad.

En ese momento le rodeó el cuello con los brazos y le besó los labios. Ambos ya estaban desnudos, dormían desnudos todas las noches y ella confió en que siguieran haciéndolo cuando llegara el invierno, aunque le parecía inimaginable sentir frío presionada contra el cuerpo de su marido.

Él se tomó su tiempo. No siempre lo hacía porque a veces la pasión se adueñaba de ellos, pero cuando él se tomaba su tiempo la trataba como a una escultura que estaba creando, moldeándola con un toque de extraordinaria suavidad que solía volverla loca. A lo mejor lo hacía por eso, para oír sus gemidos, sus gritos y sus exigencias. En esos días lo de exigir se le daba bastante bien: quería sentirlo profundamente dentro de ella. O quizá porque la próxima vez sería ella quien se tomara la revancha y lo volvería loca con sus manos. Ambos lo sabían y ninguno de los dos jamás sufría una decepción. Pero esa noche, riendo, lo apartó y se sentó a horcajadas sobre él para controlar el ritmo. Quizá no siempre hacía lo que él esperaba...

Unos momentos después, sin aliento y absolutamente satisfecha, acurrucada contra él en su lugar predilecto, recordó lo que tenía que decirle.

—Vamos a tener un bebé, dicho sea de paso.

—Por supuesto que sí —dijo él y la abrazó—. Muchos bebés, si tú quieres. ¿No te lo prometí en cierta ocasión?

—No: quiero decir que ya estamos teniendo uno. Aquella noche en el campamento de los salteadores de caminos...

Él rio.

—Vosotras las vírgenes siempre tenéis mala suerte... o mucha suerte, en este caso.

—Estoy de acuerdo, aunque no espero con impaciencia los próximos meses de embarazo.

—Estoy convencido de que la bruja de tu doncella tendrá algo que lo alivie.

Ella se incorporó y le sonrió.

—No me prometió nada, pero confío en que sí.

—¿Por qué no me lo dijiste antes?

Ella rio al recordar que Alfreda la había arrinconado con la misma pregunta. Alfreda quería saber por qué no se jactaba de ello cuando hacía un mes que lo sabía, así que, sorprendida, Brooke había contestado:

—Entonces ¿por qué no me lo dijiste tú antes?

La doncella resopló.

—Pero si ahora nunca puedo encontrarme contigo sin que él esté a tu lado.

Brooke había soltado una carcajada.

—Eso es verdad.

—Y supuse que lo anunciarías el mes pasado. ¿De verdad no lo sabías?

Brooke le contestó a Dominic lo mismo que le había contestado a Alfreda ese día:

—Estaba demasiado dichosa como para notarlo.

Rebel también estaba preñada, y cuando se lo dijeron a Brooke se regocijó; también *Storm* esperaba cachorritos, acababan de descubrirlo ayer. Se había largado para encontrar su pareja en los brezales, desapareciendo durante unas semanas. La buscaron por todas partes y *Wolf* no dejaba de aullar y gemir por su ausencia; entonces regresó a casa, desaliñada, un poco flaca y un poco dolorida. Pero en ese preciso instante, mientras los dos animales estaban tendidos en el suelo, oyeron un aullido allá fuera, en los brezales.

Brooke se incorporó al mismo tiempo que ambos perros.

—Realmente, espero que *Storm* no haya traído a toda su manada.

Dominic rio y volvió a abrazar a su esposa.

—Eso sí que sería un problema. A lo mejor solo es su compañero que se despide... hasta la próxima vez. Se rumorea que se aparean de por vida, ¿sabes? Y en ese sentido puede que yo también tenga un poco de sangre de lobo en las venas.

megustaleer

Descubre tu próxima lectura

Apúntate y recibirás recomendaciones de lecturas personalizadas.

www.megustaleer.club

 megustaleerES

 @megustaleer

 @megustaleer